读客®

读客三个圈经典文库

经典就读三个圈　导读解读样样全

刀锋

[英] 毛姆 著

武书敬 宋宗伟 译

读客三个圈经典文库

经典就读三个圈　导读解读样样全

江苏凤凰文艺出版社
JIANGSU PHOENIX LITERATURE AND ART PUBLISHING

越过刀之锋刃实属不易，因而智者常言救赎之道艰辛。

《迦陀·奥义书》

它就像从海洋中升起的一滴水，一阵雨之后，进入池塘，然后漂流溪涧，汇入江河，穿越高山峡谷、广阔草原，蜿蜒曲折，克服重重困难，直到最后又到了它升腾起的无边无际的大海。

——《刀锋》第302页

他有一个永久性的住所，位于山脚下一个村庄的边缘。

——《刀锋》第308页

我特别喜欢坐在一个地方，因为从那个地方，我可以看到山脉在我面前延伸，俯瞰下面的湖水。

——《刀锋》第308页

长有茂密森林的高山，还在树尖萦绕的薄雾，脚下深不可测的湖泊。阳光透过高处的罅隙洒落在湖面上，湖面如同抛光的钢材闪闪发光。我被这世界的美景迷住了。我从来不知道世间竟有这种惊喜和如此超然的快乐。

——《刀锋》第309页

过了一会儿，在这个火焰里，我非常清晰地看到了首尾相连的一长排人。

——《刀锋》第299页

插画作者：

尼古拉斯·洛里奇（Nicholas Roerich）

（1874—1947）

俄罗斯著名画家、作家、神智学家。他早期学习绘画，师从费尔南多·卡蒙。曾去往世界各地居住，对人类的文学、哲学、艺术具有广泛的兴趣，并致力于艺术和建筑的保护，数次获得诺贝尔和平奖提名。1929年定居印度，直到去世。其间创作了许多“东方”题材的画作，自然、文化、精神在他的画作中有了充分的展示。

刀　锋

The Razor's Edge

目录

第一章

一

我之前写小说从来没有像写这本一样疑惑过。我之所以称它为小说，是因为除了小说以外，我再也想不出能叫它什么。我没有很多离奇的情节以飨读者，故事的结局既不是死亡，也不是婚姻。死可以了结一切，因而常作为故事的总收场，但是，用婚姻来收尾也很恰当；那些世俗所称之的大圆满，自命风雅的人也无须鄙弃。常人有一种本能，总相信这么一来，一切该交代的都交代了。男男女女，无论经历怎样的世事变迁，最终被撮合在一起，两性的生物功能已经实现，其兴趣也就转移到了未来的一代。然而，在我写到结尾时，读者仍然摸不着边际。这本书是我用来回忆我的一个故人的，这人虽然和我非常亲近，却总是好长时间才得以见上一面。其间他的经历我几乎毫不知晓。我想我能杜撰一些情节来补足这些空缺，从而使故事读起来更连贯，这种做法固然可以，但是，我无意如此。我只不过是想把自己知道的事情记下来，如此而已。

早些年，我曾经以著名画家保罗·高更的生平为素材，写过一本名为《月亮与六便士》的小说。我对这位法国艺术家的生平知之甚少，只是基于一点事实的启示，利用了小说家的特权，杜撰出了若干故事来描述我创造的人物。在本书中，我根本不打算这样做，这里面丝毫没有杜撰的成分。书中人物的姓氏我都做了改动，务必使人认不出是谁，以免那些还活在世上的人看了之后感到不安。我写的这人并非名人；或许他永远不会出名；或许在他生命终结时，留在世上的痕迹并不比石子投入河中留在水面上的痕迹多。到那时候，假如还有人读我写的这本书，那可能是因为书本身引起的兴趣。但是，也许他为自己选择的生活方式，以及他性格里所特有的坚定和驯良，对他人的影响会日益加深。若是这样，可能在他去世多年以后，有人会意识到这个时代曾经生活过一个很了不起的人物。到那时候，人们就能看出我这本书写的是谁了，而那些想要稍微知道一点他早年身世的人，或许可以在书中找到一些他们想要的东西。在我看来，本书虽有如上所述的种种不足，但对于日后将为我朋友作传的人来说，仍不失为一本具有征引参考价值的书。

书中的谈话内容，老实说，我并没有逐字逐句地记录下来。在这类或其他场合下，我从未记录他们的谈话内容；然而，与我有关的事情我都记得清清楚楚。鉴于这种情况，虽是我写的，但我保证所写内容能忠实地反映他们的谈话。我刚刚也说过，我没有进行杜撰，现在这句话要修正一下，如同希罗多德以来的许多历史学家一样，我也有擅自加入的部分；故事里角色的谈话有些并非我亲耳所闻，且也不可能亲闻。我这样做，其理由和那些历史学家是一样的，因为有些场景若只是重述，就会毫无生气，加入谈话则会生动、真切得多。既然我想让读者读我的书，我就会尽力让我的书值得一读，私以为做出一些调整并不为过。聪明的读者一看便知哪些地方做了虚构，至于能否接受完全取决于个人。

另一个让我在写这部作品时感到惶恐的理由，是这里面的主要人物都是美国人。了解人是极其困难的一件事情。我觉得除本国人之外，你很难说真正了解谁。因为人不论男女，都不仅仅是他们自身；他们亦是自己出生的乡土、学会走路的农场或者城市公寓、儿时玩过的游戏、私下听来的荒诞故事、吃过的饭食、上过的学校、关心的运动、吟诵过的诗篇和信仰的上帝。正是这一切让他们变成现在的模样，这些东西都不是道听途说就可以了解的，你非得和那些人生活过才行。要了解他们，你就得是他们。正如你没有观察就不能了解一个异域的人一样，要在书中把他们真切地刻画出来就更难了。就连亨利·詹姆斯那样一位精细的观察家，在英国居住了四十年，也没有能够创造出一个十足英国气的英国人来。至于我，除几篇短篇小说外，从没有打算过写本国以外的人。短篇小说里敢于写外国人是因为短篇的人物只需粗略勾勒而已。你只需要写出轮廓，细节之处任由读者自己补充。也许有人要问，既然我能把保罗·高更变做一个英国人，这本书里的人物为什么不可以这样做。答案很简单：我不能。如果我这样做，这些人物将会失真。我也不假装他们是美国人眼中的美国人，他们是英国人眼中的美国人。我也没有试图去重新塑造他们言语的特殊性。许多英国作家尝试这样做，就如同许多美国作家一样试图去塑造英国人所说的语言，不够地道。俚语是很大的陷阱，亨利·詹姆斯在他的英语故事中经常用俚语，但是还是与英国人使用的俚语有很大不同。结果，不仅没有达到他所追求的口语的效果，还给英国读者带来一种语言混杂的不适感。

二

一九一九年我在去远东的路上，碰巧在芝加哥停留了两三周，停留的原因与该书没有任何关系。不久之前我出版了一部成功的小说，所以在当时也算是个新闻人物，一到芝加哥就有人来采访。第二天早上，电话响起，我接了电话。

“我是艾略特·坦普尔顿。”

“艾略特，我还以为你在巴黎呢。”

“没有，我回来看望我姐姐，我们今天想请你共进午餐。”

“太棒了，我愿意去。”

他把时间和地址告诉了我。

我和艾略特有十五年的交情。他当时年近六旬，身材高挑，气宇轩昂，浓密的鬈发稍稍有点花白，这使他看起来愈加与众不同。他总是衣着讲究。普通服饰用品买自夏费[1]商店，可鞋帽要在伦敦买。他在巴黎塞纳河左岸时髦的圣·吉尧姆街上有套公寓。不喜欢他的人都称他为“交易商”，但是这简直是对他的污蔑，对此他义愤填膺。他有品位，又有学识，坦言他最初定居巴黎的几年，许多财力雄厚的画作收藏家受益于他的建议。后来，在交游中，他了解到一些穷困潦倒的英国的或者法国的贵族愿意出售精品画，碰巧他知道当时美国博物馆的董事正在寻求这些大师的优秀作品，自然很乐意为双方撮合一下，帮助他们与美国博物馆的董事取得联系。在法国有很多没落家族，英国也有一些，迫于困境，有时他们不得不忍痛割爱，把带有布勒[2]签名的镶嵌工艺品或者是齐本德尔[3]亲自设计的写字台卖掉。但是他们又不愿意声张，不愿惊动别人，碰到他这样一位温文尔雅、举止完美的人能够把事情做得滴水不漏，自然是梦寐以求的。有人可能自然而然地认为艾略特会在交易中获利。但是他们都是很有教养的人，谁也不愿意提及这件事。一些不友善

1　Charvet，全球著名的男装品牌，常为高雅男士置装，一八三八年创立于法国巴黎。

2　十七世纪著名木工大师。

3　十八世纪家具设计大师。

的人断言他公寓的所有东西都待价而沽，说当他用美酒佳肴款待完美国阔佬们之后，他总有一两张有价值的画找不到了，要不然就是镶嵌细工的柜橱最后却只剩下烤漆表面。当人们问他为什么某件东西不见了，他就会巧言辩解说，他觉得这个还算不上上品，已经拿去更换了一个更好质量的。他又接着说，总是看同一样东西很无聊。

“Nons autres Américains.”[1]他先张口说了一句法语，“我们美国人就喜欢变换花样，这一点既是我们的弱点，又是我们的优势。”

巴黎的一些美国名媛宣称对他非常了解，说他的家庭原来很穷，他之所以过得如此优渥是源于他的睿智。我不知道他能否算得上有钱，但是他的房东是位公爵，肯定在他的这所公寓上收取了很大一笔房租。公寓是由珍贵的材料装饰而成，墙上镶饰有法国绘画大师的作品，如华托、弗拉戈纳尔、克洛德·洛兰等，镶木地板上有萨拉内里和奥步松生产的精美毯子。客厅里摆着路易十五时代套房的织锦画，极其精细雅致，正如他所说很可能是路易十五之妾蓬巴杜夫人的收藏。不管怎样，不用拼命赚钱，他就能过上他心目中上流人士过的那种生活。至于他过去通过什么方法才能达到这样，如果你足够聪明，不希望与他断了联系，最好不要去提及。他既然没有了物质方面的后顾之忧，就专心致志地投身于他一生中主要的志趣——社会交际。他初到欧洲时，还是个年轻人，带着介绍信去见名流。后来和英国、法国那些家道中落的大家族建立了商务关系，这就巩固了他先前取得的社会地位。因为他出身于古老的弗吉尼亚家族，母系方面还可以追溯到一位在《独立宣言》上签过名的祖先。当他拿着介绍信去见那些有头有脸的美国名媛时，他的家世使他很受重视。他非常聪明、漂亮，舞跳得好，射击也不错，而且还很

1　法语，意为“我们美国人”。

擅长打网球。无论什么宴会，他都是一个不可或缺、非常难得的人物。他出手阔绰，鲜花和价格不菲的盒装巧克力任意买来送人。虽然他很少请客，但请起客来，倒也别有情趣。那些阔太太们被他带着去一趟索霍区的波西米亚风味餐厅或者拉丁区的小酒吧，都觉得很开心。他随时准备着为别人效劳，如果你请求他帮忙，不论多么厌烦，没有他不愿意的。他费尽心思来博取那些年长女人的认可，不久，他就成为她们圈内的人，成为豪华贵族人家的宠儿。他和蔼可亲到了极致，假如有人爽约，他从不介意临时被拉出来凑数，而且让他坐在一位令人生厌的老太婆旁边，也完全可以放心，他懂得怎样献殷勤，怎样逗她开心。

过了两年的光景，对于一个年轻的美国人来讲，凡是在伦敦和巴黎两地能够结交的朋友，他都结识了。他常住在巴黎，只是每年在派对季节要结束时去伦敦，初秋时分拜访有钱人的别墅。当最初把他引进社交界的名媛们惊讶地发现他的交际圈是如此之广时，真是喜忧参半：一方面，她们很高兴她们青睐的年轻小伙子竟然如此成功不凡；另一方面，她们又有点儿恼怒，那些能与他打得火热的人和自己的交情却仅仅止于形式。尽管他对她们依旧友好并且乐意效劳，她们心里却很不舒服，感觉自己是他在社交界获得威望的垫脚石。她们担心他是个势利鬼。当然他确实是，他是个大大的势利鬼。他是没有任何廉耻之心的势利鬼。为得到他想要的宴会邀请函或者结识大名鼎鼎但是脾气暴躁的老年贵妇，他愿意容忍任何公开侮辱，他不在意任何冷落怠慢，他能够接受任何无礼举止。他不知疲倦，不屈不挠。他盯着他的猎物，坚持不懈，不搞到手绝不罢休，如同生物学家为找到某一种珍贵的兰花，宁愿遭受洪水、地震、热病，甚至怀有敌意的当地居民的威胁。一九一四年的战争为他提供了最后一次机会。当战争爆发时，他加入了救护车队，起初在佛兰德斯服役，后来又去了阿尔贡。一年之后，他归来，纽孔上佩戴着红绶带，在巴黎的红十字会谋得一席之地。那时，他已经很富裕，大力协助显赫名流购入上等艺术品。凭借着敏锐的眼光和与生俱来的组织能力，凡是广为宣传的慈善聚会，他都能贡献其所长。他加入了巴黎最高级的两个私人会所。对法兰西那些最显赫的名媛贵妇而言，他就是亲爱的艾略特[1]。他终于飞黄腾达了。

三

第一次遇到艾略特时，我只是一个普普通通的年轻作家，他根本没有把我放在眼里。他辨识人的功夫堪称一流，我们无论在哪里遇到，他总是诚挚地与我握手，但是并没有显示出要与我进一步交往的意愿。譬如，当我在剧院遇到他时，他正与一位显贵在一起，他就会装作没有看到我。但是那时恰巧我的剧本取得了意想不到的成功，不久我意识到艾略特对我热情了很多。有一天，我收到他的一封请柬，约我参加在克拉里奇饭店举办的午餐会。这家饭店高端奢华，也是他在伦敦时的落脚之处。此次宴会是一个小型聚会，也少有显赫之人。我觉察出他是在试探我的交际本领。但是从那之后，我的成功使我认识了许多新朋友，因此我便能经常见到他。我到巴黎去度秋，逗留了几个星期，在一个我们共同的朋友的家中遇到了他。他问了我的地址，一两天后，我又收到请柬获邀参加午宴。这次是在他的公寓里。我到达那儿，惊讶地发现这全然是一个名流聚会。我不禁暗笑，且心知肚明：凭他对英国社会的交际关系的了解，我作为一个作家，无足轻重；但是在法国，一个作家稍有声

1　原文为法语。

望就会被当成贵宾。在之后的几年里，我们之间的交往日渐亲密，但还没有发展为真正的朋友。我也在疑虑艾略特是否曾有过真正的朋友。他只对社会地位感兴趣，除此之外他对其他任何事情都提不起兴趣。偶尔我去巴黎，或者他正好来伦敦，碰巧当他请客缺人时，或者不得不招待旅游而来的美国人时，他还会邀请我去聚会。我猜想这些人中有些人是老客户，有些人是带着介绍信来拜访他的素不相识的人。他们成了他的负担，他感觉他应该为他们做些什么，但是又不愿意让他们见他极其重要的朋友。当然最好的打发方式便是请他们吃饭，带他们去看戏。可是把他们打发掉也是一件困难事，因为他每晚都有应酬，而且是早在三周前就约好了。他也料想到他们对此并不满意。既然我是作家，而且是无足轻重的作家，他也并不介意把这些烦恼告诉我。

“美国那些写介绍信的人真是太强人所难了。我不是不愿意见他们介绍过来的人，但是我觉得没有理由让我的朋友陪着受罪。”

为了略表歉意，他会送他们大篮的玫瑰花或者大盒的巧克力，这些措施有时也无济于事。有时无法推托掉而不得已请他们吃饭时，他就会给我说一番好话，邀请我去参加他筹备的这类宴会。当他向我发完牢骚后，再让我这样做，这确实有点可笑。

“她们非常想见你，”他写信恭维我，“某太太是个很有文学素养的人，你写的书她一字不漏地都读过了。”

然后某太太告诉我她非常喜欢我的书，如《佩兰先生和特雷尔先生》，而且祝贺我的剧本《软体动物》演出成功。这些根本就不是我的作品，前者是休·沃波尔[1]的作品，后者是休伯特·亨利·戴维斯[2]的

1　二十世纪初英国小说家。

2　二十世纪初英国剧作家。

作品。

四

如果读者因为我的介绍而认为艾略特·坦普尔顿是一个卑鄙小人，那真是对他很不公平。

一方面，他是那种法国人说的“serviable”人，据我所知这个词在英语中没有对应的词。查询字典可知“serviable”是个古语词，它的意思就是有帮助的、好施恩的和善良的。艾略特就是这样的人。他慷慨大方，在他早期的社会活动中，他会给他的熟人送鲜花、糖果和礼物。当然他是醉翁之意不在酒。即使到后来在没有必要的情况下，他还是坚持这样做，因为这可以给他带来快乐。他热情好客。他的厨师可以和巴黎的任何一个厨师相媲美，而且在他的餐桌上你肯定可以吃到当季最美味的佳肴。再就是他的酒，也是极美妙的，足以证明他是真正的品酒行家。诚然，他的客人是根据社会地位来选择的，而不是根据亲疏远近。但是他会非常用心地去选择至少一两位能说会道的人来参加宴会，因此他的宴会总是分外有趣。有人在背后嘲笑他，还称他为肮脏的卑鄙小人，尽管如此，他们还是非常乐意接受他的邀请。他的法语说得流利、准确，口音完美。他很努力地把英语说得像英国人一样，只有那些听力特别敏锐的人才能偶尔听出一个美国音。他非常健谈，只要你避开公爵、公爵夫人之类的话题，他就会滔滔不绝。但是，既然目前他在社交领域的地位牢不可破，即使是公爵、公爵夫人这样的话题，他也会以诙谐幽默的方式谈起，特别是当你与他独处时。他有一张逗人的刻薄嘴，关于那些王公贵人的丑闻无一能逃脱他的耳朵。从他那里我知晓了谁是公主X最小孩子的父亲，谁是侯爵Y的情妇。我敢说马塞尔·普鲁斯特[1]知道的显贵秘闻，也并不见得比艾略特·坦普尔顿知道得更多。

在巴黎时，我们经常一起吃午餐，有时是在他的公寓里，有时是在酒店。我喜欢逛古董店，偶尔也买些东西，但更多时候只是看看而已。艾略特总是兴冲冲地陪着我。他很了解这些艺术品，并且对它们充满着热情。他对巴黎每一家这样的商店都非常熟悉，并和经营者保持着良好的关系。他喜欢讨价还价。每次我们出发时，他都会叮嘱我：

“如果你想要什么东西，不要尝试自己去买，只须给我个暗示，剩下的一切我来搞定。”

每当他以半价帮我买了我中意的东西，他总是非常得意。看他讨价还价是一种享受。他会争论，以甜言蜜语哄骗，发脾气，想法儿让卖家心软，嘲弄卖家，吹毛求疵，威胁不再踏进这家店，叹息、耸肩、劝诫，皱着眉头生气地朝外走，最后卖家同意了他的价格；他就黯然摇头，好像委曲求全，接受了一个次品。然后，他会用英语向我耳语：

“买吧，这样的价格，即使两倍的话也很便宜。”

艾略特是一个虔诚的天主教徒。他住在巴黎不久，就遇到了一位神父。这位神父过去成功地使众多异教徒皈依，应酬很多且以智慧见长。他的教育活动只限于富人和贵族。虽然出身卑微，但被许多高门大户尊为座上客。艾略特当然不可避免地被这样一个人所吸引，于是向一位最近被这位神父说服改变信仰的美国贵妇吐露秘密说，虽然他的全家都是美国圣公会教徒，但他本人一直对天主教很感兴趣。一天晚上这位太太邀请艾略特和这位神父共进晚餐，仅他们三个人。神父果然风趣幽默。贵妇把话题引到天主教教义，神父侃侃而谈，口沫横飞。他谈得饶有兴

1　二十世纪法国小说家，著有长篇小说《追寻逝去的时光》。

趣，虽为神父却以凡人自称，没有丝毫卖弄所学。艾略特发现神父竟然对他相当了解，这让他有点儿受宠若惊。

“旺多姆公爵夫人前两天提起你，她认为你极其聪明。”

艾略特高兴得满面红光。他曾经拜访过公爵夫人，但是他从没想到她会再次记起他。神父用智慧和善意来谈论信仰；他心胸开阔，见解新颖，并且宽容大度。在艾略特看来，他把教会看成是一个教养良好的人为自己精心选择的俱乐部。六个月后，艾略特就入了教。他的皈依，加之他对天主教的布施，为他打通了更多的人脉。

也许在放弃他父辈们的信仰时，他的动机是复杂的；但是有一点毋庸置疑，他做这个决定时，是极其虔诚的。他每周日去优秀人士频繁光顾的教堂做弥撒，经常去忏悔室忏悔，定期去罗马朝拜。随着时间的推移，他的虔诚得到了回报，成为了罗马教皇的一个御前侍从，他的尽职尽责使他获得了圣墓教堂的勋章。他作为一个天主教徒的事业生涯和他在世俗方面的事业生涯一样成功。

我自己时常困惑于这样的问题，艾略特，一个如此聪明、如此善良、如此有教养的人，为何执着于趋炎附势。他并非新贵，父亲是南部一所大学的校长，祖父是显赫的神学家。像艾略特这样聪明的人，绝不会看不出许多应他邀请的人大多只是混他一顿吃喝，有些人很愚蠢，有些人一钱不值。他们响亮头衔的魔力使他对他们的缺点熟视无睹。我只能这样猜想：与这些世袭的绅士们保持亲密的关系，做他们夫人的忠实侍从，给他带来一种永不乏味的胜利感。而且这一切归根结底源于一种激情浪漫主义：这使他在那些庸碌的小小的法国伯爵身上见到跟随圣路易丝前往圣地的十字军战士，在装腔作势猎狐的英国伯爵身上见到陪伴亨利八世去金缕地的祖先们。和诸如此类的人在一起，他感觉就像生活在英勇古代的广袤天地里一样。我想，每当他翻开哥达年鉴的时候，心就会剧烈跳动。一个个姓氏，使他回想起年代久远的战争、史册上的攻城战、著名的争斗、外交上的诡诈和王侯们的私情。不管怎样，这就是艾略特。

五

我本打算洗漱完毕再去赴艾略特之约，与他共进午餐的，这时旅馆里的前台人员打电话来告诉我他在楼下等候。我有点吃惊，收拾好赶紧下楼。

“我想我自己来接你会更安全些，”他一边与我握手一边说道，“因为我不清楚你是否熟悉芝加哥。”

我注意到有相当一部分在国外多年的美国人都有这样的想法。在他们的心目中，美国是一个既复杂又颇具危险的地方，欧洲人凭借自己的力量是摸不透周围的环境状况的。

“时候尚早，我们可以走一段路。”他建议道。

外面略有寒意，但是天空没有一丝云彩。活动活动筋骨倒也不错。

“我想在你见到我姐姐之前，先把她的情况告诉你。”我们边走，艾略特边说，“在巴黎时，她有一两次住我那儿，但是那时你恰好不在。你知道，今天人不多，只有我姐姐、我姐姐的女儿伊莎贝尔和格雷·布拉巴赞。”

“那个室内装潢师？”我问道。

“是的，我姐姐房子的装修太糟糕了。我和伊莎贝尔都让她请人重新装修一下。我碰巧听说格雷·布拉巴赞在芝加哥，便让姐姐今天请他来吃午餐。当然，他不是个上等人，但他很有品位。玛丽·奥利芬特的拉尼堡、圣厄茨家的圣克莱门特·塔尔伯特府的装修都是他负责的。公爵夫人对他非常满意。你可以亲自去看看我姐姐路易莎的房子。我真不理解，这么多年她是怎么住过来的。不过说起这个来，我也搞不明白她怎么能够在芝加哥住下去。”

我从艾略特的口中得知，他姐姐布拉德利夫人是个寡妇，育有三个孩子，其中有两个儿子，一个女儿。两个儿子已经长大成人，结婚成家，一个在菲律宾政府里做事，另一个子承父业，在阿根廷首都布宜诺斯艾利斯外交界服务。布拉德利夫人的丈夫在世界的很多地方工作过，在罗马做了一段时间的部长，然后又在南美洲西海岸的一个小共和国当专员，并在那里去世。

“我姐夫去世的时候，我想让路易莎卖掉在芝加哥的房子。”艾略特接着说，“但是，她对房子有很深的感情，舍不得。这套房子是布拉德利家族的老房子。布拉德利家族是伊利诺伊州最古老的家族之一，早在一八三九年就从弗吉尼亚州原籍移居至此，在距芝加哥六十英里的地方置下田产，直到现在这些土地仍属于他们。”艾略特稍有犹豫，看着我，观察我是否愿意听他往下讲。“我猜想你可能会认为在这儿定居下来的布拉德利家族是农民。我不确定你是否知道，在上个世纪中叶，美国中西部开始开发，很多弗吉尼亚州的人，那些好人家的子弟受好奇心的驱使，离开他们丰衣足食的家乡，去探求未知的领域。我姐夫的父亲，切斯特·布拉德利很看好芝加哥的发展前景，来到这里，进入一个律师事务所做了律师。不管怎样，他赚的钱也够儿辈吃用的了。”

话虽如此，但从艾略特的神情可以看出，那位已故的切斯特·布拉德利之所以离开他祖传的豪华宅邸、千顷农田来律师事务所，恐怕还有更深的原因。不过，既然他最后积累了一笔财富，总还算弥补了这一点。后来有一次，布拉德利夫人拿了几张她们所谓的乡间小屋的照片给我们看时，艾略特很是不以为然，称之为“院子”。照片上是一所普通的木制宅子，有一个漂亮的小花园，但是谷仓、牛棚和猪圈仅隔有一箭之地，四周是一片荒芜的草地。我情不自禁地想，切斯特·布拉德利先生放弃这一切到城市里谋出路，一定是做好万全打算的。

说话间，我们叫了一辆出租车，车子一直开到一座褐砂石房子前。房子又窄又高，要登上一段陡峭的石阶才能到前门。这条街道可一直通到湖滨大道，房子便坐落于连栋住宅中。即使在阳光明媚的秋日里，房屋的外表也还是阴沉沉的。我不知道一个人对这样的房子会有什么好感。开门的是一个高高的、结实的、生着白头发的黑人管家，他引我们进入客厅，当我们走入房子时，布拉德利夫人从椅子上起身，艾略特将我引见给她。她年轻时一定非常漂亮，五官虽然大一点，但很好看，眼睛炯炯有神。但是，在那张几乎不施脂粉的脸上，肌肉已经松弛了下来，很明显，她也陷入了中年发胖的危机。我猜想她还不肯服输，因为当她入座时，腰杆在硬背的椅子上挺得笔直，直立的椅背没有软垫，但由于穿着绷紧的胸衣，这样的姿势已经算得上舒适。她穿了一件深蓝色的长礼服，上面饰带镶缀，高领子，鲸骨撑得笔挺。一头漂亮的白发，烫成波浪形，紧紧束起，发式极其复杂。她请的另一位客人还未到，我们一边等，一边海阔天空地闲谈。

“艾略特告诉我你是由南路来的，”布拉德利夫人说，“你在罗马停留了吗？”

“是的，我在那儿停留了一周。”

“那亲爱的玛格丽特王后好吗？”

对于她的这个问题我有些诧异，只好回答说“我不知道”。

“哦，难道你没有去看她吗？女王为人很好，我和我先生在罗马时，她曾接待过我们，当时我先生在使馆担任一等秘书职位。你为什么不去看看她呢？你应该不会像艾略特一样，因为肤色太黑进不了奎里纳尔宫吧？”

“当然不是，”我笑着说，“事实是我并不认识她。”

“你不认识？”布拉德利夫人问道，她简直不敢相信自己的耳朵，“为什么不认识？”

“说实话，作家们一般来说不和国王与王后交往的。”

“但是，她不一样啊！她是那么亲切的人，”她劝告道，好像我很傲慢，不屑于和这位王后交往似的，“我相信你会喜欢她的。”

这时，门开了，男管家把格雷·布拉巴赞领进房间。

尽管他的名字叫格雷·布拉巴赞，名字可谓雅致，但是他并不是一个浪漫的人。他又矮又胖，除了在他的耳朵旁边和后颈有一圈黑发外，头秃得如同鸡蛋，满面红光，看上去就像是在冒出一大堆臭汗一样，灰色的眼睛滴溜溜乱转，嘴唇多肉，下巴很厚。他是英国人，我曾经在伦敦波希米亚人的宴会上见到过他。他很和蔼、很热心，也很爱笑。但是即使你不是一个出色的人物性格评判者，也能看出他那聒噪的友善只不过是他作为一个精明商人的面具而已。多年来，他一直是伦敦最成功的装潢师。他说话时声音洪亮，又有着一双极具表现力的小胖手。只要挥动起双手，说上一连串慷慨激昂的话，他就能打动一个踟蹰不决的客户，使人无法拒绝他那一番热情的话语。

男管家又进来了，端来一个放着鸡尾酒的托盘。

“我们不用等伊莎贝尔了。”布拉德利夫人端起一杯鸡尾酒说。

“她去哪儿了？”艾略特问道。

“她和拉里去打高尔夫球了。她说她可能晚一点回来。”

艾略特转向我。

“是劳伦斯·达雷尔，伊莎贝尔应该是已经和他订婚了。”

“艾略特，之前我不知道你喝鸡尾酒。”我说道。

“我不喝的。”他非常严肃地说，然后小口把他取的鸡尾酒喝尽。“但是，在这个禁酒的野蛮国度里，你有什么办法？”他叹息道，“巴黎有些人家现在也开始用鸡尾酒来招待客人了，近朱者赤，近墨者黑。”

“不可胡说哦，艾略特。”布拉德利夫人说道。

她说这话时非常优雅，但是也暗示了她是一个很有个性的女人，我从她看艾略特时悠然自得的眼神可以看出，她并没有将他视为了不起的大人物。

我想知道她是怎样看待格雷·布拉巴赞的。布拉巴赞一进来就用审视的眼光环顾四周，而后抬起了他那两道浓眉。这的确是一个神奇的房间，壁纸、窗帘布的印花和软垫家具都是相同的图案；墙壁上的油画镶有大大的金色框架，很明显是布拉德利一家在罗马时买的，包括拉斐尔派的圣母、圭多雷尼派的圣母、祖卡雷利派的风景画、潘尼尼派的古罗马废墟。他们在北京逗留时购买的纪念品、雕刻的黑檀木桌子和巨大的景泰蓝花瓶，还有在智利和秘鲁买来的硬石上雕刻的胖人儿和陶制花瓶，一张齐本德尔的书桌和一只嵌木细工的马赛克玻璃橱。灯罩是用白色的丝绸做的，不知道是哪位鲁莽的画家在上面画了些华托装束的牧羊男女。屋子看上去令人害怕，但是，不知为什么，却很讨人喜欢。它有一种朴素的、生活的气息，使你觉得那近乎荒诞的大杂烩自有它的道理。所有这些不协调的东西有着相同的属性，他们是布拉德利太太生活的一部分。

我们刚刚喝完鸡尾酒，这时门被用力推开了，进来一个女孩，后面跟着一个男孩。

“我们晚了吗？”她问道，“我把拉里带回来了。有什么可以让他吃的东西吗？”

“我想是的，”布拉德利夫人微笑着说，“按下铃，告诉尤金再加一个座位。”

“他为我们开的门，我已经告诉他了。”

“这是我的女儿伊莎贝尔，”布拉德利夫人转身对我说，“这是劳伦斯·达雷尔。”

伊莎贝尔赶快和我握了一下手，然后急切地转向格雷·布拉巴赞。

“你是格雷·布拉巴赞先生吧？一直渴望见到你。我喜欢你为克莱门泰因·多尔梅装修的房子，这个房子是不是很糟糕？多年来，我一直劝说妈妈装修装修，现在你来芝加哥，我们的机会来了，实话实说，你觉得这房子怎么样？”

我知道布拉巴赞死也不会说。他迅速地扫视了布拉德利夫人一眼，但是她泰然自若，没有给他传递任何信息。他断定伊莎贝尔说了算，狂笑一声。

“我相信这个房间的一切都很舒服，”他说道，“但是，如果你让我坦白说的话，我认为它的确很糟糕。”

伊莎贝尔身材高挑，鹅蛋脸，直鼻梁，一双秀目，丰满的嘴唇。这一切看来是布家的特征。她很标致，只是相对于她的年龄而言，显得略微胖了一点，我猜她是越变老越苗条。她有一双有力的、好看的双手，不过也稍稍有点胖；她穿着短裙，正好露出她微胖的双腿。她皮肤很好，是一种很健康的肤色。毫无疑问，这与运动以及开着敞篷车来来回回有着很大的关系。她开朗活泼，活力四射。她快乐、俏皮、热爱生活的开朗性格和从内心里流露出来的幸福感，往往使人心花怒放。她那种神态自如的风度，不管艾略特多么优雅，和她一比都不免有些俗气。她的青春和朝气，使得布拉德利夫人苍白、布满皱纹的脸愈显疲惫和苍老。

我们下楼用午餐，格雷·布拉巴赞一看到餐厅，眼睛就眯起来。餐厅的墙面上贴满了深红色的壁纸，充当花布，布拉德利先生已故的直系祖先的油画像也挂在墙上，个个表情严肃、脸色阴沉，画风极其糟糕。布拉德利先生本人的画像也在，浓密的胡须、双排扣的长礼服和白色的僵硬的领子，显得很呆板。布拉德利夫人的画像出自一位九十年代的法国艺术家的手笔。画像挂在壁炉架上，身穿浅蓝色丝缎的晚礼服，颈上戴着珠串，发际上有一颗钻石星。一只戴着珠宝的手，抚弄着印花围巾，围巾画得惟妙惟肖，甚至能数出围巾由多少针织成。另一只手很随意地拿着一把鸵鸟羽毛扇子。屋内橡木家具是黑色的，笨重不堪。

我们入座之后，伊莎贝尔问格雷·布拉巴赞："你觉得这客厅怎么样？"

"我敢说客厅装饰花了很多钱。"他回答道。

"确实是，"布拉德利夫人说，"它是布拉德利先生的父亲送给我们的，作为结婚礼物，我们带着它跑遍了全世界。里斯本、北京、基多、罗马，就连意大利的玛格丽特王后也羡慕不已。"

"如果是你的，你会怎么做呢？"伊莎贝尔问格雷·布拉巴赞，但还没等他回答，艾略特抢先替他说了。

"烧掉。"他说。

他们三个人开始讨论怎样装修这座房子。艾略特力荐路易十五时代洛可可风格，伊莎贝尔则想要修道院式的长餐桌和一套意大利椅子，布拉巴赞则认为本德尔式更适合布拉德利夫人的个性。

"我总是认为那很重要，"他说，"一个人的个性。"他转向艾略特，"你认识奥利芬特公爵夫人？"

"玛丽？她是我最亲近的朋友之一。"

"她想让我为她装修餐厅，我一看到她的人，就确定乔治二世时代的风格最适合她。"

"你判断得太对了，我上次在她那儿用餐时，就注意到了，那餐厅可真是雅致。”

谈话继续进行。布拉德利夫人在倾听着，但是你却不知道她在想什么。我几乎没怎么说话，伊莎贝尔的男朋友拉里（我忘记他姓什么了），更是一言不发。他坐在我对面的艾略特和布拉巴赞之间，我不时地瞥他一眼。他看起来非常年轻，个头和艾略特差不多高，不到六英尺，瘦瘦的，四肢柔软灵活。他相貌端正，不是特别漂亮但也不普通，腼腆而不引人注目。我觉得很有意思的是，根据我的记忆，自从进入房间，他说的话几乎不到五六句；但是他很自在，而且很奇怪的是，尽管他没开口，却好像在参与谈话。我注意到，他的手很长，但是相对于他的个头来说，不算大，手型很漂亮，很有力，我想画家一定会喜欢画这双手。他身材苗条但看起来并不柔弱。相反，我应该说他身材结实。他的脸，恬淡严肃，被太阳晒得黝黑，要不是这样就看不出什么血色。他五官端正，但并不出众。颧骨很高，太阳穴凹陷，深褐色的头发，微微有点卷曲。一双眼睛看起来比实际的要大，因为它们深深地陷于眼窝里。睫毛又浓又长，眼珠颜色非常特别，与伊莎贝尔遗传自她母亲和她舅舅的浅褐色不同，是很深的颜色。虹膜和瞳孔差不多一个颜色，这使得他的眼睛特别深邃。他的体态优雅自然，很具吸引力，难怪伊莎贝尔对他如此倾心。伊莎贝尔的目光时不时地落在他脸上，从她的表情可以看出，她对他不只是爱意，更多的是依恋。他们的目光相遇时，他的眼睛满含柔情，特别美。年轻人的爱恋异常动人，这令我这已届中年的人也产生了嫉妒之心。但是，不知怎的，我又为他们感到遗憾。当然这很愚蠢，因为我知道没有什么可以阻碍他们的幸福，他们的处境都很优渥，他们没有理由不结婚，也没有理由不一直幸福地生活下去。

伊莎贝尔、艾略特和格雷·布拉巴赞继续谈论房子重新装修的问题。试图说服布拉德利夫人，哪怕是得到她的认可，要为装修房子做点什么，但是，她只是和蔼地微笑着。

“你们千万不要催促我，我想好好思考一下。”她转向那个男孩，“拉里，你对这一切怎么看？”

他环顾了一下众人，眼中露出微笑。

“我认为重新装修或者不重新装修并不重要。”他说。

“你这个浑蛋，拉里，”伊莎贝尔大叫，“我专门告诉过你要支持我们的。”

“如果路易莎伯母对目前的一切非常满意，那改变的目的是什么呢？”

他对问题的回答是如此切中要害，而且很合乎情理，我禁不住笑了，他看了看我，也笑了。

“请你不要把嘴咧成这个鬼样子，你自以为讲了一句俏皮的话，但我觉得很蠢。”伊莎贝尔说。但是他的嘴咧得更大了，我注意到他的牙齿很小、很白、很整齐。他望着伊莎贝尔的眼神，不知怎的使她脸红起来，呼吸也变得急促起来。除非我判断错误，她疯狂地爱上了他。但不知什么缘故，我感觉她对他的情感中，有一种母性的爱。这在这么小年纪的女孩身上，有点儿出乎意料。她莞尔一笑，又把注意力转向格雷·布拉巴赞。

“不用在意他，他很笨拙，完全没有教养，对什么事都不懂，只懂得飞行。”

“飞行？”我问道。

“他在战争中曾经是一名飞行员。”

“我还以为他这么年轻不曾参加过战争。”

“他确实年轻，他太小了，淘气至极。溜出学校，跑到加拿大，编造弥天大谎。人家真的相信他是十八岁，这样他就加入了空军，停战协定签订的时候，他还在法国作战呢。”

“你母亲的客人们可不愿意听你唠叨这些，伊莎贝尔。”拉里说道。

“我从小就认识他，当他从部队回来时，穿着军装特别帅气，他的束腰大衣上有很多漂亮的奖章。于是，我就坐在他门口的台阶上，缠得他一刻不得安宁，只好答应和我结婚。那时候，竞争可真激烈。”

“真的吗，伊莎贝尔？”她母亲说道。

拉里探下身子，对我说：

“我希望你不要相信她说的每一句话，伊莎贝尔不是个坏女孩，但她是个谎话精。”吃完午餐后不久，我和艾略特就告辞了。我之前已经告诉他我打算去博物馆看看画展，他说他要带我去。我特别不喜欢有人和我一起去逛博物馆，但是我又不能说我喜欢独自去。所以，只好让他陪着。在路上，我们谈起了伊莎贝尔和拉里。

“看到这两个小家伙如此相爱，真让人羡慕。”我说道。

“他们太小了，不适合结婚。”

“为什么呢？趁年轻时恋爱结婚是很有趣的事。”

“不要开玩笑，她十九岁，他也只有二十岁。况且他还没有工作，仅有微薄的收入，路易莎告诉我他一年只挣三千美元。不管怎样说，路易莎也不算多么富裕，她只是自给自足，没有任何剩余。”

“嗯，他可以找份工作的。”

“问题的关键就在这儿，他不努力去找工作，好像对这种无所事事的日子非常满意。”

“我敢说他在战争中一定吃了不少苦头，也许需要休息一下。”

“他已经休息了一整年了，时间肯定是足够长了。”

“我觉得他看起来是一个非常好的男孩。”

“哦，我对他并没有什么成见，他的出身很好。他的父亲原籍是巴尔的摩，过去是耶鲁大学罗马语助理教授，大致如此，他母亲过去是费城的老贵格会成员。”

“你口口声声地说‘过去’，他们现在都不在世了吗？”

“是的，他母亲在分娩时去世了，他父亲在十二年前离世了。他被他父亲大学时的一个老朋友抚养长大，那人是麻汶的一个医生，所以路易莎和伊莎贝尔和他相识。”

“麻汶在什么地方？”

“那就是布拉德利乡间住所所在的地方，路易莎每年夏天都去那儿，她很同情拉里。纳尔逊医生又是个单身汉，连养育孩子的基本常识都不懂。是路易莎坚决要求把他送到圣保罗中学，每年圣诞，她总是把他接来过节。”艾略特法国式地耸了耸肩膀，“我本来应该想到会是这样的结果。”

这时我们到达了博物馆，注意力被吸引到绘画作品上去。我又一次被艾略特的学识和品位所折服。他领我参观各个画室，好像把我当作初来乍到的游客。他讲起这些画来，使人受益匪浅，任何美术教授都会自叹不如。我决心独自再来一次，那时我可以随意逛逛，现在就由他说去。过了一会儿，他看了看手表。

“我们走吧，”他说道，“我待在博物馆的时间从不超过一个小时，那是一个人的欣赏力能持续的最长时间，我们改天再来看完所有的绘画作品。”

我真诚地向他致谢后才与他分别。此行是否有益，我不知道，但确定的是，我正变得烦躁。

我和布拉德利夫人告别的时候，她告诉我第二天伊莎贝尔邀请了她的几位年轻朋友来家吃晚餐，之后一起去跳舞。如果我能参加，等孩子们离开后，我还可以和艾略特好好聊聊天。

“你一直对他很好，”她接着说，“他在国外待了好多年，在这儿他感觉很不习惯，似乎找不到一个志同道合的人。”

我接受了，我们在博物馆阶梯上分手时，艾略特告诉我，他很高兴我答应下来。

“在这座大城市里，我好像迷失了灵魂，”他说道，“我向路易莎承诺我要和她在一起待六个星期，自从一九一二年后，我们彼此就没见过面。但是在这里我度日如年，每天都在数日子，希望快点回到巴黎。巴黎是世界上唯一的文明人能居住的城市。我亲爱的朋友，你知道他们这儿的人怎么看我吗？他们把我看作是一个怪物。真是一群野蛮人。”

我笑了笑，离开了。

六

第二天晚上，艾略特打来电话要来接我，我拒绝了他，选择独自前去。因为有人来访，我耽搁了一会儿，但只是迟到了一会儿。上楼时，听到客厅里人声喧哗，我想客人一定很多，结果到了之后，却吃惊地发现包括我在内只有十二个人。布拉德利夫人身着绿色绸缎衣服，戴着一串珍珠项链，显得雍容华贵。艾略特穿着那件剪裁考究的无尾礼服，看起来很优雅，刚好衬托出他的气质。当他与我握手时，一种混合了多种阿拉伯香水的气味扑鼻而来。他把一位体态臃肿、身材高大的客人介绍给我，那人一张红红的脸，穿着晚礼服，看起来有些不自在。他是纳尔逊医生。但是在那个时刻这一切对我毫无意义。参加晚会的其他人都是伊莎贝尔的朋友，但是我根本记不住他们的名字，听到之后马上忘记。这些女孩都年轻漂亮，男子也都年少英俊。但对于那些人我都没什么印象，仅有一个男孩吸引了我，因为他又高又魁梧。他一定有六英尺三四英寸高，肩膀宽阔。伊莎贝尔看起来非常可爱，她穿着丝绸做的白色的、长长的窄底裙，正好遮住了她的粗腿。她连衣裙的剪裁样式显得她的胸部很丰满；裸露的胳膊微微有点胖，但是她的颈部很美。她兴高采烈，一双秀目闪闪发光。毫无疑问，她是一位非常漂亮、令人悦目的女孩，但是，很明显，如果她继续这样下去，她的身材会过于臃肿的。

席间，我被安排在布拉德利夫人和一个非常羞涩、沉闷的女孩之间。这个女孩看起来比其他女孩年龄都小。我们落座的时候，为了使气氛缓和些，布拉德利夫人介绍说这个女孩的父母都住在麻汶，她和伊莎贝尔曾是同学。我从旁人口中得知她叫索菲。席间，桌子对面的人相互逗趣，大家都高谈阔论、欢声笑语。他们看起来彼此非常熟悉。当女主人没与我交谈时，我便试图与我旁边的女孩攀谈，但是谈得并不顺利。她比其他的人都要安静些。她不漂亮，但她的脸很有趣，鼻尖微翘，大大的嘴巴，碧绿色的眼睛，沙棕色头发，发型简单。她非常瘦弱，胸部和男孩子一样平。大家在打趣她时，她也笑，但是这种笑很不自然，有点儿强装笑颜，使人觉得，她实际上并不感到好笑。我猜想她是一直在尽力敷衍。我搞不懂这是因为她有些笨拙，抑或仅仅是过于羞涩，我曾几次尝试和她攀谈都没有成功。因为找不到更好的话题来交谈，我便请她告诉我席间的这些人都是谁。

“嗯，你认识纳尔逊医生吧，”她说道，指的是在我对面的那位中年男子，他坐在布拉德利夫人的另一边，“他是拉里的监护人，他住在麻汶，是我们的医生。他是个聪明的人，发明飞机上用的小装置，不过没人理会他。当他不搞发明时，就会喝酒。”

当索菲谈论这些的时候，她绿色的眼睛里闪烁着光芒。这使我对自己最初的猜测产生了怀疑，看来她不只是外表看起来那么简单。她继续为我一一介绍这些年轻人，他们的名字、他们父母的身份。如果是男孩，她还会介绍他们上过哪所大学、做过什么工作，但大都非常笼统，“她非常亲切”或者“他高尔夫球打得很好”。

“那位浓眉的大个子是谁？”

“那个，哦，那是老格雷·马图林。他的父亲在麻汶的河边建了一座很大的房子。他是百万富翁，我们都因他而自豪，他把我们的身价都抬高了。马图林、霍布斯、雷纳还有史密斯。他是芝加哥最富裕的人之一，格雷是他的独生子。”

她提及一连串客人的名字时，说话酸溜溜的。我好奇地看了她一眼，她的脸红了起来。

“请告诉我更多关于马图林先生的事情。”

“没有什么可说的了，他很富裕，备受尊重。他在麻汶为我们修建了一所教堂，还捐献了一百万美元给芝加哥大学。”

“他儿子一表人才。”

“他还不错啦。你可能想象不到，他祖父是贫穷的爱尔兰人，他祖母是瑞典人，在一个小吃店当侍者。”

格雷·马图林很引人注目，但是并不好看。他有着粗犷的、未经修饰的面孔，短短的钝鼻子，性感的嘴，红润的爱尔兰肤色；一头浓密乌黑的头发梳得油光可鉴，浓浓的眉毛下面是一双明亮的蓝眼睛。他虽然块头很大，但是长得非常匀称。假如脱掉衣服，一定是个身材极好的男子。他非常强健，那种男子气概令人印象深刻。这使得紧挨着他坐的拉里显得很瘦弱，虽然拉里只比他矮三英寸或者四英寸。

“喜欢他的人可多了，”索菲说道，“我知道几个女孩不惜一切代价，都在拼命追他，但是她们还是没有机会。”

“为什么没有机会呢？”

“你一点儿都不知道吗？”

“我怎么可能知道呢？”

“他深爱着伊莎贝尔，就像疯了一样，而伊莎贝尔爱上了拉里。”

“他干吗不竞争一下呢？”

“拉里是他最好的朋友。”

“那事情可就麻烦了。”

“谁让格雷愿意当个道德楷模呢。”

我不能确定她说这些是不是认真的，抑或她的语气中有一种嘲弄的意味。她的举止没有任何的莽撞和无礼，然而却给我留下了这样的印象，她既不缺少幽默，又不失精明。我猜不出当她和我谈话时，她内心真正想的是什么。但是，这一点我知道我永远也搞不清楚。很明显，她缺少自信，我猜她可能是独生女，与比她大得多的人在一起过着与世隔绝的生活。我发现她的迷人之处在于谦虚而不显山露水。倘若我对她的猜测不错的话，我猜想她一直生活得很孤寂，一直在默默地观察那些与她生活在一起的年长的人，而且对他们都有一定的看法。我们这些成年人很少觉察到年轻人对我们的判断有多无情，却又多么深刻。我又一次看着她碧绿色的眼睛。

“你今年多大了？”我问道。

“十七岁。”

“你读书读得多吗？”我随便地问道。

但是没等她回答，布拉德利夫人为了尽她女主人的职责，用她的话把我吸引到她的身边，在我能够脱身之前，宴会结束了。年轻人立刻走得不知去向，我们四个留下来，到了楼上的客厅。

被邀请参加这个宴会，我非常惊讶，因为经过短暂的漫无目的的谈话之后，他们开始谈论我本来认为他们应该私下讨论的事情。我应该起身离开还是以局外人的身份，做一个对他们有用的旁观者？我不能决定怎样做更有分寸。他们讨论着拉里不愿意去上班的古怪倾向，后来又谈到马图林先生，马图林先生是适才吃晚饭时的那个男孩的父亲，主动答应在他的公司里给拉里提供一个职位。这是一个很好的机会。凭借拉里的能力和勤勉，在适当的时机，有望赚上一大笔钱。小格雷·马图林希望他接受这份工作。

我记不清当时他们具体说了什么，但是谈话的要点我还清晰地记得。拉里从法国回来时，他的监护人纳尔逊医生曾经建议他去上大学，但是他拒绝了。这是人之常情，他应该好好休整一段时间，什么也不做，毕竟他在战争中度过了非常艰难的时期，还负过两次伤。虽然都不严重，但纳尔逊医生认为他对战争还心有余悸，让他休息直至完全恢复健康也不失为一种好做法。但是几周过去了，几个月过去了，自他从部队回来到现在已经超过一年了，事情并没有好转。他在陆军航空兵团似乎干得很好，回来后他成为芝加哥的重要人物，因此好几位商界人士主动为他提供职位。他对他们表示感谢，但是拒绝了他们的好意。他给出的唯一理由是他还没决定今后要做什么。他和伊莎贝尔订了婚，布拉德利夫人对此一点也不感到意外，因为他们在一起已经很多年，她知道伊莎贝尔一直爱着拉里。布拉德利夫人本人也喜欢拉里，认为他会使伊莎贝尔幸福。

“伊莎贝尔的性格比拉里更坚强，可以弥补他的短处。”

虽然他们年龄都很小，布拉德利夫人却很希望他们立刻结婚，但是这一切得等到拉里工作之后才行。他自己有一点积蓄，但是即使他有再多的财产，哪怕比现在多十倍，她也坚持等拉里工作之后才允许他们结婚。据我推测，布拉德利夫人和艾略特想从纳尔逊医生那里得知，拉里究竟想做什么。他们想让纳尔逊医生给拉里施压，让拉里接受马图林先生提供的这份工作。

“你们知道，对拉里来说，我并没有太多的威慑力，”他说道，“即使小时候，他也是一意孤行。”

“是啊，你全然让他逍遥自在，他没有走上歪路，真是不可思议。”

纳尔逊医生已经饮了很多酒，愁眉苦脸地看了她一眼，他的脸比之前更红了。

“我很忙，我有很多自己的事情要料理，当初我收养他是因为他再无其他去处，而且他的父亲是我的朋友。这孩子是不容易管教的。”

“我不知道你为何这么说，”布拉德利夫人尖刻地回答，“他性情很温和。”

“如果一个男孩从来不与你争吵，但总是我行我素，即使你生气时，任凭你怎么狂怒咆哮，他也仅仅是说声对不起。换作你，你会怎么做呢？如果他是我自己的儿子，我本可以打他的，但是我不能打一个在世上举目无亲的孩子。他父亲之所以把他托付给我，是因为相信我会善待他。”

“现在说这些都无关紧要。”艾略特有点气愤地说，“问题是这样的：他游手好闲的时间太久了，现在有一个很好的职位，薪水很高。如果他想娶伊莎贝尔，他就必须接受这份工作。”

“他必须明白目前的状况。”布拉德利夫人插话说，“男人必须工作，他现在正当壮年。我们都知道这次世界大战之后，有些男人从战场上回来后没有做过一点事情，成了家庭的累赘，对社会毫无益处。”

就在此时，我插了话。

“但他给出拒绝各种工作的理由了吗？”

“没有，无非就是这些工作对他缺少吸引力。”

“他就没有什么想做的事吗？”

“很明显没有。”纳尔逊医生又随手倒了一杯威士忌，这一杯他喝了很长时间，然后看着他的两位朋友。

“你们想不想听听我对他的看法？我不敢说我很懂人性，能做出很好的评判，但是不管怎样，根据我三十多年的行医经验，我对此还是略知一二。战争对拉里产生了影响，战争后回来的拉里已经不是从前的那个拉里了，不仅仅是因为他年龄大了，战争中所发生的事情也改变了他的个性。”

“发生了什么样的事情呢？”我问道。

“不知道，他对自己的作战经历只字不提。”纳尔逊医生转向布拉德利夫人，“路易莎，他有没有和你谈起过这些事情？”

布拉德利夫人摇了摇头。

“没有，当他刚刚回来时，我们试图让他给我们讲述他的冒险经历，但是他只是笑了笑，说没有什么可谈的。他甚至都没和伊莎贝尔谈起过这些事情。她屡次问他，可是什么也没问出来。”

谈话就以这种不冷不热的方式进行着，不久，纳尔逊医生看了看他的手表，说必须告辞。我想和他一起走，但是艾略特硬要我留下来。当纳尔逊医生离开之后，布拉德利夫人向我道歉说，因为他们的私事给我添麻烦了。

“但是，你知道的，我的确很挂念此事。”她说道。

“路易莎，毛姆先生很擅长拿捏分寸的，告诉他什么都不必担心。我感觉到鲍勃·纳尔逊和拉里不大亲密。但是，路易莎和我认为，有些事情我们最好不要对他提起。”

“艾略特。”

“你都告诉他这么多了，干脆把所有事情都告诉他。我不知道你在宴会上是否注意到了格雷·马图林？”

“他那样高大，怎么能注意不到他？”

“他也是伊莎贝尔的追求者，拉里不在的时候，他一直非常殷勤。她也喜欢格雷，如果战争再持续更长的时间，她很可能已经和格雷结婚了。格雷向她求婚，她不知所措。路易莎大概是想等到拉里回来后再做选择。”

“格雷为什么不去参战呢？”我问道。

“他曾因踢足球用力过度，伤了心脏。严重倒是不严重，但是陆军不愿接收他。不管怎样，当拉里回来的时候，他已经没有机会了，伊莎贝尔断然拒绝了他。”

对此我不知道该怎样说为好，所以我选择了沉默不语。艾略特继续谈着。以他出众的外表和牛津口音，说他像外交部的高级官员再合适不过了。

“拉里当然是个好孩子，他能私自加入陆军航空兵团也可谓了不得，不过我阅人的功夫还是非常一流的……”他流露出了意味深长的微笑，接下来竟然开始提到在古董买卖生意上发了财，我印象中这是他唯一一次这么做。“要不然的话，我此刻不会拥有一大堆政府债券了。我的观点是拉里成不了大器，他既没有可以用来做谈资的钱财，也没有地位。格雷·马图林的情况就截然不同了。他出生于一个非常好的爱尔兰家族，祖上有一位是主教、一位是剧作家，还有几位是杰出的军人和学者。”

“你怎么知道这一切的？”我问道。

“我就是知道啊，”他漫不经心地答道，“实际上是前几天我在俱乐部浏览《国家人物传记大辞典》时，碰巧看到了这个姓氏。”

我认为我犯不着多事，把宴会上我邻座的女孩告诉我的事情告诉他，说格雷·马图林的祖父是贫穷的爱尔兰人，他的祖母是瑞典的一名侍者。艾略特继续说下去。

“我们认识亨利·马图林多年了。他是一个很好的人，而且非常富有。格雷将进入芝加哥最好的经纪人公司，前程似锦，他想和伊莎贝尔结婚，对女方来讲，这是一门很好的亲事，他俩是非常般配的。我本人完全赞同这件事，我知道路易莎也完全赞同。”

“艾略特，你离开美国太久了，”布拉德利夫人说道，勉强地一笑，“你忘记了在这个国家，女孩不会因她们的母亲和舅舅支持她们的婚姻就结婚的。”

“这不是什么值得骄傲的事儿，路易莎，”艾略特刻薄地说道，“根据我三十年的经验，我可以告诉你，适当地重视地位、财富和环境的婚姻，无论从哪一方面讲都优于只因爱情而结合的婚姻。法国，毕竟是世界上唯一的文明国家。在法国，伊莎贝尔会毫不迟疑地嫁给格雷，往后再过一两年，如果她愿意的话，可以把拉里作为她的情人。格雷可以置一所豪华公寓养一个女明星，这样大家都会过得很幸福。”

布拉德利夫人并不是个傻瓜，她看着自己的弟弟，狡黠地一笑。

“艾略特，问题是纽约的剧团每年来这儿的演出时间很有限，格雷那所豪华公寓的姑娘能住多久，谁也说不清。这肯定会让大家都感到不便的。”

艾略特笑了。

“格雷可以在纽约证券交易所谋一个经纪人的职位，毕竟，如果你非得住在美国，纽约是你唯一的选择。”

我在这之后不久就离开了，但是还没来得及走，艾略特就问我是否愿意和他一起吃午餐，去见见马图林父子，我不知道为什么要去见他们。

“亨利是美国商界人士中最好的典型，”他说道，“我认为你应该见见，他已经为我们管理产业多年了。”

我并不特别想去，但是我又没有理由拒绝，因此我说很愿意去。

七

我在芝加哥逗留期间，曾有人介绍我加入一家俱乐部，俱乐部有一个不错的阅览室；第二天一早，我去那里翻阅一两种大学刊物，因为这些杂志除非长期订阅，平时不容易碰见。时间尚早，阅览室里仅有一人，他坐在一张大皮椅子里，专注于读书。我很诧异地发现这个人就是拉里。我完全没想到会在这里遇到他。当我走近时，他抬起了头，认出了我，似是要站起来。

“别起来，”我说，紧接着随口问道，“你在看什么？”

“一本书。”他笑道，可是这微笑如此动人，连他回话里那种冷落怠慢的口吻都丝毫不会让人生气了。

他合上书，用一种尤其模糊的眼神盯着我。

“你昨晚玩得可好？”我问。

“痛快至极，五点钟才回到家。”

“你来这么早又有精神，可真努力啊！”

“我经常来这儿。一般来说，这个时候此地总是由我独享。”

“我不打扰你了。”

“你并未打扰我啊！”他再次展露出笑意说道。这时候，我才发觉到他嫣然的笑。这种笑并非是那种灿烂的、闪烁的笑，而似有一种内在的光，由内向外把他的脸都照亮了。他坐在凸出来的书柜间，旁边还有一把椅子。他把手放在椅子扶手上说：“坐坐吧？”

“好的。”

他把手里的书递给了我。

“这就是我读的书。”

我看了一下，原来是威廉·詹姆斯的《心理学原理》。毫无疑问，这是一部心理学史上很重要的作品，而且书的可读性很强。不过我确实没有想到这位曾经当过飞行员、跳舞跳到早上五点钟的年轻人，手里竟会有这样一本书。

“你为什么要读这个呢？”我问。

“我的知识太浅薄了。”

“你年纪也还小呢。”我笑着说。

他沉默了好一会儿，我开始觉得这气氛有些尴尬。在我想动身去找我想要的杂志时，我却觉得他有话想说。他出神地看着前方，表情严肃且凝重，似乎若有所思。我静静地等着他，也好奇于原因何在。最终他开口时，好像只是继续先前的谈话，并未察觉到这期间冗长的沉默。

“我从法国回来后，他们都劝我上大学。我实在做不到。经历过这么多事情后，我觉得没办法回去念书了。何况，我在读预科学校时一无所获。我觉得我无法融入大学生的生活，大学生们保准不会喜欢我。我也不想强迫自己去做不愿意做的事情，并且我认为老师们教授的知识并非是我想学的。”

“我知道这事与我毫不相干，”我说，“不过，我并不认为你是对的。我想我能理解你的意思，我也能懂得一个经历了两年战争的人，回来却做一个光鲜亮丽的大学生，这是相当乏味的。我不相信他们会不喜欢你。我并不是很熟悉美国的大学，然而，我认为美国的大学生和英国的大学生差不多，或许活泼一点，甚至有些胡闹，可是，整体来说，还是些懂事的孩子。我敢说，假如你不想过他们那种生活，只要稍微用一下脑子，就可以过你自己的生活。我没有像我的兄长一样去剑桥读书，我曾经有过这样的机会。然而，我都自愿放弃了，只想着去外边的世界闯荡。现在仔细想来，真后悔之前做出的决定，让我犯了不少本来可以避免的错误。大学老师有很广的阅历，你学得也会较快一些，没有人指导，难免走不少冤枉路。”

“也许吧。我并不怕做错事。说不准，在一条冤枉路上，我能找到自己的人生目标。”

“你的人生目标是什么？”

他犹豫了一下。

“不好说啊，我还不大确定。”

我一语不发，因为我好像不知如何回应。就我自己而言，自打小时候起，我就有清晰的目标，因而对此觉得不耐烦。可是，我还是按捺住了脾气，直觉告诉我，这孩子虽然内心迷茫但是却还肯上进，或许是尚未成熟的想法，或者是刚萌生的情感，使得他的灵魂有些躁动，努力寻找自己未来的路。他莫明地激起了我的同情。我从来没有听他说过太多的话，并且直到现在才察觉到他说起话来极其动听，极具说服力并且颇具疗效。想到这一点，加之他那迷人的笑，富于表现力的黑眸，我就很能理解伊莎贝尔为什么爱上他了。他身上确乎有种令人生爱的地方。他转过头来，看着我，没有丝毫的局促不安。但是，他的眼睛里有一种表情，似是在打量我，又似是在笑我。

“昨天晚上我们全部走开去跳舞时，你们谈到了我吧？我说得对吗？”

“有那么一段时间。”

“我想他们硬要把鲍勃大叔邀来正是因为如此吧。他不愿意出门的。”

"好像有人给你找了一个很好的工作。"

"一个绝美的差事。"

"你干不干呢？"

"我想不会。"

"为什么不？"

"我不想做。"

这与我没有丝毫关系，我真是多事，可是我有一种直觉，好像正因为我是个来自国外的局外人，拉里觉得同我谈谈没有关系。

"人们常说，当一个人一无是处的时候，那就去当作家吧。"我轻声地笑了。

"我没有才能。"

"那么，你要做些什么呢？"

他轻轻微笑，明媚而迷人。

"混日子。"他说。

我只好笑了。

"我觉得，芝加哥并不是做这种事最好的地方，"我说，"不管啦，你还是看书吧。我想去看一下《耶鲁季刊》。"

我站了起来。当我离开阅览室时，拉里依然沉迷于威廉·詹姆斯的那本书。我独自一人在俱乐部里吃了午饭，阅览室里异常安静，我回到那里去抽了雪茄，就这样消磨了一两个小时的光阴看书写信。我很诧异地发现拉里还沉醉于读书中。我走开后，他看起来好像就没有动过。等到大约四点钟我离开时，他依旧在那里。他这种聚精会神的能力，让我惊讶不已。他既没有察觉到我走，也没有察觉到我来。下午我有各种各样的事情需要做，直到该换衣服赴晚宴时才回旅馆。在回来的路上，我忽然被突如其来的好奇心驱使，再一次走进俱乐部，进入了阅览室。

那时候，阅览室里已有不少人，在看报什么的。拉里依旧坐在那张椅子里，专注于那本书。奇怪！

八

第二天，我受艾略特之邀前往巴玛大厦与马图林父子共进午餐，一桌只有我们四人。亨利·马图林个子高大，和他的儿子相差不大，满脸红润，下颌宽大，同样长了一个坚挺的鼻子。他的眼睛较小，眼珠呈淡蓝色，眼神老谋深算。虽然年纪至多五十开外一点，可是看上去要老十年，头发已经稀得很厉害，并且全白了；乍一看并不给人以好感。多年来他自己混得好像很不错。我对他的印象是一个残酷、精明、能干的人，他这种人在生意场上无论如何都毫无慈悲可言。起初，他说话很少，我觉得他在打量我。我当然觉察到艾略特在他的眼中只是个笑料而已。格雷友善谦恭，几乎沉默不语。若不是艾略特的交际手段出色，并且滔滔不绝地随意说着话，此次聚餐就要陷入尴尬境地了。我猜他过去和那些中西部商人做交易时，一定收获了丰富的经验，那些商人若是不被甜言蜜语哄骗，绝不会以如此昂贵的价钱买一个早期绘画大师的作品。没多久，马图林先生变得轻松自如起来，小聊两句，我才发现他比外表看起来更聪明，而且的确还有些许的冷幽默。其间，谈话曾转移到证券股票上。因为我知道艾略特尽管做了很多荒唐事，却一点都不傻，当我发现艾略特讲到该话题很有见地时，并不感到意外。这时，马图林说道：“今天早上，我收到了格雷的朋友拉里·达雷尔的一封信。”

“你并没有告诉我，爸。”格雷说。

马图林转向我。

“你认识拉里吧？”

我点了一下头。“格雷让我把他带到我公司来上班，他们是好朋友，格雷对他评价颇高。”

“他说了什么，爸？”

“他感谢我，他说他知道这对于他这样的年轻人来说是一个绝佳机会，他经过认真思考，认为他与其以后让我失望，还不如现在就拒绝的好。”

“他真是个傻瓜。”艾略特说。

“的确是这样。”马图林先生说。

“真是非常抱歉，爸，”格雷说，“倘若我和拉里能一起做事，那该多好。”

“牛不喝水莫按头。”

马图林边说着这些话边看着儿子，眼睛不再那么警觉了。我发现了这无情商人的另一面：他太爱他的大块头儿子了。他再次转向我。

“你知道，这个孩子在上周天的场子上打了两盘让点赛，赢了我七点和六点。我本来能够用球击碎他的头部，但想起来还是我亲自教会了他打高尔夫球。”他充满了自豪，“我也开始喜欢他了。”

“是我运气太好了，爸。”

“根本不是运气。你把球从洞里打出来，又把球落到距离洞口只有六英尺的地方，难道这也是运气吗？那一球，刚好三十五码远。我想让他参加明年的业余锦标赛。”

“我抽不出时间来。”

“我是你的老板，没错吧？”

“难道我不知道吗？迟到一分钟，你就会大发脾气。”

马图林咯咯地笑了。

“他这是把我描述成一个专制君王，”他和我说道，“你别听他的，我就做我的生意，和我搭伙的人都不行，我为我的生意而感到骄傲。我让这孩子先从最基层做起，并且期望他能够逐步发展，就像我雇用的其他年轻人一样，这样当他代替我的职位的时候，他能够做好准备。这是一个很大的责任，我从事这一行，有些顾客将自己的投资交给我管理已达三十年之久，他们信任我。说句实在话，我宁愿自己吃亏，也不愿意看到他们有所损失。”

格雷笑了。

“前不久的一天，一个老妇人来这儿要给一个不可靠的项目投资一千块钱，说是她牧师推荐她这样做的。他不愿接下这个活儿，但是她坚持非做不可。他大为恼火，她哭着离开。后来他又见了那个牧师，也让牧师大吃苦头。”

“人们通常会对我们做经纪人的说三道四，但是经纪人之间也有差别。我就不想让人们赔本，我想让他们赚钱。可是，他们那种做法，他们中的大多数会让你觉得，他们生命的唯一目的就是让自己变得一文不值。”

马图林父子离开回了办公室。在我们离开的时候，艾略特问道：“你觉得他们如何？”

“我总是很乐意接触新事物。我认为他们的父子之情相当感人，这在英国不大多见。”

“他相当喜欢这孩子。他真是古怪至极，他那些有关顾客的评价是大实话。他照顾着数百个老妇人、退伍军人、牧师，他们的积蓄都由他打理。我的确认为他们这些人带来的麻烦胜过好处，但是他，却以得到这么多人的信任为荣。但是，当他碰到一大笔有利可图的生意时，没有人能比他更残酷无情。那时在他看来没有任何仁慈可言，非要撕下一块肉不可，几乎没什么可以阻拦住他。只要引起他的反感，他不但让你破产，而且还会为此开怀大笑。”

一回到家，艾略特就告诉了布拉德利夫人，拉里谢绝了亨利·马图林。伊莎贝尔正跟女友们共进午餐，他进来时，她们还谈着这件事，也就告诉了她。从艾略特的话中得知，他费了不少口舌。尽管十年来他一点工作也没做，尽管他用以积聚财富的工作也没有丝毫艰苦可言，他却坚定地认为工业是人类生存之必备。拉里是一个再平常不过的年轻人，毫无社会影响力，他丝毫没有理由不遵从他本国共同推崇的风俗。在像艾略特这样有远见的人来看，很显然，美国正走向一个空前繁荣的时代。拉里现在有一个优先入门的机会，只要他埋头苦干，到他四十岁前，成为一个亿万富翁并非难事。到那时，他要是愿意退休，做个绅士，或者在巴黎杜布瓦大街弄一所公寓，或者在都兰置一所府邸，艾略特都无话可说。可是，布拉德利夫人的话更简洁了当，更无辩驳的机会。

“他倘若爱你，就理应做好为你工作的准备。”

我不知道伊莎贝尔怎样答复这样的话。可是，她的确聪慧过人，明白长辈说的话不无道理。她所认识的所有的年轻男子，要么在学习，要么在上班，拉里不能仰仗他空军生涯的非凡业绩生活一辈子。战争已结束，人人都厌恶至极，渴望尽快忘掉，越快越好。大家最后讨论的决定是伊莎贝尔同意把这件事情和拉里一次性摊开交谈。布拉德利夫人建议伊莎贝尔找拉里开车把她送到麻汶去。布拉德利夫人刚好正在定制客厅里的新窗帘，遗失掉了量好的尺寸，因而让伊莎贝尔再去量一下。

“鲍勃·纳尔逊会留你们吃午饭的。”她说。

“我有个比这更好的点子，”艾略特说，“为他们准备一个食物篮子，让他们在游廊上吃午餐，饭后他们就可以谈。”

“这倒有些意思。”伊莎贝尔说。

“没有什么能比舒服地吃一顿野餐更让人愉悦的了，”艾略特自满地说，“老迪泽公爵夫人过去常跟我讲，就是再倔强的男人在这种场合也会变得温和。你要给他们准备什么午饭？”

“奶酪酿馅鸡蛋和一个鸡肉三明治。”

“胡说八道，既然是吃野餐，就必须有肥鹅肝酱。刚吃饭时你得给他们咖喱虾仁，接着是鸡脯冻，加上点儿生菜心色拉，这得由我亲自做。用过肥鹅肝酱以后，你可自便，如果你能接受美国习惯的话，就再来一个苹果派。”

“我给他们奶酪酿馅鸡蛋和一块鸡肉三明治，艾略特。”布拉德利夫人坚定地说。

“好吧，那我敢说事情必败无疑，到时这也只能怪你自己了。”

“拉里吃得很少，舅舅，”伊莎贝尔说，“而且他根本不会注意吃什么。”

“我希望你不要把这当成他的优点，傻孩子。”她舅舅回应道。

但是布拉德利夫人说给他们吃的那些东西，就是他们那天吃的。后来艾略特和我说这次出游的结果时，他很法国范儿地耸了耸肩。

“我告诉他们一定会完败。我请求路易莎放一瓶我在战前送给她的蒙特拉谢酒，可是，她就是不听我的。她只带了一个保温杯的咖啡，此外无任何东西。你还能指望什么？”

当时好像布拉德利夫人和艾略特正单独坐在客厅里，就在这时，他们听见了车子停在门口，伊莎贝尔走进了屋里。恰逢夜幕降临，刚拉起窗帘。艾略特躺在扶手椅里，在炉边读小说，布拉德利夫人在做一块绣帐，准备当防火屏用。伊莎贝尔并没有进来，而是径直走向了她在楼上的卧室。艾略特透过眼镜望了望他姐姐。

“我想她是去脱帽子，不一会儿应该要下楼。”她说。

然而，好几分钟过去了，伊莎贝尔并没有下楼。

“或许她累了，在床上躺着呢。”

“你难道不希望看到拉里跟进来？”

“艾略特，不要惹别人生气。”

“好吧，反正这是你的事，与我无关。”

他接着看书，布拉德利夫人继续干活。但是，过了半小时，她突然站起来。

“我想，我最好是去上楼看看她怎么了。如果在休息，我就不打扰她了。”

她离开房间，可是，没过多一会儿就下来了。

“她一直在哭泣。拉里要去巴黎，在那里待两年。她承诺等他。”

“他为什么要去巴黎？”

“问我没有意义，艾略特，我也不知道。她什么都不愿意告诉我。她说她明白，也不愿意阻碍他。我和她说：‘如果他打算丢下你两年，说明他不够爱你。’她说：‘我爱莫能助。重要的是我非常爱他。’我说：‘就算今天这样以后，你还是爱他？’她说：‘今天让我比之前任何时候都更加爱他，而且，他也真切地爱着我，我敢保证。’”

艾略特思考了一会儿。

“那两年之后又会怎么样呢？”

“我告诉你我也不晓得，艾略特。”

“难道你不认为这不尽如人意？”

“非常。”

“只能说，他们都还年轻。等两年对他们俩来说都没有什么。可是在这两年里，任何事情都可能会发生。”

两人一致认为，最好不要惊动伊莎贝尔，那天晚上，他们本来打算出去吃晚饭的。

“我不想让她难过，”布拉德利夫人说，“如果人们看到她眼睛肿胀得厉害，一定很诧异。”

可是第二天午饭以后，家里就只有他们三个人，布拉德利夫人又一次提到了这个话题。但是，从伊莎贝尔口中一无所获。

“真是没有什么可以告诉你了，该说的都说了，妈。”她说。

“可是，他要去巴黎做什么？”

伊莎贝尔笑了一下，因为她知道她的回答在妈妈看来是多么荒谬不通。

“混日子。”

“混日子？这话什么意思？”

“正是他告诉我的。”

“我真是受够你了。如果你还有点儿志气的话，就应该当场和他断绝关系。他简直是耍你玩儿。”

伊莎贝尔看了看她左手戴着的戒指。

“我能怎么办呢？我爱他。”

这时，艾略特加入到对话中来了。他用他擅长的交际手腕来谈这一问题。“并非因为我是她舅舅，亲爱的老兄，而是作为一个饱经世事的人和一个经验不足的女孩谈话。”然而，他的收获比布拉德利夫人好不了多少，给我的印象是伊莎贝尔让他别管闲事。当然，这话说得很有礼貌，又没有丝毫的含糊。当天晚上稍微晚一些时候，在黑石旅馆我住的小起居室里，艾略特把这一切告诉了我。

“当然路易莎是完全正确的。”他补充说，“这事确实很不尽如人意。但是，当你让年轻人去安排自己的婚姻，他们除了相互爱慕之外，其他全然不顾，碰上这种事是一种必然。我告诉路易莎不要因此而担忧；我认为事情要比她预料的好。拉里不在跟前，小格雷总待在这里——是吧，如果我还能懂点儿人情世故的话，结局已经很明显了；人们在十八岁时情感是非常热烈的，却不能持久。”

“你真是完全洞察了人情世故，艾略特。”我微笑道。

“我总算没有枉读拉罗什富科。你知道芝加哥是一个什么样的地方；他们总是天天约见。对于一个女孩子来说，有一个男孩子这般钟情于她，当然让她大悦；待她明白她的那些女性朋友们没有一个不百般乐意嫁给他的时候——那样的话，我问问你，从人性上讲，她是不是要排挤掉每一个人呢？我的意思是，这好比有人请你吃饭，你明明知道受不了那腻味，而且唯一可吃喝的东西只有柠檬水和饼干，但是你依然会去，因为你知道如果你最好的朋友们得到邀请，也会不惜任何代价前往。”

“拉里何时走？”

“不晓得。我想或许还没有定下来。”艾略特从口袋里掏出了一个长长的、薄薄的用白金和黄金镶起来的烟盒子，取出了一支埃及烟。法蒂玛、特醇烟、骆驼和好运到，都不适合他抽。他微笑着看着我，笑容里充满了暗示。“当然我不愿意和路易莎这样说，但是，告诉你却没啥：我暗地里对这年轻的小伙子深表同情。我想他在参战时见过巴黎，如果他对这个世界上唯一适合文明人居住的城市着迷，我丝毫不会责怪他。他年轻，我敢确定他要在开始家庭生活以前，尽情荒唐放任。这既很自然又很正当。我会留意，把他介绍给那些合适的人；他风度挺好，再加之我指点一二，就完全可以去见人；我敢保证带他看看美国人很少有机会看到的法国生活的另一面。老兄，相信我，一般美国人进天国要远比进圣日耳曼大街容易得多。他二十岁，年轻有魅力。我想我应该能够给他找一个年岁大一点的女人。这能让他成熟。我一直认为一个年轻人能做一个上了相当年纪女子的情人，对他来说是再好不过的教育。当然，如若这女子是我想象的那类人，一个上流社会的女人，你懂的，就会让他立刻在巴黎拥有地位。”

“你把这话和布拉德利夫人讲了吗？”我微笑着问。

艾略特窃笑起来。

“老兄啊，假如我有什么地方值得我自负的话，那就是我的为人处世之道。我并没有告诉她。她是不会懂的，可怜的女人。对于路易莎，我有一点始终不懂，她虽然半辈子都在外交界混，而且在世界上过半的首都住过，可她依然是一个极其无可救药的美国人。”

九

那天晚上，我去位于湖滨大道的一所大厦赴宴。这房子全是用石头砌成的，看上去，就好像起初建筑师本来打算盖一座中世纪城堡，然后在中途时改变了想法，决定改建为一幢瑞士木屋。那是一场盛大的宴会，当我走进那所极其宽敞且又奢华的会客大厅时，看到的全是些雕像、棕榈、吊灯、古画和满满的家具。我很高兴看到至少有几个人我是认识的。亨利·马图林给我介绍了他那骨瘦如柴、满脸脂粉的妻子。我向布拉德利夫人和伊莎贝尔打了招呼。伊莎贝尔身穿一件红绸缎的衣服，和她的一头乌发、深褐色的眼睛很相宜。她看上去精神很好，没有人会想到她前些日子痛苦的经历。她正和围着她的两三个年轻人谈笑风生，格雷是其中之一。晚饭时，她坐在另一桌，因而我看不到她。吃过饭后，我们男人都慢腾腾地喝咖啡、白酒，抽着雪茄，许久才得以回到客厅。此时我总算有机会和她说几句话。我对她了解甚少，不能把艾略特告诉我的那些话直接告诉她，但是我还是认为她是很乐意听到这些话的。

“那天在俱乐部里我偶然碰见了你的男友。”我随口说道。

“哦，是吗？”

她说话也像我一样随便，但是，我还是能看得出她立刻警觉了起来，眼睛警惕地张望着，而且我看出了其中的恐惧。

“他当时在阅览室里读书。他的专注给我留下了极深的印象。我刚过十点进阅览室时，他在读书；午饭回来以后，他依旧在读书；当我离开去外边吃晚饭路过俱乐部时，他还在读书。我想他一动不动地坐在椅子上足有十个小时。”

“他读的什么？”

“威廉·詹姆斯的《心理学原理》。”

她眼睛往下看去，这让我没有办法知道我所说的话对她产生了什么影响。可是，我察觉到，她好似迷惑不解，却又如释重负。就在这时主人过来把我拉去打桥牌，到牌局散场时，伊莎贝尔和她母亲已经走了。

十

几天过后，我去向布拉德利夫人和艾略特告别。当时他们正在喝茶，伊莎贝尔也紧跟着我进来了。我们谈到我即将到来的远东旅行，并感谢他们对我在芝加哥停留期间的热情招待；坐了一会儿，我便起身告别。

“我陪你走到药房那儿吧，”伊莎贝尔说，“我刚想起要去买一些东西。”

布拉德利夫人最后嘱托我：“你下次看见亲爱的玛格丽特王后时，代我向她问候好吗？”

我再也不费力去否认我认识那位尊贵的女士了，就爽快答应了。

当我们走到街上时，伊莎贝尔微笑着瞥了我一眼。

“你要来一杯冰激凌苏打吗？”她问道。

“我可以试试。”我谨慎地回答。

当我们走向药房时，伊莎贝尔没说一句话；我也没有什么要说的，所以也没有吭声。我们走进了药房，坐到一个桌子旁边的椅子上，椅背和椅子腿都是用铁条扭成的，坐起来不算舒服。我点了两杯冰激凌苏打。有个人在柜台那边买东西，还有两三对客人坐在其他桌子上，但是他们都忙于自己的事情，所以也算只有我们两个。我点上烟等着，伊莎贝尔看起来非常惬意地吸着长吸管，但是我看出了她的紧张。

“我想和你谈谈。”她突然开口道。

“我猜到了。”我笑了笑。

有那么好一会儿，她若有所思地看着我。

“前天晚上，你在萨特思韦特家为什么说到拉里那件事情？”

“我以为这会让你很感兴趣。我感觉你可能不完全懂得他说的混日子是什么意思。”

“艾略特舅舅真是个爱说闲话的人。当他说要去黑石旅馆找你聊天时，我就知道他会把一切告诉你的。”

“我认识他已经好多年了，这你知道。他就是爱谈论别人的事情。”

“他的确这样，”她笑了笑，可是微笑一闪而过。她目不转睛地看着我，眼里满是严肃，“你觉得拉里怎么样？”

“我只见过他三次，人貌似很不错。”

“还有别的吗？”

她的声音里带着忧伤。

“不，并非完全这样。怎么说呢？你知道的，我跟他非常不熟。当然，他很让人喜欢。他身上有谦虚、和蔼、温柔的地方，很有魅力。年纪轻轻，却很有自制力。他完全不同于我在这里见到的别的男孩子。”

当我这样支支吾吾地想把自己脑子里还没有弄清楚的印象表达为言语时，伊莎贝尔专心地看着我。我讲完以后，她轻叹了口气，似是有所释怀。她露出一丝笑容，带着点儿淘气。“艾略特舅舅说他经常惊讶于你的观察力。他说什么都逃不过你的眼睛。但是，作为一名作家，你最大的优点是你有常识。”

“我能想出比这个更宝贵的优点，”我漫不经心地说，“比如天资。”

“你知道的，我找不到一个人去商量这件事情。我妈只站在她自己的立场看待问题。她想让我的未来有所保障。”

“这很自然啊，不是吗？”

“艾略特舅舅只从社会地位看待问题。我自己的朋友们，我的意思是我们这一代人，认为拉里很无用，这让我很难过。”

“当然了。”

“并不是说他们对他不友好。任何人都没办法对他不好。但是，人们总是看不起他，开他的玩笑。他们老是戏弄他，他似乎并不介意，只是笑笑而已，这使得他们很是恼火。你知道现在是什么样子吗？”

“我只知道艾略特告诉我的事情。”

“我可否把我们那天去麻汶发生的事情如实地告诉你呢？”

“当然了。”

我依照回忆把伊莎贝尔当时对我所讲的话重新整理了一下，当然也有一部分是根据我自己的想象。但是，她和拉里之间的谈话时间很长，一定要比我现在打算要说的多得多。我想这就好比人们在这类场合通常的做法，他们不但讲了许多不相干的话，而且一遍又一遍重复同样的话。

那天伊莎贝尔醒来时，见天气很好，就给拉里打去了电话，说她母亲让她去麻汶一趟，替母亲做点儿事情，让他开车送她去。除了母亲关照的让尤金准备的一瓶咖啡外，她又慎重地在篮子里放进一瓶马天尼酒。拉里最近刚买了一辆双人跑车，很是得意。他开车很快，速度使两人都非常兴奋。到达之后，伊莎贝尔量了一下要换掉的窗帘尺寸，让拉里记下来，后来就在廊沿上把午餐摆出来。廊沿上什么风都吹不到，他们沐浴在温暖的阳光里。建于泥土路边的那栋房子和新英格兰的老式木屋比较起来，没有什么美丽可言。你最多能感觉到它就是宽敞舒适一些而已。但是，在廊沿处可以见到赏心悦目的景色，一座有黑色顶子的红色大谷仓，一丛老树，除此之外，在视力可及处能看到褐色的田野。景色虽单调，可是阳光热烈加之秋天的色调，却让那一天显得可爱至极。呈现在你面前的广阔寂然里，有一种欢愉。冬天这里一定寒冷寂寥，夏天或许干燥炙热。然而，此时在这个季节却令人兴奋不已，因为宽阔的视野邀请灵魂踏上一次冒险之旅。

他们享受着午餐，就像健康的年轻男女一样，他们在一起感到幸福。伊莎贝尔把咖啡倒出来，拉里点上烟斗。“现在就直说吧，宝贝。”他说，眼睛里露出顽皮的神情。

伊莎贝尔甚是吃惊。

“直说什么？”她尽量扮出无辜的样子。

拉里“扑哧”一声笑了。

“亲爱的，你难道真把我当作彻头彻尾的傻瓜了吗？若你母亲不知道客厅里窗帘的尺寸，我就砍掉我自己的头。这不是你要我开车送你来的理由。”

伊莎贝尔镇定下来，对着他灿烂地笑了笑。

“或许是因为我觉得我们两个人单独在一起玩一天会很有趣。”

“可能吧，不过，我觉得事情并不是这样。我猜艾略特舅舅已经告诉你，我谢绝了亨利·马图林给我安排的工作。”

他说得很轻松愉快，伊莎贝尔觉得用这种口吻谈下去也方便。

“格雷一定失望极了。他一直觉得和你在同一个办公室干活是件特棒的事。你得抽个时间开始工作了，你离开工作越久，它对于你来说就会越困难。”

他则吞云吐雾地抽着烟，望着她温柔地笑着，以至于她都难以分清他到底是严肃还是开玩笑。

“你知道吗？在我的人生中，我想做的，不是光卖债券而已。”

“好吧。你还想进入一家律师事务所或者学医。”

“不，我也不想做那个。”

“所以你想做什么呢？”

“混日子。”他平静地回应道。

“哦，拉里，别胡扯了，这真的是件很严肃的事。”

她的声音颤抖着，双眼噙着泪水。

“亲爱的，不要哭泣。我不想让你难过。”

他走过去坐在她身边，伸出胳膊搂住了她。正是他声音里的温柔让她彻底崩溃了，她再也无法控制自己的眼泪。但她还是擦干了眼泪，硬是在嘴角挤出一丝微笑。

“虽然你说不想让我难过，可你现在却让我难过。你明白，我爱你。”

“我也爱你，伊莎贝尔。”

她深深叹了口气，从他怀里挣脱出来并与他隔开了距离。

“让我们都理智一点吧。每个人都得工作的，拉里，这事关自尊。这个国家还很年轻，参与她的各项活动是每个国民的责任。就在前几天，亨利·马图林还说，我们已经在开启一个足以使以前的成就不值一提的时代。他说他能看到无限的进步，并且他也相信，到二十世纪三十年代，我们的国家将会成为全世界最富庶、最伟大的国家。你不觉得这相当振奋人心吗？”

“相当振奋人心。”

“在这以前一个年轻人从未有过如此良机。我本以为你会为加入到我们目前的工作而自豪的。这将是多么非比寻常的经历啊！”

他淡淡地笑了。

“我相信你是对的。阿尔穆和斯威夫特将会装收更多更好的肉，麦克美将会生产更多更好的收割机，亨利·福特将会生产更多更好的车。每个人都将会变得越来越有钱。”

“谁说不是呢？”

“正如你所说的，谁说不是呢？可钱从未吸引我。”

伊莎贝尔咯咯地笑了。

“亲爱的，可别像一个傻瓜一样说话。一个人没有钱的话是活不下去的。”

“我还有点儿钱，这足以让我干自己想干的事了。”

“混日子？”

“是的。”他微笑着回答。

“你这样让我很为难，拉里。”她叹了口气说。

“对不起，如果我有其他办法的话也不会这么做的。”

“你会有其他办法的。”

他摇了摇头，一时沉默了，陷入了沉思。他最后说的一些话让她大为震惊。

“死者死的时候看上去是死得多么彻底。”

“你究竟想说什么？”她疑惑地问道。

“就是这样。”他沮丧地朝她一笑，“当你独自在云端的时候你有很多时间去思考。你会有很多稀奇古怪的想法。”

“什么想法？”

“模糊的、不连贯的、困惑的。”他笑着说。

伊莎贝尔对这个问题不禁沉思片刻。

“你难道不觉得如果你接受了一份工作的话，这些想法就会给你定位，而你，也会知道自己该何去何从吗？”

“我也想过这个。我想我会跟着一个木匠学做木工或者去汽车修理站工作。”

“哦，拉里，人们会认为你疯了的。”

“这又有什么关系呢？”

“对于我来说，有关系。”

他们再一次陷入沉默。最后伊莎贝尔打破了沉默，她叹了一口气。

“现在的你跟此前去法国的你大不一样了。”

“这没什么可奇怪的。你知道，在我身上发生太多事了。”

“比如？”

“一些琐事罢了。我在空军部队最要好的朋友因为救我而丧生了。我很难踏过这个坎儿。”

“跟我说一下吧，拉里。”

他望着她，眼神满含深切的哀伤。

“还是不说的好。总之都是些琐事罢了。”

生性多愁善感的伊莎贝尔眼里再次噙满泪水。

“你不高兴了吗，亲爱的？”

“不，没有，”他笑着回答，“唯一一件让我不开心的事便是我让你不开心了。”他牵起她的手，这双手是多么友善啊，又多么有力，亲密中透着温情，以至让她不得不紧咬双唇来克制自己的哭泣。“我在对一些事情有了一定想法之前，内心是平静不了的。”他严肃地说。他犹豫着，“有些话真的很难启齿。一旦想努力说出来，就会感到尴尬。只得自言自语：‘我还要花费心思去考虑我是谁，这样或那样的问题吗？或许这一切都源于我的狂妄自大，自命清高。也许沿着别人走过的道路前行，随遇而安，这样更好呢？’你再想一下你的一个同伴，一个小时以前还生龙活虎，现在却直挺挺地死了。这一切都太残忍、太荒唐了。这很难不让我扪心自问，人生究竟是为了什么，其意义何在，又或者一切都是命运造成的悲剧。”

当拉里以颇为优美伤感的语调、令人心痛的真诚，断断续续宛如强迫自己说出这些以前未曾说出的话的时候，人的内心免不了一番触动。此时伊莎贝尔觉得自己还是不讲话为好。

“你暂时离开这儿会不会好一点儿？”

她问这问题时带着失落，他良久才答。

“我也这样想。你竭力想要不理会别人的看法，然而，这不容易。当社会舆论与你敌对时，你心里也变得敌对起来，这样你就得不到平静。”

“那你为什么不离开呢？”

“那是因为你啊！”

“让我们彼此都坦诚相待吧，亲爱的。到现在为止，在你的生命里都还没有我的位置。”

“你是说你再也不想做我的未婚妻了吗？”

她嘴角颤抖着，硬生生挤出一丝微笑。

“不是的，傻瓜，我的意思是我已经做好等待的准备了。”

“有可能一年，也有可能两年。”

“没关系，还有可能更短的时间。你想到哪里去呢？”

他认真地看着她，仿佛要努力看穿她内心的最深处。她则浅浅一笑以掩饰深切的悲伤。

“我想动身去巴黎，那里没有认识我的人，没人会干涉我。我在部队里休假时曾去过巴黎几次。我不知道什么缘故，但我认为，在那里，所有让我迷迷糊糊的思想都会变得清晰。那是一个奇怪的地方，在那里你感觉你能够把自己要想的事情想个透彻。我想在那里，我会找到我要走的路。”

“那万一事情不是这样的，该怎么办呢？”

他咯咯地笑了。

“那样我就回归我们美国务实的人生观，放弃这一切，再回芝加哥做任何我能得到的工作。”

这情景深深地打动了伊莎贝尔，以至她在跟我讲述时难免情绪激动，等她讲述完，她一脸可怜地看着我。

“你觉得我做得对吗？”

“我认为你只不过是做了你能做的事，而且，在我看来，你是如此善良、慷慨、善解人意。”

“我爱他，我想让他幸福。你是知道的，在某种程度上，他的离开并非让我难过。我想让他脱离这个充满敌意的环境。这不仅是为他好，也是为我自己好。当人们说他永远不能成大事的时候，我是不能去责备他们的，但我会因此讨厌他们。然而我却一直沉浸在恐惧之中，害怕他们是对的。别再说我善解人意了，我都不清楚他想要的是什么。”

“或许你的内心是明白的，在理智上却体会不到。”我笑着说，“你为何不同他结婚，然后与他共赴巴黎呢？”

她的眼睛里浮现一丝微笑。

“没有什么比这更让我乐意的事情了，但我不能这样。你知道，尽管我不想承认，但我的确觉得没有我他会更好。如果纳尔逊医生说得没错的话，他正遭受延迟性惊恐症，只有新的环境和新的爱好能够治好他。等他的精神状态再次恢复平衡，他就会回到芝加哥，就和其他所有人一样加入到工作中了。我不想嫁给一个无业游民。”

伊莎贝尔从小就是被用这样的方式带大的，接受灌输给她的原则。她从不考虑钱，因为她从来就不曾尝到没有它的滋味。但天性使然，她能意识到金钱的重要性。金钱意味着权力，意味着势力，意味着社会影响。为人就应该挣钱，这是再自然不过、再明显不过的事。他的平凡一生就应该放在这上面。

“你不理解拉里我并不感到奇怪，”我说，“因为我相当确定连他自己都未能了解自己。如果他对自己的目标只字不提，那或许是因为目标对于他来说还未曾明晰。但注意，我对他知之甚少，这只是一种猜测。他想找点儿别的事情做也是有可能的。但是，找点儿什么他并不知道，甚至有没有，他都没有把握，会不会呢？或许他在战争中的一些遭遇，暂且不问是些什么遭遇，使他的心情平静不下来。你不觉得他或许在寻找某种虚无缥缈的理想吗？就像一位天文学家仅凭数学计算就能找寻存在的星体一样。”

“我感觉有什么事让他苦恼。”

“他的内心吗？或许他有点儿害怕自己了。或许他不相信他用心灵所隐约洞察到的真实性。”

“他有时会给我一种很奇怪的印象，他就像一个梦游的人一样，突然在一个奇怪的地方醒来，又不知自己在哪儿了。他在战前是多么正常。他最可爱之处便是对生活的热爱。他是如此快乐，和他在一起是如此美好。到底发生了什么让他改变了这么多？”

“我也不知道。有时一些小事也会对一个人产生很大的影响。这取决于环境和你当时的心境。记得在万圣节时，在法国也称之为亡灵节，我去一个乡村教堂做弥撒，这个村子在德国人首次入侵法国时被骚扰过。那里挤满了穿着黑色衣服的士兵和戴孝的女人。教堂墓园里，插着一排木质的小十字架。在庄严肃穆且略带悲伤的弥撒仪式进行时，男男女女都在哭泣，我反倒感觉那些躺在小十字架下的人要比我们这些活着的人好受得多。我把这一想法告诉了一位朋友，他反过来问我什么意思。我无法解释，而且我也看出他认为我是一个十足的傻瓜。我记得战争之后法国士兵的尸体都叠在一起。他们看起来就像是被破产了的木偶剧团匆匆扔到脏乱墙角的牵线木偶一样，因为它们再没有用了。这让我想起拉里对你所说的，这些死的人死得多么彻底。”

我并不想给读者一个印象，好像我要把拉里在大战中那件使他极端不能平静的遭遇搞得神秘化，到适当时候，再加以揭露。我没想过他会把这件事告诉任何人，但他的确这么做了。多年以后，他告诉了一个我们共同的朋友苏珊·鲁维埃：一位年轻的空军因为救他丧生了。苏珊把这件事转告了我，所以我也只能通过二手资料重述事情的经过。我是根据苏珊的法语转译过来的。拉里显然在小分队里和一位男孩结下了一段深厚的友谊。苏珊只知道男孩的绰号，现在看来，这个绰号十分具有讽刺性。

“他是一个长有红头发的小鬼，爱尔兰人。我们以前叫他帕特斯，”拉里告诉苏珊，“他是我见过的人中最有活力的。上帝啊，他就是一个生龙活虎的人。他有着有趣的面庞，带着滑稽的笑。所以当你看他的时候总觉得好笑。他是一个性格粗鲁的家伙，老是做最疯狂的事情。他总是受到上层领导的惩罚。绝对没有什么事能够让他害怕的。当他死里逃生时还咧着嘴满脸笑，就好像这是世界上最好笑的笑话一样。但他又是天生的飞行员，飞行时他既冷静又谨慎。他教给了我很多东西。他比我年长一点，一直照顾着我。这真的很滑稽，因为我比那家伙足足高了六英寸，要动真格的话，我能把他打趴下。有一次他在巴黎喝醉了，我担心他又找麻烦，就把他打昏了。

“我刚加入空军中队的时候总感觉有些格格不入，而且担心自己表现不够好，但他同我讲些打趣的话又让我重拾自信。他从来不严肃对待战争，对德国佬亦是没有丝毫憎恨。但是，他喜欢打架，和德国佬打仗让他从心底里开心。他把打下德国人的一架飞机当成是一个玩笑。他粗鲁、野蛮又毫无责任感。但他又是如此真诚，让与他交往的人欲罢不能。他会随便在你身上花钱，也会把你的钱随便花光。你如果感到孤独、想家或者害怕，我有时就是这样的，他看到的话，会笑着冲你挤眉弄眼，并说些好话让你重新开心起来。”

拉里抽了一口烟，苏珊等他继续讲下去。

“我们以前经常要些鬼把戏，这样我们就可以一起休假了，我们在巴黎的时候，他这人就野了。我们在一起度过了非常美好的时光。我们打算在三月上旬就开始短暂的休假，那是在一九一八年，我们也已提前制订好了计划。无论什么事情，我们都打算尝试一下。在走之前，我们还要飞往敌军上空侦察，还要把我们看到的写成报告拿回来。突然，我们遇到了德军敌机，还没有弄清怎么回事，就被卷入了战斗之中。他们其中的一架飞机从我后面追来，但我先得了手。我瞥了一眼，看他是否坠机了。我眼角一瞄发现又有一架敌机紧跟不舍。我俯冲下去企图避开他，而他霎时追上了我，我想我这次算是玩完了。随后我便看到帕特斯宛如闪电般地飞了过来，拼尽了全力救我。敌军吃尽了苦头，掉头就走了，我俩也回到了大本营。我的飞机已经被打得不成样子了，但我还是设法降了机。帕特斯比我先落地。当我下飞机的时候他们刚刚把他抬下了飞机。他躺在地上，战友们都在等着救护车。当他看见我时，又咧嘴笑了。

“‘我已经搞定那个追你的浑蛋了。’他说。

“‘你怎么了，帕特斯？’我问。

“‘没事，我胳膊被打中了。’

“他看起来面如死灰。突然他的脸上浮现出奇怪的神情。他立刻意识到自己快要死了，而死的可能性之前还从来未在他的头脑中闪现过。他们还没来得及阻止他，他就坐起来笑了。

“‘哦，我累垮了。’他说。

“他倒下死了，他才二十二岁。战争结束后他还要同一位爱尔兰姑娘结婚呢。”

在我同伊莎贝尔聊天后的第二天，我便离开了芝加哥前往旧金山，在那儿乘船去远东。

第二章

一

直到来年六月底，艾略特来伦敦时，我才见到他。我问他，拉里究竟有没有去巴黎，他说去了，艾略特对他的恼怒把我逗乐了。

“我对这孩子抱有同情，他想去巴黎待几年，我不仅不责怪他，还打算帮助他。我告诉他，一到巴黎就通知我，但是直到路易莎给我写信，我才知道他来了。我通过美国运通公司转给他一封信，地址还是路易莎告诉我的，我让他来吃晚饭，并且和几个我认为他应该结识的人见见面。我想让他先试着接触那些法籍美国人，爱米丽·德·蒙塔杜尔，格拉西·德·夏托加亚尔等等，你知道他是怎么回复我的吗？他说很抱歉，他来不了，因为他没带晚礼服。”

艾略特望着我，期望从我脸上看到他这番话给我带来的震惊。当他发现我一脸淡然时，高傲地挑了挑眉。

“他用一张破烂的信纸给我写的回信，上面还印着拉丁区某家咖啡馆的标志，我给他回信，问他的住址。我觉得为了伊莎贝尔，我得为拉里做点什么。我想他可能是腼腆——毕竟我觉着没有一个正常的年轻人来巴黎会不带晚礼服的，不管怎么说，巴黎也有不错的裁缝。所以我邀请他来吃午饭，还特意说这只是个小聚会，可是你信不信？他不仅无视我索要他住址的要求，信仍是由美国运通公司转来的，他还说他从来不吃午饭，我简直拿他没辙。”

“我想知道他到底想做什么？”

“不知道！说真的，我也不在乎。他完全是个不讨人喜欢的家伙，伊莎贝尔不该嫁给他，毕竟如果他过着正常的生活，我总该在里兹酒店或富凯饭店或其他什么地方遇到他。”

有时我会独自去这些时髦的场所，但其他地方我也去。那年初秋，在我去马赛的途中，我计划乘法邮公司的船去新加坡，碰巧在巴黎待了几天。有天晚上，我和朋友们在蒙帕纳斯区吃过晚餐，饭后我们一同去多姆咖啡馆去喝啤酒。我环顾四周，不久就注意到拉里独自靠着一张大理石桌子，坐在拥挤的走廊上，他悠闲地望着来来往往的人们；在闷热的白天结束后，行人们正享受着夜晚的清凉，我离开朋友们朝他走去。拉里看到我时，脸上露出笑容，他朝我笑笑，示意我坐下，但我说我是和朋友们一起来的，不能久留。

“我只是想问问你近来过得好不好。”

“你住在巴黎吗？”他问道。

“只待几天。”

“明天与我共进午餐如何？”

“我本以为你从不吃午饭的。”

他咯咯地笑了。

“你见到艾略特了。一般来讲我不吃，因为我没有时间，所以我只用一杯牛奶和一个奶油蛋卷来凑合，但我还是希望你能和我一起吃午饭。”

“好的。”

我们约好第二天在多姆咖啡馆见面，先喝杯开胃酒，再在蒙帕纳斯大街上找个饭店吃饭。我重新回到朋友那里，同他们坐着聊天。我再瞥向拉里的位置时，已不见他的踪迹。

二

第二天上午我过得很愉快。我去了卢森堡博物馆，在那里逛了一个小时，观赏了几张我喜欢的画。然后我在花园里闲逛，回忆起我的少年时光，一切都没有改变，成双结对的学生走在小石子路上，热烈地讨论着那些振奋人心的作家；那些孩子在用人的监护下，滚着铁环玩；老人晒着太阳，读着晨报；中年妇女坐在长椅上，谈论着食物的价格和用人的弊病之类的闲话。之后我去了奥台翁剧院，看看长廊上陈列的新书，看到那些青年人就像三十年前的我，在穿着长罩衫侍从不耐烦的目光下，尽量多看几眼他们买不起的书。后来我懒散地穿过那些可爱而沉闷的小街走到蒙帕纳斯大街，走进多姆咖啡馆。拉里在那里等我。我们喝了一杯酒，然后沿着马路找到一家可以露天吃饭的饭店。

拉里比我记忆中的样子更加苍白了，这使得他那眼窝深陷的眼睛颜色更加深了，但他仍旧一副活得悠然自得的样子，这在他这样年轻的人中实属少见。他笑得仍是那样天真；他点餐时，我发现他法语讲得地道又流利，便称赞了他一番。

“你知道的，我从前就懂一些法语，”他解释道，“路易莎伯母给伊莎贝尔聘的一位家庭教师是法国人，当他们在麻汶时，他要我们始终和他讲法语。”

我问他喜不喜欢巴黎。

“很喜欢。”

“你住在蒙帕纳斯吗？”

“是的。”他犹豫了一下，回答道。我认为他不愿透露自己的确切住址。

“你只告诉艾略特一个由美国运通公司转的地址，这让他很不满。”

拉里笑了笑，但是并没有回答。

“你整天都做些什么呢？”

“闲逛。”

“看书吗？”

“是的，看书。”

“你有伊莎贝尔的消息没有？”

“有时候吧。我们俩都不喜欢写信。她在芝加哥过得很愉快。明年她要来和艾略特同住些日子。”

“那对你不是很好吗？”

“我想伊莎贝尔从没来过巴黎，带她去四处转转想必挺有趣的。”

他对我的中国之旅十分好奇，我向他讲述旅程中的奇闻逸事，他听得甚是认真；可是当我试着让他说说自己时，却没能成功。他只字不提自己的事，这使我觉得，他约我共进午餐，只是喜欢我的陪伴。我对此感到高兴却也迷惑。刚用完咖啡，他就要求埋单；付了账，他就站了起来。

“嗯，我必须要走了。”他说。

我们分开了。我并没有比从前更了解他。后来我也没有再见过他。

三

直到第二年春天我才重回巴黎，那时，布拉德利夫人和伊莎贝尔已经提前到艾略特家住了下来。我绞尽脑汁运用我的想象去填补这几个星期发生的故事。她们在卢森堡登陆，艾略特向来考虑周全，亲自去迎接她们。通过海关检查以后，三个人上了火车；火车开动后，艾略特得意洋洋地告诉她们，他雇了一个很得力的女仆照顾她们。当布拉德利夫人说这不必要，因为她们并不需要女佣照顾时，艾略特的表情略显不自然。

“不要一来就惹人生厌，路易莎。一个没有女佣的人就登不了台面，我雇安托瓦内特不仅是为了你们，更为了我自己。你们穿着不得体会让我没脸面。”

他不屑地打量了一眼她们的装束。

“你们当然要买些新裙子，去香奈儿服装店买是万全之策。”

“我以前总是上沃斯服装店。”布拉德利夫人说。

她这话等于白说，因为艾略特根本无动于衷。

“我跟香奈儿店打过招呼了，而且替你们约好明天下午三点钟去试衣服。至于帽子，当然要去勒布打个转。”

“我不想花这么多钱，艾略特。”

“我知道。由我来埋单。你一定要给我挣点面子。哦，路易莎，我已经为你安排了几次宴会，而且告诉我的法国朋友，说迈隆生前当过大使，毕竟如果他活得长一点，肯定会当上大使的，这样能给人留个好印象。我想这件事不会有人提及，不过我还是要提前给你打个预防针。”

“你真可笑，艾略特。”

“不，这并不可笑。我了解这个社会。我知道一个大使的孀妻要比一个专员的孀妻更有地位。”

火车驶入北站，伊莎贝尔正站在窗口，突然她喊道：

“拉里来了！”

火车刚停住，伊莎贝尔就跳下车，向着拉里跑去。他张开双臂拥抱她。

“他怎么知道你们来了？”艾略特酸溜溜地问他姐姐。

“伊莎贝尔在船上给他发了电报。”

布拉德利夫人亲切地吻了拉里，艾略特则怏怏地同他握手。那时已经是晚上十点了。

“舅舅，拉里明天能不能来吃午饭？”伊莎贝尔问道，她和拉里手挽着手，目光炯炯，脸上写满了期待。

“我很荣幸，不过，据我所知，拉里不吃午饭。”

“他明天会吃的，是吧，拉里？”

“是的。”他微笑着说。

“那请你明天下午一点钟来吧。”

他又伸出手来，打算赶走他，可是拉里却恬不知耻地向他咧着嘴笑。

“我来帮忙搬行李吧，再给你们叫辆出租车。”

“我的车已经在等着了，我的用人会照管行李的。”艾略特冷漠地说。

“太好了。那我们现在就可以走了。车里还有空间的话，我送你们到家门口吧。”

“好，跟我们一起，拉里。”伊莎贝尔说。

两人一起沿着月台在前面走，布拉德利夫人和艾略特跟在后面。艾略特脸色冷漠，显得毫不在乎。

“真会看人做事啊。[1]”他用法语喃喃自语道。在某些情况下，他觉得讲法语更能抒情。

第二天上午十一点钟，艾略特整理好着装——因为他不爱早起——给他姐姐留了一张便条，叫用人约瑟夫和女仆安托瓦内特送去，约她到书房谈话。布拉德利夫人到达后，他小心翼翼地把门关上，把一支香烟装在一根很长的玛瑙烟嘴上，点上香烟，缓缓坐下。

“难道伊莎贝尔和拉里仍是订婚关系吗？”他问。

“据我所知是这样。”

“我对这个年轻人实在没什么好话可说。”接着他就大肆渲染，他是如何准备把拉里拉进社交圈的，以及他计划如何以一种适当和得体的方式帮助他建立声望。“我甚至替他留心到一处住房的底楼，[2]这正是他所需的。房子是年轻的小德·雷泰侯爵的，他要转租出去，因为他被派到驻马德里的大使馆任职。”

但是，拉里拒绝了艾略特的那些邀请；很显然，说明拉里并不想要他的帮助。

“我实在不能理解，如果他不打算利用巴黎的好资源又为什么要来这里呢？不知道他究竟是怎么想的。他又人生地不熟的，你知道他住在哪里吗？”

“我们现在掌握的他唯一的通信地址是美国运通公司转的。”

“就像个出差的推销员或者度假的教师。我猜十有八九，他在蒙马特尔租了间房，整日跟荡妇在厮混。”

“哦，艾略特。”

1　原文为法语。

2　原文为法语。

“他整日神秘兮兮的，拒绝与同阶层的人交往，除了这样，还有别的解释吗？”

“这听着可不像拉里，昨天晚上，你没看出拉里像过去一样深爱伊莎贝尔吗？他不会如此离谱的。”

艾略特一耸肩，跟姐姐暗示，男人都口是心非。

“格雷·马图林怎样？他还在追求伊莎贝尔吗？”

“只要伊莎贝尔点头，他明天就能娶她。”

接着，布拉德利夫人告诉艾略特为什么她们比计划早来欧洲。她发现自己身体出现了问题，医生告诉她是糖尿病。病情并不严重，但要注意饮食，适当地服用胰岛素，从而延长寿命。可是，当她得知自己得了这种绝症之后，便心急女儿的终身大事。母女两个已经谈过这事了。伊莎贝尔很懂事，同意如果拉里在巴黎待了两年之后，还不按照事先说好的回到芝加哥找个正经差事，就和他解除婚约。可是，布拉德利夫人觉得这样要等到两年后，来巴黎像抓逃犯一样把拉里带回去，很折损面子。她感到这对伊莎贝尔来说是种耻辱。但是，母女两个去欧洲避暑却是很自然的事，因为伊莎贝尔幼年时到过巴黎，后来就没有去过。她们逛了巴黎之后，可以找一处海滨地带让布拉德利夫人调养身子，从那里去奥地利蒂罗尔山区住一段时间，然后慢悠悠地穿过意大利。布拉德利夫人的意思是让拉里同游，看看他和伊莎贝尔分开这许久后，两人的感情是否如旧。拉里浪荡多时后，是否愿意承担生活责任，到时自有分晓。

“老马图林很恼火拉里不识抬举拒绝了他的好意，但是格雷说服了他，只要拉里回到芝加哥，他马上就能得到一份工作。”

“格雷真是个好人。”

“当然了，”布拉德利夫人叹了口气，“我知道他会给伊莎贝尔幸福的。”

然后艾略特告诉布拉德利夫人他替她们安排了什么样的宴会。明天他要请很多人来吃午饭，在周末举行一个盛大的宴会。他还要带她们去参加夏托·加亚尔家的招待会，并且帮她们弄到了两张罗思柴尔德家舞会的邀请函。

“你邀请拉里了，是吧？”

“他说自己没有晚礼服。”艾略特嗤之以鼻道。

“那也要邀请。不管怎么说，他是个很棒的小伙子。你给他冷板凳坐也没什么用处，只会让伊莎贝尔更执迷不悟。”

“当然，既然你谈到了，我邀请便是。”

拉里按约定的时间来吃午饭。艾略特本就是举止得体之人，对他尤为热情。做到这样并不难，因为拉里正在兴头上，要讨厌他是很难的。谈话都是关于芝加哥和熟悉的朋友，对艾略特来说，除了笑脸相迎，装出对这些他认为毫无社交价值的人很有兴趣的样子外，别无选择。他也并不介意听他们聊天。听着他们谈这一对小情侣订婚了，那一对年轻人结婚了，还有一对小夫妻离婚了，他心生怜悯。毕竟没人听说过他们。而艾略特却知道美丽的小德·克兰尚侯爵夫人曾经服毒自杀过，因为她的情人德·科龙贝亲王抛弃了她，娶了一个南美洲百万富翁的女儿。这才是应该谈的。他看着拉里，不得不承认他确有异于常人的魅力：他的眼窝深陷，瞳孔颜色深得出奇，颧骨很高，皮肤苍白，口齿伶俐。这使艾略特联想起波利切利的一幅画像，他想着，如果让拉里穿上那时的戏服，看上去会像从画里走出来一样。他记得自己过去打算撮合拉里和一个有名的法国女人，与此同时，他想起，这星期六晚宴也邀请了玛丽·路易丝·德·弗洛里蒙，就狡黠地笑了。这个女人是社交广泛和作风不正的结合体。她如今四十岁，看上去却像比实际年龄小十岁的样子；纳蒂埃曾经为她的一位美艳的女祖先画过一张肖像画，这张画就是通过艾略特本人展览于一个美国的大博物馆里，玛丽长得和她的那个女祖先一样娇艳，但这个法国女人的性欲永不能被满足。艾略特决定让拉里与她挨着坐。他知道要不了一会儿她就会让拉里懂得她的用心。他还邀请了他认为伊莎贝尔会喜欢的英国大使馆的一位年轻的侍卫。伊莎贝尔很美，而且这人是个条件优越的英国人，伊莎贝尔没有财产也无妨。开饭后，先是上等的蒙特拉夕酒，接着是上好的波尔多酒，艾略特喝得醉醺醺的；他美滋滋地想着那些浮现在他脑海中的种种可能。如果设想成真的话，亲爱的路易莎就放心了。她以前总是不太认同他，可怜的人儿，她太小家子气，可是艾略特喜欢她。他乐于利用自己的经验智慧替她将一切事情安排妥当。

为了节省时间，艾略特计划吃完午饭就带路易莎母女去买衣服，所以当大家离开餐桌时，艾略特就用他最擅长的辞令让拉里知道他该离开了，但与此同时他又热忱地邀请拉里参加自己组织的另外两次盛大宴会。这事毫无困难，拉里爽快答应了。

但是，艾略特的计划失败了。拉里穿了一套很得体的晚餐服赴宴，这让艾略特放心了，因为他有点担心拉里会像上次吃午饭那样，穿一身蓝色套装就来了。

晚饭后，艾略特把玛丽·路易丝·德·弗洛里蒙拽到没人的地方，问她喜不喜欢他那位年轻的美国朋友。

“他眼睛迷人，牙齿也整齐。”

“这就完了？我觉得他适合你才把他安排在你身边的。”

她望着他，一脸不解。

“他告诉我他已经与你的漂亮外甥女订婚了。”

“得了吧，亲爱的，[1]如果你有本事的话，抢走一个有妇之夫不在话下吧。”

“这就是你想让我做的？哼，我不会与你同流合污的，不知羞耻的艾略特呀！”

艾略特干笑一声。

“我猜，你的意思是，你已经勾引过他了，却没有成功。”

“艾略特，你道德败坏，堪比老鸨，这正是我喜欢你的地方。你不想他同你外甥女结婚吧？为什么呢？他天性善良，很有魅力。可是他太天真了。我觉得他一点没有怀疑到我别有用心。”

“你应该再露骨一些，亲爱的朋友。”

“我是老手了，哪种情况是在浪费时间，我是能感觉到的。事实是，他的眼里只有你的小伊莎贝尔，这事你知我知，她的优势在于比我年轻二十岁。另外，她还很甜美。”

“你喜欢她的连衣裙吗？我亲自为她挑的。”

“很美，剪裁得体。但是她不够时髦。”

艾略特把这话认为是对他自己的评价，他可不能轻易放过她，非得戳痛她不可。他温柔地笑了笑。

“亲爱的朋友，一个人一定要像你一样成熟透了，才够得上你的时尚。”

德·弗洛里蒙夫人给了他当头一棒。她的反驳让艾略特怒火中烧。

“但我能肯定，在贵国那片盗匪横行的土地上，人们绝不会讲究高雅，毕竟高雅是如此微妙、无法模仿的东西。”

虽然德·弗洛里蒙夫人吹毛求疵，不过艾略特其他的朋友都很喜

1　原文为法语。

欢伊莎贝尔和拉里。他们喜欢伊莎贝尔的年轻、可爱，喜欢她健康的身体和充沛的精力；他们喜欢拉里画中人般的外表，得体的举止，以及淡淡的带有讽刺的幽默。两个人还有个共同的优势，那就是法语都讲得流利准确。在外交圈周旋多年，布拉德利夫人的法语说得虽然足够正确，却带有美国口音。艾略特盛情款待了他们。伊莎贝尔很喜欢自己的新衣服、新帽子，对艾略特组织的娱乐活动全都觉得很有趣，和拉里一起也让她感觉幸福。她觉得这辈子从没如此开心过。

四

艾略特不愿与人共进早餐，只有在不得已时才会这样做。布拉德利夫人和伊莎贝尔只能在自己的卧房里吃饭，这让布拉德利夫人甚是不快，伊莎贝尔丝毫不觉得有什么。可是，伊莎贝尔醒来以后会时不时地让安托瓦内特——就是艾略特给她们雇的那个高贵女佣，把她的拿铁咖啡送到她母亲房间里，这样便能一边喝咖啡，一边和母亲谈天。她现在整天没空，这是她一天中唯一能够和母亲单独在一起的时间。

这天早上，也就是她们抵达巴黎后的一个月时间的光景吧，伊莎贝尔讲述了前天晚上所发生的事情。讲前天晚上，她和拉里以及一群朋友大部分时间都在逛夜总会。在她讲完之后，布拉德利夫人说出了自从到巴黎以来她一直想问的问题。

“他准备什么时候回芝加哥？”

“不知道，他没有提。”

“你问过他吗？”

“没有。”

“你害怕问吗？”

“不，当然不害怕。”

布拉德利夫人穿着艾略特硬塞给她的晨袍，正躺在躺椅上修剪指甲。

“你们单独在一起时都在谈论什么？”

“我们很少谈话。相聚就很好。你也知道，拉里总是一言不发。我们交谈时，大部分都是我在说。”

“他最近都在做什么？”

“这我还真不知道。我认为他没有太多的事要做，可能在享受时光。”

“他住在哪里？”

“我也不知道。”

“他好像很讳莫如深，对吧？”

伊莎贝尔点了根香烟，她一边吐着烟雾，一边镇静地看着母亲。

“妈妈，你说那话是什么意思？”

“你艾略特舅舅认为他有一间公寓，而且是和一个女人住在那儿。”

伊莎贝尔突然放声大笑。

“你并不相信，是吗？”

“是，说实话我确实不信。”

布拉德利夫人一边看着指甲，一边沉思。

“你没有和他提过芝加哥吗？”

“提过多次。”

“他可曾表示打算回芝加哥吗？”

“谈不上有。”

“到今年十月他就离开芝加哥两年了。”

“我知道。”

“那好吧，亲爱的，这是你的事。你必须做你认为正确的事情，但拖延并不能使事情更容易解决。”布拉德利夫人瞥了女儿一眼，但伊莎贝尔避开了母亲的眼神。布拉德利夫人朝她女儿深情地微笑着。“你还是去洗澡吧，要不然，午饭要迟到了。”

“我要和拉里一起吃午餐，我们打算去位于拉丁区的一个地方。”

“玩得愉快。”

一小时后，拉里把伊莎贝尔接走了。他们乘坐出租车去了圣米歇尔桥，漫步在熙熙攘攘的林荫路上，直到他们来到了一家外表像样的咖啡馆。伊莎贝尔和拉里坐在咖啡馆的走廊上，点了两杯杜本内酒，随后再次乘坐出租车去了一家饭店。伊莎贝尔胃口极好，尽情享受拉里为她点的美食。她还喜欢看因空间有限而紧挨着坐在他们身旁的人。看着人们因食物而感到非常快乐，这使她开怀大笑。可是她尤其喜欢与拉里单独坐在小小的餐桌旁。她高兴得滔滔不绝地讲话，拉里听她说话时愉悦的眼神让她非常喜欢。她与他在一起时感到非常自在惬意，这着实令人陶醉。然而，她的心中却隐隐约约感到不安。虽然拉里看上去也很惬意自在，但是她觉得与其说是因为和她在一起的缘故，倒不如说是因为周边的环境。伊莎贝尔因母亲的话而稍感困扰。尽管她看起来非常真诚地在闲聊，但她时刻关注着他的每一个表情。这时的他与刚离开芝加哥的时候大相径庭，但伊莎贝尔却说不出哪里不一样。他看起来就像她记忆中的样子，既年轻又直率，可他的神情变了。不是说他变得更加严肃，毕竟他在放松状态下一向如此，而是有种她从未见过的淡然。他仿佛用一种之前从未有过的方式自行解决了自己的问题，因而自得安逸。

午餐结束后，拉里提议去卢森堡博物馆转一转。

“不，我不想去，也不想去看那些画。”

“那好吧，我们去花园里坐坐吧。”

“我也不想去，我想去看看你住的地方。”

“没什么可看的，我住在旅店一个又小又寒酸的房间里。”

“艾略特舅舅说你有一间公寓，还和一名画家的模特在一起。”

“那你亲自去看看。”他大笑着说，“它离这儿很近，我们可以走着去。”

拉里带着伊莎贝尔穿过狭长蜿蜒的街道，街道周围陈旧昏暗。尽管从街两边的高房子中间可以望见些许的蓝色天空，但仍旧尽显寒酸。走了一会儿之后，他们在一家门面很不像样的小旅馆门口停下来。

“我们到啦。”

伊莎贝尔跟着他进了一条狭窄的长廊，长廊的一侧放着一张桌子。一位男士身穿衬衫和黑黄相间的马甲，围着一条很脏的围裙，正在桌旁看报。拉里向他要了自己门房的钥匙，男士马上把钥匙从身后的搁物架上取来递给他，好奇地看了伊莎贝尔一眼，紧接着会心一笑。显然，他认为伊莎贝尔去拉里房间的动机不纯。

他们爬上了两段铺有破旧红地毯的楼梯。拉里打开房门，伊莎贝尔走进了一间较小的带有两扇窗的房间，对面是灰蒙蒙的公寓楼。公寓的一层是文具店。房间里有张单人床，床旁边是一个床头柜，结实的衣柜上镶着一面大镜子，一张配有软垫、椅背笔直的圆椅，两窗之间的桌子上摆放着一台打字机、一沓报纸和一摞书。壁炉架上堆放着许多的平装书。

“你坐在圆椅上吧，虽然不是很舒适，但这是我最好的家什了。”

他拖出另一把椅子，坐了下来。

“这就是你住的地方吗？”伊莎贝尔问道。

他看到她脸上的表情，轻声地笑了出来。

“是，自从我来到巴黎就一直住在这儿。”

“但为什么呢？”

“这儿方便，距离国家图书馆和巴黎大学近。”

他的手指向了一扇门，伊莎贝尔之前没有注意到它。“这里有个浴室，我可以在这里吃早饭，但晚饭通常是在我们吃午餐的餐馆解决的。”

“这儿多脏。”

“不，还好，这就是我想要的。”

“但是，什么样的人住在这儿？”

“哦，我不知道。有几个学生住在上面的阁楼里。还住着两三个政府机关里的老单身汉，以及奥台翁剧场的退休女演员。另外一个带有浴室的房间里住着一位风尘女子，她的男朋友每隔一周的周四都来看她。我认为有几个是暂住者。这是个非常安静又体面的地方。”

伊莎贝尔稍稍感到很不自在。因为她知道拉里察觉出了她的不安，并有点存心找碴儿。

“桌子上那本大部头的书是什么？”她问道。

“哪个？哦，那是我的希腊语词典。”

“你的什么？”她大声叫道。

“好啦，它又不会咬你。”

“你在学希腊语？”

“是。”

“为什么？”

“我想是因为我喜欢学习希腊语。”

他目光中流露着柔情，深情地望着她。她也微笑着回应道：

“你难道不想告诉我你来到巴黎后，都在忙什么吗？”

“我读了许多书，每天会读八至十个小时，还去巴黎大学听了讲座。我觉得我已经读了法国文学里所有重要的东西。我也会拉丁语，至少能读拉丁语的散文，几乎像读法文一样。当然希腊语更加困难，幸好我有一个非常好的老师。我通常一周有三个晚上会去他那儿，直到你来到这儿，才打破我的习惯。”

“你学这个会有什么结果呢？”

“获取知识。”他笑道。

“这听起来非常不切实际。”

“或许是，也可能不是。然而，希腊语极其有趣。你想象不到读原版的《奥德赛》是多么令人兴奋。这让你觉得好像只要踮起脚尖，伸出手臂，就能触碰到天上的星星。”

激动的情绪占据了他的内心，他站起身来，在小小的房间内走来走去。

“前一两个月的时间里，我一直在读斯宾诺莎。不敢说能完全读懂，但我仍然觉得非常兴奋，就像乘着一架飞机降落在巍峨群山中的一片高原上，独享清静。空气非常清新，像红酒一般，沁人心脾，感觉自己就像百万富翁。”

“你什么时候回芝加哥？”

“芝加哥！我不知道，没想过。”

“你说过，如果两年内没有得到你想要的，你就会像放弃一份糟糕的工作一样放弃这件事。”

“我现在不能回去，我才刚刚开始。我看到一条条布满生机的大道正在我的前方延伸，向我招手。我渴望踏上它们去探索。”

“你期待在这些道路上找到什么？”

“找到我问题的答案。”他顽皮地看了她一眼，期望她能明白自己，如果不是因为他们彼此如此熟悉，她可能就会以为他在开玩笑了。

“我决心探索是否有上帝存在，查明罪恶存在的原因。我想知道，我是否拥有不灭的灵魂，或者我在死后是否就不复存在了。”

伊莎贝尔轻叹一声。听到拉里说这些事情，她感到不舒服。令她欣慰的是，拉里用平常说话的语气，轻轻地诉说着，可以让她克服自己的窘境。

“但是，拉里，”她笑着说，“人们几千年来一直在问着这些问题。如果这些问题可以回答，那现在肯定就会有答案了。”

拉里低声轻笑。

“别笑了，好像我在说些愚蠢可笑的话。”她严厉地说道。

“相反，我认为你说的话很切中要害，但从另一方面你可以说，如果人类几千年来一直问这些问题，那么就证明他们是不得不去问的，而且必定会继续问下去。此外，没有人找到答案的说法是错误的。答案比起问题要多得多，而且许多人已经找到了令他们十分满意的答案，比如老鲁伊斯布鲁克。”

“他是谁？”

“哦，一个我在巴黎大学无缘认识的人而已。”拉里随口答道。

尽管伊莎贝尔不明白他的意思，他还是继续说了下去。

“对我来说，这一切听起来如此幼稚。那些是不谙世事的学生才会为之激动的事情，他们毕了业就会忘掉，因为他们必须赚钱养家糊口。”

“这也是人之常情。你瞧，多亏我现在还有钱能过活，我如果没有这种条件，我必会像其他人一样去赚钱。”

“但难道钱对你来说一无是处吗？”

“是的。”他咧着嘴笑。

“你认为你多久才能找到答案？”

“我不知道，可能五年，或者十年。”

“那得到答案之后呢？你将用你这种智慧做什么呢？”

“我要是获取了知识，我认为我将足够聪明，知道用它来干什么。”

伊莎贝尔双手十字交错地紧握着，非常激动，身子向前倾了倾。

“拉里，你大错特错。你是美国人，你的用武之地在美国，不在这儿。”

“当我准备好了，我就回去。”

“但你将会错过很多，我们国家正经历着世界上从未经历的宏伟时代，你如何能忍受待在一个闭塞落后之地？欧洲已经完蛋了。我们美利坚是世界上最了不起、最强大的民族。我们将突飞猛进，拥有一切。促进国家发展是你的责任，可你已经忘记了。你不知道现在的美国生活是多么令人震撼。你确定你不参与这种宏伟事业是因为你没有勇气去担当每一个美国人共同面临的重任吗？哦，我知道在某种程度上你在努力着。可这种努力难道不是一种责任的逃避吗？难道不是一种勤奋的懒惰吗？如果每个人都像你现在一样去退缩，那么美国将变成什么样子呢？”

“亲爱的，你好严苛。”他笑道，“我的回答是，并不是每个人的感觉都像我一样。对他们而言，这也许是运气，多数人都按部就班行事；你却忘记了，我想学习就像格雷疯狂地赚钱赚得盆满钵溢一样。我想花几年时间来接受教育，难道就因为这个，我就真成了国家的叛徒吗？这是一次机会，可能在我学成之后我所给予人们的，他们都将欣然接受。当然，如果我没有学成，那么我也不比投身商海但没有赚到钱的人损失更多。”

“那我呢？难道我对你一点都不重要吗？”

“你非常重要。我要你嫁给我。”

“什么时候？十年后吗？”

“不，现在，越快越好。”

“拿什么来结婚？妈妈任何东西都给不了我。倘若她能给的话，也不肯给的。她觉得这样鼓励你游手好闲是错误的。”

“我不会从你妈妈那儿拿走任何东西，”拉里说，“我一年能赚三千美元，这在巴黎足够了。我们能有一间小小的公寓和一个全职保姆。亲爱的，我们会生活得很愉快。”

“但是，拉里，一个人一年三千多美元是生活不了的。”

“一个人当然可以，许多人一年都用不了三千美元。”

“但我不想靠着一年三千美元生活，我没有理由要这样的生活。”

“自从来到巴黎，我一直都靠这一半的钱过活。”

“可你是怎么过的！”

伊莎贝尔看着破旧昏暗的小房间，厌恶地耸了一下肩膀。

“我已经有了一点儿积蓄，我们可以去卡普里岛度蜜月。然后，到秋天我们可以去希腊看看。我们过去常常一起谈论如何去环游世界，难道你不记得了吗？”

“我当然想去旅行，但不喜欢你说的这种旅行。我不想坐二等船舱去旅行，不想住在没有浴室的三等宾馆，甚至吃饭都在小饭店里。”

“去年十月份，我用那样的方式游历了整个意大利，玩得很开心。我们可以靠着一年三千美元游遍全世界。”

“但是，拉里，我想要孩子。”

“没关系，我们可以带着他们一起去旅行。”

“你太傻了，”她放声大笑，“你知道养一个孩子要花多少钱吗？去年，维尔利特·托姆林森生了一个孩子，她尽可能地节省开支，还是花了两千五百块钱。你觉得雇用一位保姆要花多少钱？”想法一个接一个地出现在脑海里，她变得更加激动了。“你太异想天开了。你不知道你正在要我做什么。我年轻，想要尽情玩耍，想做别人做的任何事情，想参加宴会、跳舞、打高尔夫球、骑马，想要穿漂亮的衣服。你可曾想过如果一个女孩穿得不如朋友漂亮，这对她来说意味着什么？拉里，你可曾知道当你买了朋友不再喜欢的旧衣服，当人家出于同情将新衣服作为礼物送给你时，这又是什么滋味吗？我甚至去一个像样的理发师那儿做一个像样的头发，都负担不起。我不想在有轨电车和公共汽车中穿梭，我想拥有一辆属于自己的车子。你在图书馆读书时，你认为我自己一整天会做什么事来打发时光？在街道上闲逛，看看商店橱窗里的商品，还是坐在卢森堡公园里留心自己的孩子不会调皮惹事，我们将交不到任何一个朋友。”

“哦，伊莎贝尔。”他打断了她。

“至少不会是我过去来往的那些朋友。是啊，艾略特舅舅的朋友看在他的面上，或许会时不时地邀请我们。但是我们不会应邀，因为我没有合适的衣服，我们也无法回请他们。我不想结识许多又寒酸又无知的人，我与他们没有共同语言。拉里，我想要生活。”伊莎贝尔突然意识到拉里眼中的神情。他在看她的时候总是柔情似水，眉开眼笑。“你认为我愚蠢，是不是？你觉得我现在啰里啰唆，吹毛求疵？”

“不是的，我认为你的话非常自然。”

他正背对着壁炉站着。她起身走到他的跟前，与他面对面。

“拉里，如果你身无分文，但有一份年薪三千美元的工作，那么我就会毫不犹豫地嫁给你。为你煮饭，为你铺床，不在乎我所穿的。我会别无所求地过下去，将其视为最大的乐趣。因为我知道这只是时间的问题，你终将会成功的。但是现在这样结婚，这意味着要以一种非常低贱的方式生活，我们所有的生活也没有了什么指望；也就意味着，我要苦一辈子。为了什么呢？为了你可以花多年去努力寻找问题的答案，你说这些问题是你自己无法解决的，这样做太不像话了。人应该去工作，他生到世界上就为的这个，这是他造福社会的方式。”

“总之，我应该在芝加哥安家，进入亨利·马图林的公司工作。让我的朋友去买亨利·马图林看好的股票，难道你认为我这样就会极大地造福于社会了吗？”

“证券这一行总要有人做，它是一种体面又高尚的求生之道。”

“你把巴黎有一般收入的人的生活形容得一塌糊涂。你知道，实际上并非如此。不去香奈儿商店照样可以穿得很漂亮。所有有趣的人都不住在凯旋门和福熙大道上，因为有趣的人通常不会太有钱。在这儿我认识了许许多多的人，有画家、作家、学生，有法国人、英国人、美国人，等等。比起艾略特那些粗俗的侯爵夫人和目中无人的公爵夫人来说，你会发现这些人有趣多了。你思维敏捷，又有幽默感。哪怕只是喝着廉价的葡萄酒，没有管家和男仆服侍，你也会喜欢听他们在饭桌上交流思想。”

“别傻了，拉里。我当然喜欢。你知道我不是一个势利的女人。我想去结识有趣的人。”

“是的，穿着香奈儿的衣服。你想他们看见你的这副打扮会不会认为你是来视察贫民区的？你不舒服，他们也不舒服。你除了事后告诉爱米丽·德·蒙塔杜尔和格拉西·德·夏托加亚尔，说你在拉丁区遇见许多怪里怪气的放荡不羁的人，并为此感到非常好笑，除此之外，别无所获。”

伊莎贝尔微微耸了耸肩。

“你说得没错。他们没有和我一起长大。他们与我不是一路人。”

“你这句话指的是什么？”

“还是我开头所讲的。从我记事起，我就一直住在芝加哥。我所有的朋友都在那儿。我的兴趣爱好也在那儿。我的家在那里，你的家也在那里。我们的根在那儿。妈妈病了，她永远都不会康复。即使我想离开芝加哥，我也不能离开她。”

“如果我准备不回芝加哥，是不是就意味着你不会嫁给我？”

伊莎贝尔犹豫了。她爱拉里，想要嫁给他。她全身心地爱着他，她知道他也渴望得到她。她相信向他摊牌，他会服软的。她害怕，但必须冒险一试。

“是的，拉里，我就是这个意思。”

拉里在壁炉板上划了一根火柴。这是一种带有刺激气味的老式法国硫黄火柴。他点好烟斗后，绕过她，站到窗前，朝窗外看去。他默不作声，就像永远没完没了似的。她仍旧站在她原来面对着他站的地方，看着挂在壁炉架上的一面镜子，但她在镜中却看不见自己。她的心怦怦地乱跳，恐慌极了。最终拉里转过身来。

“我真希望让你明白，我向你建议的生活要比你所想象的任何生活都更加充实。我希望能让你看到精神生活是多么激动人心，经历它是多么令人感到充盈，没有边界，这才是一种幸福的生活。只有一件事情能和它相比，那就是独自乘坐飞机，越飞越高，只有一望无垠的蓝天围绕在你的身边。你沉醉在无边无际的空间里。你会非常兴奋。这种兴奋，即使用世上所有的权力和荣誉来换取，你都不会为之动容。前几日，我在读笛卡儿的作品。天啊！竟是那么舒适、文雅、清新。”

“但是，拉里，”她急忙打断他，“你难道看不出你正在要求我做一件我不适合做又不感兴趣的事吗？我曾经多次告诉过你我只是一个普普通通的正常的女孩儿。我现在二十岁了。再过十年，我就老了。在我有机会的时候，我想及时行乐。哦，拉里，我确实非常爱你。但这所有的一切都只是微不足道的事。它不会引领你去任何你想去的地方。为了你自己，我恳求你放弃它。拉里，身为一个男人，要做他该做的事情。其他人在分秒必争、奋力拼搏时，你只是在虚度宝贵的年华。拉里，如果你爱我，就不要因为一个梦想而放弃我。你已恣情纵欲过了，跟我们一起回美国吧。”

“亲爱的，我不能回去。回去对于我来说如同自杀，如同出卖了我的灵魂。”

“哦，拉里，你为什么那样说？可笑又矫情的女人才那样说话。这有什么意义？毫无意义，毫无意义，毫无意义。”

“这恰恰就是我的感受。”他回答道，他的双眸闪闪发光。

“你怎么能笑呢？你可认识到这是极其严肃的事情？我们已经到了十字路口。我们现在所做的决定将会影响我们的一生。”

“我知道。请相信我，我是非常认真的。”

伊莎贝尔叹了口气。

“如果你不听劝，那就没什么可说的了。”

“但我认为这不是理由。我认为你一直在说最没有意义的胡话。”

“我吗？”倘若她不是非常痛苦的话，定会放声大笑。“我可怜的拉里，你就像个疯子一样。”

她慢慢地把订婚戒指从手上摘下来，放在手心上，看着它。四四方方的红宝石镶嵌在白金环上。她一直都很喜欢它。

“如果你爱我，你就不会让我如此不开心。”

“我真的爱你，不幸的是，一个人有时候要做自己认为对的事，难免要使他人不快乐。”

她伸出了那只放着红宝石的手，用颤抖的双唇硬是挤出了笑容。

“还给你，拉里。”

“它对我来说没有用处。你留着它来纪念我们的友谊，好不好？你可以戴在小拇指上，我们的友谊不需要结束，是不是？”

“拉里，我会一直关心你的。”

“那留着它吧。我想让你留着。”伊莎贝尔犹豫了片刻，然后把它戴在了右手的小拇指上。

“这太大了。”

“你可以改一下尺寸。我们去里兹酒吧喝一杯吧。”

“好的。”

她对这件事解决得如此容易，感到有点诧异。她没有哭。现在除了不会和拉里结婚之外，似乎任何事情都没有变。她简直难以相信所有的事情都结束了。伊莎贝尔对她和拉里两个人没有大吵大闹而于心不甘。这件事就这样平心静气地谈妥了，就像是在谈论租房子的事一样。她倍感失望，但同时因他们两人的文明举止又有一丝满足。她真想知道拉里究竟是什么心情，可她始终没有办法知道；他那平静的面容，深邃的眼眸，她知道那只是他的面具。即使与他相识多年，她也一直难以看透他。伊莎贝尔已经脱掉帽子，放在床上。现在，她站在镜子面前，又把它重新戴了上去。

“只是问着玩，”她一边说，一边整理着自己的秀发，“你原本想过跟我解除婚约吗？”

“没有。”

“我觉得这对你来说可能是一种解脱。”拉里没有回答。伊莎贝尔转过身来，嘴角露出了灿烂的微笑。“现在走吧。”

拉里锁上了身后的房门。他把钥匙递给了桌旁的男人。这时，男人露出心领神会的表情，猥琐地望着他们俩。伊莎贝尔很难猜不到他的心思。

“我敢说这老家伙认为我失去了贞操。”她说。

伊莎贝尔和拉里乘坐了一辆出租车去里兹酒吧喝酒。他们聊了一些无关紧要的事，丝毫不感到尴尬，就像两个天天见面的老朋友一样。尽管拉里天生不太爱说话，但是伊莎贝尔话很多，喜欢闲聊。她下定决心不让他们之间变得沉默，弄得没有话说。她不想让拉里觉得她恨他，她的自尊心又逼她装得完全没有伤心和不悦。过了一会儿，她提议让拉里送她回家。当拉里把伊莎贝尔送到门口时，她高兴地对他说：

“别忘了明天和我们一起吃午餐。”

“我一定不会忘了。”

伊莎贝尔让拉里吻了自己的面颊。随后，穿过车道门[1]进去了。

五

当伊莎贝尔走进客厅时，她发现已经有几个客人在喝茶了。有两位是住在法国的美国人，穿着非常考究，脖子上戴着两串珍珠，腰上饰有钻石，手上戴有昂贵的戒指。虽然其中一位的头发是用散沫花染成的棕红色，另一位是不自然的金黄色，但是她们长得却惊人地相似。她们的眼睫毛都涂了浓密的睫毛膏，嘴唇抹得十分亮丽，同样在脸颊上抹了胭脂，同样通过极端节食保持着苗条的身材，同样清晰可辨的五官轮廓，同样如饥似渴、焦躁不安的眼神。看到这些，你会禁不住觉得她们是在做努力地抗争，以留住即将逝去的风韵。她们用尖细的声音东拉西扯、高谈阔论，没有片刻歇息，好像在担心如果她们停息片刻，钟表就会停止摆动，她们就会失去说话的能力，她们努力堆砌的空中楼阁瞬间就会土崩瓦解。还有一位是来自美国大使馆的秘书，一直沉默着，因为他根本没有插话的机会，他看上去很有派头。另外一位矮小的黑皮肤的是罗马尼亚王子，总是卑躬屈膝，长着一双玲珑剔透的小黑眼睛，一张刮得很干净的黑黑的脸。他总是着急地跳起来，给人送蛋糕或者点燃香烟，

1　原文为法语。

对在座的人竭尽献媚恭维之能事。他这样做是在偿还过去从这些人那里获得的晚餐以及今后希望得到的晚餐。

布拉德利夫人坐在茶桌旁，穿着艾略特喜欢的服饰，虽然她认为这种穿着太隆重，不太适合这种场合。她俨然是一位女主人，保持着她惯有的礼貌，但是表情却相当冷漠。她对她弟弟的客人有什么想法，我也只能想象。我只是对她稍有了解，她是一个聪明的女人，深藏不露，喜欢把什么事都放在自己心里。她住在国外的首都多年，阅人无数，我想她一定会根据她土生土长的弗吉尼亚小城的标准，非常审慎地把这些人归为不同的类别。恐怕她看着宴会上这些人的滑稽行为时，会感到好笑。而且，我认为她不会在意他们的气质，如同她读小说时，一开始就知道它的结局是圆满的，阅读过程中就不会去因人物的疾痛而难受一样。巴黎、罗马、北京并没有对她的美国特质产生什么影响，就如同艾略特虔诚的天主教信仰并没有对她坚定的长老会宗教信仰产生影响和造成不便一样。

伊莎贝尔则带着青春的气息，她健康美丽、相貌姣好、富有活力，给这种浮华的氛围带来了一股清风。她神气十足地进来，就像年轻的尘世女神。

这位罗马尼亚王子忙不迭地站起来为她拉过一把椅子，做了一大堆手势竭力恭维。这两个美国女人一边尖着嗓子和蔼地跟她讲话，一边上上下下打量着她，仔细瞧她穿的衣服。也许，拿自己和伊莎贝尔的青春年华相比，她们心里会有些忧伤。这位美国大使馆的秘书暗笑着，因为他看到伊莎贝尔使这两个女人看起来如此虚假和憔悴。可是，伊莎贝尔认为她们很是雍容华贵，她喜欢她们的高档服饰和价值连城的珠宝，还对她们的成熟老练的姿态突然感到一丝嫉妒。她在想，有一天她是否也会像她们那样高雅。当然，这个小罗马尼亚人非常滑稽可笑，他说的那些好听的话虽言不由衷，但只是听听也讨人喜欢。

他说很高兴听她们谈话。被伊莎贝尔的进入打断了的谈话现在又恢复了。她们谈得如此快活，不由得使人们相信她们的谈话确实值得一听，而你差一点认为她们纯属无稽之谈。她们谈到曾经参加的晚会和她们打算去参加的晚会。她们对最近的丑闻论长道短，把自己的朋友毁得体无完肤。她们从一个名人谈到另一个名人。她们似乎认识所有的人，知晓所有的秘密，一口气聊了最新的戏剧、最受欢迎的时髦服装设计师、最受人青睐的油画家和最新上台的总理新包养的情妇。人们禁不住认为她们无所不晓、无所不知。伊莎贝尔听得入了迷，在她看来这一切都是上流社会应有的样子。这就是生活，这给她一种置身其中的震撼，这是真的，极其完美。宽敞的房间，萨伏内里地毯，华丽的镶了木板的墙壁上挂的漂亮的画，精工细雕的座椅，价值连城的镶嵌细工的衣橱和临时茶几，每一件都值得送到博物馆，布置这个房间一定花了一大笔钱，但是很值得。她从没有像现在这样深刻地感受到它的美，布置得如此恰到好处。因为她还清晰地记得破旧的小旅馆房间、那张铁床和那张硬邦邦的椅子，拉里觉得没有什么不好的那个房间，空荡荡的，又阴暗又可怕，她想起时不由得打了个寒战。

晚会结束了，只剩下伊莎贝尔、她母亲和艾略特。

“充满魅力的女人，”艾略特送那两个可怜的满脸脂粉的美国女士出门回来时说道，“她们初到巴黎时，我就认识了她们，我做梦也没想到她们竟然过得这么好。太神奇了，她们的适应力太强了，还有，你根本不会发现她们是美国人而且是来自美国中西部的美国人。”

布拉德利夫人扬起眉毛没有说话，只递给他一个眼神，艾略特心领神会。

“我可怜的路易莎，没有人会和你谈起这些。”他半嘲讽半深情地继续说道，“虽然，天知道，你曾经有过那么多机会。”

布拉德利夫人努起嘴唇。

“恐怕我一直让你伤心失望，艾略特，但是说实话，我对现在的状态非常满意。”

“各有各的爱好。”艾略特咕噜了一句法语。

“我想我应该告诉你，我已经和拉里解除了婚约。”伊莎贝尔说。

“啧，”艾略特喊道，“这一来，我明天请的午饭可糟糕了，这么短的时间，究竟让我去哪儿再找一个人呢？”

“哦，他会来吃午饭的。”

“你和他解除婚约了，他还会来？这听起来可不太像话。”

伊莎贝尔咯咯地笑了。她聚精会神地看着艾略特，因为她知道她母亲正盯着她，她不想与她母亲的目光对视。

“我们没有吵架。我今天下午和他认真讨论了这件事，认识到我们订婚是一个错误。他不想回美国，想留在法国，他一直说要去希腊。”

“不知道究竟是为什么？雅典又没有社交活动。实际上，在这之前，我从没有认真思考过希腊艺术。有些希腊的东西具有一定的颓废的魅力，非常有吸引力，但是菲狄亚斯没有。”

“看着我，伊莎贝尔。”布拉德利夫人说。

伊莎贝尔转过头来，微带笑意，直面着她的母亲。布拉德利夫人仔仔细细地看了女儿一眼，但只哼了一声。她只看到伊莎贝尔没有哭，表现得镇定自若。

“我想你正好解脱了，伊莎贝尔，”艾略特说，“我原来想竭力促成这件事，但是一直认为你们根本不相配。他没有你出色，他在巴黎的所作所为清楚地表明他成不了什么大事。凭你的相貌和人脉，完全可以找到比他更出色的男人。我认为这事做得很漂亮。”

布拉德利夫人看了她女儿一眼，目光中不乏忧虑。

“伊莎贝尔，你不是为了我才做了这样的决定吧？”

伊莎贝尔坚定地摇了摇头。

“不是，妈妈，我完全是出于我自己的考虑。”

六

那时我已经从东方回来，碰巧在伦敦待了一段时间；大约在我了解到这件事发生的两个星期左右的一天早上，艾略特打电话给我，听到他的声音，我并不吃惊，因为他习惯于在游宴时节接近尾声时，来伦敦游乐一下。他告诉我布拉德利夫人还有伊莎贝尔和他在一起，他们盛情邀请我在傍晚六点钟前去喝酒。他们当然在克拉里奇饭店，当时我住的地方离那儿不远，因此我漫步走过公园，穿过寂静、体面、高贵的街道，到了克拉里奇饭店。艾略特还是住在原来的套房，室内镶有褐色的木头壁板，像雪茄烟盒子的那种木头，陈设既静谧又奢华。

当侍者把我领入房间的时候，只有艾略特一个人在房间。布拉德利夫人和伊莎贝尔去购物了，很快就会回来。他告诉我，伊莎贝尔已经解除了与拉里的婚约。

对于在什么条件下怎样行事，艾略特有他的一套，并且保持高度的感知。他对这两个年轻人的行为感到仓皇失措。解约后的第二天下午，拉里来吃午饭了，但是他好像没有任何变化，还是和往常一样举止文雅，一样礼貌，一样安静愉悦。他还一如既往地对她献殷勤，满怀热情。他看起来既没有烦恼、不安，也没有愁眉苦脸。伊莎贝尔也没有显示出沮丧、无精打采，她和拉里一样高兴，笑得照样轻松，照样打趣、开玩笑，宛如她不曾做出一项影响一生的重大决定，而且是生命中最痛苦的决定。艾略特对他们的表现摸不着头脑。他从侧面听到他们只言片语的谈话，了解到他们并无意取消他们已安排好的约会，所以他一有机会就去和他姐姐谈这件事。

“这不太好，”他说，“他们不能东奔西跑，好像还在婚约中。拉里本来应该更有分寸，而且，他也毁掉了伊莎贝尔的机会。年轻的小福赛林根——英国大使馆的那个男孩，很喜欢伊莎贝尔；他很有钱，并且社会关系也不错；如果他知道伊莎贝尔和拉里已经撇清关系，而向伊莎贝尔示好，我一点儿也不会感到意外。我想你应该和她谈谈这件事。”

“亲爱的，伊莎贝尔已经二十岁了，她懂得心平气和地告诉你不要管她的事情。我发现很难去应对这件事。”

“那么，路易莎，你就是没有将伊莎贝尔调教好。而且，这就是你分内的事。”

“在这件事上，你和她的观点肯定不同。”

“路易莎，你在考验我的耐力。”

“我可怜的艾略特，如果你有一个长大成人的女儿，你就会知道她比一头顶撞的小公牛还要难管。至于知道她内心是怎么想的，嗯，最好的办法是假装你就是她以为的那种头脑简单的、无知的老痴呆，我几乎可以肯定她也是这样看你的。”

“但是你和她认真谈过这件事了吗？”

“我努力过。她嘲笑我，对我说无可奉告。”

“她伤心吗？”

“我不知道，我确切知道的是她吃得饱、睡得香。”

“嗯，你相信我的话好了。如果你任由他们发展下去，总有一天，他们就会偷偷溜掉，不和任何人打招呼，偷偷结婚。”

布拉德利夫人哑然失笑。

“这一点你尽管放心好了，我们现在待的这个国家是为不正常交易或关系提供一切方便而限制婚姻自由的国家。”

“太对了。婚姻是一件严肃的事情，它是家庭安全的保障和国家稳定的保障。如果婚外关系不仅得到承认而且得到鼓舞和支持时，婚姻就不能维持它的尊严。性交易、卖淫此类的事嘛，路易莎——”

“够了，艾略特，”布拉德利夫人打断道，“你对不正常男女关系的社会观和道德观，我一概不感兴趣。”

就在那时候，艾略特提出一个阻止伊莎贝尔与拉里继续交往的计划。因为他对这种越轨的行为太讨厌了，认为它有悖于正常的伦理。巴黎的游宴季节临近尾声，大凡上流人士都准备去海边或者多维尔，然后去图兰、昂儒或布列塔尼的祖传城堡消夏。艾略特通常会在六月末去伦敦，但是他的家庭观念很强，对姐姐和伊莎贝尔的感情是真挚的，已经准备好做出自我牺牲。如果她们愿意，即使巴黎像样的人物都走光了，他也会一直待在巴黎。但是他忽然发现他的处境很有利，既能最大限度地为他人着想，又能方便自己。他建议布拉德利夫人他们三个马上去伦敦，因为伦敦那边游宴季节正处于高潮，在那儿，新兴趣和新朋友可以把伊莎贝尔从不幸繁杂的思绪中解脱出来。根据报纸上的报道，专门治疗布拉德利夫人疾病的专家那时会在英国首都，布拉德利夫人正好可以找他诊治，这样就可以为他们突然离开巴黎找到合情合理的解释。

不顾伊莎贝尔可能不愿意离开巴黎的意向，布拉德利夫人赞同这个计划。但她搞不懂伊莎贝尔，她不能断定伊莎贝尔是否像看起来那样满不在乎，或者是心里痛苦、生气或者伤心，抑或她只是刻意硬撑，来掩饰受伤的情感。布拉德利夫人只能同意艾略特的建议，对伊莎贝尔来说，见一些陌生的人，去一个新的地方，是有好处的。

艾略特忙着打电话，伊莎贝尔在凡尔赛宫和拉里一起整整逛了一天。回到家时，他告诉伊莎贝尔，他已经为她妈妈定好了，三天后就去找那个名医看病，并且已经在克拉里奇预订了一个套房，因此他们后天就要出发。当艾略特用颇有些得意的方式告诉伊莎贝尔时，她却面不改色。

“哦，太好了，很高兴你愿意去看医生。”她和平常一样急腔急调地大声喊道，带着强烈的冲动。“当然，你不能错过这个机会。去伦敦太棒了！我们要在那儿待多长时间？”

“没有必要回巴黎了，”艾略特说道，“一周后这儿的人都走光了，我想让你和我在克拉里奇一直待到夏季结束。七月会有一些不错的舞会，当然也会有温布尔登网球锦标赛。之后，还有去古德伍德的赛马会和考斯的船赛。我相信，埃林厄姆家会很高兴邀请我们坐他们的快艇，去看考斯的船赛。班托克家在古德伍德赛马时会有大型的宴会。”

伊莎贝尔看起来很高兴，布拉德利夫人也松了一口气，看来她根本不牵挂拉里。

艾略特刚刚和我说完这些话，母女俩就回来了。我一年半没有见到她们了，布拉德利夫人比之前消瘦了些，脸色更加苍白。她看上去很疲惫，健康状况欠佳。但伊莎贝尔却风华正茂，红红的脸色，深褐色的头发，闪闪发光的褐色的眼睛，白净的皮肤，给人一种青春的感觉，生机勃勃，赏心悦目。看到这些，你会禁不住笑出来。她给我一种荒诞的奇想，仿佛她是一颗早梨，金黄、甘美、成熟，等待人们来品尝。她散发着热情，看上去比上次见面时高了些，不知是因为她的鞋跟高了些，还是因为服装设计师巧妙的裁剪掩盖了她的年轻的、丰满的体形，我也不清楚。她的举止有童年从事户外活动时轻松自如的风度。总之，她是个非常性感、魅力十足的年轻女性。如果我是她母亲，我会认为她真的到了结婚的时候了。

我很高兴有机会回报布拉德利夫人在芝加哥对我的热情款待，所以我邀请他们三人晚上一同去看戏，安排请他们吃一顿午餐。

“我亲爱的朋友，你太聪明了，行动如此迅速，”艾略特说，“我已经告诉我的朋友们我到了伦敦，猜想我们这个季节的日程马上就会排满了。”

我已经明白，艾略特的意思是那时候他们就没时间和我这样的小人物在一起了。艾略特瞥了我一眼，在他的眼神中，我看出了一丝傲慢。

“可是你六点钟来时，一般能找到我们，我们也非常高兴见到你。”他优雅地说，但是很明显，他有意让我明白，作为作家，我的社会地位并不高。

但是事情总有转机。

“你必须设法联系圣奥尔弗德，”我说，“我听说他们想卖掉他家的那张康斯特布尔的《索尔兹伯里教堂》。”

“眼下我不想买什么画。”

“我知道，但是我想你可以帮他们卖掉。”

艾略特用坚毅的目光看着我：“我亲爱的朋友，英国人是一个伟大的民族，但是他们从没画好过，而且永远也画不好。我对英国画派的油画不感兴趣。”

七

在以后的四个星期，我很少见到艾略特和他的家人，他很骄傲为家人做事，带她们去苏塞克斯一个豪华人家度周末，另一个周末到了威尔特郡一个更豪华的人家。他带她们到剧院，作为温莎王室一个年轻公主的客人去看戏，他领她们与一些大人物共进晚餐。伊莎贝尔参加了几场宴会。艾略特在克拉里奇招待一批批的客人，这些人物的大名第二天就会醒目地出现在报纸上。他在西罗和大使馆举行晚宴。实际上，所有该做的事他都做了。伊莎贝尔不得不比过去更精于人情世故，才不会在艾略特舅舅为了使她开心而精心安排的富丽堂皇的、华丽和优雅的场合中眼花缭乱。艾略特自诩说他不辞辛苦完全没有任何私心，只是想让伊莎贝尔从不幸的恋爱中解脱出来；但是，我认为他得到了极大的满足感，想让她姐姐亲自看到他和那些显赫的人物、那些时髦的人物是多么熟悉。他是一个值得钦佩的东道主，有着卓越的社交技巧。

我参加过一两次他的宴会，也时不时地在六点钟去克拉里奇饭店。我发现伊莎贝尔要么被一些护卫王室和元首的近卫军里着装帅气的高大健壮的小伙子们围绕着，要么被外交部穿着稍差一点的优雅的男士所包围。就是在这样的场合，伊莎贝尔把我拉到一边。

“我想问你一个问题，”她说，“你还记得那天晚上我们去药店，喝冰激凌苏打水的事情吗？”

“当然记得。”

“你当时特别友好，乐于助人，你能好心再帮我一次吗？”

“我会尽力的。”

“我想和你说点事儿，可否挑个时间一起吃个午餐？”

“哪天都行。”

“找个安静的地方。”

“开车去汉普顿宫，我们在那儿吃午餐怎么样？眼下公园是最漂亮的时候，你还能看到伊丽莎白女王的床。”

这正合她意。我们约定了时间，但是当那一天来临时，本来风和日丽的天气却突然变了，天空灰蒙蒙的，还下着毛毛雨。我打电话给她，问她是否愿意在城里用午餐。

“我们应该不能坐在花园里了，而且那些画作会很暗，我们也不会看到什么东西。”

“我已经去过太多的公园，早就厌倦了那些古代欧洲大画家的作品。无论如何我们还是去吧。”

“好吧。”

我去接了她，然后驱车前行。我知道一家小酒店，饭菜还说得过去，我们直接去了那儿。在路上，伊莎贝尔和平时一样兴致勃勃地谈着她参加过的聚会和她遇到的人们。她玩得很开心，但是她对结识的形形色色的人的评价暗示了她很谨慎，对荒谬的事物有很强的洞察力。由于下雨，游客稀少，我们是客厅里唯一的客人。这个酒店的特色是家常英国菜，我们点了一只优质羊腿、青豆、新马铃薯和深盘苹果派，外加德文郡奶油和一大杯啤酒，也算是一顿极好的午餐。酒足饭饱之后，我建议我们去空无一人的咖啡屋，那儿有扶手椅，可以坐得更舒服些。咖啡屋里很冷，但是壁炉里放好了煤和火柴。我擦了一根火柴生火，火苗顿时使阴暗的房间明亮起来。

“就这样吧，”我说，“现在告诉我，你想和我谈什么？”

“和上次谈的内容一样，”她咧嘴笑道，“拉里。”

“我猜也是。”

“你知道我们已经解除了婚约。”

“艾略特已经告诉我了。”

“妈妈释然了，艾略特舅舅也高兴了。”

她犹豫了一会儿，然后开始讲述她和拉里的谈话。我已经尽我的所能，忠实地告知读者。读者也许会奇怪她为什么会和我这样的人交浅言深，我和她见面不超过十二次，除了那次在药店，从没有单独相处过。

但我并不吃惊，首先，这一点任何作家都会告诉你，人们确实喜欢告诉作家一些他们不愿意告诉别人的事情。我不知道为什么，除非读者已经阅读了作家的一两本书，感觉和这位作家有着特别亲密的关系，或者是因为将自己戏剧化了，因此愿意像他塑造的人物一样向他推心置腹。我想伊莎贝尔认为我喜欢拉里和她，他们的青春触动了我，并且我对他们的不幸深感同情。她不指望艾略特是一个好的倾听者。因为拉里有过进入社会的最好机会，但是被他糟蹋掉了。艾略特不愿意这样的年轻人麻烦自己，她母亲也帮不了她。布拉德利夫人极有原则，非常遵守社会规约。她的世故使她相信，如果你想在这个世界上混得好，就必须接受它的规约，不能去做别人认为不安分的事。她极高的原则性使她相信，一个男人的职责就是工作，用他的精力和创造力获取机会，赚取足够的钱，按照符合自己身份的标准来养家糊口，使他的儿子们接受良好的教育，让他们长大以后过上富足的生活，并且在自己过世后，保证他的遗孀衣食无忧。

伊莎贝尔有极好的记忆力，那次长时间谈话的许多重要环节都刻在了她的记忆里。我静静地听着直到她讲完。她仅仅打断过一次自己的谈话，问了我一个问题。

“谁是卢斯代尔？”

“卢斯代尔？他是荷兰风景画家，怎么了？”

她告诉我拉里曾经提到他，他曾经说卢斯代尔至少已经发现了他要寻求的问题的一个答案。她反复对我讲，当她问卢斯代尔是谁时，拉里只轻描淡写地回答了她。

“你认为他是什么意思？”我灵机一动，“你确定他说的不是鲁伊斯布鲁克？”

“也有可能，他是谁呢？”

“他是一个生活在十四世纪的神秘主义者。”

“哦。”她失望地说道。

这对她没有什么意义，但这对我意义重大。对我来说，这是我第一次从拉里的思考中发现一点蛛丝马迹。当她继续讲时，虽然我也在专注地听，但是我的部分心思却在揣摩拉里提到这个人所暗示的可能性。我并不想为此小题大做，因为也许他只是提到了狂热的导师的名字来证实他的论点；也许有什么重要的信息伊莎贝尔没有捕捉到。当他回答伊莎贝尔的问题时，说鲁伊斯布鲁克只是一个他在大学里无法认识的人，很显然他只是想转移她的注意力。

“你怎么看待这件事？”当她讲完后，她问我。

停顿了一会儿我才回答：

“你记得他曾经说过他只想去云游四海吗？如果他告诉你的是真的，他的这种想法看起来会花费很大的气力。”

“我相信是真的。但是，难道你看不出如果他把精力放在努力工作上，他一定能有一笔很可观的收入吗？”

“有些人生来就是这么奇怪。有的犯罪分子精心图谋的结果只是把自己送进监狱。可是，一旦从监狱放出来，他们又重新开始犯罪。结果又进入监狱。如果他们把一样的勤奋，一样的聪明、资源和耐心投入到正经事业上，他们能过上很好的生活，而且可以担任重要的职位。但是他们生来就那样，他们喜欢犯罪。”

“可怜的拉里，”她咯咯地笑着，“你不是在暗示他一直学希腊语是在策划抢劫银行吧？”

我也笑了。

“不，我没有。我想要告诉你的是，有些人拥有强烈的欲望去做某一件事，他们情不自禁，不做不可。为了满足内心的渴望，他们时刻准备着牺牲一切。”

“甚至那些爱他们的人都可以牺牲？”

“是的。”

“这明摆着是自私，还能是什么？”

“我不知道。”我笑道。

“拉里学习已经死亡的语言，能做什么呢？”

“有些人是为了知识而学知识，这不是什么丢脸的想法。”

“如果知识不是用来做什么，那知识还有什么用处呢？”

“也许他就是如此，或许只是渴求知识所带来的满足感。就像艺术家的满足感在于创作艺术品一样，也可能知识仅仅是他追求更深层次东西的某种手段。”

“如果他想学习知识，他参军回来为什么不去上大学呢？这是纳尔逊医生和我的母亲想劝他做的。”

“在芝加哥我和他谈过这件事。学位对他没有什么用。我稍有了解，他很明确他想要什么，而且感觉在大学他无法达成他的目标。你知道，在学习上，有独狼，也有众狼。我认为拉里就是独狼。我记得曾经问过他是否喜欢写作，他笑着说道：‘没有什么可写的’。”

“这是我所听到的最无厘头的不写作的缘由了。”

我笑了。

伊莎贝尔做了一个不耐烦的手势。她不在状态，即便是最温和的打趣也无心去听了。

“我不能理解的是他究竟为什么会变成现在这个样子。战争前他和其他人一样。你可能想不到，他网球比赛打得非常好，高尔夫球打得也不错。他过去行事和我们大多数人一样，是一个非常正常的男孩。没有任何理由能将他变成一个完全不正常的人。毕竟，你是个小说家，你应该能够解释他变化的原因。”

“我又有什么资格来解释极端复杂的人性呢？”

“那是我今天为什么要和你谈这件事的原因。”她补充道，丝毫没注意到我说的话。

“你不幸福吗？”

“对。确切地说不是不幸福。当拉里不在这儿，我一切都好。当我和他在一起时，我感觉如此弱小。现在，它就是一种痛，就好像你好几个月没有骑马，一次骑马跑了长途之后，身体僵硬一样；它不是疼痛，也绝不是不可忍受，但是你能体会到这一点。我会熬过去的，但我不希望拉里把自己的生活搞得一团糟。”

“也许他不会。这条路道阻且长。他只是刚刚开始，但是也许在路的尽头，他会找到他所追求的一切。”

“那是什么？”

“你难道没有想过吗？从他告诉你的那些话来看，他指示得相当明显。上帝。”

“上帝！”她大喊道，吃惊中带着怀疑。我们用的是同一个词，因为截然不同的内涵，却产生了喜剧的效果。因此，我们都情不自禁地笑了。但是伊莎贝尔立刻又变得严肃起来，从她整体的态度来看，她好像有所恐惧。“究竟是什么使你想到这些？”

“我仅仅是在猜测，但是你让我告诉你我作为小说家的所想。不幸的是你不知道他在战争中经历了什么，对他的改变如此深刻。我想可能是某种始料未及的震惊。我想说，无论发生了什么，它使拉里心里充满了一种生命稍纵即逝的感觉，同时觉得罪恶和痛苦一定有补救的方法。”

我能看出伊莎贝尔并不喜欢话题的转变，这让她局促不安。

“难道这不是一种严重的病态吗？人们应该随遇而安。既然我们来到这个世界上，就一定要好好珍惜生命。”

“也许你是对的。”

“我并不想假装自己是什么重要人物。我是想成为一个非常正常的、普通的女孩。我想让人生充满乐趣。”

“看起来好像你们两个人的性情完全相反。结婚之前就发现了这一点要比结婚后发现好得多。”

“我想结婚，生孩子，而且得生活——”

“仁慈的上帝很愿意赐给你想要的生活。”我笑着打断道。

“嗯。这也不会有任何伤害，是吧？它是一个人愉悦的状态，我非常满意。”

“你们就像两个想一起去度假的朋友。但是其中一位想去格陵兰岛的冰山，而另一位却想要去印度珊瑚礁钓鱼，很显然这样你们就不会成行。”

“不管怎样，我可能会在格陵兰冰山上得到一件海豹大衣，但是在印度珊瑚礁能不能钓到鱼很值得怀疑。”

“我们拭目以待吧。”

“你为什么这样说？”她问道，皱了皱眉，“看起来你在想法上一直有所保留。当然我知道在这件事上我并不是主角，拉里是主角。他是一个理想主义者，他是一个做美梦的人。即使这个梦不会成为现实，曾经有过梦想也是令人激动的事。我是那种坚定的、唯利是图的、讲求实际的角色，通常人们是不大同情我这样的人，是吗？但是你忘记了倒霉的是我，我将必须为此付出代价。拉里会我行我素，遨游于天地间。我只能紧随其后，苦挨着度日。我得生活。”

“我不会忘记那些。多年前，在我小的时候，我认识一个医生，还不错的医生。但是他从不做临床。他花费了数年的时间，埋头于大不列颠博物馆的图书馆里，苦心钻研。他提出了伪科学和伪哲学，每隔一长段时间，就写一本大部头的书。由于没有人读他的书，他不得不自己斥资出版。在他去世之前，写了四五部这种毫无价值的书。他有个儿子想去参军，但是没有钱去桑赫斯特[1]，所以他不得不去当一名普通士兵，后来在战争中牺牲了。他还有一个女儿，非常漂亮，我很喜欢她。她去当演员，但是没有天赋，只能在州际之间闯荡，在二流的剧团里演些配角，只有微薄的薪金。他妻子，由于多年单调、沉闷的工作，身体彻底垮了。这个女孩不得不回家照料她母亲，做她母亲做不动的苦差事。这种被浪费的、刚愎的一生，对什么人都没有什么好处。不愿随波逐流的人生如同一场赌博，参与者比比皆是，成功者寥若晨星。”

“母亲和艾略特舅舅支持我所做的决定，你也支持吗？”

“亲爱的，我支不支持对你有什么重大影响吗？我毕竟是个陌生人。”

“我把你视为公正的观察者，”她说道，嫣然一笑，“我想赢得你的支持。你认为我做得对，是吗？”

“我认为你做了对你自己来说正确的事。”我说，相信她体会不到我的回答和她的问题之间的细微区别。

“那么，为什么我会有一种愧疚感呢？”

“有吗？”

她嘴角还带着微笑，但现在是有些悔恨的微笑，她点点头。

“我知道这是常识。我知道每一位理智的人都会认为我没有别的选择。我知道从任何实际的立场来看，从人情世故的角度来看，从正常人

1　英国皇室陆军军事学校所在地。

的视角来看，从是非的立场来看，我都做了我应该做的。然而在我内心深处，有一种不安的感觉。我觉得如果我能更好一点，如果我更公正一点，更无私一点，更高贵一点，我就会和拉里结婚，过他想要的那种生活。如果我足够爱他，我的心中只有他，我就会把整个世界都不放在眼里，一切皆为爱，忘掉整个世界。”

“你也可以从别的角度考虑。换句话说，如果他足够爱你，他就会毫不犹豫地按你的意旨行事。”

“我也对自己那样说，但是并没有什么用处。我想女性与男性相比，更具有牺牲自己的本性。”她轻声地笑道，“露丝和异邦的谷田[1]，诸如此类的事情。”

“那你为什么不冒一次险呢？”

我们一直在轻描淡写地谈着，好像在进行一场随意的谈话。在谈论我们彼此都熟悉的人，但是他们的事情都与我们没有多大关系。甚至当她向我叙述她和拉里的谈话时，也用一种轻松快乐的方式谈着，风趣、幽默，好像她并不想让我在意她所说的话。但是现在，她脸色变得苍白。

“我害怕。”

好一会儿我们都没有开口。我后背一阵发凉，就像我遇到一种深沉的、真挚的人类的情感时会有的那种奇怪的感觉。我发现它很可怕又令人敬畏。

“你那么爱他吗？”我最后问道。

“我不知道。我已经对他没有耐心了。我对他非常恼火，但是我还是一直向往他。”

1　引自济慈的诗《夜莺颂》。

我们又沉默了。我不知该说什么。我们喝咖啡的房间很小，窗户上沉甸甸的花边窗帘把光都遮住了，墙上饰有黄色的大理石花纹墙纸，墙壁上挂了些陈旧的游猎印刷品，有红褐色的家具，破旧的皮椅和一股霉味，仿佛是狄更斯小说里提到的那种奇怪的怀旧式的咖啡屋似的。我拨开火加上更多的炭。伊莎贝尔突然开始说话了。

“你知道，我原以为在摊牌的时候，他会屈服，我知道他很软弱。”

“软弱？”我大声说道，“你怎么会有这样的想法？一年来，这个人下决心走自己的路，禁受住了他身边所有人的反对。”

“和他在一起时，我总可以做任何我想做的事。我可以任意摆布他，他从不对我们所做的事指手画脚。他只是尾随着众人。”

我点燃了烟，看着我吐出的烟圈，它变得越来越大，最后消失在空气中。

“妈妈和艾略特舅舅认为我还和之前一样和他交往，装作若无其事的样子是不对的。但是我并没有太在意，我一直幻想他会屈服。我不相信，当他的榆木脑袋意识到我说话算话时，他还是不会让步。”她犹豫了一下，俏皮地对我笑了笑，带着顽皮的恶意。“我告诉你一件事，不要吃惊。”

“我想不可能。”

“当我们决定来伦敦时，我给拉里打了电话，问他是否能和我一起度过我在巴黎的最后一夜。当我告诉家人时，艾略特舅舅说不太妥当，妈妈认为没必要。当妈妈说某件事情没有必要就是说她绝对不赞成。艾略特舅舅问我是怎么想的，我说我们找个地方吃晚餐，然后去夜总会。他告诉妈妈应该阻止我去。妈妈说：‘如果我阻止你去，你会听我的吗？’‘不会，亲爱的。’我说，‘绝对不会。’然后她说：‘这就是我原先设想的。既然如此，我阻止你去似乎没有什么意义。’”

“你母亲是一位非常通情达理的女人。”

“我相信很少有什么事情能逃过她的眼睛。当拉里来接我时，我进了她的房间和她道晚安。我稍稍化了妆。你知道，在巴黎你必须化妆，否则就像光着似的。当她看到我穿的连衣裙时，上下打量着我，觉得她相当敏锐地猜出了我的打算，这令我产生了不安的疑虑。但是她什么也没说，只是吻了我，希望我玩得高兴。”

“你打算做什么？”

伊莎贝尔疑惑地看着我，好像她不能决定是否准备直率地告诉我。

“我认为我看起来不太坏，而且这是我最后的机会。拉里已经在马克希姆斯饭店订了餐位，我们点了很多菜，所有的东西都是我特别喜欢的，还喝了香槟酒。我们说得天花乱坠，至少我是这样。我使得拉里很高兴。我最喜欢的事情之一就是令他开心。我们跳舞跳够了，然后就去了马德里城堡，在那儿我们遇到一些熟人，就和他们一起玩，又喝了些香槟酒。后来我们去了阿卡恰，拉里舞跳得好，而且我们步调一致。热情、音乐和酒——我开始有点神志不清。我完全没有了顾虑，脸贴在拉里的脸上，跳着舞。我知道他需要我，天知道我也需要他。我有了一个主意，我想这个想法一直萦绕在我心头。我想我会让他和我回家，一旦到我家，嗯，那件不可避免的事就不可避免地发生了。”

“说实话，你这样措辞是最精妙不过的了。”

“我的房间和舅舅、妈妈的房间都很远。因此，我知道不会有什么冒险。等我们回到美国，我就写信告诉他我怀孕了，他就会被迫回来，和我结婚。只要把他带回家，我认为把他留在美国并不难，特别是妈妈生病了。‘我之前怎么没有想到这个，真是蠢。’我自言自语道，这样一来，什么问题都搞定了。当音乐停下来的时候，我就靠在他的臂弯处。然后说时间越来越晚了，我们明天中午还得乘火车，所以还是走吧。我们乘了出租车，我紧紧地依偎着他，他搂着我，亲吻我，他吻着我，吻着我——哦，这简直是天堂。仿佛就在一刹那间，出租车就停在了我的门前。拉里付了车费。

“‘我要走回家。’他说。

“出租车迅速地开走了。我伸出手臂，搂住他的脖子。

“‘难道你不能去楼上和我一醉方休吗？’我说。

“‘可以，如果你喜欢。’他说。

“他按了门铃，门打开了。我们走进房间时，他打开电灯，我注视着他的眼睛，他的眼神充满着信任、真诚和坦率。很明显，他完全不知道我为他设了陷阱，我想我不能和他玩肮脏的阴谋，这就像夺走了孩子口中的糖果。你知道我做了什么吗？我说：‘嗯，也许最好不要这样。妈妈今晚身体不好，如果她已经睡着了，我可不想吵醒她。晚安。’我仰起脸让他吻了一下，然后把他推出门。这就是那件事的结局。”

“你难过吗？”我问。

“说不上难过还是开心。我只是情不自禁，那根本不是我要做的事，只是一种冲动。它控制了我，使我失去理智。”她咧嘴笑了，“我想你可以说这是我人性中高尚善良的一面。”

“确实。”

“那么我的好天性必须承担后果。我相信我以后会更加当心这种冲动。”

我们谈话到此结束。对伊莎贝尔来说，能够完全自愿地向某人讲出来这件事，也许是种慰藉。但是我所能为她做的只是这一点点。我虽感到力不从心，但也尽可能说几句话安慰她。

“你知道，当一个人在恋爱时，”我说，“所有东西都是错的，心里总是极其难过，而且好像永远都摆脱不了似的。可是，你会惊奇地发现在这方面大海有种神奇的作用。”

“你指的是什么？”她笑道。

“嗯，爱情不是一个好的水手，它会在旅行中迷失方向。你和拉里之间有一个大西洋相隔时，你会吃惊地发现启程前看来无可忍受的痛苦竟是如此细小、微不足道。”

“这是你的经验之谈吗？”

“这是一个曾经沧海的人的体会。经受一次没有回报的爱，感到剧痛时，我就搭上了一艘远洋客轮。”

雨没有丝毫要停的迹象，我们觉得即使不去参观尊贵的汉普顿宫的柱子和伊丽莎白女王的床也不会影响我们的生活，所以开车回了伦敦。从那之后，我看到过她两三次，但是，都有别人在场。后来，我在伦敦住够了一段时间，出发去了提洛尔山区[1]。

1 提洛尔山区：奥地利与意大利北部的阿尔卑斯山脉的一个区域。

第三章

一

在过去的十年间，我既没见到伊莎贝尔也没见到拉里，而与艾略特见面的次数反而比之前更多。实际上，是由于某种原因，我之后会提到，我时不时地会从他那儿得知伊莎贝尔的情况，但是关于拉里的事儿，他却只字不提。

“据我所知，他仍住在巴黎，但是我不可能遇到他。我们的生活圈不同。”他补充道，不无得意，“非常遗憾，他竟会堕落到这般田地。他本来是个可育之才，出身很好。如果他愿意服从我的管束，我相信我能把他培养成个大人物。无论如何，对伊莎贝尔来说，逃脱了他是一种幸运。”

我的熟人圈不仅仅限于艾略特认识的那些人。在巴黎，我认识很多艾略特可能嗤之以鼻的人。在巴黎短暂而频繁的逗留中，我也曾问他们中的某些人是否遇到过拉里，或者有无拉里的消息。只有几个人和他偶遇相识，但是都谈不上和他有过亲密的交往。我能找到的人没有人知道他的消息。我到他过去经常用餐的酒店，但是发现他很长时间没去过那儿了，所以住在附近经常去喝咖啡的人都认为他一定是不在本地了。在蒙帕尔纳斯山村路的那些咖啡馆，也没找到他。

伊莎贝尔离开巴黎后，拉里原打算去希腊，但是他放弃了。多年后，他亲自告诉了我他真正想做的事。但是为了把事情按时间顺序排列使读者领会，我还是现在来叙述的好。他整个夏天都在巴黎，毫不停歇地工作，一直到深秋。

“那时我想我得好好休息一下，不再只顾看书。”他说，“我每天看八到十个小时的书，这样已经有两年了。所以，我想去一家煤矿工作。”

“你要做什么？”我叫起来。

看到我的诧异，他笑了。

“我想干几个月的体力劳动会对我有好处。我想这会给我整理思绪、正视自己的机会。”

我没有开口。我想知道这是否是他做这种出乎意料的决定的唯一理由，抑或是这件事与伊莎贝尔拒绝与他结婚有关。事实是，我根本不了解他爱伊莎贝尔有多深。多数人在恋爱时会编出各种各样的理由来说服自己，追随自己的内心是最明智的举动。我想这是诸多灾难性的婚姻存在的根源。像那些把事情交给一个明知道是骗子的人去处理一样，由于这个人首先是骗子，然后才是朋友，他们坚信这个人虽然对别人不诚实，但是对自己却不这样。拉里非常坚决地拒绝了为了伊莎贝尔而牺牲自己选择的生活，他认为他的生活掌握在他自己手中，由他自己做出选择，但是失去伊莎贝尔的痛苦比他所想象的更加不可忍受。也许正如我们大多数人一样，他想鱼和熊掌兼得。

“嗯。继续讲。”我说道。

“我把书和衣服放在两个大旅行箱里，交由美国运通公司保管。然后把一套替换的衣服和一些麻织品放在小手提箱里，就出发了。我的希腊老师有个妹妹，嫁给了朗斯附近一家煤矿的经理，所以写了一封介绍信让我去见他。”

“他知道吗？”

“不知道。”

“它位于法国北部，距离比利时边界不远。我仅在那儿待了一夜，住在车站旅馆。第二天，我坐当地的火车到了煤矿所在的地方。你去过采矿型村庄吗？”

“在英格兰去过。”

“嗯。我想大体差不多的。有煤矿和经理的家，成排的、整齐的两层小房子，全都一模一样，单调到令人沮丧。有一座新近修建的丑陋的教堂和几家小酒吧。天气阴凉而寒冷，当我到那儿时，天还下着毛毛雨。我去了经理的办公室，把信呈上。经理长得又矮又胖，红脸颊，看上去是个贪婪的家伙。他们正缺苦力，很多矿工在战斗中牺牲了，有很多波兰人在那儿工作，我想有两三百人吧。他问了我一两个问题，他不怎么喜欢我的美国人身份，他认为美国人靠不住。但是他姐夫在信中夸赞了我，不管怎样，他很高兴遇到我。他想给我一个在地面上的工作。但是，我告诉他我想到矿下面工作。他说如果我没有做惯矿下面的工作，会吃不消的。我告诉他我做好了准备，他说这样我可以做矿工的助手。那实际上是男孩子的工作，不过男孩子也不够分配。他人很好，问我是否已经找到住所，当我告诉他我还没有时，他在纸上写了个地址，告诉我如果我拿着这张纸条去那儿，房子的主人会租给我一张床。那是一个寡妇，丈夫是矿工，在战争中牺牲了，她的两个儿子也在这个矿上工作。

“我提起小行李箱就去了煤矿。我找到了房子。一个身材高大、骨瘦如柴的女人为我打开了门。她头发花白，眼睛又大又黑，面容姣好。

她年轻时一定非常漂亮，若不是没有了两颗门牙，面容憔悴，也不至于像现在这样。她告诉我没有房间了，但是有一个房间里放了两张床，一张她租给了一个波兰人，我可以租下另一张床。她的两个儿子住在楼上的一个房间，另一个房间她自己住。她带我去看了位于一楼的房间，我猜想，这大概是起居室。我本来想独享一个房间，不过想想我最好还是不要太挑剔吧。外面的毛毛细雨现在已经变成绵绵小雨，而我的衣服已经打湿了，我不想再跑别的地方淋得浑身湿透。所以我说房间特别适合我，就安定了下来。他们把厨房当作起居室，里面有几把摇摇晃晃的扶手椅。院子里有个堆煤棚，用作浴室。两个男孩和波兰人已经吃过午餐，但是她说我可以和她一块儿吃午饭。之后我坐在厨房里吸烟，而她一边继续做她的工作，一边和我谈起她的身世和家庭情况。轮班时其他人也来了，首先是那个波兰人，然后是两个男孩。波兰人穿过厨房，当房东告诉他我要和他分享一个房间时，他只是向我点了点头，没有说话，从铁架上取了一大壶水到煤棚里洗澡去了。这两个男孩个子很高，虽然他们脸上有煤尘，但是看上去很漂亮，而且好像对我很友好的样子。他们把我视为怪人，因为我是美国人。一个男孩子十九岁，几个月后要去服兵役，另一个十八岁。

“波兰人回来了，两个男孩去洗漱。波兰人有一个非常难发音的波兰语名字，但是他们称他为考斯特。他很高，比我高两三英寸，块头也大。他长着一张苍白而丰腴的脸，宽宽的短鼻子，大嘴巴，蓝色眼睛。因为他一直没能把煤灰从眉毛和眼睫毛上面洗掉，所以看起来好像化了妆，黑色的眼睫毛衬托得他的蓝眼睛格外引人注目。他是一个丑陋的、粗野的家伙。两个男孩换好衣服出来了。波兰人坐在厨房里，吸着烟斗，读报纸。我口袋里有本书，因此我也取出来开始读起来。我注意到他不时地瞥我一眼，不久他把报纸放下了。

"'你在读什么？'他问道。

"我把书递给他，让他亲自看。这是一本《克利天斯公主》，我在巴黎火车站买的，因为这本书足够小，我可以放在口袋里。他看着这本书，又好奇地看看我，然后把书还给我。我注意到他嘴边露出讽刺的微笑。

"'你喜欢这本书吗？'

"'我认为它很有趣，引人入胜。'

"'我在华沙上学的时候读过这本书，看得我烦透了。'他操着一口漂亮的法语，没有丝毫波兰口音，'现在我只读报纸和侦探小说，其他的我都不读。'

"勒克莱尔夫人——这是我们房东太太的名字——一面盯着熬的汤，那是我们的晚饭，一面坐在桌子旁织袜子。她告诉考斯特我是煤矿的经理介绍来的，并且把我认为适合告诉她的话重述了一遍。他听着，吐着烟圈，一双雪亮的蓝眼睛看着我。这双眼睛坚毅而机敏。他问了几个关于我的问题。我告诉他，我从没有在煤矿工作过，他嘴角又露出讽刺的微笑。

"'你不知道你在做什么。没有人愿意来煤矿工作，除非他别无选择。但是那是你自己的事，你肯定有你自己的理由。你在巴黎住在哪儿？'

"我告诉了他。

"'我曾经有段时间每年都去巴黎，我经常去拉德芳斯大道，你去过拉儒饭店吗？那是我最喜欢的饭店。'

"这有点让我吃惊，你知道，那饭店吃饭并不便宜。"

"一点也不便宜。"

"我想他看出了我的惊奇，因为他又一次对我露出那种讽刺的微笑。但是很明显，他认为没有必要再做进一步的解释。我们漫无目的地谈着，后来两个男孩进来了，我们一同吃了晚餐。当我们用完晚餐，考斯特问我是否愿意和他一起去小酒馆喝啤酒。小酒馆是一个非常大的房间，房间的尽头是一个酒吧间，有很多大理石面的桌子，桌子周围是木制椅子。有一架自动钢琴，有人把一个硬币投入槽中，钢琴正放着舞曲。除掉我们坐的那张桌子外，只有三张桌前有人。考斯特问我会不会打贝洛特纸牌游戏。我和我的那些学生朋友学过，所以我说会打。他提议说我们玩纸牌，谁输了谁付啤酒钱。我同意了，他叫人把纸牌拿来。我输了，我输了一杯啤酒钱，接着又输了一杯。后来他提议我们玩钱，他牌好，我运气差，我们以小额的零钱为赌注，我输了几个法郎。这一赢加上啤酒使他兴致高涨，开始健谈起来。没过多久，我就从他的谈吐和举止中猜出他是受过教育的人。当他再次谈起巴黎时，他问我是否认识某某人，就是路易莎伯母和伊莎贝尔在艾略特家里时，我遇到的那些美国女人。他看起来比我对这些人熟悉得多。我心中纳闷他怎么能落到如此的境遇。时间并不晚，但是我们第二天拂晓就得起床。

“‘我们回去之前再喝一杯啤酒吧。’考斯特说道。

“他小呷了一口，用机警的小眼睛窥视我。我看着他的样子，联想到一头脾气暴躁的肥猪。

“‘你为什么来这个破败的煤矿工作呢？’他问我。

“‘为了体验。’

“‘我的孩子哟，你疯了吗？[1]’他说。

“‘那么你又为什么来矿里工作呢？’

“他耸了耸他那硕大的、笨拙的肩膀。

“‘我很小的时候，就进了贵族陆海军官学校。我父亲是沙皇统治下的一个军官，上次战争中我是装甲部队骑兵。我忍受不了毕苏斯基。

1　原文为法语。

我们筹划杀死他，但是有人泄露了秘密。我们的同伙凡是被他抓到的都被射死了，我设法及时逃越了边境。那时我面前只有两条路可以选择，要么加入法国籍军团，要么到煤矿做工。我选择了这两个中罪恶稍轻的那个。’

“我已经告诉过考斯特在矿里我要做什么工作。当时他什么也没有说。但是现在，他把胳膊肘放在大理石台面上，和我说道：

“‘尽力把我的手往后推。’

“我知道这是一个很老套的力量测试。我伸出手掌紧靠着他的手掌。他笑了，‘几周后你的手就不会如此柔软了。’我用尽我所有的力气，但我却不能与他抗衡，他力气太大了。他慢慢地把我的手推回来，压到桌子上。

“‘你挺强的，’他没嘲笑我，‘许多人坚持不了这么长时间。你听我说，我的助手不行，他是一个弱小的小法国人，力气还不如虱子大。你明天和我一起来，我让领班安排你做我的助手。’

“‘我很愿意。’我说，‘你认为他会同意吗？’

“‘应该会考虑。你有五十法郎吗？’

“他伸出手，我从钱夹中拿出一张钞票给他。然后我们就回家睡觉了。劳累了一整天，我睡得很香。”

“难道你没发现这工作不好干吗？”我问拉里。

“开始干得筋疲力尽。”他咧嘴笑了一下，“考斯特和领班一起工作，我当考斯特的助手。那时考斯特在一个只有旅馆浴室那样大小的空间工作，人到那儿得穿过一条很低的隧道，只能手脚并用，爬着穿过。那里面特别热，工作时我们只穿着短裤。考斯特肥胖的上半身让人看了极其生厌，就像是巨大的蛞蝓。在那么狭窄的空间，一排排风动剪刀发出的声音震耳欲聋。我的工作是把割下来的煤块收集起来，装满筐，穿过通道，把筐子拖到隧道口。在隧道口处，筐子被装入卡车，等地下煤车隔段时间开来时，把它装上煤再开到电梯那边。这是我唯一了解的煤矿，我不知道这是不是常规做法。开始我并不专业，工作得非常艰难。中午，我们停工休息，吃午餐，吸烟。工作了一天，我并不难过。天哪，洗个澡简直是太开心了。我想我从没把脚洗干净过，它们像墨水一般黑。当然，我的手都起泡了，痛得要死。但是后来伤口愈合了，我也慢慢习惯了这项工作。”

“你在那干了多久？”

“我只做了几个星期。把煤运载到电梯那边的煤车是由一个拖拉机拉着，司机技术不行。发动机总是坏掉，一旦发动机发动不了，他就手足无措。但我技术还不错，所以我把机器检查一遍。半小时后，发动机开始工作了。领班告诉了经理，经理派人找我去，问我是否会开车，结果他就让我当司机。当然，这个工作很单调，但是很轻松。因为发动机再也没出故障，他们对我非常满意。

“考斯特对于我离开他这件事很是心痛。我跟他合作得很好，他也习惯了我。我慢慢了解了他这个人，天天和他在一起。晚餐后和他一起去小酒吧，和他同住一间屋。他是一个很有趣的伙伴，能吸引你的那种人。他并不和其他波兰人混在一起，因此我们不去波兰人去的咖啡馆。他总不能忘记他曾经是个贵族，是一个装甲部队骑兵，所以他视那些波兰人如粪土。波兰人当然憎恨他，但是他们也无能为力。他壮如牛，打起架来不管有刀子还是没有刀子，六个波兰人一起上也不是他的对手。可是我也结识了一些波兰人，他们告诉我他曾经是装甲部队的一个骑兵，是智囊团成员之一的事是真的。但是由于政治原因他离开波兰则是个谎言。他是因为在纸牌游戏中作弊被人捉住，从华沙军官俱乐部中被驱赶出来，然后被解雇了。他们警告我不要和他一起打牌，说他避开他们的原因是因为他们太了解他的底细了，谁也不愿和他打牌。

“我打牌一直不断地输给他，不过输得不多。你知道，每晚只有几个法郎，但是当他赢了，他总是坚持付酒水钱。所以这对我也实在算不了什么。我想我只是运气不好，不如他玩牌玩得好。但是当那些人告诉我以后，我就时刻警惕起来。我百分之百确定他在作弊。但是，你知道我怎么也看不出他是怎么做到的。天哪，他太聪明了。我就知道他不可能总抽到好牌。我像山猫一样盯着他看，他像狐狸一样狡猾。我猜他已经知道有人告诉了我他的真相。一天晚上，我们玩了一会儿牌之后，他冷酷、讥讽地微笑着，他也只会这样笑了，他说：

“‘要不要我变几个戏法给你看？’

“他取出一沓牌，让我说一张牌，他洗牌后，让我随机取一张。我取了，正是我说的那张牌。他又变了两个戏法，然后问我打不打牌。我说打，他就给我发几张牌。我一看，手里的牌竟是四张红桃A和一张老K。

“‘你拿到这张牌，愿意押很多的钱，是不是？’他问道。

“‘我会把我所有的钱都押上，我这一摞。’我回答。

“‘傻瓜。’他把他自己手里的牌摊给我看，是同花顺。他是怎么搞到的，我不知道。看到我的惊异，他哈哈大笑，‘假如我不是一个规矩人，我早就让你输得倾家荡产，把老婆孩子都输掉了。’

“‘你也没吃亏啊！’我咧嘴笑了。

“‘一点儿小钱，不足以在拉吕吃顿饭的。’

“我们继续每天晚上打牌，而且打得很高兴。我得出结论，他作弊与其说是为了钱，倒不如说是为了寻乐，对自己有一种莫名的满足，也从中获得很多乐趣。因为他知道我识破了他在作弊，却搞不懂他究竟怎样做的，感到有趣至极。

“但是这仅仅是他的一个方面，他还有让我感到他有趣的另一方面。这两者不能混为一谈。虽然他自吹除了报纸和侦探小说，其他的一概不读，但是他是一个很有修养的人。他很健谈，说起话来尖酸刻薄、冷嘲热讽、吹毛求疵，但是听他说话却令人愉悦。他是一个虔诚的天主教徒，床上面挂着一个十字架，按惯例，星期天都去做弥撒。星期六晚上，他经常出去喝酒。我们去的那家酒馆星期六总是很拥挤，堆满了人，室内弥漫着烟味。有安静地带着家人来的中年矿工，有大吵大闹的成群结队的青年人，还有一些满脸大汗、围着桌子大声叫喊着玩勃洛特纸牌的人，他们的妻子们则坐得稍后一点，观看着。这一切和吵闹声对考斯特产生一种很奇怪的影响。他变得严肃起来，开始谈——一个最不可能谈到的话题——神秘主义。当时，我对神秘主义一无所知，但是在巴黎读过一篇鲁伊斯布鲁克的文章，但是考斯特谈到普罗提诺和古希腊雅典最高法院的法官丹尼斯，皮鞋匠雅各伯麦和梅斯特·艾克哈特。听这样一个被自己的世界驱逐出来的大块头，带着讥讽、怨恨和绝望的口吻谈起真际和与上帝同在的极乐境界，简直是匪夷所思。这一切对我来说都是全新的，我既困惑又激动。我就像一个躺在昏暗的房间里彻夜未眠的人，突然看见一束光透过窗帘射进来，只要拉开窗帘，一片晨光照射下的家园就会展现在面前。但是，如果在他清醒的时候，我想要他谈谈这个话题，他就会生我的气，眼里满是恶意。

“他厉声说道：‘在我都不知道我在说什么时，我怎么可能知道我说的是什么意思呢？’

“但是我知道他在说谎。他见多识广，非常清楚他在说什么。当然他当时是喝醉了，但是他的眼神，他那丑陋脸上的全神贯注的表情不仅仅归因于喝酒，这里面还有更深层次的内涵。他首次用那种方式和我谈话时谈到的有些东西让我永远不会忘记，因为它使我愕然。他说世界并不是上帝创造的，因为无中不能生有；但是世界是永恒自然的一种外在表现形式；嗯，这还罢了，但是他又补充到，邪恶也是神圣的一种直接表征，恶和善一样。坐在那间肮脏的、吵闹的咖啡厅里，伴随着自动钢琴的舞曲，听到如此的谈话真是奇怪之至。”

二

为了让读者休息一会儿，我从这里另起一章，但是我这么做只是为读者的方便着想，因为拉里的谈话并没有间断。我不妨利用这个机会说说拉里，他说话淡定从容，经常审慎地选择用词，虽然我无法把这些谈话内容记录得正确无误，但是我努力去重述他的谈话内容，而且也竭力去复制他的谈话方式。他的声音具有一种音乐美，清脆悦耳；当他与你交谈时，他不做任何手势，抽着烟斗并且时不时地停下来重新点燃，平静地看着你，黑色的双眼中带有一种愉悦，一种不同寻常的表情。

“在那个平坦而又凄凉的乡村，春天来了，但来得很晚，湿冷依旧。但是有时候也会有美好温暖的一天，让人不想离开地面，乘坐摇摇晃晃的电梯下降至几百英尺下面的地球深处，里面挤满了穿着脏兮兮的工装裤的矿工们。确实是春天没错，但是在那种阴森污浊的环境下，春天来得很羞涩，仿佛不确定人们是否欢迎它。它像是一种生长在贫民窟窗台上花盆里的花，水仙花抑或是百合花，你会纳闷它为何在那里。一个星期天的早晨我们躺在床上，我们经常在星期天的早晨晚些起床，我当时正在看书，考斯特突然走过来对我说：

“‘我要离开这儿。你想和我一起走吗？’

“我知道许多波兰人夏天都回波兰收获庄稼，不过时令尚早，另外，考斯特是不能回波兰的。

“‘你要去哪儿？’我问道。

“‘流浪。穿过比利时，到德国，再沿着莱茵河走。我们可以在农场里找个工作度过整个夏天。’

“我毫不迟疑就做好了决定。

“‘听起来不错。’我说。

“第二天我们告诉领班，我们不干了。我找到一个愿意用背包换我的手提箱的人。我把一些我不想要的或者是我背不了的衣服给了勒克莱尔夫人的小儿子，他的身材与我差不多。考斯特留下了一个袋子，把他想要的东西打了个包。第二天，房东太太给我们煮了咖啡喝，我们就即刻出发了。

“我们并不着急赶路，因为我们知道直到饲草可以收割的时候，才会在一家农场找到活儿。我们在法国信步，穿过法国、比利时，途经那慕尔和列日，经由亚琛到达德国。我们每天最多走十至十二英里。我们喜欢哪个乡村的美景，就在那儿停下来。总有一些小旅馆之类的地方可以找到床过夜，而且还有酒店可以让我们吃饭喝酒。整个过程中都有好天气陪伴着我们。经历过数月的矿井生活之后，能外出待在户外是一件非常令人惬意的事。我之前好像从未意识到一片绿色的草地是多么美，当一棵树还未长出叶子，淡绿色的薄雾笼罩着树枝是多么可爱。考斯特开始教我德语并且我相信他讲德语和他讲法语一样好。在我们一路跋涉中，他会告诉我所遇到的各种各样的事物的德语名称，一头牛，一匹马，一个人，等等，然后重复一些简单的德语句子。我们就这样打发时光，等到我们抵达德国的时候，我至少能够用德语进行简单的日常对话了。

“科隆有一点偏离了我们的路线，但是考斯特坚持要去那里，他说，为了那一万一千名殉道修女。但当我们到那儿的时候，他就酗酒闹事。我们住的地方有点像工人宿舍，我有三天没看见他，他板着面孔出现在住的地方。他和别人打架了，一只眼睛被打青了，嘴唇上也有一个刀口。他可不是漂亮的主儿，我告诉你。他睡了二十四个小时之后，我们开始沿着莱茵河的山谷，向达姆施塔特进发，他说那里的乡村很好，我们有最好的机会找到工作。

“这是我最享受的事情了。我们漫步穿过村镇，美好的天气时刻在身边。每当遇见美丽的景色，我们就会停下脚步来欣赏。只要有留宿的地方，我们就住下来，偶尔也睡在干草堆上。我们在路边的小旅店里吃饭，当到达酿造葡萄酒的乡村时，我们就不喝啤酒了，转而去喝葡萄酒。我们在酒馆里喝酒时交了一些朋友。考斯特有一种天然的快乐鼓舞着他们，使他们相信他。他曾和他们一起玩司卡特——一种德国的纸牌游戏，玩牌时，他会作弊，而且他会讲一些虚张声势的幽默和他们喜欢的粗俗的笑话，这样的话，他们即使输掉几个德辅币也不介意。而我与他们练习德语。我在科隆买了一本英德对话语法，我的德语变得越来越好。然后在傍晚，当考斯特喝了升白葡萄酒之后，他就会用一种病态的方式说话，说始终运行，个体与共性；说世间万物，上帝垂爱之物。但是在清晨，当我们漫步在风景秀丽的乡村中，露珠还挂在草叶上，我试图让他再多告诉我一些，他却变得非常愤怒甚至可能会揍我一顿。

“‘闭嘴，你这个傻瓜，’他说，‘你知道这些荒唐的事情想干什么？来，我们继续学德语吧。’

“如果一个人拥有蒸汽锤一般的拳头而且还会草率地挥舞它，你就不能和他争辩。我曾经看到他怒气冲天的样子。我知道他能把我打昏，掏空我的口袋，把我抛到水沟中。我看不懂他。当酒精麻醉了他的舌头，他用一种不可言喻的方式讲至高无上的主宰时，他会摒弃平时讲的那些淫秽的、肮脏的语言，就像他脱去了那脏兮兮的工装裤，成为一个谈吐文雅、能言善辩的人。我没法不相信他的真诚。我不知道他经历了什么，但是我隐隐约约地感受到他在煤矿上承受的艰难，非人的劳动是为了克制他的肉体。我认为他厌恶自己巨大笨拙的身体，想要折磨它，他所表现出的欺骗、愤怒、残忍的行为是他意志的反抗——我不知道你们把它称作什么——他的意志对根深蒂固的神圣本能的反抗，是对使他恐惧和困惑的上帝苛求的反抗。

“我们悠闲地行进着，春天即将逝去，树木枝繁叶茂。葡萄园中的葡萄开始变得丰满。我们尽量在土路上行走，路上的灰尘越来越多。我们到达达姆施塔特[1]附近，考斯特说我们最好开始找一份工作，因为我们的钱越来越少了。我的口袋里有半打旅行支票，但是我下定决心能不用就不用它们。我们看到了一家很有前景的农舍，就停下来去问他们是否需要几个帮手。我敢说我们看起来并不讨人喜欢。我们满是灰尘、汗垢。考斯特看起来像个无赖，我想我比他好不到哪儿去。我们一次次地被拒绝。有一个地方的农民说他愿意雇用考斯特，但不能用我。考斯特说我们是好朋友，不能分开。我说让他去，但是他不肯。我非常惊讶，我知道考斯特喜欢上了我，虽然我想象不出为什么，因为我现在对他已经没有任何用处了。但是我从没想到他喜欢我竟到如此地步，竟然为了我而拒绝一份工作。当我们继续前行时，我的良心备受谴责，因为我并不真正喜欢他。实际上，我发现他相当冲动，但是，当我想要说几句话来感谢他为我所做的一切时，他对我一顿呵斥。

“但我们终于时来运转了。我们刚穿过一个坐落在低谷的村庄，来到一个杂乱的农舍，那农舍看着还算过得去。敲门后，一个女人开了门。我们照例毛遂自荐道：‘我们愿意为你工作，不计报酬，只需要你为我们提供食宿。’出人意料的是，她没有直接关上门，而是让我们等

1　位于德国黑森林南部的一座城市。

一等。她向屋里的人喊了一声，不久，一个男人出来了。他目不转睛地盯着我们，问我们从哪里来，并要求我们出示证件。当他看到我是美国人时，又瞅了我一眼。虽然看着不太乐意的样子，但他好歹还是邀请我们进来喝杯葡萄酒。我们跟着他到了厨房，然后坐了下来。女人端来了酒壶和玻璃杯。他告诉我们，他的雇工因为被公牛顶伤还在住院，在收割之前什么活都干不了。他还说，很多男人在战争中丧命，剩下的男人又都进了莱茵河畔兴建的工厂，他们都清楚，雇工太难找了。我们知道这些，一直在期待着会有工作的机会。好吧，长话短说，他说他同意我们留下来。农舍里有很多房间，但我猜他并不乐意安排我们住在房间里；果然，他告诉我们在干草棚里有两张床，我们就在那里睡觉。

“工作并不辛苦。我们需要做的只是照料牛和猪，修理故障机器，于是我也有一些空闲时间。我喜欢芬芳的草地，在夜幕降临以后，我就胡思乱想，做着美梦。日子过得很惬意。

“户主一家有老贝克尔、贝克尔的妻子、他守寡的儿媳和她的孩子。贝克尔年近五十，头发灰白，虎背熊腰。他经历过战争，腿上受过伤，现在走路还是一瘸一拐的。腿伤对他造成了很大的伤害，他为了减轻痛苦而酗酒，每天晚上睡觉前都喝得烂醉。考斯特和他相处得很好，他们常常在晚饭后去小酒馆玩纸牌游戏，一起痛饮。贝克尔夫人以前是个女用人。他们把她从孤儿院里救出来，贝克尔在他妻子死后不久就和她结婚了。她比贝克尔年轻不少，很美丽，她是个成熟的女人，脸颊红润，头发金黄，一副性感且充满渴望的神态。考斯特很快得出这样一个结论：这个女人有机可乘。我告诉他可别犯傻。这份工作很不错，我可不想丢掉这份工作。他只是嘲弄地对我说，贝克尔满足不了她，是她自己的需求。我知道要求他正派是没有用的，于是我告诉他要当心，因为贝克尔可能看不出他的企图，但别忘了还有贝克尔的儿媳在，她可不会放过任何蛛丝马迹。

“贝克尔的儿媳名叫埃莉，那是一个年轻的胖女人，块头很大，只有二十多岁，有黑色的眼睛和黑色的头发，蜡黄的方脸，脸色阴沉。她还为在凡尔登被杀害的丈夫戴孝。她是个十分虔诚的教徒，会在每周日的早上走很远的路到村子里做早弥撒，等到了下午又跑去做晚祷。她有三个孩子，其中一个是在她丈夫死后出生的。除了训斥孩子之外，她从不在吃饭的时候说话。她很少在农场干活，大部分时间都在照看孩子，到了晚上，她便独自一人坐在起居室里读小说，开着门，这样她就能听到孩子们是不是在哭。这两个女人互相憎恨。埃莉看不起贝克尔夫人弃儿的出身和用人的背景，也痛恨贝克尔夫人能够作为这个家的女主人发号施令。

“埃莉是一个富裕农民的女儿，还带来了丰厚的嫁妆。她没去村庄上学，但在最近的城镇——茨温根贝格读了女子高级中学，在那里她得到了很好的教育，而一贫如洗的贝克尔夫人在十四岁那年来到农场，她最多是能读会写。这是这两个女人不和的另一个原因。埃莉不遗余力地卖弄自己的知识，每每气得贝克尔夫人涨红了脸，质问她那些东西对一个农夫的妻子来说有什么用。于是，埃莉就会看着她丈夫的身份证铭牌，她将它与一条钢链一起戴在手腕上，阴沉的脸上露出痛苦的表情。

“‘不仅是一个农夫的妻子，还是一个农夫的遗孀，是为国家献出生命的英雄的遗孀。’

“可怜的老贝克尔为维持他们之间的和平而忙得不可开交。”

“他们是怎么看你的？”我打断了拉里的话。

“噢，他们认为我是美军的逃兵，一旦回到美国就要面临牢狱之灾。他们也以此来解释我不喜欢与贝克尔和考斯特一起去小酒馆喝酒的原因。他们认为我不想引起大家的注意，甚至于招来村里警察的盘问。

当埃莉发现我想学德语时，她拿出她的旧课本，说她愿意教我。所以晚饭后，我们俩就会走进起居室，留下贝克尔夫人在厨房里。我大声读给她听，她纠正我的口音；我有些理解不了的词语，她也会教我。我想，她做这些与其说是为了帮我，不如说是为了捉弄贝克尔夫人。

“在这段时间里，考斯特试图拿下贝克尔夫人，但他没有任何进展。贝克尔夫人性情和悦，很乐意和他开玩笑，还和他一起嬉笑。考斯特对女人很有一套，我猜贝克尔夫人已经看出了他的企图，而且我敢说，贝克尔夫人一定觉得很得意。但是当考斯特开始对她动手动脚的时候，她让考斯特把手拿开，还给了他一个耳光。我猜那一定是狠狠的一记耳光。”

拉里犹豫了一下，腼腆地笑了笑。

“我以前从来不会认为哪个女人对我有想法，但它就在我身上发生了——嗯，贝克尔夫人爱上了我。这让我觉得很不自在。一方面，她年纪比我大得多，而且老贝克尔对我们很好。她在餐桌上分发饭菜，我不自觉地注意到她分给我的食物比给其他人的多，我觉得她似乎在寻找和我独处的机会。她冲我笑，我想可能就是你们所说的那种挑逗的笑。她问我有没有女朋友，并说像我这样的年轻小伙子一定会因为找不到女朋友而苦恼。这类事情你是知道的。我只有三件衬衫，都很破旧。有一次，她说我穿着这样的破烂衣服太丢脸了，如果我还要留着它们，她就帮我缝补这些衣服。埃莉听到了她说的话，在下次我们独处的时候，她说，如果我有需要缝补的衣服，她可以帮我。我说没关系的。但在一两天以后，我发现有人织补了我的袜子，衬衫上也打了补丁，就放在阁楼上的板凳上，我们之前就是在那里放我们的东西，但我不知道是哪一个女人做的。当然我没有把贝克尔夫人的事放在心上；她是一个心肠好的妇人，我想这可能只是她的慈母心；但后来有一天，考斯特对我说：

“‘听着，她想要的不是我，而是你。我没有机会。’

“‘别胡说了，’我对他说，‘她的年纪都能当我妈了。’

“‘那又怎么了？去吧，老弟，我不会妨碍你的。她不年轻，但她的身材还是很棒。’

“‘噢，闭嘴。’

“‘你还犹豫什么？我希望不是因为我的缘故吧。我是一个哲学家，我知道海里的好鱼是取之不尽的。我不怪她。你还年轻。我也年轻过。青春只是一瞬间。[1]’

“对于我不愿意相信的事情，考斯特是如此确信，我不太高兴。我不知道该怎么处理这种情况，然后我回忆起当时没有想到的一些事情。埃莉说的我没怎么注意的话，但现在我明白了，我很确定埃莉也知道发生了什么事。当贝克尔夫人和我碰巧单独在厨房里时，她就会突然出现，印象中她是在看着我们。我很讨厌她，觉得她会出来当场抓住我们。我知道她憎恨贝克尔夫人，只要一有机会，她就会找她的麻烦。当然，我知道她抓不到我们的把柄，但她心肠很坏，我不知道她会编造什么谎言去跟老贝克尔说。我不知道该怎么办，只能装傻，装作看不懂贝克尔夫人对我的用心。我在农场很开心，也很喜欢这份工作，在收割之前我还不想走。”

我忍不住笑了。我可以想象拉里当时的样子，穿着打着补丁的衬衫和短裤，他的脸和脖子被莱茵河谷炙热的太阳晒得黑黑的，身材轻盈、消瘦，黑色的眼睛深陷在眼窝里。我也相信，贝克尔夫人风韵犹存，金发碧眼、胸部丰满，一看到他这副相貌，肯定欲火中烧。

“嗯，发生什么事了？”我问。

“嗯，随着夏季一天天过去，我们在那里拼命工作。我们去割草，

1　原文为法语。

然后把干草堆放在一起。在樱桃成熟的时候，考斯特和我爬上梯子采摘樱桃，两个女人把樱桃装进大篮子里，老贝克尔再把它们带到茨温根贝格卖掉。接着，我们割黑麦。当然了，牲畜也一直是我们照料的。每天我们天不亮就起来干活，直到天黑才休息。我觉得贝克尔夫人已经放弃了对我的想法，不会在我身上白费力气了；我尽量不得罪她，和她保持一定的距离。晚上，我太困了，读不了很多德语，晚饭后不久，我就到阁楼去睡觉了。在大多数夜晚，贝克尔和考斯特都会去村子里的小酒馆。等到考斯特回来的时候，我已经睡得很熟了。阁楼里很热，我是裸睡的。

"一天晚上，我被惊醒了。一开始我没搞清楚是怎么回事，半梦半醒之间，我感觉有一只热乎乎的手捂住了我的嘴，那手掌很热，于是我意识到有人上了我的床。我把那只手拿开，然后对方用又热又厚的唇堵住了我的嘴，用两只胳膊搂住了我，我感觉得到贝克尔夫人那丰满的乳房正紧贴着我的身体。

"'安静，[1]'她低声说，'别出声。'

"她紧贴着我，她丰满的双唇亲吻着我的脸，双手不停地摸我的身体，她的腿缠绕住我的双腿。"

拉里停下来。我咯咯地笑出声。

"你是怎么做的？"

他自嘲地笑了笑，甚至有点脸红。

"我能怎么做？我能听到考斯特鼾声大作，他的床就在我的床旁边。在我看来，约瑟夫[2]的处境总是显得有些可笑。我才二十三岁。我没法当

1　原文为法语。

2　出自《旧约·创世纪》第39章，美少年约瑟夫遭别人的妻子勾引不从，反被诬陷入狱。

众大吵大闹再把她赶出去。我不想让她感到受伤。我依了她的意愿。

“然后她溜下了床，蹑手蹑脚地下了阁楼。我可以告诉你，我如释重负地叹了口气。你要知道，我当时很害怕。‘天哪，’我说，‘冒这么大的险！’我想，大概是贝克尔喝醉了回家之后就昏昏欲睡，但他们毕竟同床共枕，说不定一觉醒来却发现他的妻子不在身边。别忘了还有埃莉在。她总是说她睡得不好。如果她当时还没睡着，她就能听见贝克尔夫人下楼出门的声音。但是，我突然想到了什么。当贝克尔夫人在我床上的时候，我感觉到有一块金属靠着我的皮肤。我当时没注意，你要知道，在那种情况下，我没办法思考那到底是什么鬼东西，但是现在它闪现在我的脑海。

“我坐在床边，担忧着这一切的后果，然后吓得跳了起来。那块金属是埃莉丈夫的身份证铭牌，她一直戴在手腕上，当时躺在我床上的不是贝克尔夫人，而是埃莉。”

我狂笑不止。

“你可能觉得很好笑，”拉里说，“这对我来说并不好笑。”

“好吧，现在你回过头来看，难道你不认为这里面有一种滑稽的成分吗？”

他唇角扬起一抹不情愿的笑。

“或许吧。但我当时的处境很尴尬。我不知道会面临什么后果。我不喜欢埃莉。我认为她是个十分让人讨厌的女人。”

“但是你怎么能把一个错当成另一个呢？”

“当时漆黑一片。她除了让我不出声之外什么都没说。这两个女人都是高高胖胖的。我原以为贝克尔夫人看上了我。我压根没想到埃莉也对我有想法。她总是想着她的丈夫。我点了一支烟，仔细考虑了这个处境，我越想越反感。在我看来，我能做出的最好的选择就是离开这儿。

“我经常骂考斯特，因为叫他起床很费事。当我们在矿上的时候，为了叫他起床别耽误干活，我常常要使劲摇他，摇到他死去活来他才醒。但那次我很庆幸他睡得这么沉。我点上灯笼，穿好衣服，把我的东西捆在帆布包里——我没有很多东西，所以一会儿就收拾完毕了——然后挎上肩带。我穿着袜子走过了阁楼，爬下梯子到了地面后才穿上鞋子，然后吹灭了灯笼。那是一个漆黑的夜晚，没有月亮，但我知道我要走哪条路，于是我朝村子的方向走去。我走得很快，因为我想在有人起床活动之前穿过村子。距离茨温根贝格只有十二英里，在我抵达的那一刻，刚开始有人走动。我永远忘不了那次夜路。除了我走路的脚步声，时不时从农场传来的鸡鸣声之外，一切寂静无声。渐渐地，天边开始泛起了鱼肚白，不明不暗，之后迎来了黎明的第一缕微曦，太阳升起，鸟儿们开始歌唱，在清晨清凉的阳光下，那郁郁葱葱的田野、草地和树林还有田野里的小麦都泛着银金色的光泽。我在茨温根贝格喝了一杯咖啡，吃了一个面包卷，然后发了一份电报通知美国运通公司，把我的衣服和书籍寄到波恩。”

“为什么是波恩？”我打断了他的话。

“我们沿着莱茵河游荡的时候，在那里停留过，我就喜欢上了这个城市。我喜欢那里的阳光照射在屋顶和河流上的样子，喜欢那里古老窄小的街道，还有别墅、花园、种满栗子树的林荫大道和大学里的洛可可式建筑。当时我突然想到，在那里待一段时间也是个不错的选择。但我想我到了那儿时最好看着体面些，我看起来像个流浪汉，我想如果我去供应膳宿的地方去租个房子，都不会有人愿意租给我。于是，我坐火车去了一趟法兰克福，给自己买了一个手提箱和几件衣服。之后，我在波恩断断续续待了一年。”

“你从你的经历中学到什么了吗？我是说，在煤矿和农场的经历。”

“是的。”拉里点头微笑道。

但他没有告诉我究竟学到了什么，那时我已经很了解他了，知道他愿意告诉你时，就告诉你；但当他不愿意告诉你的时候，他就会用一种冷幽默的方式来回避问题，让你觉得没必要追问。对此，我必须提醒读者，他是在事情过去十年后向我讲述的这一切。到那时为止，也就是当我再次和他联系之前，我不知道他在哪里，也不知道他在忙什么。据我所知，他可能死了。要不是由于我的朋友艾略特，他一直随时通知我伊莎贝尔的近况，才使我想起拉里，不然的话，我肯定已经忘记了拉里的存在。

三

取消了与拉里的婚约后，伊莎贝尔在第二年的六月初嫁给了格雷·马图林。艾略特很是不愿在这个时候离开巴黎，因为这时候的巴黎正是游宴季节的高潮，他肯定有一些盛大宴会要参加。但是他的家庭观念很强烈，这种他认为是履行社会责任的事情，他一定要管。伊莎贝尔的哥哥们工作的地点离这里太远，不能来。因此，他只好踏上一次不愉快的旅行，去一趟芝加哥送侄女出嫁。记得法国贵族都是身穿盛装走向断头台的，所以他特意去伦敦买了一件大礼服，一件青灰色的双排扣西服背心和一顶丝绒大礼帽。回巴黎的时候，他邀请我去看他穿上这套服装的派头。他选了他认为适合在婚礼上佩戴的浅灰色领带，但这让他平日别在领带上的珍珠别针不再抢眼，他于是大为恼火。我建议他改用那支翡翠和钻石的别针。

“如果我是宾客，当然可以，”他说，“我认为一颗珍珠才足以表明我要担任的主婚人的角色。”

他对这桩婚事很满意，认为各方面都符合他的标准。他说起来时，就好像一个公爵的遗孀津津乐道于拉罗什富科家的幼子和蒙莫朗西家的女儿门当户对的婚姻。为了表示他的满意，他不惜花大价钱买了一幅纳蒂埃的法国宫廷公主的精美画像，准备带去作为结婚礼物。

亨利·马图林在阿斯特街为这对新婚夫妇买了一套房子，这样他们就离布拉德利夫人的住所很近，并且也离他在湖滨大道的豪宅不远。说来也巧，我怀疑艾略特做了手脚，买下这房子时，格雷戈里·布拉巴赞也在芝加哥，并且房子的装饰也由他负责。艾略特返回欧洲时，放弃了巴黎的一些盛宴，直接来到伦敦，带来一些房子装饰效果的照片。格雷戈里放手大干了一场。客厅和餐厅完全是乔治二世风格，非常奢华。书房是格雷将来的“窝”；格雷戈里的灵感来源于慕尼黑的阿马连堡宫一间屋子；除了书无处可放之外，可以算得上完美。不谈那两张单人床，格雷戈里把这对年轻美国夫妇的卧室装饰得太舒适了，连法王路易十五在这里会见他的蓬帕杜夫人也会同样满意，不过路易十五要是见到伊莎贝尔的浴室，他会大开眼界：房间是玻璃的，墙壁、天花板、浴缸都是，墙上有许多银色的鱼在金色的水生植物中游来游去。

“房子当然不大，”艾略特说，“但是亨利跟我说装饰花了他十万美元。对一些人来说这可是一大笔钱。”

婚礼在圣公会教堂举行，仪式极尽奢华。

“不像在巴黎圣母院举行的婚礼，”他心安理得地对我说，“但对于新教的婚礼来讲，仍不失气派。”

新闻报道沸沸扬扬，艾略特漫不经心地把剪报扔给我。他给我看了伊莎贝尔和格雷的照片，伊莎贝尔穿着婚纱，个子很高，很漂亮；格雷身材高大，长得不错，但穿着正装显得有点不自然。还有一张照片是新婚夫妇和伴娘们的照片，一张是他们与布拉德利夫人和艾略特的照片，布拉德利夫人身穿一件高贵奢华的衣服，艾略特手持丝绒礼帽，相当有派头，摆出只有他能做出的绅士姿态。我向他询问布拉德利夫人的身体近况。

“她瘦了很多，虽然她脸色很不好看，但是人还算得上精神。当然整个婚事让她很疲惫，不过，现在事情终究办完了，她可以休息一下了。”

一年后，伊莎贝尔生了一个女儿，依照当时的潮流，取名为琼；时隔两年，她又生了一个女孩，又根据当时的潮流取名叫普莉西亚。

亨利·马图林的一个合伙人去世了，另外两个合伙人因压力不久也退休了。于是他顺理成章地独自占有了这个本来就由他独断的公司，实现了长久以来的野心，并且让格雷和他合伙，生意也从来没有这样红火过。

“他们赚钱毫不费力，老兄，”艾略特对我说，“你瞧，格雷才二十五岁，一年就可以赚五万美元，而且这只是开始。美国的资源是无穷无尽的。这并不是暂时的繁荣，只是一个伟大的国家的正常发展而已。”

异常的爱国热情在他心中油然而生。

“亨利·马图林活不了多久了，他有高血压，你懂吗？格雷四十岁的时候，他会有两千万美元，了不起，老兄，了不起。”

艾略特和他的姐姐保持着通信，一年又一年，不时地把他姐姐告诉他的事情告诉我。伊莎贝尔和格雷生活得很幸福，孩子们惹人喜爱。他们的生活方式让艾略特深感满意，认为非常符合他们的地位；他们请客的场面奢华，别人请他们也是如此；他欣慰地告诉我他们两人已经三个月没有单独一起吃过饭了。马图林夫人的去世打断了他们纸醉金迷的生活，马图林夫人就是那个脸色苍白、高颧骨的女人。为了跻身上流社会，亨利·马图林娶了这个有着丰富社会资源的女士，因为他父亲当初来到芝加哥时只是一个乡下人而已。出于对马图林太太的尊敬和怀念，一年来，这对年轻夫妇招待的客人不超过六个。

“我一直觉得八个人是最合适的，”艾略特说，拿定主意从乐观的角度来看待这件事情，“这样子的话，聚会会比较亲密，能照应到彼此的谈话，人数又够得上个宴会。”

格雷对妻子出手大方。第一个孩子出生时，他送给她一枚方形的钻戒；第二个孩子出生时，送了一件黑貂皮大衣。他很忙，所以总是待在芝加哥，但是但凡有几天休假，他们会到亨利位于麻汶的豪宅度假。亨利钟爱儿子，不会拒绝儿子的请求。在一次圣诞节的时候，在南卡罗来纳州的一个庄园为儿子买下了一处农场，这样他就可以在涉猎季节在那里打上两周的野鸭子。

“当然了，我们的富商和意大利文艺复兴时期靠商业发家的了不起的艺术赞助人很是相似，都是通过交易发家致富。以美第奇家族为例。两个法国君主并不认为娶这家望族的女儿有失身份，而且我觉得总有一天欧洲的君主会向我们的美金公主求婚。就像雪莱所说：‘世界的伟大时代重现，黄金时代再度到来’。”

艾略特和布拉德利夫人的投资都交给了亨利·马图林，这已经很多年了，这对兄妹对他的眼光甚是信任。他不赞同投机买卖，而是把他们的钱投入有保障的股票上，由于股票大大增值，让他们发现有限的那点儿财产的增值却很乐观，这使得他们又惊又喜。艾略特告诉我，不费吹灰之力，现在他一九二六年的财富已经是他一九一八年拥有财富的两倍。他六十五岁了，头发花白，脸上已有皱纹，眼袋明显，但他仍然不服老。他身材依然细瘦、挺立，和过去一样腰杆笔直；他向来节制烟酒，而且很注重自己的形象。只要能请伦敦最好的裁缝做衣服，特定的理发师打理发型、刮胡子，请按摩师每天早上来按摩，帮助他健美的身形处于最佳状态，他绝不会听任时光摧残自己的身体。他早已忘记了自己置身于商海，总是暗示自己年轻时曾在外交界工作。但是，他也从来不会直接说出来，因为他没有那么笨，绝不会讲一句很有可能被别人戳穿的谎言。我得承认如果我要描写一位大使的话，我会毫不犹豫地把艾略特作为我的范本。

然而，世事变迁。那些把艾略特引荐到社交界的伟大妇女，虽然活着，但都年事已高。那些英国的贵族夫人，在她们的爵爷去世后，只得把豪宅让给儿媳，自己住进切尔登南的小别墅或者摄政公园一带的简朴住宅。斯坦福德府成了博物馆，古松府成了一个机构所在地，而德文郡府被出售。艾略特以前在考斯常乘坐的快艇被转让给了其他人。那些现在占据时代舞台的人不喜欢像艾略特这样上了年纪的人。他们觉得他无聊极了，而且可笑。他们仍然会乐意去他在克拉里奇举办的盛大宴会，但是他知道他们去是为了会友，而不是看望他。他筛选堆在书桌上的请柬的情形再也没有了，更多时候他只能在自己的旅馆的套间里独自一人进晚餐，这种丢脸面的事情，他是很不乐意让别人知道的。英国有地位的女士一旦因风流事件遭到了交际界的抵制以后，便会将兴趣转向艺术，与画家、作家和音乐家走近。艾略特太高傲了，所以不会这样贬低自己。

“遗产税和战争暴发户毁掉了英国社会界，”他对我说，“人们似乎不在意他们交往的人。伦敦仍然有不错的裁缝、鞋匠、帽匠，并且我敢说，我在人世时，他们一定还是这样。但是除了他们，伦敦别的都完蛋了。老兄，你知道在圣厄斯家都是女士招待就餐的吧？”

这话是他和我吃完午宴后，一同从卡登府胡同走出来时讲给我听的。在这里发生了一件不好的事情。我们尊贵的东道主有一套很有名气的藏画，一个叫保罗·巴顿的美国年轻人第一次到这里来，表示想看看这些藏品。

“你不是有一张提香的画吗？”

“以前有。不过这幅画目前在美国。一个犹太人给我们一大笔钱要买下那幅画，那时我们正生活拮据，所以老爵爷就把它卖了。”

我注意到艾略特的耳朵竖起来了，恶狠狠地瞥了这位谈笑自若的侯爵一眼，于是猜想当初是他买下了那幅画。他，这个出生在弗吉尼亚，而且祖先在独立宣言上签过名的后裔这样不被人家待见，简直恼羞成怒。他有生以来从未受过这么大的侮辱。更让人无法接受的是保罗·巴顿是他向来就仇恨的对象。此人年纪轻轻，大战后没多久就来到了伦敦，二十三岁，皮肤白皙，帅气迷人，风趣幽默，舞跳得很好，并且有大笔财产。他曾带一封引荐信，来见艾略特，艾略特天生慈善，把他介绍给形色各异的朋友。这样他还不满足，艾略特还给他提了一些颇有价值的建议，依据自身经历，教他怎样做人；艾略特告诉他只要殷勤于这些老太婆，对于名人的谈话，不管怎样乏味，都要洗耳恭听，即使举目无亲也照样能挤进社交界。

但是保罗·巴顿所进入的社交界完全不同于二十年前艾略特挤进的社交界。这个世界以自己娱乐为核心，保罗·巴顿凭借饱满的精神、讨人喜欢的外表和优雅的举止，在几周内就达到了艾略特用了多年的辛苦努力才达到的高度。没过多久他就不需要艾略特的帮助了，而且并不想费心思去掩盖这一事实。他们见面时，巴顿还是很讨人喜欢，但他那种随便的派头却让这个上了年纪的人非常生气。艾略特并不是因为喜欢他们才请他们参加宴会，而是参加宴会的人能使得宴会开得好；由于巴顿有不错的人缘，因而艾略特每星期请午宴时，仍旧邀请他；但是这个成功的年轻人一般来讲都有约会，并且有那么一两次在宴会的最后五分钟拆了艾略特的台。艾略特在过去做过太多这样的事情了，知晓巴顿这样做是因为别人的宴请比艾略特的更有吸引力。

“我并不是想让你相信我的话，”艾略特生气地对我说，“但是，千真万确，我每次见到他时，他总是摆出一副屈尊俯就的架势针对我。我，提香，提香，”他说话都不利落了，“就算他真看见了一幅提香的画，他也不认识。”

我从没见过艾略特这么生气过，我想他生气是因为保罗·巴顿问起这张画时的不怀好意；不知怎么的，他打听到艾略特买了这幅画，就想利用这位高贵主人的答复，取笑艾略特。

“他就是一个厚颜无耻的势利小人。这世上我最讨厌和鄙视的就是势利。如果没有我，他现在什么都不是。你可想到，他父亲是做办公家具的。办公家具。”他极其鄙视地讲了这几个字，“我告诉其他人他在美国都没有说话发言的机会，他出身非常低微，可是没人在意我的话。记住我的话，老兄，英国社会就像渡渡鸟一样彻底玩完了。”

艾略特觉得法国也没好到哪儿去。他年轻时的那些贵妇，如果还活着的话，把时间都大把地花在了玩桥牌（这是他最讨厌的一种游戏）、做祈祷和照顾孙子孙女上了。开厂的人、阿根廷人、智利人、与丈夫分居或离婚的美国妇女们，住在贵族豪宅里，请客之道，极尽奢华。可是在这些聚会上，艾略特碰到的大都是法语发音粗俗的政客，餐桌礼仪极差的新闻记者，甚至还有演员，他气得要死。名门望族的子弟娶开店人家的女儿，也并没有觉得丢脸。的确，巴黎热闹非凡，但是这种热闹却是那么寒碜。年轻人一味沉迷于追求欢乐，只想着没有什么比得上一家连着一家地去乌烟瘴气的夜总会，喝一百法郎一瓶的香槟酒，与城里不伦不类的乌合之众一起跳舞到凌晨五点更有意思的事情了。烟雾缭绕，噪声四起，让艾略特头疼不已。这不是三十年前他所接受的作为精神家园的巴黎，也不是善良的美国人去世后所进入的巴黎。

四

但是艾略特颇有眼光。一个知道内情的人向他表示，里维埃拉就要重新成为贵族和时尚人物的胜地了。他很了解沿海这一带，因为之前他在教廷供职，从罗马回来，或是拜访了戛纳他那些朋友的乡村别墅后，总要在蒙特卡洛的巴黎大酒店住几天。而那都是在冬天，近来，人们盛传这里是避暑胜地。大旅馆在夏天依然一直开着；夏季来这里的观光者一一陈列在巴黎《先锋报》的交际栏上，艾略特看到这些熟悉的名字，频频点头。

“我有点应对不了这个世界了，”他说，“现在我已偌大年纪，是该好好享受美丽大自然的时候了。”

这话好像含糊其词，其实是言过其实。艾略特总觉得自然是社交生活的阻碍。那些人不去欣赏唾手可得的一个摄政时代的衣柜或者一张瓦托的画，却要不辞辛苦去游山玩水，这种人他最受不了。当时他手头正好有一大笔现金。亨利·马图林一方面因为儿子的极力相劝，一方面看到他那些做证券交易的朋友瞬间暴富，甚是恼火，终于向潮流屈服了；于是他逐渐放弃了自己的旧保守主义，认为自己没有什么理由可以不插手做。他写信告诉艾略特：他和以前一样仍然反对赌博，但这不是赌博。这只是证明他对这个国家有无限资源的信仰。他的乐观是基于常识的。他认为没有什么可以阻碍美国的进步。最后他说他替亲爱的路易莎·布拉德利在最低价时买进若干硬股票，并且他欢喜地告诉艾略特她已经得到了两万美元的收益。最后，他说如果艾略特想赚点钱并且能让他根据自己的眼力行事，保证不会让他失望。艾略特总是习惯用陈词滥调，说他抵不住诱惑；结果就是从那时候起，《先锋报》和他的早饭一起送进来时，这么多年以来他总是先翻阅交际专栏，现在却首先注意证券市场的报道了。亨利·马图林为其代办的业务很是成功，艾略特发现他毫不费力就足足赚了五万美元。

他打算把这笔钱取出来，在里维埃拉买栋房子。他选择昂第布作为远离世界的庇护所。昂第布处于戛纳和蒙特卡洛之间，处于战略要地，他可以从这里很方便地去上述两个地方。但是，是天意还是自己的直觉让他选了这个不久后就成了时尚中心的地方，还很难说。住在有花园的乡村别墅里，带有一种近郊的世俗气息，让凡事都追求苛刻的艾略特很是反感。所以他在旧城临海的地方买了两栋面朝大海的房子，并把它们合成一栋，安装了空调、浴室和卫生设备，美式风格影响了这个执拗的欧洲大陆人的装修风格。那时很流行酸洗，所以他就把那些古老的普罗旺斯风格的家具全都酸洗了，再用现代纺织品蒙上，很谨慎地迁就现代风尚，把房间装饰起来。他仍然接受不了像毕加索和布拉克这样的画家——“可怕，老兄，太可怕了”，认为这些人大都是某些走火入魔的热心收藏家炒作起来的，但又觉得自己理应对印象派画家兼收并蓄一下，所以他在墙上装饰了几幅不错的画。我记得有一幅莫奈的划船图，一幅毕沙罗的塞纳河码头和桥，一幅高更的塔希提风景图和一幅雷诺阿的少女图，图中的少女有着长长的金色头发，很是迷人。装修完后，他的房子光鲜亮丽，不同寻常，又简单朴素，但是这种朴素让人一看便知是花了不少钱才能实现的。

随后艾略特开始了他这一辈子最显赫的时期。他把他在巴黎最出色的厨师带过来，不久后，大家都认为他家里的菜品是里维埃拉的头牌。他家的管家和用人一律穿着肩膀上带着金带子的白色衣服。他请客也是极奢华，但是从不庸俗。地中海沿岸聚集的来自欧洲各地区的贵族俯拾即是。一些被这里的气候所吸引，一些是流浪逃亡在外，一些是因为有着丑闻的过去，或者门第不对的婚姻才来国外居住。住在国外让他们方便不少。这些王公贵族们包括来自俄国的罗曼诺夫皇族，来自奥地利的哈布斯堡王族，来自西班牙的波旁王族，还有西西里和帕尔马的王族，有温莎皇室的公主和布拉干萨王室的公主，还有瑞典和希腊的王族；艾略特统统都招待他们。有从奥地利、意大利、西班牙、俄国和比利时来的没有王室血统的王子和公主、公爵夫妇、侯爵夫妇，艾略特也都招待他们。冬天，瑞典和丹麦国王到海滨住上几天，有时西班牙的阿方索家族会匆忙到此一游，艾略特也招待了他们。我对他向这些贵人们鞠躬的派头钦佩不已，因为他既能够彬彬有礼，同时也保持了一个据称是人类生而平等的国家的公民那种独立的姿态。

经过几年的闯荡，我刚好在费拉特角买了一所房子，于是时常可以见到艾略特。在他看来，我的地位已经很荣幸地上升了，所以他有时也邀请我去参加他的盛大的宴会。

“来帮我吧，老兄，”他说，“我和你一样，都觉得贵族会让宴会一团糟，可是别的人却很想见他们，我觉得应当对这些可怜的人稍微照顾一下。不过，天晓得，他们配不上。他们是世界上最不懂感恩的人；他们利用你，而当你不再有利用价值时，他们就会像扔破衬衫一样把你丢到一边；他们会接受你无数的恩惠，但是，这里面没有一个会走到马路对面帮你做点事情。”

艾略特煞费苦心和当地政府的权威人士搞好关系。所以，该区的行政长官、教区的大主教和总教士经常去他家做客。进入教堂前这位大主教曾是一位骑兵军官，在大战时，曾经指挥过一个团。他面色红润、身材高大，讲话时故意学军队里的那种粗鲁兼率直的派头，他的总教士很严峻，面色憔悴，常常手脚发麻，生怕主教说出什么下流的话语。他面带着一种不以为然的微笑听着他的上司讲他自己喜爱的故事。这位大主教有着卓越的管理才能，他在布道台上的施道很动人，就和在午餐上的打趣使人开颜一样厉害。他称赞艾略特对教会的虔诚，感谢他的慷慨大方，喜欢艾略特和气的态度和他的好酒好菜；两个人成了好朋友。所以，艾略特很是扬扬自得，说他在这两个世界里都混得不错，照我的大胆说法，他摆平了上帝和魔鬼。

艾略特对自己的房子很是中意；他很急切地想让姐姐看看自己的新家；他总觉得姐姐对他的赞许里面有些保留意味，因而他很是想让她看看他现在所过的生活，是多么有派头，看看他的那些要好的朋友，这是对她的保留的最具体的回答，这样她将没有办法不承认他确实混得风生水起。艾略特写信给布拉德利夫人，同时邀请格雷和伊莎贝尔同来，不是住在他家里，因为家里没有多余的房间，而是像他的客人一样住在附近的"角上旅馆"。布拉德利夫人回复，她已经过了旅游的年纪，由于身体不适，她觉得自己最好待在家里，而且格雷无论如何也离不开芝加哥，他的事业蒸蒸日上，赚了一大笔钱，他得留在那儿。艾略特与自己姐姐的情感颇为笃厚，这封信让他慌张起来。他又写信给伊莎贝尔。伊莎贝尔给他回电报说母亲虽然身体不是很好，需要每周卧床休息一整天，但目前不会有生命危险；若悉心照料，就可以活上很长时间；可是，格雷需要休息，并且有他的父亲在芝加哥照应着，他是可以出来度假的。今年是不行了，明年夏天她和格雷会来欧洲旅行。

一九二九年十月二十三日，纽约证券市场崩溃。

五

那时我在伦敦。起初我们在英国的人并没有意识到形势多么严峻，也不知道结果会是这样的不可收拾。对我而言，虽然很懊恼损失了一大笔收益，但我损失的大部分是账面利润；一切尘埃落定后，我才发现我自己的现款并没有减少。我知道艾略特之前在投机生意上常常赌得很大，恐怕他会跌得很惨重。但是，一直到我们都回到里维埃拉过圣诞节时我才见到他。他告诉我，亨利·马图林去世了，格雷也破产了。

我对生意经知之甚少，并且就算根据艾略特告诉我的，也有点混乱。据我所知，他们的公司碰上这么大的灾难，一部分是因为亨利·马图林的固执，一部分是因为格雷的鲁莽。起初亨利·马图林并不相信崩盘的严重性，反而自以为这是纽约股市经纪人给他们的同行施压的阴谋，想要偷当地同行的鸡[1]。于是他咬咬牙拿出更多的钱来支撑市场。他对芝加哥股市经纪人很愤怒，因为他们纵容那些纽约无赖的宰割。他的任何一个小客户，包括只有固定收入的遗孀、退休的官员等等，过去只要采纳了他的建议，都不曾损失一分钱，这件事他一直引以为豪。而现在，为了不让他们受到损失，他要自己掏钱来弥补他们的空头账。他说他已经做好了破产的准备，他可以重新挣一笔财产，但是若使那些信任他的小客户都损失了，他就永远抬不起头来做人。他觉得自己很有雅量，其实只不过是自负罢了。他的财产化为乌有，一天晚上，他突发心脏病。他已经六十多岁，一直努力工作，尽情玩乐，觥筹交错。经历了几个小时的痛苦后，他离开了人世，死于冠状动脉血栓。

只剩下格雷孤军奋战来应对这个局面。一直以来他做了大量的投机行为，没有了父亲的博学，他陷入了巨大的困境。他努力摆脱困境，却以失败告终。银行不贷给他钱；股市上有经验的人告诉他唯一能做的就是放弃。接下来的事情我也不大清楚，好像他无力承担自己的债务，于是宣告破产了。他早早抵押了自己的房子，也很愿意把房子交给受押

1　偷鸡：股票买卖中的一种策略，错失牛股买涨，被迫割肉。

户；他父亲在湖滨大道和麻汶的房子也都稀里糊涂地卖掉了；伊莎贝尔卖掉了她的珠宝；他们剩下的财产只有南卡罗来纳州的庄园，这个庄园写到了伊莎贝尔名下，而且也没人买这个庄园。格雷一贫如洗。

“你怎么样了，艾略特？”我问道。

“哦，我没有什么可抱怨的，”他轻松地答道，“上帝垂青于弱者。”

我再没多问下去，因为他的经济状况与我无关，但是我觉得不管他损失了多少，他和我们一样也都吃尽了苦头。

起初，经济危机并没有严重威胁到里维埃拉。我听说有两三个人损失惨重，大部分别墅冬天就关了，还有几栋挂起牌子出售。旅馆客人稀少，蒙特卡洛的赌场也抱怨这个冬天生意冷清。直到两年之后，这个地方才感受到了这次危机的影响。这个时候，一位房地产商告诉我，从土伦到意大利这一带的沿海地区，有四万八千处大大小小的房产要出售。赌场的股票大幅度下跌，大旅馆用降价来吸引顾客的做法也是徒劳无功。唯一能见到的外国人就是那些一直很贫穷，穷到不能再穷的人；他们不花钱是因为他们无钱可花。店主也都陷入绝望。但艾略特并没有像其他人一样裁员或减工资；他继续为贵族和地位显赫的人提供佳肴美酒。他买了一辆新车，这辆车是从美国进口的，他还为此付了昂贵的关税。主教组织给失业家庭提供免费食物，他慷慨解囊。事实上，他过得好像经济危机从未发生过，并且东半球也并没有被经济危机所震荡一样。

我偶然发现了其中的原因：艾略特现在除了每年两周去英国做衣服外，其他时间已经不去英国了，但他每年仍然会带着用人到巴黎自己的公寓里住上三个月，还有五六月也会搬到巴黎的公寓，原因是这几个月艾略特的朋友不到里维埃拉来；他喜欢那儿的夏天，一部分是因为海水浴，但我认为主要是因为炎热的天气让他有机会来纵容自己穿上五颜六色的衣服，这也是为了体统他一直避免的。这时候，他会穿上颜色醒目的裤子，比如红色、蓝色、绿色或黄色，搭配上色调相反的汗衫，比如淡紫色、蓝紫色、深褐色或杂色的。他会接受他的服装所带来的称赞，嘴边露出一点谦虚的神情，就像是一位女演员听别人说她扮演了一个新角色并且非常成功一样。

那年春天，我回弗拉特角途中，恰巧要在巴黎待一天，于是请艾略特和我共进午餐。我们在里兹饭店碰面，这里面不再挤满寻乐子的美国大学生，十分冷清，像一个剧作家由于第一场剧失败而受到冷落一样。我们点了鸡尾酒，艾略特终于向大西洋对岸带来的习惯妥协了，随之又点了午餐。午饭结束后他提议去古董店转转；我告诉他虽然我没钱买，但乐意奉陪。我们步行走过旺多姆广场，他问我是否愿意去一趟沙尔韦店；他在店里定做了一些衣服，想看看做好了没。他好像是做了一些汗衫和短裤，还在上面绣上了自己名字的缩写字母。汗衫还没做好，但短裤已经做好了。店员问艾略特想不想看看。

“好。”他说。店员去拿的时候，艾略特和我说：“我让他们定制了我自己的图案。”

店员把短裤拿了过来；我认为这和我平时在麦西服装店买的是一样的，只不过是丝绸做的。但是吸引我注意的是在E. T. 上面绣了一个伯爵的王冠，我没说什么。

“不错，不错，”艾略特说，“衬衫做好后，一起给我送过去吧。”

我们离开商店，艾略特走开时，笑着对我说：

“你注意到那个王冠了吗？说实在的，我叫你上沙尔韦店来的时候都把它给忘了。我记得我还没有和你说过吧，教皇陛下给我恢复了我的古老家族的头衔。”

“你的什么？”我说，客气中夹带着震惊。

艾略特很是不以为然地扬了一下眉。

“你不知道吗？我母系这边是德劳里亚伯爵的后裔。他随从菲利普二世来到英国，并娶了玛丽王后的一个贵嫔。”

“你是说血腥玛丽吗？”

“我想异教徒是这么叫她的，”艾略特用很不自然的口气答道，“我恐怕没告诉过你我一九二九年九月是在罗马度过的。这件事情很无聊，因为罗马那个时候空荡荡的。然而，多亏我的责任感要比我追求世俗享乐的愿望强烈得多。我在梵蒂冈的朋友跟我说要爆发经济危机了，并强烈建议我卖掉所有美国股票。天主教会有着两千多年的智慧，于是我一刻也没犹豫，给亨利·马图林发了电报，让他卖掉所有股票然后买黄金，我也给路易莎发电报让她这样做。亨利·马图林回电问我是不是疯了，并说只有当我再次发电报告知他这样做，他才会去做。我立刻给他回电报并坚决地告诉他遵照我的意愿做，并让他做完后给我回电报。可怜的路易莎并没在意我的意见，最后吃了大苦头。”

“所以经济危机爆发时，你却高枕无忧？”

“这是我们美国语言，我看你还是尽量不用的好，可是，这句话用来形容我的情形倒是非常适合。我什么都没损失；事实上，我还赚了一笔，甚至可以说是一大笔钱。不久后我就用了之前很少的一点钱把原来卖出去的股票全买回来了；我把这一切归因于上帝的直接干预，所以我为上帝做一些事来作为回报。”

“那你是怎么做的呢？”

“嗯，你知道领袖在庞廷尼沼地收回了大片的土地，他们告知我，说教皇陛下非常揪心，因为那边的居民少一个做礼拜的地方。因此，别的我就不多说了，我就建造了一座小小的罗马风格的教堂，和我在普罗旺斯看到的一座完全一样。教堂的每个细节都很完美，要我说，简直就是个宝。它是献给圣马丁的，我好运当头，刚好买到了一扇有关圣马丁事迹的老旧染色玻璃窗，上面的圣马丁正把他的袍子一截为二，把半边袍子给了一个赤身露体的乞丐；因为这里的象征非常恰当，故我买了下来，装在高祭坛上面。”

我没有打断艾略特，问他圣坛的庆典仪式和他的行动之间存在什么样的联系。因为他只不过靠着及时卖掉股票赚了一笔钱，现在把这些票子剔了出来，以答谢上帝，就好似是给代理人佣金似的。但对于一个像我这样的缺乏想象力的人来说，是不太能理解这类事件之间的联系的。艾略特继续说了下去。

“当我很荣幸地把照片展示给教皇的时候，他很是满意，他说他一眼便知我是一个很有眼光的人。他还补充说道，在这样一个堕落的时代，非常欣慰能碰到我这样一个既忠实于宗教又具有这样难得的艺术修养之人。这是一次难忘的经历，伙计，很难忘。但这以后不久，教会通知我，教皇很乐意赐给我一个头衔，这让我无比惊讶。作为一个美国公民，我觉得要谦逊一些，除了在梵蒂冈非用不可之外，在其他地方都不使用这个头衔，所以我不让约瑟夫叫我‘伯爵先生’；我相信你也会尊重我的想法。我不希望把这件事情传播出去，但我也不想让神父觉得我不珍惜他给我的荣誉，所以纯粹是出于尊重，我把这个王冠绣在了自己的衬衣上。我不介意告诉你，把我的头衔隐藏在美国公民的朴素的内衣上面，有一种谦虚的骄傲。”

我们分别了。艾略特告诉我，他六月底会去里维埃拉，但他没能去。他正准备把用人从巴黎转过来，自己悠然自得地开着汽车，这样在到达之时各种事情均已就位。就在这个时候，他收到了伊莎贝尔发来的电报，说母亲病情突然恶化。正如我在前面所提到的，艾略特不但和姐姐要好，他还有很强烈的家庭责任感。他乘第一班轮渡出了瑟堡，又从纽约到了芝加哥。他写信告诉我，布拉德利夫人病得很严重，骨瘦如柴，他见了后很是震惊。她可能只能活几周或几个月了。但无论如何，陪着她走到最后，是他的责任。他说芝加哥的高温天气比他之前预计的要容易忍受不少，但是这里缺乏正儿八经的交际活动。他勉强容忍吧，因为那时他没心情顾这些。他说他对自己的同胞对经济危机的反应感到失望；他期望的是他们能平静地对待这场灾难。当旁观者固然容易。我认为，艾略特既然有生以来从没有像现在这样富足过，恐怕根本没有资格这样严格要求别人。最后，他请我带信给他的几个朋友，并且请我务必牢记向所有碰见的人解释为什么他的房子今年夏天没有开放。

不到一个月，我收到他的另一封信，他说布拉德利夫人去世了。他的信写得真诚，异常感人。我早就认为尽管他人很势利，而且有很多时候荒唐做作，但他依然还是一个友好、慈爱、诚实的人；如果不是这样的话，我就再想不出他的信怎么会如此得体、真实和单纯。在信中他说布拉德利夫人身后的事情杂乱无章。她的大儿子是个外交家，由于驻日大使缺席，在东京当代理大使[1]，所以离不开他的岗位。她的二儿子，坦普尔顿，在我初认识布家时，就待在菲律宾，后来被召回华盛顿并在国务院任重要职位。他母亲病危时，他和妻子来过芝加哥，但是葬礼结束后马上要回首都。考虑到这种种情况，艾略特认为他不得不待在美国，直到所有事情解决。布拉德利夫人把财产平均分给了三个孩子，但可以看出她在一九二九年经济危机中也遭受了很大损失。幸运的是他们找到了一个要在麻汶买农场的主儿。艾略特在信中把农场叫作亲爱的路易莎的乡间住宅。

他写道："一个人到了卖掉自己祖传的房子的地步时，总是伤心，

1　原文为法语。

但是近几年我见多了我的英国朋友走投无路的境况，我觉得我的两个外甥和伊莎贝尔需要用同样的勇气和淡泊的心态来接受这个不可避免的事情，他们有这种神圣的责任。”

他们也很幸运可以处理掉布拉德利夫人在芝加哥的房子。他们一直有一个城建计划，就是拆掉布拉德利夫人的旧房子，然后改建一栋大公寓，但这个计划被固执的布拉德利夫人阻止了，她坚决要死在自己所住的房子里，因而计划始终没有实现。布拉德利夫人一离世，立即有经纪人出了价，布家很快就接受了。但是，即使如此，还是不够伊莎贝尔的开支。

破产后，格雷曾试着找工作，即使在那些顶过风暴的经纪人的写字间里当个职员也行，可是总不成功。他找他的老朋友想找点事做，不管地位多低，也不管薪金多少，但还是徒劳。为了度过这场无可抗拒的灾难，他也做过疯狂的挣扎，加之后来的焦虑、屈辱，最终导致精神崩溃。他一开始因剧烈头痛而整整二十四小时都动弹不得。头痛停止后，人好似一块抹布一样垮掉了。伊莎贝尔只好带着他和孩子去南卡罗来纳州的庄园，等到格雷重获健康再说。想当年这个庄园光是水稻就可以带来一年十万美元的收入，但是多年以后却成了一片沼泽地和生长着橡树林的荒野。对于爱好打野鸡的人是有用的，却找不到想买下这个庄园的人。自从破产以后他们就在这儿生活，他们说现在仍然打算回去，但要等到国内形势有所改善，格雷找到工作时，再做考量。

“我不允许他们做这样的事，”艾略特在信上写道，“伙计，他们的生活像猪一样狼狈。伊莎贝尔没有仆人，也没有保姆照顾孩子，只有两个黑人妇女照顾他们。所以我把自己巴黎的公寓提供给他们住，并打算让他们待到美国荒唐的境况有所改善的时候再回去。我会给他们分派几个用人。事实上，我厨房里的女用人做菜就不错，所以我预备把她留下照顾他们，我可以很容易地再找个人来代替她。我准备自己承担所有的开支，伊莎贝尔就用她那点收入买点衣服，或者用在家庭的饭菜上吧。这也就意味着我要在里维埃拉待更长时间，所以老兄，希望会比以前见你的次数多。伦敦和巴黎还是现在这个样子的话，我更习惯于住在里维埃拉。里维埃拉是我唯一能够碰到讲我自己语言的人的地方。我有时也会去巴黎待几天，但是我去的时候也不介意在里兹酒店凑合一下。我很高兴，因为我已经说服了格雷和伊莎贝尔，现在只等把必须做的事情料理好，就带他们来。家具和油画（质量不好，老兄，而且真假难辨）下个星期就可以卖掉了；目前，因为我觉得在老房子里住到最后一刻会使他们伤心，所以我先带他们去德雷克酒店和我一起住。到了巴黎安顿好他们之后，我就回里维埃拉。不要忘记替我向你尊贵的皇家邻居问好。”

谁能否认艾略特虽然是一个极其势利的家伙，但也是一个最友好、最体贴、最慷慨的伙伴呢?

第四章

一

艾略特把马图林一家妥帖安顿在他宽敞明亮的左岸公寓，他则于年底返回了里维埃拉。他这座公寓是为了方便自己而设计的，房子的空间容不下一个四口之家，即使是艾略特想把他们留在身边，也是有心无力。但是他不会为此感到遗憾。他完全清楚别人宴请时，一个人要比总是拖着一个外甥女和外甥女婿要受欢迎得多。而且把这一家人留在身边，每逢家里开小宴会（这在这件事情上他往往是煞费苦心），都有两个人非参加不可的话，那是无法安排的。

“定居巴黎，习惯文明生活，对他们来说是好事。而且，两个女孩也到了上学年龄，我打听到就在离我公寓的不远处，有一所非常不错的学校。”

正因如此，在那之后我没再见过伊莎贝尔，直到那年春天我因公赴巴黎几周，住在旺多姆广场附近的酒店里。我常去这家酒店，不单单是因为它方便，更因为它有一种情调。风格独特，面积大，历史悠久，傍着宫殿式庭院。两百年前它是间酒馆客栈。这里的浴室远远算不上奢华，洗澡的设施也不尽如人意；几间卧室里摆着漆白铁质床，上面铺着古风床单和有镜子的巨大衣柜[1]，样式也是极其寒碜。但是客厅里陈列着精致的古典家具，沙发、扶手椅可以追溯到拿破仑三世统治时期，虽不舒适，看上去却奢侈艳丽，很是好看。坐在那个房间里，我仿佛生活在过去法国伟大小说家的时代一样。看着玻璃罩下的帝王钟，我感觉也许曾经有位把头发梳成小发卷，穿着荷叶边裙子的漂亮女子守望着时钟的长针，等待着拉斯蒂涅到访。拉斯蒂涅是巴尔扎克小说《高老头》中的主人公，他出身没落贵族，其从没落潦倒到最后的飞黄腾达是整部小说的发展主线，把他的一生都包括进去了。巴尔扎克的《人间喜剧》中，医术精湛的内科医生碧昂首被刻画得栩栩如生，就连巴尔扎克本人病入膏肓时，都还忘情地大喊他的名字说："只有碧昂首救得了我。"碧昂首当年可能来过这间房间，为孀居贵妇号脉、看舌头、治病，这位贵妇因官司从外省赶来巴黎找律师商议一件诉讼案子，生了一点小病，因而请医生。梳妆台前，可能曾坐着一个穿裙子的钟情女人，头发中分，在给自己的负心汉写一封情书；又或者是一位穿着绿色罩袍、围着一条围巾的性情暴躁的老头儿，给自己挥霍无度的不孝之子写信，字字带怒火。

到达巴黎的第二天，我给伊莎贝尔打了电话，问如果我下午五点到访她是否有时间请我喝下午茶。我们已经十年未曾谋面。不苟言笑的管家把我带进了客厅，当时伊莎贝尔正在读一本法国小说。见到我，她起身握住我的双手，面带温暖自信的微笑与我寒暄问好。我们最多见过十来面，单独相处的机会只有两次，但是她马上让我觉得，我们不是泛泛之交而是多年挚友。十年时光，填补了小女孩和中年男子之间的鸿沟，

1　原文为法语。

我不再觉得我们的年龄差距悬殊了。这个见过世面的女人用上乘的恭维话向我问好，言语行动间，我觉得我们是同辈人。五分钟后，我们聊得自然诚恳、无拘无束，仿佛我们从小就在一起玩耍，不断见面，从没有间断过一样。她已经掌握了轻松舒适、淡定自如、沉着冷静的能力。

但是，她外表的变化才最让我吃惊。我记得她是一个脸蛋精致、肌肉丰腴的女子，使人有点担心她会发胖。想到这，我不知道她是否也意识到了这点，狠命减过肥，或是由于生育的结果。不管怎样，现在，她苗条到了极致，完全合乎理想状态；同时她的着装又充分地展示了她的身材。我注意到她身穿的黑色丝质连衣裙既不过分朴素也不过分华丽，是在巴黎最讲究的服装店定制的。她穿着这条裙子，显得漫不经心，就好像她天生就应该穿考究的服装。十年前，即使有艾略特为她的着装当参谋时，她的穿着总是有些夸张，而且不大自然。而现在就算玛丽·路易丝·弗洛里蒙也绝不能说她不时尚、不优雅，就连她玫瑰色的指甲尖都透露着时尚优雅。她变得更加清秀了，五官精致绝伦，有着我见过的女性里最美丽最笔直的鼻子，她的前额和浅褐色的眼睛下面没有一丝皱纹。虽然皮肤已谈不上如年少时那样吹弹可破，但仍是极好的。很显然，现在的乳液、面霜和按摩起了一定作用，这赋予了她柔软、晶莹、精致的肌肤，大大增添了她的魅力。她面颊瘦削，略施胭脂，口红涂得十分精致。她亮棕色的头发烫了一下，梳成当时流行的波波发型。她没戴戒指，我记得艾略特告诉过我她变卖了所有的珠宝首饰。她的手虽并不十分小巧，但也算得上非常漂亮了。那个时代的女人在白天穿短连衣裙，我由此能看到她穿着香槟色长袜的腿十分修长。腿是许多标致女人的缺憾，但是伊莎贝尔还是少女时，她的腿并不好看，现在却出落成她的一大优势了。事实上，她已由健康、乐观、皮肤光彩照人的少女蜕变成为魅力少妇了。至于她的美在何种程度上是靠艺术、锻炼和皮肉之苦得来的，似乎变得不再重要，重点是结果十分可人。或许她优雅的举止、言行中的修养是有意为之，但是它们看起来是那么自然。看来这四个月的巴黎时光对她的成长有画龙点睛之效。艾略特，即使是在最最挑剔的眼光之下，也只能对她点头称许；而我本来就是一个不那么难取悦的人，直接被她的美貌惊住了。

格雷去孟特芳丹打高尔夫了，但她告诉我，他很快就会回来。

“一会儿见见我的两个女儿，她们去杜伊勒里公园去玩了，很快就回来。她们都是小可人儿。”

我们又聊了很久，东拉西扯。她喜欢巴黎的生活，在艾略特的公寓住得很舒适。艾略特离开前把自己认为合适的朋友介绍给他们一家认识，现在他们已经有了自己的朋友圈，艾略特总是逼着他们像他之前惯常做的那样，广泛社交。

“你知道吗？一想到彻底破产后穷光蛋的我们还过着这样的富人生活，真是笑死人。”

“情况糟到那个地步了吗？”

她咯咯笑了，这笑声让我记起了她十年前轻快欢乐的笑声。

“格雷身无分文，而我此刻的收入同拉里向我求婚时的收入差不多。我拒绝他，因为我觉得不可能靠那点收入过活，而现在我不仅要靠这点收入过日子还要养活两个女儿，这确实有点讽刺好笑，不是吗？”

“你能把这一切当笑话看待让我深感欣慰。”

“有拉里的消息吗？”

“我？没有。你上一次离开巴黎之前我就没再见过他，我认识一些他的旧相识，也向他们打听过他的消息，但那是很多年前了。没人知道他的行踪，他就这样凭空消失了。”

“我们认识芝加哥银行的经理，拉里在那里有账户，那个经理告诉我们，偶尔收到拉里从什么怪地方开来的一张支票，比如中国、缅甸、印度。他好像就游走在那些地方。”

我毫不犹豫地问出了涌上嘴边的问题，毕竟如果你想就某事探个究竟时，最好的方式就是提问题。

“你希望你嫁的是他吗？”

她微微一笑，十分动人。

“我和格雷很幸福，他是个好丈夫，不能再好了。你知道，在大萧条和破产来临之前我们都过得很幸福。我们喜欢相同的人，有共同的爱好。他很贴心，有人对你关怀备至总是一桩美事，从结婚到现在他对我的爱从未减少。在他心里，我是最完美的女人。你无法想象他是多么善良和体贴，他甚至慷慨到了离谱的程度；你知道，他认为任何的享受，我都配得上。结婚这么多年来，他从未对我有半句恶言恶语。哦，我是多么幸运啊！”

我暗地里想，她是否觉得她回答了我的问题，然后我换了话题。

“给我讲讲你的两个女儿。”

说话间，门铃响了。

“她们回来了，你自己看看吧。”

转眼间两个孩子进来了，后面跟着保姆。伊莎贝尔先给我介绍了大女儿琼；然后介绍小女儿普莉西亚。她们则逐一礼貌地亲吻了我的手。大女儿八岁，小女儿六岁，是同龄中的高个子，因为伊莎贝尔很高，而格雷更是体形硕大。两个女儿也只是普通女孩模样，没什么特别之处。她们看上去有些弱不禁风，有着她们父亲的黑发和母亲的浅褐色眼睛。她们并不因为有陌生人在而害羞胆怯，相反，她们热切地和自己母亲分享着花园里发生的事，眼睛盯着厨师为下午茶准备的精美糕点。不过我和伊莎贝尔还没开始吃桌上的美食，伊莎贝尔见状允许她们选一样尝尝，她们为选哪一样苦恼不已。她们对自己母亲的喜爱显而易见；三人相拥在一起的画面十分动人。她们吃完自选的小蛋糕后，应伊莎贝尔的要求，听话地离开了。在我的印象里，她们乖巧懂事，十分听从母亲的管教。

她们离开后，我讲了一些对孩子母亲通常讲的话，听到我的恭维，伊莎贝尔显然很高兴，但是，有点儿不放在心上。我问她格雷是否喜欢巴黎。

“挺喜欢的。艾略特舅舅留给我们一辆车，格雷可以每天打高尔夫，他参加了旅行者俱乐部，还在那里玩桥牌。当然了，艾略特舅舅提供给我们这套公寓简直是天赐恩典。格雷完全垮掉了，而且他那可怕的头痛病仍会发作。即使他接受一份适合自己的工作，他也做不了，这令他很焦急。他想工作，他觉得自己应该工作，但想到不能工作，他觉得很丢人现眼。你看，他觉得男人的天职就是工作养家，如果不能工作养家，他情愿去死。他受不了自己成为一个多余的人；我只是劝解他，说休息和换一下环境会使他恢复正常，才把他劝到巴黎来的。但我知道，除非一切步入正轨，否则他不会快乐。”

“恐怕过去两年半很难熬吧？”

“嗯，开始时，我接受不了破产的事实，我觉得那简直不可能。我能理解别人可能会破产，但我们怎么可能破产呢？我一直想，最后一刻会有奇迹，我们会因运气之类的东西得救。然后当最后致命一击来临时，我觉得没办法再活下去了，未来不再属于我，前途一片黯淡。那两周时间里，生活里再没有了欢乐，一切我喜欢的事情再也与我没关系了。天哪，太可怕了，和过去的一切说再见，太黑暗了。有两个星期，我简直受不了了，生活不再有任何乐趣，再不能做自己喜欢的事。然后十四天过去了，我说：‘见鬼去吧，我不会再想这些烦心事了。’和你说句实话，后来我就真的没再想，一点点都不懊恼，还没破产的时候我是得乐且乐，现在破产了，就破产吧。”

“很明显，住在一座上等的豪宅里，用着上好的免费管家和厨师，消瘦的身躯还可以穿着香奈儿定制的连衣裙时，破产就好应付多了，对吧？”

“不是香奈儿，是朗万，”她咯咯笑着，“我看出这十年来，你几乎没有什么变化。你是一个机灵鬼，一直以来不信我说的话，但是如果不是为了格雷和孩子们，我也许不会接受艾略特舅舅的帮助，这个我是有把握的。靠我每年两千八百元钱的收入，我们可以很好地经营种植园，种水稻、黑麦、玉米，还能养猪。毕竟我是在伊利诺伊州的农场出生和长大的。”

“在某种意义上可以这么讲。”我笑着说。我知道她实际上是在纽约一家高级妇产科医院出生的。

这时格雷进来了，十二年前，我确实只和他见过两三次面，但是我见过他的结婚照（那张照片装裱在精美的相框里，艾略特将那相框摆在他的钢琴上，和瑞典国王、西班牙王后、德·吉斯公爵签名的那些照片放在一起）。我很清楚地记得他很俊朗，现实却让我吃了一惊。他的鬓角秃得很厉害，头上也有一小块秃顶，他的脸又胀又红，双下巴。多年来，优越的生活条件和饮酒的习惯让他发福了不少。幸亏他个子高，看上去还不算严重肥胖，但是吸引我注意的是他的眼神。我记得当初他前途无量、无忧无虑的时候，那双爱尔兰蓝眼睛里充满着信赖和开诚布公。而现在，我在他眼里看到了迷茫困惑和沮丧，即使不知道实情，我也能猜到，在一系列打击中，他的自信以及对世界秩序的信心都被摧毁了。我感觉到他的内心已经非常自卑，好像他做错了什么事情，并深以之为耻一样，尽管是在自己不知情的情况下做错了。显然，他的精神世界被动摇了。他对我的到来表示热情的欢迎，好像我是他远道而来的老友，显得很高兴。但我感觉他对我的热情只是出于习惯，而不是内心感受。

用人上了酒，格雷为我们调了鸡尾酒。他刚刚打了两轮高尔夫球，对自己的战绩很是满意，喋喋不休地谈论着自己是怎么克服一个一个困难进球的。伊莎贝尔饶有兴趣地听着。我和他们约定了下次一起吃晚饭和看戏的时间，几分钟后，我告辞了。

二

渐渐地，我养成了一周拜访伊莎贝尔三四次的习惯，每次去都是在下午完成工作后，那时一般情况下她都是只身一人，很乐于与我闲聊。艾略特介绍给她的朋友均属长辈，而她的同龄朋友少之又少。我自己的朋友晚饭之前大都很忙，比起参加俱乐部或者和那些排外的法国人玩桥牌，我更喜欢去伊莎贝尔那儿闲聊。她接待我的妙处在于好像我们是同龄人，可以轻松地交谈。我们开玩笑、打趣、逗乐，一会儿聊我们自己，一会儿又聊共同的熟人，一会儿又聊书画，我们一起度过了非常愉快的时光。我有一个性格缺陷，对不好看的相貌永远看不习惯；无论朋友的性格多么好，多年亲密相处也无法让我忘记她不整齐的牙齿或者不对称的鼻子；反过来，我对朋友的精致却永远感到喜欢，相交二十年之后，长得方正的额头或精致的颧骨仍能给我带来无穷的视觉享受。因此，每次见伊莎贝尔，她的鹅蛋脸、凝脂似的皮肤、透着温暖的浅褐色眼睛都会使我重拾愉悦感。

后来一件出乎意料的事情发生了。

三

在所有的大城市，总存在着一些彼此独立互无沟通的小圈子，一个大世界里包含着许多小世界，人们在一个个小世界里生活着，同一小圈子里的人彼此依赖相互陪伴，仿佛他们居住在一个个孤岛上，彼此隔着无法逾越的海峡。从我的经验来看，巴黎更是这样子。法国名流只认识上流社会人士，政客们生活在腐败的政治圈，大小资本家只承认资本家，作家只和作家来往（在安德烈·纪德的日记里，有一点很突出：他好像除跟那些从事一样职业的人交往以外，很少和其他人接近），画家只喜欢画家，音乐家只青睐音乐家。伦敦也是如此，只是法国尤甚，在伦敦同样是物以类聚，人以群分，只是程度逊色于巴黎，而且有这么十几家宴会席上，偶尔还会碰到公爵夫人、演员、画家、议员、律师、服装师和作家齐聚一堂。

我在生活上的遭遇，让我在不同的时期里，在巴黎差不多所有这些小世界里都待过一段短暂的时间，甚至在圣日耳曼大街那个封闭社会也进去过（通过艾略特）；但是，比起现在叫作福熙大道的那个甄别很严的小圈子，还有常去拉吕饭店和巴黎咖啡馆的那一批不管国别的人士，抑或蒙马特尔区那群嘈杂而破烂的寻欢作乐的人，我最喜欢的却是以蒙帕纳斯大街为干线的那个小社会。在我年轻时，我曾经在贝尔福狮子咖啡馆附近的一个小公寓里住过一年，公寓在六层楼，从上面可以看到那片公墓，眼界很是开阔。蒙帕纳斯在我眼中依然还具有当初它特有的那种外省乡镇的静谧气息。当我经过阴暗而狭窄的奥德萨街时，我内心会忧郁惆怅，会想起当初我们经常聚餐的那家寒酸的饭店。我们中有画家、雕刻家、插图家。除了阿诺德·班内特偶尔来来外，我是唯一的作家；我们会待在一起直到很晚，我们讨论绘画和文学时，会很兴奋、荒唐，甚至有些愤怒。现在沿着蒙帕纳斯大街走去，望着那些和我当年一样的青年人，并且替自己杜撰些关于他们的故事，对我仍不失乐趣。每逢我无事可做，百无聊赖时，我就叫一辆汽车去老多姆咖啡馆坐会儿。它已经不再是当年的那个模样，为落拓不羁的艺术家包下来的集会场所；附近的小商小贩常到这儿来；塞纳河对岸的生人也会过来，试图看看那个消散殆尽的世界。当然了，学生们仍旧来这里，画家和作家也是如此，但多半却是外国人；当你坐在咖啡馆里听周围的人谈论时，你听到的其他语言，比如俄语、西班牙语、德语和英语，和你听到的法语一样多。然而，我依然觉得，他们谈论的东西跟我们四十年前谈论的东西没多少不同，只是他们现在谈的是毕加索而不是马奈，是安德烈·布勒东而不是纪尧姆·阿波利奈尔而已。我真切地羡慕他们。

在巴黎约两周后，一天我去老多姆咖啡馆小坐，露台上人满为患，我只好坐在前排的一张桌子上。那晚天朗气清，温暖如春，法国梧桐刚刚长出绿叶，空气中流动着闲适、愉快和巴黎特有的轻松感。我内心平静，不是因为昏沉疲惫，而是心情畅快所致。突然一个男人经过我时停了下来，冲我笑，露出一口洁白的牙齿，说道：“你好！”我茫然地看着他，眼前这个人又高又瘦，顶着一头急须修剪的乱蓬蓬的深棕色头发，上唇和下巴掩盖在浓密的棕色胡须下，前额和脖颈被晒得黝黑，穿着破破烂烂的衬衫，没系领带，一件穿得很旧的棕色大衣和灰色长裤也是破烂不堪。看上去是个流浪汉，我确信自己从未见过他。我视他为一无是处之辈，准备听他杜撰一些落难的故事，然后骗我给他几法郎供他吃晚饭和住旅馆。他站在我面前，手插在口袋里，露着一口白牙，乌黑的眼睛里有笑意。

“你不记得我了？”他说。

“我有生以来从没见过你。”

我打算给他二十法郎，但不打算让他装成我的老相识蒙混过关。

“拉里。”他说。

“天哪！快坐下。”

他咯咯笑着，向前走了几步，在我桌旁的空位上坐下了。“喝杯酒吧。”我示意侍者过来。“你胡子拉碴的，脸都被盖住了，让我怎么能认出你呢？”

侍者来了后，他点了一杯橘子水。现在我再看着他，想起了他独特的眼睛，瞳孔和虹膜一样黑，使那双眼睛既炯炯有神又扑朔迷离。

“你来巴黎多久了？”我问道。

“一个月了。”

“还要再待一阵吗？”

“再待一阵。”

问这些问题时我的大脑也在飞快运转。我注意到他衣衫褴褛，裤边破得参差不齐，大衣的胳膊肘处有好几个破洞。他和我在东部港口见过的所有流浪者一样，一贫如洗。在那段时间里，人们是很容易想到大萧条的，我寻思着在一九二九年的经济危机中他损失了全部财产。想到这里，我心里真不是滋味，我不是个喜欢拐弯抹角的人，我直截了当地开了口。

“你贫困潦倒了吗？”

“没啊！我很好。你怎么会这么想？”

“哦，你看起来饥不择食、寒不择衣的样子。”

“有那么糟糕吗？我从未那么想过。事实上，我最近一直想给自己置办一些零碎东西，但是，好像从来没能兑现过。”

我想他很害羞或者放不下架子，不过我也认为根本用不着说那些无稽之谈。

“别傻了，拉里。我不是百万富翁，但我也不穷。你如果缺钱，我可以借给你几千法郎。我能承受得了。”

他痛快地笑了。

“多谢了，不过我真不缺钱，我的钱够花。”

“大崩溃之后还这样？”

“大崩溃影响不了我。我所有的资产都买了政府债券。我不知道政府债券是否贬值了，我从不过问，但我知道美元还很坚挺。事实上，过去几年我的支出很少，手头应该还有不少钱。”

“你从哪儿来到巴黎的？”

“印度。”

“噢，我听说你去印度了。伊莎贝尔告诉我的，她认识你在芝加哥银行的经理。”

“伊莎贝尔？你何时见她的？”

“昨天。”

“她不该在巴黎吧？”

“她在巴黎。她住在艾略特的公寓里。”

“太有趣了。我想见她。”

在进行上述交谈时，我非常认真地观察着他的眼睛。但是，我能看出来，那里除了一份自然的惊喜之情外，别无其他复杂的感情。

“格雷也在那里。你知道他们结婚了吧？”

“知道。鲍勃大叔，也就是我的监护人纳尔逊医生写信告诉我的，但他几年前去世了。”

我想起这可能是他和芝加哥以及芝加哥的一些朋友之间唯一的联系，现在它断掉了，他可能对这几年所发生的一切一无所知。我告诉他伊莎贝尔生了两个女儿；亨利·马图林、路易莎·布拉德利都去世了；格雷破产了；以及艾略特慷慨地帮助伊莎贝尔渡过了难关。

“艾略特也在巴黎吗？”

“没。”

“四十多年来，这是艾略特第一次没在巴黎过春天。虽然看上去还年轻，但他已经七十岁了，这个年纪的人通常都精力大减、老疾缠身。渐渐地他放弃了所有锻炼，只是还在坚持步行锻炼。他很担心自己的健康状况，他的医生每周探望他两次，在两边臀部轮流注射当时流行的药品和营养剂。无论身处何地，每顿饭前，他必会从口袋里掏出一个小金盒子，从中取出一粒药片，虔诚地吞下，就好像是履行宗教仪式一样认真。医生建议他去意大利北部温泉小城蒙特卡蒂尼疗养，这以后他建议去威尼斯寻找一个适合放在他的罗马式教堂里的圣水盘。他对巴黎没有过去那般留恋了。原因是他觉得巴黎的社交生活世风日下，一年不如一年。他不喜欢老人，并且非常痛恨别人请客时碰到的都是和他一样上了年纪的老人。而他认识的那几个年轻人在他看来又都无聊至极。现在，装修他自建的教堂成了他的主要人生乐趣；在这上面，他可以放开手买艺术品，来满足自己深植内心的热爱，同时心安理得，觉得这是歌颂上帝之举。他曾在罗马发现了一个早期的黄褐色石头祭坛，并在佛罗伦萨花了六个月的时间讨价还价，买下一块锡耶纳派的三联雕刻放在祭坛上面。”

接着拉里又问我格雷是否喜欢巴黎。

“恐怕他在这里很迷茫。”

我试着向他描述格雷给我留下的印象。他认真地听着，双眼盯着我的脸，一眨不眨，呈若有所思之状。不知为何，这让我觉得——连我也搞不清他不是用耳朵而是用内在的、更敏感的一个器官在听，让人觉得奇怪又不舒服。

“你会亲眼看到的。”讲完了以后，我说。

“是的，我很是乐意回去看他们。我想我能在电话簿上找到他们的住址。”

“你若不想把他们吓坏，吓得孩子歇斯底里地乱叫，你得先理发，刮胡子。”

他大笑起来。

“我正想着这么做呢。没必要把自己搞得那么引人注目。”

“既然你这样说的话，你还可以换身新衣服。”

“我想我真有点儿寒酸，快要离开印度时，除了身上所穿的这套衣服，其他衣物都没有了。”

他看了看我穿的衣服，问我的裁缝是谁。我告诉了他，又说我的裁缝在伦敦，即使介绍给他也没用。然后我换了话题又开始谈起格雷和伊莎贝尔。

“我时常和他们见面，”我说，“他们在一起很幸福。我还没有机会和格雷单独聊过，不过我敢说无论如何他也不会跟我聊伊莎贝尔，但我知道他一心一意爱她。他静下心来时常面带阴郁，眼神倦怠，但当他的目光落到伊莎贝尔身上时，眼睛里便只剩下万种柔情，真让人动容。我想，在他们破产出事的那些日子里，伊莎贝尔从头到尾就像岩石一样和他站在一起，因而他永远不会忘记她对他的好。与伊莎贝尔见面后你就会知道她变了不少。”我没告诉他，伊莎贝尔现在美若天仙，不确定他是否能察觉到当年那个胖胖壮壮的漂亮姑娘已经蜕变成优雅精致的窈窕淑女了。有的男人对于艺术给女性美的加工是痛恨的。“她对格雷很好，想尽办法帮他重塑自信。”

但是天色向晚，我问拉里是否愿意和我漫步林荫大道，然后共进晚餐。

“不了，我不想吃，谢谢。”他回答，“我该走了。”

他站起来，友好地点点头，然后阔步离开了。

四

第二天，我见到了格雷和伊莎贝尔，跟他们讲了偶遇拉里的经历，他们和我昨天一样也十分惊讶。

“能见到他真是太好了，”伊莎贝尔说，“我们立刻去看看他吧。”

我想起自己忘记问他的住址了，伊莎贝尔臭骂了我一通。

“即使问了，他也不一定会告诉我呢，”我笑着抗议道，“可能我下意识地知道这一点，你难道不知道吗？从不喜欢告诉别人他的居所是他的怪癖之一，他可能随时现身。”

“的确是他的风格。”格雷说道，“即使是在以前，他的行踪也是捉摸不定的。你以为他在，准备片刻之后去打声招呼，可是一转眼他就消失了。”

“他总是最恼人的一个家伙，”伊莎贝尔说，“这是不可否认的。我想我们只能等了，等到他高兴的时候大驾光临吧。”

那天他没来，接下来的两天也没来，伊莎贝尔硬是说我编故事取乐于她。我发誓没骗她，绞尽脑汁想他不来的理由，却找不到能让人信服的理由。我想也许在他三思之后觉得还没做好见格雷和伊莎贝尔的准备，便离开巴黎，另去了他处。我总感觉他是无根浮萍，只要有了一条他认为是不错的理由，或者自己一时兴起，就会随时抬起脚来走掉。

最终他还是来了。那天下着雨，格雷没能去孟特芳丹打高尔夫，我们三个人聚在一起。我和伊莎贝尔品着茶，格雷小口喝着他的威士忌和巴黎水，然后管家打开门，拉里走了进来。伊莎贝尔叫着站起来，抱着他，亲吻他的两颊。格雷胖嘟嘟的脸越发红润了，他热情地与拉里握了手。

“天哪，拉里，见到你真高兴。”格雷说道，声音因激动而有些哽咽。

伊莎贝尔咬着嘴唇，可以看出她克制着自己不要哭出来。

“来喝一杯吧，老兄。”格雷声音颤抖地说。

与游子拉里重逢，他们由内而外的喜悦深深触动了我。对拉里来说，看到他们如此在意自己，想必也深感欣慰吧。他愉快地笑着，但很明显，他十分淡定。他注意到我们在喝茶。

“我来杯茶吧。”他说。

“不，别喝茶。”格雷大叫着，“我们该开瓶香槟。”

“我喜欢茶。”拉里说，依然微笑着。

在他人看来，他的冷静对这对夫妇产生了一种他可能想要的预期效果。格雷和伊莎贝尔也冷静下来，但是，他们看拉里的眼神里依然流露着喜悦。我并不是说，在他们自然流露的深情面前，拉里却以冷酷无情报之；相反，他十分有礼貌且非常可爱，但我也意识到他的行为举止透露出一种超然的派头，我不知道这意味着什么。

“你为什么没立马来看我们，你这个大头鬼？”伊莎贝尔大声说道，装出一副义愤填膺的样子，“这五天来，我站在窗边，盼着你来，门铃每响一次，我的心就提到嗓子眼儿，要费很大劲才能咽下去。”

拉里咯咯笑着。

“毛姆先生告诉我，我的样子太野蛮了，你们的管家不会让我进门的。我飞去伦敦买了新衣服。”

“大可不必去伦敦。”我笑着说，“你可以在巴黎春天百货公司或美丽园买一套现成的。”

“我想既然要做新衣服，就要做得像点样子。我十年没买西服了。我去找你的裁缝，让他三天内为我制一套衣服，裁缝说做一套衣服一般要两周时间，我们商量折中之后，改为四天。一个小时前，我刚刚从伦敦回到巴黎。”

他穿着一套藏青的哔叽西服，与他瘦瘦高高的身材很相宜，还穿着软领白衬衫，系着蓝色丝制领带，脚上穿着一双棕色鞋子。他剪了短发，刮了胡子。他看起来不仅整洁，而且头发梳得光亮，简直像变了一个人。由于他很瘦，颧骨高突，太阳穴下凹，眼窝深陷，眼睛比记忆中大很多，尽管如此，但他看上去外表依然棒极了。说实话，那一张晒得黝黑的、没有一丝皱纹的脸使他看起来异常年轻。他只比格雷小一岁，都才三十出头，但格雷像四十来岁，拉里却像二十多岁。因为又胖又高且体形大，格雷行动迟缓笨重，而拉里则高高瘦瘦，行动敏捷。拉里像个快乐的大男孩，举止温文尔雅，还带着一种宁静，不像我以前认识的那个青年了。谈话还在继续，这在老朋友之间是很自然的事，因为拥有太多共同的回忆，格雷和伊莎贝尔还不时插入芝加哥的一些新闻，都是些小小花絮，从一件事到另一件事，不时引起轻快的笑声。我一直关注着拉里，他爽朗地笑着，愉快地听着伊莎贝尔轻松地聊天。但是我一直有一个印象，拉里有一种特别的洒脱的派头，不像是在假装轻松，一切都太自然了，他的真诚显而易见；我只觉得他内心里有一种东西，不知道称之为知觉还是感性，抑或可以称之为力量，使他始终有些许不可名状的与世无争。

孩子们由保姆带了进来，她们礼貌地行屈膝礼和拉里打招呼。拉里伸出手，看着她们，眼神温柔极了，孩子们握住拉里的手，一本正经地看着他。伊莎贝尔高兴地说，她们的学习成绩不错，给每人一块曲奇后，打发她们走了。

“你们上床后，我去给你们读十分钟故事书。”

伊莎贝尔不想打断与拉里的重逢时刻。两个女儿走到父亲跟前道晚安。格雷把她们抱过来，吻了吻，看着格雷这样粗犷大块头的汉子也因爱女之心容光焕发，真令人动容。所有人都能看出格雷非常钟爱她们，娇宠她们，她们离开后，格雷转向拉里，面带微笑甜蜜地说：

“她们还不错吧？”

伊莎贝尔深情地看了他一眼。

“如果照格雷的宠法，孩子们会被宠坏，他就是饿着我，也要用鱼子酱和鹅肝酱[1]喂两个女儿。”

格雷微笑着看着伊莎贝尔说：“胡说，我明明把你当女神一样供着。”

她眼里的微笑回应了格雷的情话。她知道，这是格雷的真心话，她很满足。真是一对快乐的夫妇。

伊莎贝尔坚持留我们吃晚饭。我原想他们更喜欢和拉里单独在一起，所以借口要离开，但是他们就是不让我走掉。

“我让玛丽在汤里多加根胡萝卜，饭菜足够四人份的，有一只鸡，你和格雷吃鸡腿，我和拉里吃鸡翅，而且玛丽做的蛋奶酥也足够我们四人吃的。”

格雷看起来也很想让我留下来，我本来也不想走掉的，就听从了他们的劝说。

伊莎贝尔跟拉里详细聊起他们的破产经历，就是我简单告诉拉里的那些，她尽力把这段悲惨经历说得快活些，但是格雷还是绷起了脸变得忧郁起来，她想让格雷打起精神高兴点儿。

“无论如何这些会过去的，我们跌倒了，不过，我们还有前途。情

1　原文为法语。

况一旦好转，格雷就会谋得一件好差事，再发一笔大财。”

格雷又喝起了送进来的鸡尾酒，两杯下肚后，他的情绪确有好转。拉里也要了杯鸡尾酒，但却没怎么喝。格雷没注意到这点，还要再给他一杯鸡尾酒，他拒绝了。洗手后，我们坐下来准备吃晚餐，格雷要了瓶香槟，管家要为拉里倒香槟时，拉里拒绝了。

“你必须得喝点儿，”伊莎贝尔叫道，“这是艾略特舅舅最好的酒，只给尊贵的客人喝。”

“说真的，我更喜欢喝水。在东方待久了，觉得喝杯水是最好的款待了。”

“这样的场合该喝一杯。”

“好吧，那我喝一杯。”

晚餐十分丰盛，但是我和伊莎贝尔都注意到拉里进食很少。伊莎贝尔意识到一直是她说话拉里听，所以她话锋一转，开始问拉里过去十年的经历。他亲切坦诚地回答，但是却含糊其词，跟没说差不多。

“我一直无所事事，你知道的。在德国待了一年，又在西班牙和意大利待了几年，之后又浪迹东方。”

“那你从哪儿来？”

“印度。”

“在那儿待了多久？”

“五年。”

“在那儿玩得开心吗？”格雷问，“有捕到老虎吗？”

“没有。”拉里笑答。

“那五年来你只身一人在印度都做什么了啊？”伊莎贝尔问。

“鬼混呗。”他答道，很是忍俊不禁的模样。

“那个魔绳术呢？”格雷问，“有见过没有？”

"没有，没看见。"

"那你在印度见到什么了？"

"见了很多啊！"

然后我向他提了一个问题。

"印度瑜伽士真的有超自然力量吗？"

"我不知道。我只能告诉你，在印度大家普遍这么认为。但是智者并不看重这种力量，认为这些力量会阻碍修真。我记得他们其中有人告诉我这么一个故事，一个瑜伽士来到河岸边，他没钱付渡江费用，船夫拒绝免费载他，然后他就踏着水面渡过去了。讲这个故事的瑜伽士耸耸肩嘲讽道：'这样一个奇迹才值区区渡船费而已。'"

"但你相信瑜伽士能踏江而行？"格雷问。

"讲这个故事的瑜伽士绝对相信。"

听拉里说话是一件乐事，他有一副好嗓音，轻盈、丰富又不失深沉，而且语调抑扬顿挫。吃过晚饭后，我们回到客厅喝咖啡。我从未去过印度，想多听些那里的事情。

"你接触过任何作家或思想家吗？"我问道。

"我注意到你觉得作家和思想家是两回事儿？"伊莎贝尔取笑我道。

"我有心和他们打交道。"拉里回答。

"那你怎么和他们交流呢？用英语吗？"

"他们之中最有趣的人，即使会讲英语也说得不好，更听不懂。我学了印度斯坦语。后来去南方时我又学了泰米尔语，所以很是混得下去。"

"拉里，现在你会几门语言了？"

"不太清楚，大约六种吧。"

"我还想听瑜伽士的事，"伊莎贝尔说，"你有瑜伽士密友吗？"

"熟悉到不能再熟的程度，"他笑着说，"我在一个瑜伽士的亚西拉马住了两年。”

“两年？什么是亚西拉马？”

“呃，我想你不妨称之为隐士居所。有些圣徒总是单独居住在那里生活，他们或居住在寺庙，或森林，或喜马拉雅山坡上。有些瑜伽士会吸引到一些信徒。有慈善之辈，行善积德，会建或大或小的住所，然后虔诚地跟着瑜伽士住在一起。他们或者是住在阳台上，或者是住在厨房，如果有厨房的话，或者是住在树下。我在丛林处有茅舍一间，大小正好放得下一张行军床、一把椅子、一张桌子和一个书架。”

“那是在哪儿？”我问。

“在特拉凡科一个绿山连绵的村庄里，那里有着一个个河谷和一条条静静流淌的河流。山上有老虎、豹子、大象和野牛。那个亚西拉马在一个环礁湖边上，周围是椰树和棕榈环绕，距离最近的城镇也只有三四英里远，但人们常徒步或驾牛车从镇上或更远处赶到这里听瑜伽士讲道。那是在瑜伽士高兴讲道的时候；当瑜伽士不愿开口讲道时，人们便静静坐在他的脚边，与大家共享瑜伽士的道行带来的那片平静和幸福，好似呼吸着晚香玉散发在空中的香气。”

格雷在座椅上不自然地动了动。我想现在的谈话让他不舒服了。

“要喝一杯吗？”他问我。

“不了，谢谢。”

“我要喝一杯了，伊莎贝尔，你要吗？”

格雷挪动自己沉重的身体从座椅上起身走向一张圆桌，上面摆着威士忌、巴黎水和酒杯。

“那儿还有别的白人吗？”

“没有，只有我一个。”

“你怎么待了那么久，两年？”伊莎贝尔叫道。

“两年转瞬即逝。我过去的有些日子过得好像比这两年确实长很多呢。”

“这两年你在做些什么呢？”

“读书，散步，散很长的步，坐在一条船上环礁湖上游。冥想，冥想很费力，冥想两三小时后就会觉得筋疲力尽，好像驾车五百英里，只想休息，啥事也不想干。”

伊莎贝尔微微皱眉，她很迷惑，或者说有点儿害怕。她一定开始感觉到，几小时前到来的拉里虽然容颜未改，热情开朗友好如故，但是已经不再是以前的那个他了。之前他坦诚、从容、快乐放任，不听她的话但是却讨人欢喜的拉里已经不在了。过去她失去了他，刚刚重逢时，她认为他还是那个拉里，虽然环境变迁，但他仍属于她。但是现在她觉得拉里是一缕阳光，她伸手去抓，却又流失于指间，拉里已不再属于她，她为此有些迷惑不解。那晚，我一直观察她，观察她是一件乐事。我发现当她看拉里刚刚修剪过的头发和他的小耳朵时，眼里充满爱意，而当她看他下陷的太阳穴和消瘦的脸颊时，眼睛的神情又是变化的。她看他修长的双手，虽然消瘦却很有力，她又看他说话的嘴，他的嘴唇盈盈，嘴型也好看，丰满却没有肉感，然后又看他开阔的额头、轮廓鲜明的鼻子。他穿着新西装，虽不像艾略特那样优雅，但穿出了一种潇洒自如的感觉，好像穿了有一年，而且天天穿。我想他激活了伊莎贝尔心中的母性本能，而这种母爱却未见于她与自己女儿之间。她已是一位有经验的母亲，他看上去却还是一个大男孩。拉里侃侃而谈，其他人认真地听着，觉得他的话很有道理。因为这一点，我从伊莎贝尔的神情中察觉到一种母性的骄傲，仿佛眼前的拉里是自己成年的儿子。我是不相信拉里讲的那些话的含义能击中伊莎贝尔的心坎的。

但是，我继续问我的问题。

“你的瑜伽士长什么样？”

“外表长什么样？嗯，怎么说呢，他不高不瘦也不胖，黄色皮肤，胡子刮得很干净，理着平头，头发花白却剪得很整齐，全身只穿一块腰布，但看起来和布克兄弟广告中的男模一样整齐利落，衣着讲究。”

“他何处特别吸引你呢？”

回答我的问题之前，拉里足足看了我一分钟。他深陷在眼窝中的眼睛仿佛要看穿我的灵魂深处。

“圣徒气息。”

他的回答让我有些不知所措。这个房间布置讲究，四壁饰有精美的画。在这样的房间里，这句话如同溢出澡盆，渗透过天花板的水，扑通滴落下来。

“我们读过很多关于圣人的书，如圣人弗朗西斯、圣十字约翰，但他们都是几百年前的人。我从没想过我能见到在世圣人，从见他第一眼起，我就从未怀疑过他是圣人。那真是一段了不起的经历。”

“你从中有何收获？”

“平静，”他漫不经心地说，脸上带着浅浅的微笑，突然，他起身说，“我得走了。”

“不，等等，拉里。”伊莎贝尔大声说，“天还早着呢。”

“晚安。”他说，脸上依然挂着笑，无视伊莎贝尔的挽留。拉里吻了她的双颊。“一天或两天后再来。”

“你在哪儿住？我来看你。”

“别麻烦了，你知道在巴黎打通一个电话有多难。电话总是处在一种有毛病的状态。”

看到拉里拒绝给地址的套路还真是不落痕迹，我心里觉得好笑。对自己的住址保密是他的一个怪癖。我提议第二天晚上在布洛涅公园请他们共进晚餐。在温暖的春天去户外树下野餐实属高级享受，格雷可以开他的小轿车送我们去。我和拉里一同离开了，我想和拉里在一起多走一段路，但一到街上，他就和我握手道别，扬长而去了。然后我坐上了一辆出租车。

五

按事先约好的安排，我们先在伊莎贝尔的公寓见面，用餐前先来一杯鸡尾酒，然后出发。我先于拉里到达。我们准备去一家很讲究的高级餐厅，那里女人十有八九会精心打扮，我自认为伊莎贝尔也会为此盛装打扮，以不输他人。但见到她时，她穿着一件淡雅的羊毛裙。

“格雷头疼又发作了，”她说，“他痛苦不堪，我不能把他一个人丢在家不管。我嘱咐过厨娘，让她照顾完孩子们吃晚饭就可以离开了，所以我得亲自下厨，为格雷做饭，劝他吃下去。你最好和拉里两个人去吧。”

“格雷在床上躺着吗？”

“没有，头疼时他从不在床上躺着，谁都知道他必须卧床，但是他就是不肯。他目前在书房呢。”

书房是一间有棕色和金色壁板的小房间，壁板是艾略特在一栋古堡里搞来的。书籍都有镀金格子护着，格子上了锁，防止人们翻阅。这样也好，因为这些书大多是十八世纪带有插图的淫秽书籍。然而，这些书用摩洛哥皮装订起来，看起来倒是很漂亮。伊莎贝尔带我进了书房。格雷弓着身子坐在一个大皮椅子上，旁边的地板上散落着一些画报。他闭着眼睛，往日红润的脸呈现出灰白色。显然，他正头痛不已。他想站起来，被我拦住了。

“你给他吃阿司匹林了吗？”我问伊莎贝尔。

“吃阿司匹林没什么效果，我有一份从美国带来的药方，但是吃了也不见效。”

“别麻烦了，亲爱的。”格雷说，“明天我就会好的。”他挤出一丝微笑。“真对不起，成了你们的累赘。”他对我说，“你们都去布洛涅公园吧。”

“做梦去吧。”伊莎贝尔说道，“你在这儿疼得死去活来，你以为我出去会玩得高兴吗？”

“这个魔鬼。我想它是死缠上我了。”格雷说完，闭上了双眼。

紧接着，他的脸突然抽搐起来，能看得出来他的头痛如刀割。此时，门轻轻地被推开，拉里随后进来了。伊莎贝尔给他讲了事情的原委。

“真糟糕，”拉里向格雷投去怜悯的目光，“有什么办法可以减轻他的痛苦吗？”

“没有，”格雷说，他的眼睛依然闭着，“你们能做的就是别管我，让我一个人待着，你们都去好好玩吧。”

我心想也只能这么做了，但是不知道这样做伊莎贝尔是否会心安。

“让我看看能否帮助你，好吗？”拉里问。

“算了吧，没人能帮得了我，”格雷疲惫地说道，“头疼起来要命，有时候真希望一死了之。”

“我表达有误，要说我帮你，我的意思是，也许我能帮你自己治疗。”

格雷慢慢睁开眼睛，看着拉里。

“你怎么帮助呢？”

拉里从口袋里取出一样东西，似是银币，把它放入格雷手中。

“用手紧紧握住这枚硬币，手心朝下。按照我说的做，别用力，只把硬币握在手心即可。我数到二十之前，你的手就会张开，硬币就会掉落下来。”

格雷照着他说的做了。拉里在写字台前坐下，开始数数。我和伊莎贝尔在一旁看着。一、二、三、四……他数到十五之前，格雷的手一动不动，后来他的手似乎抖了一下，指间微松，但不易察觉，再之后他攥紧的手指开始松开，大拇指离开了拳头，完全松开。我能清楚看到他的手指在颤动。当拉里数到十九时，硬币从格雷手中落下，滚到了我的脚下。我捡起硬币来端详。这硬币沉甸甸的，有些变形，一面浮纹显著，生动地雕刻了一个年轻人的头像，我认出那是亚历山大大帝[1]年轻时的头像，格雷一脸疑惑地看着自己的手。

“不是我有意让那枚硬币掉落的。”格雷说，“是它自己落下去的。”

格雷坐着，右手臂放在皮椅扶手上。

“那椅子坐着舒服吗？”拉里问。

“头痛欲裂时这样坐着是最舒服的。”

“嗯，你放松下来，不要紧张，什么都别做，顺其自然。我数到二十以前，你的右手臂会从皮椅扶手上抬起来，直至把手高举过头顶。一、二、三、四……”

他用自己银铃般悠扬的音调慢慢数着那些数字，当数到九时，格雷开始从皮椅扶手上抬起手臂，起初只是勉强看得出手臂抬起的动作，后来抬高到大约一英寸的样子，手臂停了一会儿。

“十、十一、十二……”

开始，手臂猝然一动，然后慢慢地，整个手臂开始向上抬起，完全

1　亚历山大大帝（公元前356—前323年），古代马其顿国王，亚历山大帝国皇帝，世界古代史上著名的军事家和政治家。

离开了皮椅扶手。伊莎贝尔有点害怕，抓住了我的手。格雷抬起手臂的动作很奇怪，像是不由自主地移动。我从未见过有谁梦游过，但我能想象得出，梦游者的动作一定像格雷抬起手臂一样奇怪。看起来并不是由本人的意志所驱使，我认为靠意识的力量很难那么缓慢、那么平稳地把胳膊抬起。给人的印象是有一种独立于大脑之外的潜意识的力量把他的手臂抬了起来，如同活塞在汽缸中缓慢地上下移动一样。

“十五、十六、十七……”

数字从他口中说出来，极慢极慢，如同关不严的水龙头向水盆里一个水珠一个水珠慢慢落一样。格雷的手臂一点一点往上抬着，抬着，直到把他的手举过了头顶。当拉里数到最后一个数字时，格雷的手臂自动落回到椅子扶手上。

“不是我想抬起胳膊，”格雷说，“它自己抬起来的，我阻止不了它。”

拉里淡淡地笑了一下。

“那并不重要。我想这能让你对我产生信心。我的那枚希腊银币呢？”

我把那枚硬币递给了他。

“你把硬币攥在手里。”格雷接过硬币。拉里看了一眼手表，说道：“现在是八点十三分，六十秒后你会感觉眼皮很沉，那时你会闭上眼睛入睡，睡上六分钟，八点二十分时你会醒来，醒来后，你头痛全无。”

我和伊莎贝尔都没说话。我们看着拉里，他没再说话，而是盯着格雷，又似乎没在看格雷，似乎是在透过他的身体看向他方。我们的四周一片沉寂，安静得有些怪异，有点阴森，就像是夜幕降临时花园里的花一样寂寞无声。突然间，我感觉伊莎贝尔抓着我的那只手猛然一紧。我看向格雷，见他闭上了双眼，呼吸通畅、均匀；他已酣然入梦。我们在那儿站了好一会儿，时间过得很慢，似乎没有尽头。我的烟瘾又犯了，但又不想在屋里点烟。拉里一动不动，目光注视着渺茫的远方。虽然他睁着眼睛，却仿佛处于一种入定的状态。忽然间，他放松下来，眼睛恢复了正常的神情，然后看了看表。就在此时，格雷睁开了眼睛。

“天哪，”他说，“我想我是睡着了。”接着他有点吃惊，我注意到他脸色好转，不再煞白。“我头不痛了。”

“很好。”拉里说，“抽支烟，然后我们一起出去吃饭吧。”

“这真是奇迹啊！我现在感觉好极了。你怎么做到的？”

“不是我，奇迹是你自己创造的。”

伊莎贝尔去换衣服，趁此机会，我和格雷喝了杯鸡尾酒。很明显拉里不想再谈刚刚发生的事，但是格雷坚持要谈，他实在想不明白到底发生了什么。

“你知道吗？我起初根本不相信你能治好我的头疼，”他说，“我只是懒得和你争论，所以才照你说的做了。”

接着他又描述自己是如何开始头疼的，自己忍受了多少疼痛，头疼退去时自己又是怎样的糟糕。而这一次，醒来后他生龙活虎如初，他真搞不懂究竟是怎么回事。伊莎贝尔换好衣服回来了，穿着一条我没见过的白色及地紧身长裙，可能是用一种叫马罗坎棱纹绉的布料做的，裙摆镶有一层黑色薄纱。我只觉得，今晚她将为我们脸上添彩。

到了马德里城堡，人们都沉浸在欢乐之中，我们也是兴趣盎然，玩得很开心。拉里说着杂七杂八的笑话，之前他从没这么幽默过，逗得我们开怀大笑。我觉得他这么做只是转移我们的注意力，让我们不再询问他刚刚展示的超凡的能力。但伊莎贝尔很是坚决，她虽然可以迎合他的笑话，做些顺水推舟的事情，但是如果她的好奇心得不到满足，她是不会善罢甘休的。晚饭结束后，大家喝咖啡和品酒。这时伊莎贝尔可能认为佳肴、美酒、融洽的谈话已削弱了拉里的防备之心，她炯炯有神的眼睛盯着拉里。

“现在跟我们说说你是怎么治好格雷的头痛的？”

“这个过程你自己都亲眼看到了啊！”拉里笑着答道。

“你是在印度学会这些的吗？”

“是的。”

“头痛一直折磨着他。你能彻底为他治好吗？”

“不知道。也许能。”

“那会彻底改变他的生活。他一头疼，四十八小时什么都干不了，那样他无法找到一份好工作。只有重回工作岗位，他才能快乐。”

“你知道的，我无法创造奇迹。”

“但你已经创造了奇迹，是我亲眼所见。”

“不，这不是奇迹。我只是向格雷的头脑中输入了一种想法，剩下的都是他自己独立完成的。”他转向格雷，“明天你有什么安排？”

“打高尔夫。”

“我明天六点钟到你们府上，到时候我们好好聊一聊。”拉里说完，对伊莎贝尔莞尔一笑，“我已十年没和你跳舞了，伊莎贝尔。想看看我还会不会跳舞吗？”

六

从此以后，我们就和拉里经常碰面。在接下来的一周里，他每天都到公寓来找格雷，把自己和格雷关在书房里，两个人一待就是半小时之久。看起来，拉里是要劝格雷——如他开玩笑说的——摆脱掉那种使他颓废的忧郁心理，格雷就像孩子一样对他充满信任。从格雷所说的只言片语中，我觉察出拉里在竭力使格雷恢复对自己的自信。大约在十天以后，格雷的头痛又发作了，那天碰巧拉里直到傍晚才能来。这次的头痛来势凶猛，但是，格雷现在对拉里的超常能力满怀信心，认为只要找得到拉里，就能人到病除。可是，他们也不知道他的住处。最后拉里终于来了，解除了格雷的头痛。格雷向拉里索要地址，以便紧急时可以马上找到他。拉里笑了笑，说道：

"有急事时，你给美国运通公司打电话，留言就行了，我每天早上都会和他们通电话的。"

伊莎贝尔后来问我拉里为什么对他的地址如此保密，她说他之前也这样做过，后来她发现他竟然住在拉丁区一家三流的旅馆，没有任何神秘之处。

"我也不太了解。"我回答道，"也许是讳莫如深，其实根本就没什么事。抑或是一些古怪的直觉促使他保护精神层面的一些隐私，不愿说出自己的住址。"

"你到底什么意思？"她生气地大喊道。

"当他和我们在一起时，尽管很容易相处，友好、合群，但是却有一种超脱感，仿佛他没有倾其所有，而是在内心深处保留着某种东西，难道你没有注意到吗？究竟是什么使他与我们产生疏离感就不得而知了，紧张？秘密？愿望？知识？我搞不懂。"

"我从小就认识拉里了，对他了如指掌。"伊莎贝尔不耐烦地说。

"有时，我觉得他像是一个伟大的演员，在一出蹩脚的戏中把角色扮演得无懈可击，如同埃莉诺拉·杜丝[1]在《女店主》中扮演的那样。"

1　埃莉诺拉·杜丝（1858—1924），意大利女演员，因扮演亨利克·易卜生的戏剧中的女主人公而著名。

伊莎贝尔沉思了好一会儿，然后说道：

“我想我知道你的意思。大家玩得都很高兴，有人认为他就跟我们一样，和其他任何人一样，然后突然间你有种感觉，他已经如一缕青烟飘然而去，纵使你试图把它握在手中也无济于事。你觉得是什么让他如此古怪呢？”

“也许是某种东西太平淡无奇，以致于人们视而不见。”

“比如说呢？”

“嗯，比如，善良。”

伊莎贝尔皱起了眉。

“我希望你还是不要提这样的东西，让人感觉心里很不好受。”

“是不是戳到了你心底的痛处？”

伊莎贝尔长时间地凝视着我，好像她想读懂我的心思。她从旁边的桌子上取了一根烟，点燃，斜靠在椅子上，看着烟袅袅升到空中。

“你是要赶我走吗？”我问道。

“不。”

我沉默了一会儿，看着她，欣赏着她那俊俏的鼻子和极好的下颌线。

“你很爱拉里吗？”我最后问道。

“苍天作证，我这一辈子从没爱过别人。”

“那你为什么和格雷结婚呢？”

“我得嫁人。格雷很迷恋我，妈妈要我嫁给他。大家都告诉我要摆脱拉里。我很喜欢格雷，到现在还是喜欢他。你不知道他对我有多温和、多体贴，天下难寻。他看起来好像脾气不好，是吧？和我在一起时，他一直温情脉脉。当他有钱时，他为我一掷千金，百依百顺，疼爱有加。我曾经说如果我们有艘游艇周游世界，该有多好。如果不是遇到经济大萧条，他一定把游艇给我买来了。”

“他听起来好得令人难以置信。”我喃喃地说。

“我们曾经生活得很美满，为此我对他总是心怀感激，他让我很幸福。”

我看了看她，但没有说话。

“我想我并不是真的爱他，但是一个人没有爱情也能正常过。在我心底渴望拥有拉里，但是只要我见不到他，我就不会烦恼。你可曾记得你对我说过，情人之间远隔重洋，纵有三千英里，爱情的痛苦也是可以忍受的？当时我认为这是嘲讽的话，现在则认为这话是真的。”

“如果见到拉里是一种痛，难道你不认为不见他更明智吗？”

“但这是幸福的痛苦。再说，你知道他是怎样的人。哪一天太阳落山时，他也许会像影子一样消失，从此不知去向，多年寻他不着。”

“你从没考虑过和格雷离婚吗？”

“我没有任何理由和他离婚。”

“你们国家的女人如果想和她们的丈夫离婚，是什么也阻止不了的。”

她笑了。

“你认为她们为什么会离婚呢？”

“难道你不知道吗？因为美国女人要求自己的丈夫尽善尽美，如同英国女人要求自己的男管家完美无瑕一样。”

伊莎贝尔傲慢地把头摇成了拨浪鼓，我真担心她会颈部痉挛。

“因为格雷不善表达，你就认为他一无是处了。”

“那你是大错特错了，”我急忙打断她的话，“我认为他有一种令人感动的特质，他有一种奇妙的爱的能力。当他在看你时，谁只要瞥一眼他脸上的表情，就能明白他对你爱得有多深，有多专一。他对孩子的爱也比你强烈得多。”

“我想接下来你会说我不是一个称职的母亲喽。”

“相反，我认为你是一个非常出色的母亲。你看她们既健康又幸福。你照管着她们的吃喝拉撒。你教她们怎样正确行事，你为她们读书，让她们做祷告。她们生病时，你会及时为她们求医问药，精心照顾。但是你不会像格雷一样，一门心思放在她们身上。”

“没有必要那样的。我是个人，我也把她们视作人。如果一个母亲把自己的孩子视作她生命的全部，这会害了孩子。”

“你说得太对了。”

“事实上她们一直崇拜我。”

“我已经注意到了这一点。你是她们的典范，优雅、漂亮，又有魅力，但是她们和你相处起来并不像和格雷在一起时那样惬意、轻松。她们崇拜你，是真的，但是她们更爱格雷。”

“他非常讨人喜欢。”

我喜欢她的心直口快。她最可爱的特征之一就是她直面事实，从不去有意狡辩。

“破产之后，格雷整个人都垮掉了。几周来，他一直在办公室工作到深夜。我经常坐在家中，胆战心惊，生怕他想不开，寻了短见。他说自己羞愧得无地自容。你明白，他们一直以他们的公司、他父亲和格雷为荣，以他们的真诚和令人信服的判断力为骄傲。我们损失了所有的钱，这没有太大关系。他不能逾越的是，那些曾经信任他的人也变得一无所有，倾家荡产。他认为他自己应该更有远见，提早看出一些苗头。我怎么劝也不管用，他把所有的错都归咎于他自己。”

伊莎贝尔从包里取出口红，涂了涂嘴唇。

“但是我想告诉你的还不止这些，我们剩下的唯一财产就是那片种植园。我想这是格雷可以走出困境的唯一机会。于是我们把孩子交给母亲照料，去了种植园。他一直很喜欢这个种植园，但是我们从来没有单独去过那儿；过去我们总是成群结队去，玩得很快活。格雷枪法不错，但是那时他无心狩猎。他过去常常划一条小船，独自一人去沼泽地看鸟，一看就是几个小时。他会在小河上划来划去，两边是浅灰色的灯芯草，头顶上只能看到蓝天。有时，那些小河里的水会和地中海的水一样蓝。他回来很少说话，只说景色很美，但是我能明白他的感受。我知道他的心被那儿的美景、辽阔和寂静感动了。落日前的片刻，沼泽地上洒满夕阳的余晖，美轮美奂。他经常站在那里远眺，欣喜若狂。有时他会在那些孤僻、神秘的小树林中长时间地骑马；这些树林就像梅特林克[1]戏剧中的森林一样，如此阴郁，如此沉寂，如此神秘，简直是鬼斧神工。春天有这么一个时刻，最多不过两周，山茱萸绽放，橡胶树抽出了嫩芽，它们幼小的嫩嫩的绿叶在灰白色的寄生藤衬托下妙趣横生，恰似一首欢快的歌；地上开满了白色百合花和杜鹃花，像铺了一层地毯。格雷说不出这对他有何意义，但是这对他产生了深远的影响。它意味着整个世界。春天的无限生机令他深深陶醉。哦，我知道我讲不好，但是当看到一个顶天立地的大男人被这种纯粹的、美好的情绪所感染，重新振作起来时，我的激动无以言表，我简直就想呼喊。如果天界中真的有上帝，那时格雷就是离上帝最近的人。”

当伊莎贝尔追溯这些往事时，她有些激动，掏出一块小手帕，小心翼翼地擦掉眼角的泪花。

“你描述得未免也太浪漫了吧？”我笑着说道，“我知道你在赋予格雷思想和情感，这种思想和情感是你一直期盼他拥有的。”

“如果他没有那种情感，我怎么能够感受得到呢？你知道我是什么

1　莫里斯·梅特林克（1862—1949），比利时剧作家、诗人、散文家。1911年，获得诺贝尔文学奖，是象征派戏剧的代表作家。

样的人。我不会真正快乐，除非我能感觉到我脚下踏的人行路上的水泥地，看到沿街商店的玻璃橱窗中的帽子、毛大衣、珠宝手链和黄金镶嵌的化妆盒。”

我笑了。我们好一会儿都没有开口，然后，她又回到我们先前谈论的话题。

“我不会和格雷离婚的。我们共同经历了太多。他完全依赖我，这使我感觉飘飘然，很了不起。你知道的，这赋予我一种责任感。并且还有……”

“还有什么？”

她斜眼看着我，眼中闪耀着调皮。我知道她并不清楚我怎样理解她的心里话。

“他床上功夫很好。我们结婚十年了，他还是和我们新婚之夜一样，满是情欲。你不是在剧本中说过五年之痒吗？嗯，你那是瞎编的。格雷对我像初婚一样用情，在这方面他让我非常幸福。虽然你认为我不会是那样的人，但是我确实是一个性欲很强的女人。”

“你错了，我会这样认为。”

“嗯，这不是什么坏品性吧？”

“恰恰相反。”我用锐利的目光看着她，“你后悔十年前没有和拉里结婚吗？”

“不后悔。那时只是疯狂。但是如果我那时和现在一样风情万种，我一定会和他一起远走高飞，姘居上三个月，然后永久地将他忘却。”

“我想值得庆幸的是，你没有做那样的尝试。如果那样，你会发现你和他绑在了一起，剪不断、理还乱。”

“我不这么认为。这仅仅是一种肉体的吸引。你知道，克服一种欲望最好的方法是满足它。”

“你有没有想到你是一个占有欲非常强的女人？你告诉过我格雷有着深刻的诗意的悟感，你也曾告诉过我他是一个多情的爱人；我有理由相信这两个方面对你有着重大意义，但是你还没有告诉我，比这两者加在一起还要重要得多的是什么。那就是把他抓在你那美丽但并不太小的手心里的感觉。拉里总是逃脱你的掌控，你是永远抓不到的。你还记得济慈的《希腊古瓮颂》吗？‘鲁莽的爱人，你永远、永远吻不上，虽然够接近了。’”

“你总是以为自己懂得很多，其实事实并非如此。”她略带嘲讽地说，“你知道女人抓住男人的唯一办法是什么吗？让我告诉你吧，女人和男人第一次上床并不重要，重要的是第二次。如果在第二次上床时，一个女人套牢了一个男人，她就会永久拥有他。”

“你确实学习到了非同寻常的些许信息。”

“我去了不少地方，见多识广。”

“我可以问一下你这些知识从何而来吗？”

她冲我笑了笑，笑容里含着戏谑。

“在一次服装展览会上，我认识了一位朋友，从她那里学到的。时装店的女店员[1]告诉我她是巴黎最聪明的姘妇，所以我下定决心要结识她。她是艾德丽安·德·特罗耶，听说过她吗？”

“从来没有。”

“你的教育怎么就忽视了这些呢！她四十五岁，甚至不是很漂亮，但是她看起来与艾略特舅舅盛情款待的雍容华贵的太太们更加与众不同。我坐在她旁边，摆出我的那种美国小女孩的任性劲，说我必须和她说话，因为我有生以来从没见到过比她更迷人的女人了。我告诉她，她

1 原文为法语。

和希腊浮雕玉石一样完美无瑕。”

“你真有勇气。”

“起初她很拘谨、很冷淡。但是我继续和她说个没完没了，一副简单纯真的样子。最后，她变得温和多了。之后，我们有过一次贴心贴腹的交谈。当服装展览会结束时，我向她提出是否哪一天可以赏脸和我一起在里兹豪华酒店共进午餐，我告诉她，我一直羡慕她的美丽优雅。”

“你之前没有见过她吗？”

“没有。她不肯和我共进午餐，她说巴黎人说话很恶毒，会使我的声誉受损。但是我能邀请她，她很高兴。后来，当她看到我一脸失望，嘴唇发抖时，便提出请我去她家和她共进午餐。我显示出大喜过望的神情，她看在眼里，轻轻拍了拍我的手。”

“你去了吗？”

“我当然去了。她住在福熙路路边的一座昂贵的小房子。我们由一个男管家服侍。那位男管家长得极像乔治·华盛顿。我在那儿一直待到下午四点钟，我们彻底放松，无拘无束，谈论各种关于女人的八卦。那天下午我学到的东西足以写本书。”

“你为什么不写呢？这正适合刊登在《妇女家庭期刊》上。”

“你太傻了。”她笑了。

我沉默了一会儿，整理我的思绪。

随即，我说道：“真不知道拉里是否真的爱过你。”

她大吃一惊，愉快的表情顿时消失，眼睛里充满着愤怒。

“你在说什么屁话呢？他当然爱过我。你认为一个女孩被爱时，她会感觉不到吗？”

“哦，我感觉他爱你还没爱到那么深。在他认识的所有女孩中，你是他最亲密的。你们两小无猜、青梅竹马，他期望能爱上你，他有正常的性本能，你们结婚也是顺理成章的事。结婚后，你们一起生活，同床共枕，除此之外，与别的夫妻相比，你们的关系也不会有什么特别之处。”

伊莎贝尔稍稍平息了她的怒意，等我把话说完。我知道女人总是乐于听别人谈论爱情，于是我继续讲道：

“道德家有一种观点，认为性本能与爱情没有多大关系，他们往往把性本能归于偶然的冲动。”

“这是什么怪诞的理论吗？”

“嗯，有些心理学家认为意识参与大脑的活动过程，并且被大脑的活动过程控制，但是意识本身并不会对大脑过程产生什么影响，就如同树在水中的倒影，没有树，影子不可能存在。但是，影子不会对树产生影响。我认为没有情欲的爱情纯属无稽之谈。当人们说情欲死了爱仍旧可以持续，其实他们说的情欲，只是热情、友好、共同的品位、兴趣和习惯，尤其是共同的习惯。男女双方由于共同的习惯，可以一直保持性关系，就如同他们一到吃饭时间，就会感到饥饿一样。当然，也有无爱的性欲。性欲不同于情欲，性欲是性冲动的自然结果，无异于人的其他动物功能。因此，有些做丈夫的在时间和地点都合适时偶尔放纵一下，他们的妻子那样小题大做，实则很愚蠢。”

“只有男人可以放纵吗？”

我笑了。

“如果你坚持要问，我不得不说，男女都可以偶尔放纵一下的。唯一不同的是那种偶尔的露水关系对男人没有什么情感意义，而对女性则不同。”

“这也会因女人而异吧。”

我并不想让她打断我的话，于是接着说：

“如果爱不是情欲，它就不是爱，是其他的东西；情欲不因满足而强烈，而因阻碍而炙热。济慈曾经告诉雕刻在希腊古瓮上的恋人，不要去悲伤，你认为他是什么意思呢？‘你将永远爱下去，而她将永远美丽。’为什么？因为她是得不到的，无论她的恋人怎样疯狂地追求她，都追求不到。因为他们两个都被囚禁在我称之为一件无情的艺术作品的大理石的石面上。你对拉里的爱和拉里对你的爱是淳朴和自然的，就如同保罗和弗朗西斯卡[1]、罗密欧与朱丽叶[2]的爱情一样。对你来说，幸运的是，你们的结局并不坏。你有了富足的婚姻，拉里云游世界，去找寻海妖之歌[3]的秘密；你们之间并没有情欲。”

“你是如何得知的？”

“情欲是不计代价的，巴斯噶[4]说过：‘这是理智所不屑的情感，情感有理智所根本不能理解的理由’。以我的理解，他的意思是，当情欲捕获了感情，它就会找出各种看似合理的、确凿的缘由，来证明为了爱可以不顾一切，哪怕天崩地裂。它让你信服牺牲荣誉是非常值得的，蒙受耻辱也不会付出太多代价。情欲是具有破坏力的，它毁掉了安东尼与克莉奥佩特拉[5]，毁掉了特里斯坦和伊索尔德[6]，也毁掉了帕内尔和

1　意大利诗人但丁的作品《神曲——地狱篇》中一对悲惨的恋人。

2　威廉·莎士比亚著名戏剧作品之一《罗密欧与朱丽叶》（Romeo and Juliet）中的一对命运坎坷的恋人。

3　海妖是希腊神话中的海上女妖，是半人半鸟形（或者半人半鱼）的怪物，她们唱着蛊惑人心的歌曲，用歌声迷惑航海者，使他们如痴如醉，把过往的船只引向该岛，然后撞上礁石，船毁人亡。

4　又译为帕斯卡，法国数学家、物理学家、哲学家、散文家。

5　《安东尼与克莉奥佩特拉》是莎士比亚于1607年左右编写的罗马悲剧，它是源于古罗马历史学家普鲁塔克的《希腊罗马名人传》。戏剧讲述的是当时罗马的三大首领之一安东尼因沉迷于埃及女王克莉奥佩特拉的美色而无暇于国家大事，终日与她在埃及厮混，天天醉生梦死。后来，两人双双而亡。

6　《特里斯坦和伊索尔德》是在西方流传了近1000年的古老传说，主要是关于特里斯坦和敌国的伊索尔德公主的爱情故事，是西方两大爱情经典之一。

基蒂·奥谢[1]。如果没有毁坏，情欲就不复存在。也许是人面对孤寂时，才会明晓自己虚度了人生的大好时光，才会了解蒙辱含垢所带来的耻辱，忍受因嫉妒引起的剧痛，才会忍气吞声，把自己的全部温柔和灵魂中的全部财富都耗在了对方身上，而对方却是一个懒汉、一个蠢货，一个摧毁你梦想的脓包，一文不值。”

在我完成我的高谈阔论之前，我已清楚地知道伊莎贝尔没有在倾听。她沉浸于她自己的反思中，但是接下来她说的话让我吃了一惊。

“你认为拉里还是处男吗？”

“亲爱的，他已经三十二岁了。”

“我确信他是。”

“你怎么可能确信？”

“凭女性的本能。”

“我认识一个年轻人，他冒充自己是处男，把一个又一个漂亮女性骗到手。因此，这么多年来，他在情场上游刃有余。他说这一招就像魔咒一样，屡试不爽。”

“无论你怎么说，我都相信我的直觉。”

天色渐晚，格雷和伊莎贝尔约朋友们一起吃晚餐，伊莎贝尔得去换衣服。我无事可做，所以我漫步在柏斯帕丽林荫大道，春天的傍晚，让人感到格外惬意。我从来不太相信女人的直觉，我认为她们的直觉只是一种主观愿望，是不可靠的。想到我对伊莎贝尔这段长谈的末句，我不禁哑然失笑，这让我想起了苏珊娜·鲁维埃；忽然意识到我已经多日没有见到她了，不知道她又在忙些什么。如果她有闲暇，也许愿意和我共进晚餐、看场电影。我拦下一辆在街上四处游动的出租车，把她公寓的

1 爱尔兰爱情故事里的人物。

地址告诉了司机。

七

我在本书开篇提到过苏珊娜·鲁维埃。我认识她已经有十一二年了，我现在谈到她时，她已将近不惑之年了。她不是个漂亮的女人，甚至有些丑陋。在法国女人中，她的个子算高的，身子短，腿和胳膊却很长，这让她的举止显得有些笨拙，好像她不知道该如何应对她的长胳膊长腿。她总是心血来潮地把头发染成各种颜色，但大多数时间里她的头发是红棕色的。她有一张小小的方形脸，非常突出的颧骨上涂着鲜亮的胭脂，嘴巴很大，涂着很厚的唇膏。只看这些，她似乎不是个魅力四射的女人，但事实上，她很有魅力。她皮肤很好，牙齿健康洁白，蓝色的眼睛又大又明亮，是她最好看的部位，而她也充分利用了这些优势，注重描画她的睫毛和眼睑。在别人眼里，她总是一副精明、活泼、友好的模样，心地忠厚又带些坚强。她的生活教会她要坚强。她的父亲是一个政府小官员，父亲去世后，母亲成了寡妇，带着她回到昂儒老家，靠抚恤金生活。在苏珊娜十五岁的时候，母亲送她去邻镇的一个裁缝那里拜师学艺，那镇子离家很近，每个星期天她只能回家一趟。在她十七岁那年，她有一个两星期的假期，就在休假期间，她被一个画家所引诱，那个画家来村子里一边消夏，一边画风景画。她很清楚，如果没有钱，婚姻对她而言就很渺茫了。于是，当夏天结束，画家提出带她去巴黎时，她便欣然答应了。他带着她去了蒙马特尔区，他们一起住在兔窝大小的画室里，相伴着度过了愉快的一年。

一年后，他告诉她，他一幅画都没卖掉，再也养不起情妇了。她早就知道会有这一天，也就镇定自若。他问她要不要回家，她说不想回家。于是，他告诉她，在同一街区住着另一位画家，那位画家愿意和她一起生活。她知道那个画家，因为这个人曾两次三番地追求过她，虽然被她断然拒绝，但有意思的是，他并没有感到被冒犯。

她并不讨厌他，所以很平静地接受了这个提议。搬家很方便，不需要花钱打车，就把行李搬了过去。她的第二个情人虽然年纪大了许多，但仍然很体面。让她摆着各种姿势，为她画像，有穿着衣服的，也有裸体的。他们度过了两年快乐的岁月。想起来，令她自豪的是，他绘画生涯的首次成功就是以她为模特的。一家美国画廊买下了这幅画，她给我看了那幅画的复印件，是她从一张介绍这幅画的画报上剪下来的。这是一张裸体画，真人大小，她呈卧式，姿势和马奈的油画《奥林匹亚》中的模特有几分相似。那个画家很快发现了她的身材中有些现代和有趣的元素，把她本就苗条的身段画得更加消瘦，拉长了她长长的腿和胳膊，还强调了她高高的颧骨，让她的蓝眼睛大得出奇。当然了，我从复制品中看不到原画的颜色，但我知道其设计是非常优雅的。他凭借此画声名远扬，赢得一个阔寡妇的青睐，两人成就美满婚姻。而苏珊娜很清楚，男人必须以前程为重，于是和平地结束了他们这段亲密关系。

此时，她已经意识到自身的价值。她喜欢和艺术有关的生活，喜欢为画家当模特，一天的工作结束后，她喜欢去泡咖啡馆，和艺术家们以及他们的妻子和情妇坐在一起，听他们讨论艺术，谩骂商人，讲荤故事。在这种场合下，她看到了改变的机会，于是打起了自己的小算盘。她相中了一个她认为有才气的男人，年轻且未婚。当他在咖啡馆独坐时，她抓住了这个机会，向他讲述了自己的情况，开门见山地表示愿意和他一起生活。

“我今年二十岁，很会理家。在家务方面你会省下一笔钱，你也不用再花钱去请模特。看看你的衬衫吧，太不成样子了，你的画室也是一团糟。所以你需要一个女人来照顾你。”

这个画家早就知道她人不错，对她的提议很感兴趣，而她也感到对方有接受的意思，于是接着说道：

“毕竟，试一试也无妨。就算真的行不通，我们彼此也不损失什么。”

他是一个没有个人特色的画家，他为她作的肖像画全是正方形和长方形。他画中的她只有一只眼睛或者没有嘴巴，或者是由黑色、棕色和灰白色构成的几何图案，或者是在纵横交错的线条中隐约能看到的一张脸。她和他同居了一年半，然后主动地离开了他。

“为什么？”我问她，“你不喜欢他吗？”

“喜欢啊，他是个不错的人。可我认为他不会有什么长进了，因为他总是在不断地重复自己。”

轻而易举，她很快就找到了她的下一任，也是一个画家，她对画家们情有独钟。

“我一直钟情于绘画，”她说，“我和一个雕塑家待了半年，但我不知道为什么，没什么感觉。”

她的每次分手都没有发生不愉快，一想起来她就很高兴。她不仅做模特是个好手，也做得来家庭主妇。她喜欢打理她暂时栖息的画室，把一切打理得井井有条，并为此感到自豪。她还做得一手好菜，可以花很少的钱来烹制一顿美味的饭菜。她还会为情人补袜子，缝扣子。

“我简直就搞不懂，为什么画家就不可以穿戴得干净利落呢？”

她只失手过一次。对方是一个年轻的英国人，比她以前认识的人都有钱，而且还有一辆车。

“但这段关系并不长，”她说，“他以前常常酗酒，就很烦人。如果他画得好，我也不会介意的。但是，亲爱的，他画得太怪异了。我告诉他我要离开他，他就哭了起来。他说他爱我。”

“‘我可怜的朋友，’我对他说，‘你爱不爱我都无关紧要，重要的是你没有才华。你最好回本国去开个杂货店，这是你的本分。’”

“他听后怎么说？”我问。

“他听后，勃然大怒，叫我赶快滚。但你知道，我给他的建议很不错，我希望他能接受。他不是一个坏人，只是画技太糟糕。”

对于一个风尘女子而言，洞达世情和心地忠厚常会使她的人生历程比较顺利，但是欲海情波似酒浓，清时翻笑醉时浓，苏珊娜也不例外，经历了情感的起起伏伏。她和那个斯堪的纳维亚人的恋情堪为一例，悔不该如此轻率地坠入情网。

“亲爱的，他宛若天神，”她对我说，“他非常高大，就像埃菲尔铁塔一样，肩膀宽阔，胸膛极美，腰很细，几乎双手合拢就能把他的腰身围过来。他的小腹如手掌般平坦，肌肉结实得像是职业运动员，一头金黄卷曲的毛发，肌肤温润如玉。而且他画技也不错，我喜欢他的画风，既大胆又时尚，调制的色彩丰富又亮丽。”

她下定决心要和他生一个孩子。他最初不同意，但她说孩子由她负责抚养。

“孩子生下来后，他视为心肝宝贝。噢，小家伙太可爱了，是个脸蛋红润、金发、蓝眼睛的小女孩，神似她的父亲。”

苏珊娜和他一起生活了三年。

“他有点笨拙，我有时候也烦他，但他人很不错，还是个美男，所以我也就不介意了。”

后来，他接到一封来自瑞典的电报，说他父亲生命垂危，要他必须立即回家。他承诺说会回来的，但苏珊娜预感到他不会再回来了。他把他所有的钱都留给了她。他走后，一个月杳无音讯，后来苏珊娜收到他的来信。他在信中说，他父亲过世后留下一些烂摊子，他必须留在母亲身边尽孝，而且打算从事木材生意，信中还附上了一张一万法郎的汇票。苏珊娜从来不是遇到事就会陷入悲观失望的人，而且她很快意识到，她带着一个孩子在身边会很不方便，所以她把孩子送到乡下，交与她母亲照看，连同一万法郎也留给了她们。

"我为此而心碎，我很喜欢那个孩子，但人在生活面前不得不讲求实际。"

"后来的情况怎么样了呢？"我问。

"哦，我接着往下过呗。我又找到了一个朋友。"

但之后她染上了伤寒。她总是把它说成是"我的伤寒"，就像百万富翁炫耀自己度假时说起"我的棕榈滩"或"我的松鸡泽"一样。那场病差点丧了她的命，她在医院里住了三个月。在出院的时候，她已经瘦得皮包骨，虚弱不堪，人很焦虑，动不动就哭。那时的她成了没有多大价值的废物，没有强壮的身体，做不了模特，身上的钱也所剩无几。

"噢啦啦，[1]"她说，"我度过了一段艰难的时期。幸好我有一些不错的朋友，但你知道的，画家嘛，经常入不敷出。我长得不漂亮，虽然还有点与众不同之处，但我已经不是二十岁的小姑娘了。所以，我回头去找了之前和我同居过的那个立体派画家；自从我们分手后，他结了婚，随即又离了婚。他从立体主义转向了超现实主义。他觉得我还有用处，就说他一个人很孤独，愿意和我一起生活，给我提供食宿。说实话，这正合我意，我马上就答应了。"

直到认识制造商之前，苏珊娜都和那个前立体派画家待在一起。在

1　原文为法语。

朋友的介绍下，一个制造商造访了他们的画室，他们都希望这位制造商能买画家的作品。苏珊娜急于促成这笔交易，于是就对他十分和善，她一贯擅长如此。虽然当场什么都没买，但制造商说他会再来看看这些作品。两个星期后，他真的来了，但这次，苏珊娜感觉到他是来看她的，而不是来欣赏画的。当他离开时，仍然没有买，和她握手时，很用力，有点过分热情。次日，当初带那个制造商看画的朋友趁她正去往市场采办当天的食物的时候，拦住了她，说制造商看中了她，下次来巴黎的时候，想邀请她共进晚餐，到时候他有话和她讲。

“他看中了我哪一点呢，你觉得？”她问道。

“他是现代艺术的爱好者。他看到你的肖像画，对你产生了兴趣。他是一个外地商人，在他眼里，你是巴黎的象征，代表着艺术、浪漫，这些都是他在里尔的生活中所缺少的。”

“他有钱吗？”苏珊娜很明智地问道。

“很有钱。”

“嗯，我愿意和他共进晚餐。不妨也听听他要说些什么。”

她记得很清楚，那天他带她去了马克西姆饭店就餐；她穿得很淡雅，她打量了一圈周遭的女人，觉得自己表现得像个体面的有夫之妇。他点了一瓶香槟酒，在她看来这很绅士。饭后喝咖啡时，他和盘托出了自己的想法，她感觉对方很慷慨。他告诉她，他每两周定期来巴黎参加一次董事会，晚上独自吃饭很无聊，如果想女人就去找青楼女子。作为一个有两个孩子的已婚男人，他不喜欢这种方式，这不符合他的身份。从那个介绍他们认识的朋友口中，他得知了她的一切，也知道她为人谨慎周到，而他也不是个小伙子了，不想和黄毛丫头纠缠在一起。他狂热于现代艺术的收藏，也正是她身上的现代派元素打动了他。然后他开始转入正题。他准备为她租一套公寓，全部装修好，每月给她两千法郎。作为交换，他希望每两周他来巴黎时，她能有一晚上和他一起共度良宵。苏珊娜有生以来没有得到过这么大额的花销。她立刻意识到，有了这一笔钱，她不仅可以生活和打扮得更时髦，还能供养她的女儿，甚至还能够未雨绸缪。不过，她还是有了片刻的犹豫，因为如她所言，她一直“钟情于绘画艺术”，现在要做一个商人的情妇，她肯定感到有点掉价。

“接受还是拒绝，[1]”他说，“接受或者拒绝全凭你愿。”

她对他不反感，他纽扣孔里镶嵌的玫瑰形勋章证明了他是一个显要人物，于是，她冲他莞尔一笑。

“我接受，[2]”她回答说，“我愿意接受。”

八

虽然苏珊娜之前一直居住在蒙马特尔，但是她觉得有必要与过往的生活一刀两断，所以在蒙马特尔大街附近的一幢大房子租下一套公寓，里面有两个房间，一个小型厨房，还有一间浴室；虽然在第六层，但是配有电梯。尽管电梯每次只能容纳两个人，像蜗牛一样慢，下楼时还得走楼梯。但是，对她而言，浴室和电梯代表的不只是一种奢侈，也是一种格调。

在他们在一起的前几个月里，制造商亚希尔·戈万先生每隔两个星期来巴黎一趟，他住在一家旅馆里，晚上和苏珊娜共享鱼水之欢后，再回到旅馆里一个人睡到天亮，然后赶火车，回去料理他的生意，享受

1　原文为法语。
2　原文为法语。

简单的家庭幸福；但是后来苏珊娜向他提出，那样挥霍钱财是没有道理的，他可以留在公寓里，早晨再走，既省钱又舒适。他觉得她说得很有道理，为苏珊娜这么贴心的话语而感到受宠若惊。确实，在寒冷的冬夜到大街上拦出租车不是什么愉快的体验，而且她不愿意他花冤枉钱的想法也打动了他。这是一个好女人，她不仅自己精打细算，还为自己的情人持筹握算。

亚希尔先生过得十分满意。通常情况下，他们会在蒙马特尔大街一家最好的饭店里用餐。但是偶尔苏珊娜也会亲自下厨，在公寓里为他做饭。她做的饭菜美味可口，深得亚希尔先生的喜欢。如果天气暖和，亚希尔先生用晚餐时就脱掉外套，只穿衬衫，颇有无拘无束、放荡不羁的艺术家风范。他有买画的嗜好，但是苏珊娜不允许他买她看不上的画，而他很快发现苏珊娜的判断值得信赖。苏珊娜不让他和经销商打交道，而是直接把他带到画家的画室里去买，这样他可以节省一半的钱。亚希尔先生知道她在攒钱，当她告诉他，她每年在自己的家乡购置一块地产的时候，他心中很是自豪。他知道在每一个法国人的内心和血液中都流淌着拥有土地的渴望，正因为苏珊娜拥有了土地，所以，亚希尔先生对她增加了几分敬意。

从苏珊娜的角度来讲，她非常满意。她对亚希尔先生既忠诚又不忠诚；更确切地说，她坚持不与别的男人建立任何形式的固定关系，但是如果她遇到了喜欢的人，她并不拒绝与对方幽会合欢。但是决不允许对方在她的公寓里过夜，对她而言，这是攸关体面的事情。她觉得自己能够过上这种有保障有尊严的生活，多亏了这个有钱有势的亚希尔先生。

我是在苏珊娜与一个画家同居时认识她的。因为这个画家恰巧是我的熟人，苏珊娜经常在他绘画时为他当模特；我有时坐在旁边看，我只是不定时地去看她，直到她搬到蒙马特尔之后，我和她的关系才亲密起来。很显然亚希尔先生（苏珊娜谈起他时或当面称呼他的方式）看过我写的一两本书的法译本。因此，有天晚上，他邀请我去一家餐厅和他们共进晚餐。他个头不高，比苏珊娜矮半头，一头铁灰色的头发，干净整洁的灰色小胡子。他体态有点儿臃肿，肚子凸起，但是并不是真的大腹便便，只是在一定程度上看起来如此。他迈着矮胖男人的那种四方步，昂首挺胸，踌躇满志。这顿晚餐非常丰盛。他非常有礼貌。他告诉我苏珊娜有我这样的朋友，他很高兴，他一眼就能看出我非常讲究社交礼节，而且他很庆幸我能看重苏珊娜。他事情太多，唉！把他束缚在里尔，脱不开身，使得可怜的苏珊娜经常独守空房；多亏有我这样受过教育的人相伴，真是一种安慰。他虽是一个商人，但是他素来对艺术家持有仰慕之心。

“啊，我亲爱的先生，[1]艺术和文学一直都是法国的一对瑰宝。当然了，它的军事实力也不逊色。我是一个羊毛制品的制造者，可以毫不犹豫地说我把画家、作家放在与将军和政治家同等重要的位置上。”

没有比这番话更优美的了。

苏珊娜不愿雇一个女佣料理家务，一部分是经济方面的原因，另一部分是由于（她自己最了解的理由）她不喜欢有人参与到完全属于她自己的分内之事中来。她把公寓打扫得干干净净，东西摆放得整整齐齐，而且用时下最新潮的风格装点那一小套公寓，所有的内衣都是她亲手缝制。后来，她不再做模特了，手中有了大把自己可以支配的时间，但是她是一个闲不住的人，不久她便有了一个想法，为那么多画家做过模特，她没有理由不去绘画。她买来了油画布、刷子、颜料，并且即刻开工，画了起来。有时候我约她出去吃饭，会早点儿去，结果发现她穿着工作服在忙着画

1　原文为法语。

画。就像是子宫里的胚胎重演物种的进化进程，苏珊娜也重现了她所有情人的风格。她画风景画就像那个风景画家，画抽象画就像那个立体派画家，借助明信片上的图画，画了停泊的帆船，就像那个斯堪的纳维亚人画的一样。她的画技很差，但是有一种色彩的契合感，所以即使她的画不是很好，她也能够在绘画的过程中获得诸多乐趣。

亚希尔先生鼓励她画，想到他的情人竟然是位艺术家，他有一种满足感。在他的坚持下，苏珊娜送了一幅帆布油画去参选秋季的沙龙，看到油画展出的那一刻，两人都颇感自豪。亚希尔先生还为她提了一个好的建议：

“画画的时候，不要像男人一样刚劲有力，亲爱的，”他说，“要像女人一样柔情似水。不要以遒劲为胜，要以魅力为强。画风要实，在商业中，投机取巧或许会成功，但是在艺术上，求实至上，而且这也是唯一可行的成功之道。”

当我写到这里时，他们的关系已经持续了五年，而且双方都很满意。

“毫无疑问他没有使我痴迷，”苏珊娜说，“但是他很聪明并且有地位。到了一定的年龄，我必须考虑自己的处境。”

她富有同情心，又善解人意，亚希尔先生很尊重她的意见。他把生意场上和家庭内部的事务讲述给她时，她都会认真倾听。当他的女儿考试没考好时，她与他感同身受；当他的儿子与一个富家女订婚时，她与他一同庆祝。亚希尔先生娶的是他同行人家的独生女，两个厂家也由竞争转为合作，双方都获利。现在他儿子也认识到，经济利益共同体是幸福婚姻最可靠的基石，为此他感到甚是欣慰。他向苏珊娜透露自己的夙愿就是把女儿嫁给贵族。

“这是完全有可能的，她那么有钱。”苏珊娜说道。

亚希尔先生创造条件，把苏珊娜的女儿送到了女修道院办的学校，她能在那儿接受良好的教育；并且保证等她到了适当的年龄时，他会支付她接受适当培训的费用，以便她可以成为一名打字员或速记员，能自食其力。

“女大十八变，她长大后会成为一个美人。”苏珊娜说道，“但是很显然接受教育和会打字，对她而言都没有坏处。她年纪太小了，现在说还尚早，但是她也有可能成为没有气质的人呢。”

苏珊娜闪烁其词，言外之意由我去推测。我完全可以推测出来。

九

大约一个星期后，我和拉里不期而遇。当时是一个夜晚，我和苏珊娜一起吃完晚饭，看了电影，后来坐在蒙帕纳斯大街精品咖啡馆里喝啤酒，这时拉里踱步走了进来。苏珊娜吃了一惊，然后竟然把他唤了过来，这很出乎我的意料。拉里来到了桌旁，吻了吻她，又和我握手。看得出苏珊娜感到特别意外，几乎不敢相信自己的眼睛。

“我可以坐在这儿吗？”他问，“我还没有吃晚饭，想来这里吃点儿东西。”

“哦，能见到你真好，我的小宝贝[1]，”她说着，眼神光彩熠熠，“你从哪里冒出来的？这些年为什么连个人影儿都不见，音信皆无？天啊，看看你多瘦！我还以为你已经死了呢。”

“我这不好好活着呢，”他回答道，双眸闪闪发亮，“奥代特怎么样？”

1　原文为法语。

那是苏珊娜女儿的名字。

“哦，她已经长成个大姑娘了。很漂亮。她还记得你呢。”

“你从来没告诉过我你认识拉里。”我责怪苏珊娜。

“我为什么要告诉你？我又不知道你认识他。我们是老朋友了。”

拉里为自己点了鸡蛋火腿。苏珊娜把所有关于女儿和自己的情况一五一十地讲给拉里听。苏珊娜喋喋不休地讲着，而拉里则倾听着，面带迷人的微笑。她告诉拉里，自己已经安定下来了，目前正在作画。然后她转向我，说道：

“我正在进步，你觉得呢？我不敢说自己是个天才，但是与我认识的那些画家相比，至少我毫不逊色。”

“你要出售你的画吗？”拉里问道。

“我没必要卖，”苏珊娜快活地答道，“我自己有收入。”

“幸运的女人。”

“你搞错了，这不是幸运，而是智慧。你可一定要来看看我的画作啊！”

她把自己的地址写在纸上，而且让拉里保证一定会去看画。苏珊娜心情激动，滔滔不绝，说个没完没了。后来，拉里叫侍者来埋了单。

“难道你这就走吗？”她叫嚷道。

“是的。”拉里笑着说。

他付完钱，朝我们挥了挥手，然后离开了。我禁不住哈哈大笑。我总觉得他这样很有意思——这一秒还和你待在一起，下一秒就消失得无影无踪，没有任何解释，出没无常，仿佛隐没在空气中。

“为什么他这么匆忙走掉？”苏珊娜恼火地说。

“或许有一个女孩正在等着他。”我嘲弄地答道。

“这是哪里的话。”她从包里取出化妆盒，往脸上搽了点粉。“我可怜任何爱上他的女人。噢啦啦！[1]”

“你怎么这么说呢？”

她看了看我，表情变得严肃起来，这种严肃是平日见不到的。

“我曾经差点儿爱上他。爱上他，如同爱上水中的倒影、一束阳光或是空中的云彩。多亏我侥幸逃脱。直至现在，回想起当时的险境，我还会怕得瑟瑟发抖。”

顾不得冒昧了！只要是人就想要知道事情的来龙去脉。我很庆幸苏珊娜心无芥蒂，心直口快。

“你究竟是怎么认识他的？”我问道。

“哦，那是很多年以前了。六年前，还是七年前，我记不清了。奥代特当时只有五岁。我和马塞尔住在一起，而他认识马塞尔。他过去常来画室看马塞尔画画，有时会约我们出去吃饭。你永远不知道他什么时候会来。有时候几个星期来一次，有时候两三天来一次。马塞尔过去喜欢让他待在那里，说拉里在旁边，自己的画就会画得好些。后来我染上了风寒住进医院。出院后，日子过得异常艰难。”说到此处，她耸了耸肩。“我记得之前告诉过你这些。有一天，我去了几个画室，想找点儿事做，但是没有人要我。那一整天，我只喝了一杯牛奶，吃了一个羊角面包，晚上连住宿费都付不起。在克利希大街，我碰巧遇到了拉里。他停下脚步，问我近况如何，我告诉他我染上了风寒。他听后对我说：‘看起来你需要一顿美餐。’他的声音和眼眸中有一种东西击溃了我，我哭了起来。

“我们碰面的地方就在玛丽特大妈餐厅的隔壁，他搀着我的胳膊，让我坐在餐桌旁。我饿极了，觉得自己可以吞下一头大象。但是当煎蛋

1 原文为法语。

卷端上来的时候，我发现自己一点儿也吃不下。他逼着我吃了一点，还给我要了一杯勃艮第葡萄酒。我感觉好多了，然后吃了一点芦笋。我向他倾诉了我所有的困难和委屈。我虚弱得都坐不稳。我瘦成了皮包骨，状态十分差，也不指望能找个情夫了。我问他能不能借我一些钱，我想回我的家乡——至少我能和女儿在一起。他问我是不是真的想回去，我说当然不是真心想回。妈妈不想让我回去，物价这么高，她的养老金连养活自己都很困难，我寄给奥代特的钱已经全部花完了。但我若是回了，她看到我现在病怏怏的样子，也不会将我拒之门外。他看了我许久，我以为他会拒绝我，不愿意借给我钱。结果他说：

‘你愿不愿意和我一起到乡下的一个小地方去度假，也带上你的孩子？’

“我简直不敢相信自己的耳朵。我认识他这么多年，他从来没有对我表示过好感。

“‘以我现在的这种处境吗？’我说。我不禁苦笑了起来，‘我可怜的朋友，’我说，‘我现在这副德行，任何男人都不会要我的。’

“他冲我笑了笑。你留意过他的笑有多么美吗？就像蜂蜜一样甜美。

“‘别傻了，’他说，‘我没想那方面的事情。’

“我当时已经泣不成声。他给我钱去把孩子接来，然后我们一起去了乡下。啊，他带我们去的那个地方太迷人了。”

苏珊娜向我描述了那个地方，说那里离一个小城镇有三英里远，小城镇的名字我记不清了，说他们坐汽车去了一家客栈，客栈是位于河畔的一座摇摇欲坠的房屋，房前有一片草坪一直延伸到水边，草坪上长有法国梧桐，他们在树荫下享用食物。在夏天，画家们会来这里写生，但是他们去时，时令尚早，还不到写生的季节，所以他们可以独享客栈。客栈里的饭菜远近闻名。每逢礼拜日，人们趋之若鹜，开车前来只为享用午餐。但是在工作日很少有人来打破这里的宁静。经过充分的休息，以及美食和美酒的滋补，苏珊娜恢复了健康，加上女儿的陪伴，她感到非常幸福。

“他对奥代特很温柔，奥代特也很喜欢他。她总是缠着拉里，我必须阻止她这种讨厌的行为，但是无论她怎样缠着他，他都不会在意。他们在一起时就像两个孩子，经常引我发笑。”

“你平时都做些什么呢？”我问。

“哦，总有些事情做。我们会划船、钓鱼，有时我们还会借来客栈老板[1]的雪铁龙汽车去镇上。拉里喜欢那个小镇。那里有古老的房子和广场[2]，四周静寂无声，只能听到自己走在鹅卵石路上的脚步声。那里有路易十四时期的市政厅[3]和一座古老的教堂，小镇的最边上是一个城堡和一个勒诺特尔[4]设计的园林。当你坐在广场[5]附近的咖啡厅里，你会有一种穿越回三百年前的感觉，停在路边的雪铁龙似乎根本不属于这个世界。”

在一次外出时，拉里向苏珊娜讲述了那个年轻飞行员的故事，也就是我在这本书最开始谈到的那个故事。

“真好奇他为什么要告诉你这些呢？”我问道。

“我也不清楚。战争期间，这个小镇曾有一家医院和一座公墓，墓地里摆着一排排的十字架。我们去看过，但没有久待，那地方让我毛骨悚然——那么多可怜的年轻人都长眠在那里。拉里在返回的路上一言不发。虽然他平时饭量就小，但是那天晚餐他几乎颗粒未进。我记得很清楚，那是一个恬静幽雅、繁星点点的夜晚，我们坐在河岸上，在茫茫黑

1 原文为法语。

2 原文为法语。

3 原文为法语。

4 安德烈·勒诺特尔（André Le Nôtre，1613—1700），法国造园家和路易十四的首席园林师。令其名垂青史的是路易十四的凡尔赛宫苑，此园代表了法国古典园林的最高水平。

5 原文为法语。

夜中，杨树的轮廓被勾勒得别致多姿。他抽着烟斗，突然开始前言不搭后语地[1]跟我讲述他的那位朋友的故事以及这位朋友是如何为了救他而牺牲的。”苏珊娜喝了一大口啤酒，又接着说，“他是一个奇怪的人。我永远无法了解他。他过去喜欢读些东西给我听。有时是在白天，我给孩子缝些小玩意的时候，有时是在傍晚，我把女儿哄睡着之后。”

“他都读了些什么呢？”

“哦，什么都读。有赛维尼夫人[2]的《书简集》，还有圣西门[3]的《回忆录》中的一些片段。想象一下，[4]像我这样只看报纸、偶尔读一本小说的人，读小说还只是因为当我听到别人在画室里谈论，不想他们把我视为白痴，才去读的！我没想到阅读竟是如此有趣。其实，过去的那些作家并没有人们想象的那么愚蠢。”

“哪有人会认为作家愚蠢呢？”我低声轻笑。

“后来，他让我和他一起朗读。我们读了《费德尔》[5]和《贝蕾妮丝》[6]。他读男生的部分，我读女生的台词，你不知道有多好玩，”她天真率直地补充道，“当我念到悲惨的情节暗自啜泣时，他常常用奇怪的眼神看着我。当然了，那只是因为我的身体还没有恢复，才黯然神伤的。我现在还保留着这些书呢。直到现在，耳边没有他迷人的朗读声，

1　原文为法语。

2　赛维尼夫人（Madame de Sevigne，1626—1696），法国作家，原名玛丽·德·拉比丁-桑戴尔（Marie de Rabutin-Chantal）。出身贵族，接近路易十四宫廷。所写《书简集》反映了当时宫廷和上层贵族的生活，为十七世纪法国古典主义散文的代表作。

3　圣西门（1675—1755），法国作家，其代表作为《回忆录》。

4　原文为法语。

5　《费德尔》是让·拉辛最美妙、最激烈、最成功的作品，同时也是他最后一部作品。让·拉辛（1639—1699），法国古典主义繁荣时期最重要的戏剧家，其创作代表了古典主义悲剧的最高成就。

6　《贝蕾妮丝》是爱伦·坡的短篇小说。埃德加·爱伦·坡（Edgar Allan Poe）（1809—1849），十九世纪美国诗人、小说家和文学评论家。

没有潺潺的流水和河对岸的白杨树，我都无法继续阅读赛维尼夫人的《书简集》，心中总会隐隐作痛。我现在明白了那几个星期是我一生中最幸福的时光，那个男人是出现在我生命中的甜蜜天使。”

苏珊娜感觉自己有些多愁善感，害怕我嘲笑她（其实我并不会），于是停下来，耸了耸肩，又笑着说：

“要知道，我已经下定决心，等我老树枯柴，再也没有男人想要和我一起睡觉的时候，我就皈依教门，忏悔自己的罪过。但是我和拉里犯下的罪行，我永远不会忏悔。决不，决不，决不忏悔！”

“但是，根据你刚刚的描述，我没听出你有什么必须要忏悔的呀。”

“我还没给你讲完呢。你知道，我的体质生来就好，那段时间整天都待在户外，吃得好，睡得香，无忧无虑，三四星期之后，我就和之前一样健康了。我气色看起来很好，脸颊红扑扑的，头发也有了光泽。我感觉自己又回到了二十岁。拉里每天早晨都会在河里游泳，我常常在一旁看他。他身材健美，但不像我那个斯堪的纳维亚情夫的运动员型身材，而是强健有力，优雅迷人。

“我虚弱的时候，他对我非常有耐心，但是现在我完全恢复了，我想没有理由让他继续等待了。我给了他一两次暗示，表达我已经准备好做任何事情了，但是他似乎不明白我的暗示。当然了，你们盎格鲁-撒克逊人都有些古怪，你们冷酷无情却又多愁善感。不可否认的是，你们并不擅长谈情说爱。我告诉自己：‘可能这就是他的含蓄之处吧。他已经为我做了太多，还让我把孩子带过来，可能是他根本不想让我报答他的恩情，但是无论怎样，这是他的权利。’所以一天晚上，我们准备去睡觉时，我问他：‘今晚你想让我去你的房间吗？’”

我听了哈哈大笑。

“你有点太直接了，不是吗？”

“嗯，我也不能让他来我的房间啊，因为奥代特睡在里面。”她巧妙地答道，“他用温柔的眼眸看了我一会儿，然后莞尔一笑，问：‘你想来吗？’

“‘你觉得呢？用你迷人的身材想想看？’

“‘好吧，那就过来吧。’

“我上了楼，脱掉衣服，然后，沿着走廊，溜进了他的房间。他正躺在床上看书，吸着烟斗。他放下烟斗和书，挪动一下身体，给我空出地方。”

说到此处，苏珊娜沉默了一会儿，我也不好意思再追问下去。但是没过多久，她又继续讲了下去。

“他是一个奇怪的情人，和蔼可亲、情深意切，甚至是温柔体贴，雄健却不狂热，不知道你明不明白我的意思，他有情欲，但丝毫不下流。他的爱就像是一个热血的青年学生一样，有点滑稽却又令人感动。当我离开他的时候，我感觉我应该感激他，而不是他感激我。我离开把门关上时，看到他又拿起刚刚放下的书，继续读。”

我又哈哈大笑起来。

“我很高兴这逗笑了你。”她带有一点严肃地说道。但是她也忍俊不禁，咯咯地笑了。“我很快明白了如果我等待他邀请的话，我会无限期地等下去，所以当我想那事时，我就会直接去他的房间，爬上他的床。他总是非常配合。总之，他有人类天性的本能，就像全神贯注的人会忘记吃饭，但当你把一顿丰盛的晚餐放在他的面前时，他会津津有味地吃完。一个男人会不会爱上我，我心里清楚。如果我认为拉里爱上了我，那我就是白痴。但我认为，他会习惯有我在他身边。在生活中，一个人必须讲求实际，我自言自语道，如果我们回到巴黎之后，他带我和他一起生活的话，那正合我意。我知道他会让我把孩子留在身边，而且我本应该喜欢那样的生活。我的直觉告诉我，如果我爱上他，那我就是傻瓜。你知道，女人是非常不幸的，一旦她们陷入爱河，就变得不可爱了，我下定决心要时时保持警惕，不让自己爱上拉里。”

苏珊娜深深地吸了一口烟，然后把烟从鼻子里散出来。夜色已晚，许多桌子也已经空了，但是仍然有很多人围在吧台旁边。

“一天早上，吃完早餐，我坐在河岸上做针线活儿，奥代特在玩着拉里给她买的积木，这时，拉里出现在我的面前。

“‘我是来和你告别的。’他说。

“‘你要离开了吗？’我惊讶地说。

“‘是的。’

“‘永远不回来了吗？’我问道。

“‘你现在身体已经完全康复。这里有些钱，足够你们这个夏天用的，可以帮助你回到巴黎后重新开始生活。’

“那一瞬间，我难过极了，不知道该说些什么。他用他那坦率的方式站在我面前，微笑着。

“‘是不是我做错了什么，惹你不高兴了？’我问他。

“‘没有，你别这样想。我有工作要做。我们在这里一起度过了快乐的时光。奥代特，过来和叔叔说再见。’

“她太小了，还什么都不懂。拉里把她抱起来，亲了她一下；然后亲吻了我，就走回了客栈；不久，我听到车走远的声音。我看着手里的钞票。竟有一万两千法郎。这一切发生得太快了，我还没来得及反应。‘这该死的。[1]’我对自己说。至少有一件事情值得庆幸，幸亏我没有让自己爱上他，但是我真的不能理解事情为什么会变成这个样子。”

1　原文为法语。

我哑然失笑。

“要知道，曾经有段时间，我只是简简单单地道出事情的真相，竟被冠以‘幽默作家’的美誉。大多数人都颇感意外，以为我在开玩笑。”

“我看不出你的话与此事有什么关联。”

“嗯，我认为，在我见过的人里，拉里是唯一一个完全没有私心的人。这让他的行为看起来很古怪。有些人做事情仅仅是为了上帝的爱，而其实他们自己都不相信上帝，我们还没习惯这样的人。”

苏珊娜凝视着我。

“我可怜的朋友，你已经喝醉了。”

第五章

一

我在巴黎漫不经心地工作。灯红酒绿的香榭丽舍大街春意盎然，周围的栗树枝繁叶茂，街道的光线格外养眼。空气中弥漫着愉悦的气氛，一种轻松的、转瞬即逝的快乐，充满欲望的味道但又不粗俗，这让你的脚步更加矫健，思维更加活跃。我很开心有性情各异的朋友陪伴，过去那些温馨的回忆充盈着我的内心，至少在精神上我重获了青春的活力。我想这种转瞬即逝的愉悦错过之后可能永远再没机会享受到，如果还让工作羁绊我，那我就真是个傻子了。

伊莎贝尔、格雷、拉里和我去周围的名胜古迹旅行。我们去了尚蒂伊[1]和凡尔赛、圣杰曼和枫丹白露。无论我们去哪里，午餐都吃得很好很丰盛。格雷块头大，吃得多，而且酒也喝得多。不知是由于拉里的回春妙手，还是时间的原因，他的身体确实好转了。他不再头痛了。我在

1　尚蒂伊位于法国巴黎市中心以北约五十公里处，以城堡、森林、赛马场而闻名。

巴黎第一次见到他的时候，他的眼神中满是迷茫，那种迷茫让人感到痛心，而现在他的迷茫已经不复存在。他寡言少语，只是偶尔讲一个极长的故事寻开心，而听到我和伊莎贝尔不着边际的胡言乱语，他也会放声大笑，笑声朗朗。和我们在一起，他玩得很高兴。虽然他并不风趣，但是脾气好而且安然自得，你会不由得喜欢上他。他这种人，时光流逝历久弥香。

他对伊莎贝尔的爱溢于言表。他爱慕她的美丽，认为她是世界上最具才华、最迷人的女子；而他对拉里的忠诚，如同小狗忠诚于主人一样颇为感人。拉里看起来也很自得其乐。我注意到他把这次旅程当成了一次假期，无论有什么想法，他都暂时搁置一边，尽情地享受这一切。他的话也不多，但是没关系，他的陪伴就是足够的话语。他很随和，而且总是兴味盎然，使你觉得这样已经足矣，再无苛求。而且我很清楚，我们共同度过的这些日子之所以这么愉快，那是因为他在我们身边。虽然他从来不说一句华丽的句子，或诙谐的话语，但要是没有他，我们就会无聊之至。

在某一次短途旅行的返程中，我见证了一幕场景，那场景使我颇感诧异。我们从沙特尔返回巴黎，格雷开着车，拉里坐在他旁边；伊莎贝尔和我坐在后面。一整天的游玩之后，大家都很疲惫。拉里一只手臂伸出去，搭在前座椅背的顶部。他的这种姿势使他的袖口拉了上去，露出他瘦长而又强壮的手腕和微微长了一层纤细绒毛的棕色的手臂，在阳光的照射下，那些绒毛呈现出金黄色。伊莎贝尔僵直的身躯吸引了我的注意力，我瞥了她一眼。她一动不动，简直就像是被催眠了一样。她呼吸急促，眼睛紧紧盯住那结实的手腕和稍微有些金黄的绒毛，还有那只瘦长有力的手。她脸上呈现出饿狼般的色相——那种色相我在其他人的脸上从没有看到过，她的脸就是个面具，燃烧着性欲。我本不能相信她美丽的容貌能够表现出这样一种放纵的淫荡。这是兽欲，不是人性。美丽的外表从她的脸上剥除；她的表情显得既丑陋又骇人。这可怕地暗示了她是一个发情期的淫妇，令人生厌，我有点想吐。她没有注意到我的存在，她关注的只有那只慵懒地搭在椅背边沿上的手，使她欲火中烧的手臂。后来她的脸抽搐了一下，身体战栗地抖动，然后闭上了眼睛，缩进了车厢的角落里。

“给我一根烟。”她用沙哑的声音低声说，我简直听不出是她的声音。

我从烟盒中取出来一根，为她点上。她贪婪地抽着。在余下的车程里，她看着窗外，没有说一句话。

我们到了他们的家，格雷让拉里开车把我送回酒店，然后将车停进车库。拉里坐进了驾驶员的位置，我坐在他旁边。伊莎贝尔挽着格雷的手穿过人行道，依偎着他，看了他一眼。虽然我看不清她的表情，但是我能想象得到。我猜想，格雷将会拥有一个情意绵绵的夜晚，但是他将永远不会知道伊莎贝尔是出于怎样的良心发现，才对他激情似火的。

六月接近尾声，我也得回到里维埃拉。艾略特的朋友们要去美国了，他们已经把自己在迪纳尔[1]的别墅借给了马图林一家住，马图林夫妇准备孩子一放假就搬过去住。拉里要待在巴黎工作，但是他为自己买了一辆二手的雪铁龙汽车，并且承诺八月份去和他们待上几天。在我离开巴黎的前一天晚上，我邀请他们三个人和我共进晚餐。

就是在那天晚上，我们遇到了索菲·麦克唐纳。

---

1 法国著名旅游名胜。自十九世纪中叶起，迪纳尔（Dinard）作为一个小渔港，行政上隶属于相邻的圣埃洛加教区。这里宜人的气候、秀丽的风景和理想的海滨浴场都吸引着全欧洲的游客慕名而来。

二

伊莎贝尔突发奇想，想去一些治安很差的低档娱乐场所看看，因为我在那儿有些熟人，所以她请我当她的向导。我不是很赞成这个想法，在巴黎，这一类地方很显然并不欢迎外人进去参观，而且他们对此毫不掩饰，搞得人很不开心。但是伊莎贝尔坚持要去。我提前给她打了预防针，告诉她那里非常无聊，而且恳求她穿得朴素些。我们很晚才吃过晚餐，饭后在女神游乐厅[1]看了一小时的杂耍，然后就出发了。我先带他们去了圣母院旁边的一个地下室，这个地下室是流氓和他们的情妇频繁光顾的场所，我认识这儿的老板，他找了一张长桌子，为我们腾出了位置。这个长桌子旁围坐的都是些不堪入目的人，但是我为他们所有人都点了酒，相互干杯。那里乌烟瘴气，又热又脏。后来，我又带他们去了斯芬克斯舞厅，那里的女人穿着时髦而俗气的晚礼服，袒胸露乳。她们成排坐在两张面对面的长椅上，当乐队奏起音乐时，她们就百无聊赖地跳起舞，眼睛寻觅着舞厅周围坐在大理石桌边的男人们。我们要了一瓶未冰镇的香槟酒。有些女人在我们面前经过时，会向伊莎贝尔抛个媚眼，我不知道伊莎贝尔是否明白其中的含义。

随后，我们又去了拉普街。那是一条又黑又脏、路面狭窄的街道。甚至你刚踏入，就会产生一种肮脏的印象。我们走进一家咖啡厅，只见一个面色苍白、浪荡成性的年轻人在弹钢琴，另一位疲惫不堪的老头儿在拉小提琴，还有一个吹萨克斯管的，吹出的音符混杂无序。咖啡厅异常拥挤，看似没有一张空桌子。但是，老板看出我们是肯花钱的主儿，

1　巴黎的一家咖啡馆–音乐厅（Cabaret），位于第九区。它在1890年至1920年达到其鼎盛时期。演出以华丽的服装、堂皇的排场以及异域风情著名，并时有裸体表演。

便粗暴地把一对男女赶到另外一张已经坐了人的桌子那边去，然后安排我们坐下。被推搡着离开的两位客人心里很不舒服，说了一些我们的坏话。许多人都在跳舞，有帽子系有红色绒球的水手，还有不三不四的男人（他们大都戴着帽子，脖子上戴有方巾），有半老徐娘，也有青春少女，一个个都化着眼妆（她们头上都没戴配饰），穿着短裙和花罩衫。舞伴的搭配也杂乱无章——有大男人和微胖的小男孩结对跳舞，小男孩化着浓艳的眼妆；还有相貌丑陋又枯瘦的女人和染了头发的胖女人结对跳舞。封闭的房间里弥漫着烟酒味和汗臭味。音乐没完没了，满是臭汗的乌合之众也跳个不停，汗水在他们的脸上闪烁着，表情严肃、紧张，令人不悦。男客中有几个大块头的粗暴的人，其余都身材矮小，营养不良。我看着正在演奏的三个人。他们的弹奏是如此机械，可称得上是机器人了。我问自己是否可能有那么一刻，在刚刚开始时，他们曾经心怀梦想，梦想着自己有朝一日会成为音乐家，吸引人们从很远的地方专程赶过来，为他们鼓掌。即使小提琴拉得不好，也要不断地学习、练习啊！难道那位小提琴手费尽心思，只为在这样肮脏糟糕的环境中，为人们演奏狐步舞曲，一直到次日凌晨吗？后来，音乐停止了，弹奏钢琴的人用一块脏兮兮的手帕擦了擦脸。舞者们回到自己的座位上，或无精打采，或歪歪斜斜，或羞愧难当。突然我们听到了一声叫喊，是美式英语：

“我的老天爷！”

只见房间的另一端一个女人从桌子旁站了起来。和她坐在一起的男人想拦住她，却被她推到一边。然后，她就摇摇晃晃地走了过来。她近乎喝醉了，走到我们的桌子旁边，站在我们面前，身体有点晃，咧着嘴傻笑。她似乎发现我们这几个人很好笑似的。我看了看我的同伴们。伊莎贝尔茫然地看着她；格雷皱着眉，面露愠色；拉里诧异地盯着她，好像不敢相信自己的眼睛一般。

“你们好。”那女子说道。

“原来是索菲。”伊莎贝尔说。

“你把我当成谁了？”索菲咯咯地笑道。她一把抓住身边经过的侍者。“文森特，去给我拿把椅子来。”

“你自己去拿。”侍者挣脱开她的手，说道。

“脏畜生。[1]”她叫道，朝他啐了一口。

“别担心，[2]索菲，这儿有一把椅子。”一个油头粉面的大胖子说道，那家伙就坐在我们旁边，只穿着一件衬衫。

“完全没有想到会在这儿遇到你们，”她说，脚下仍旧站立不稳，“你好，拉里！你好，格雷！”她打着招呼，那个刚刚说话的家伙把椅子放在她后面，她跌坐在椅子上。“来，我们一起干一杯。老板！[3]”她尖叫着。

我注意到老板一直在看着我们，此时闻声走了过来。

“索菲，你认识这些人吗？”他问道，用亲昵的第二人称单数称呼着她。

“闭上你的狗嘴，[4]”她醉醺醺地笑着说，“他们都是我儿时的玩伴。我要为他们买一瓶香槟酒。你可不要把马尿给我们拿来。拿酒来，那种不让我们作呕的酒。”

“你喝醉了，我可怜的索菲。”他说。

“去你的。”

1　原文为法语。

2　原文为法语。

3　原文为法语。

4　原文为法语。

老板走了，非常高兴卖出了一瓶香槟酒——我们为了安全考虑，一直在喝白兰地酒和苏打水——索菲盯着我呆呆地看了一会儿。

“怎么不把你的朋友介绍给我，伊莎贝尔？”

伊莎贝尔告诉了她我的名字。

“噢，我记得，你曾经来过芝加哥。一板一眼的那个，对吧？”

“可能是吧。”我笑道。

我不记得她了，但是这也并不令人惊讶，因为我已经有十年没有去过芝加哥了，而且从那以后我遇到了许许多多的人。

她个头很高，由于瘦，站在那儿显得更高。她上身穿着一件鲜绿色的丝绸衬衫，但是衬衫皱巴巴、脏兮兮的，下穿一条黑色的短裙。她的头发剪得很短，很明显染成了棕红色，松散的卷发又蓬又乱。她的妆容骇人，胭脂从脸颊一直涂到眼部，蓝色的眼影打在眼睑周围，眉毛和睫毛涂着厚重的睫毛膏，嘴唇上涂着猩红色的口红。她涂了指甲油的手很脏。在那里的所有女人里，她看起来是最放荡的。我怀疑她不只是喝醉了，而且还吸了毒。但是不可否认的是她的身上确实有股狐媚；她风流婉转地高昂着头，一副唯我独尊的样子，糟糕的妆容使她闪亮的绿眼睛愈加凸显。她酩酊大醉，且有一种厚颜无耻的放荡，可以想象得到她颇得下流男人的心。此时，她冲着我们冷笑了一声。

“看来，你们都不太高兴见到我。”她说。

“我听说你在巴黎了。”伊莎贝尔胆怯地说，脸上露出冷冰冰的笑容。

“你应该给我打电话的，你的通信录上有我的电话。”

“我们也是刚到巴黎。”

格雷赶忙前来解围，问道：

“索菲，你在这里过得好吗？”

“挺好的。格雷，你破产了，是吗？”

格雷一听，脸一下子涨得通红。

“是的。”

“你真倒霉。我猜芝加哥现在也不好过。还好我逃了出来。天哪，那个浑蛋怎么还不把酒拿上来？”

“他就来了。”我说，我看到侍者端着一个托盘穿梭于餐桌之间，托盘上是玻璃杯和酒。

我的话引起了她对我的注意。

“我亲爱的婆家人把我赶出了芝加哥，说我毁了他们的名声。”她狂笑不止，“我是个侨居国外靠汇款生活的人。”

香槟来了，而且斟好了。她用颤抖的手端起一杯到嘴边。

“去他妈的老顽固。”她说。她干了那杯酒，然后盯着拉里，“拉里，你好像没怎么说自己。”

拉里面无表情地看着她。自从她出现，他的眼睛从未从她的身上移开过。此时听到她的话，便冲她亲切地笑了。

“我不是一个善于言谈的人。”他说。

音乐又重新响起了，一个家伙出现在我们面前。他身材高大，体格健壮，鹰钩鼻高挺，头发乌黑透亮，嘴大唇厚。他看起来像是邪恶的萨沃纳罗拉[1]。与房间里大多数的男人一样，他的衬衫没有领子，紧身的上衣扣子全部扣得死死的，显出他腰部的线条来。

“来吧，索菲。我们去跳舞。”

1　多明我会修士，佛罗伦萨宗教改革家。从1494年到1498年担任佛罗伦萨的精神和世俗领袖。他以反对文艺复兴艺术和哲学，焚烧艺术品和非宗教类书籍，毁灭被他认为不道德的奢侈品，以及严厉的布道著称。他的布道往往直接针对当时的教皇亚历山大六世以及美第奇家族。

“走开，我忙着呢。你没看见我和朋友们在一起聊天吗？”

“我才不管你朋友不朋友呢。[1]去他妈的朋友们吧。你跟我跳舞去。”

他拉起她的胳膊，但是，被索菲迅速甩开。

“别管我，浑蛋。[2]”她突然暴躁地吼道。

“狗屎。[3]”

“癞蛤蟆。[4]”

格雷不明白他们在说什么，但是我看到伊莎贝尔却能完全理解，奇怪的是，大多数品行端正的女子对这些猥亵的言辞有天然的领悟力，一听即懂。这时，只见她沉下脸，蹙起眉，显示出厌恶的表情。那个男人抬起胳膊，张开他那长满老茧的工人的手，眼看就要扇在索菲脸上，这时格雷从椅子上抬起身子。

“找死啊！[5]”他用蹩脚的法语口音叫喊道。

这个男人停下来，狠狠地瞪了格雷一眼。

“当心点，可可，”索菲苦笑着说，“他会毫不留情地把你放倒。”

这个男人忌讳格雷的身高、体重和力量，不满地耸了耸肩，朝我们丢下一句脏话就溜走了。索菲醉醺醺地咯咯笑个不停。除了她之外，我们都沉默着。我为她重新斟满酒杯。

“拉里，你住在巴黎，是吗？”她喝光酒之后，问道。

“目前是的。”

1 原文为法语。

2 原文为法语。

3 原文为法语。

4 原文为法语。

5 原文为法语。

和一个喝醉的人交谈总是很困难，不可否认的是，没喝酒的人处于不利地位。我们继续交谈了一会儿，气氛沉闷、尴尬。后来，索菲把她的椅子往后一推，说道：

“如果我再不回到我男朋友身边，他会像地狱中的恶魔一样愤怒。他就是一个板着脸的畜生，但是天哪，他床上的功夫甚是了得。”她说着，摇摇晃晃地站起来，“再见了，伙伴们。再来啊，我每晚都在这里。”

她挤进跳舞的人群，然后不见了踪影。看到伊莎贝尔经典的冷若冰霜的蔑视的表情，我差点笑出声来，有好一阵，我们谁也没说话。

“这是个污秽的地方。”伊莎贝尔突然说，“我们走吧。”

我付了我们的酒水钱，也为索菲的香槟酒埋了单，然后我们就匆匆地走出咖啡馆。人们还在拥挤的舞池里跳个不停，我们一言不发地离开了。时间已经过了凌晨两点，我觉得应该上床睡觉了，但是格雷说他肚子饿了，所以我建议到蒙马特尔的格拉夫饭店去吃点东西。一路上我们都很沉默。我坐在格雷旁边，为他指路，一直把车开到装潢得很花哨的饭店前。那里饭店的露台上还坐有一些顾客。我们走进去，点了些培根、鸡蛋和啤酒。伊莎贝尔（至少在表面上）已经恢复了平静，她连讽带刺地对我表示祝贺，祝贺我竟然和巴黎那些藏污纳垢的地方有来往。

“是你自找的。”我说。

“反正我玩得非常高兴，度过了一个美好的夜晚。”

“该死的，”格雷说，“真恶心。还有索菲。”

伊莎贝尔满不在乎地耸了耸肩。

“你完全不记得她了吗？”她问我，“你第一次到我们家吃晚饭时，她就坐在你旁边。她那时头发还是天然的浅棕色，还没有染成现在的这种糟糕的红色。”

我回想了一下当时的情景，记起了一个不大的小姑娘，一双近乎绿色的蓝眼睛，她歪着头的样子很迷人。虽然不漂亮，但是很清爽、坦率，腼腆中带有一丝傲慢，让人觉得很有意思。

“我当然能记起来。我当时喜欢她的名字。我有一个姨妈也叫索菲。”

“她嫁人了，那个人叫鲍勃·麦克唐纳。”

“那小伙子很不错的。”格雷说。

“他是我见过的长得最帅气的小伙子之一。我永远也不明白他看上索菲什么了。我结婚不久，她也结婚了。她的父母离异，母亲改嫁给了一个在中国工作的美孚石油公司的工人。她和她父亲一起住在麻汶，我们过去经常见面。但是，她结婚之后，不知为什么她很少与我们交往了。鲍勃·麦克唐纳是一个律师，但是他挣的钱并不多。他们住在城北一栋没有电梯的公寓套房里。不过，这也没什么。他们不想见任何人。我从没有见过两个人彼此爱得如此疯狂。甚至在他们结婚两三年且有了一个孩子之后，去看电影时，他用手臂环着她的腰，而她把头依偎在他的肩膀上，就像热恋中的情侣一样。他们在芝加哥曾经一度成为人们谈笑的话题。”

拉里听着伊莎贝尔说的话，但是没有做任何评论。他的表情令人难以捉摸。

“后来怎么样了？”我问。

“一天晚上，他们带着孩子，驾驶着自家一辆小敞篷车返回芝加哥。他们经常把孩子带在身边，因为他们没有任何帮手。索菲所有事情都亲力亲为，不管怎么说，他们很疼爱自己的孩子。一群酒鬼开着大轿车以每小时八十英里的速度和他们的车迎面相撞。鲍勃和孩子当场死亡。索菲被撞成了脑震荡，断了一两根肋骨。大家想尽千方百计不让她知道鲍勃和孩子已经死亡的消息，但是最后还是把实情告诉了她。据说，当时的情景简直糟透了。她几乎疯掉了，哭天喊地，声音足以把房子震塌。他们必须夜以继日地守护着她，有一次，她差点儿跳楼自杀。当然我们已经竭尽全力，但是她好像很憎恨我们。她从医院出来之后，又被送进疗养院，在那里疗养了好几个月。”

“可怜的人儿。”

“没有了别人的监管，她就开始酗酒，她喝醉了之后，谁要她，她就和谁上床。这对她的公婆来说太可怕了。他们都是善良低调之人，非常憎恨她的丑恶行为。刚开始我们都尽力去帮助她，但是无济于事；如果你请她去吃晚饭，她会醉醺醺地应约，而且很有可能晚宴还没结束就已经喝得烂醉。后来她和那些残渣余孽混在一起，我们没有办法，只好与她断绝了来往。一次，她因醉酒驾驶被捕，车上还有一个人，是她在地下酒吧勾搭上的拉丁佬，结果发现那个男人竟是警方通缉的逃犯。”

“但是她依靠什么生活呢？”我问。

“有鲍勃的保险赔偿金，肇事的车主上了保险，她从那儿得了些钱。但是这点钱维持不了多久。她花钱如流水，不到两年的时间，她就身无分文了。她的祖母不让她回麻汶去。后来她的婆家人说，如果她能离开到国外生活，就给她邮寄生活费。我猜想，她现在就是靠这笔钱度日吧。”

“这真是风水轮流转啊！”我评论道，“想当初，我们国家将害群之马流放到美国，而如今你们美国把害群之马送到了欧洲。”

“我不禁为索菲感到难过。”格雷说。

“是吗？”伊莎贝尔冷静地说，“我不这么认为。当然，那着实是突如其来的打击，而且没有人能像我一样对索菲感同身受。我们一直心灵互通，但是个正常人都能从那样的事情中恢复过来。她身心崩溃，那是因为她堕落的性格。当然，她天生就不是一个身心健全的人；甚至连她对鲍勃的爱都太夸张了。如果她有骨气，就应该振作起来，继续生活下去。”

“如果，如果，如果！如果能当锅用，补锅匠就喝西北风了。人和人是不同的。伊莎贝尔，你太苛求了吧？”我低声抱怨着。

“我不这样认为。这是人之常情，而且我认为没必要对索菲唏嘘伤感。天晓得，我为格雷和孩子付出了那么多，没有人比我更爱他们。如果他们在车祸中身亡，我应该会发狂。但是早晚有一天，我会控制自己的情感，振作起来。格雷，你是愿意让我重新振作起来，还是更想让我每晚喝得烂醉，然后跟巴黎的浑蛋们随便上床？”

格雷的回答很精妙，可以说是我听到他说过的最幽默的一段话：

“当然了，我更希望你穿着莫利纽克斯礼服跳进我的火葬堆殉葬，但是因为这是不可能实现的，我猜你能做得最好的事情就是打桥牌了。而且我希望你记住，在少于三点五到四个快速赢墩的情况下，不要去打无主牌。”

伊莎贝尔对她丈夫和孩子的爱虽然很真挚，但是不够强烈。此刻不是我向伊莎贝尔指出这个事实的最佳时机，所以我只好作罢。也许她看出了我的心思，因为她跟我说话时带有几分挑衅。

“你有什么高见？”

“我和格雷一样，为那个女孩感到难过。”

“她不是一个女孩了，她已经三十岁了。”

“我想当她的丈夫和孩子身亡的时候，对她来说就是到了世界的尽头。我猜她并不在意自己会变成什么样子，她甚至为了去适应这个对她如此残酷的世界，不惜堕入可怕的酗酒和淫乱中。她本来生活在天堂，当她失去了天堂之后，又无法忍受平凡人的平凡世界。于是，绝望把她拖进了地狱。可以想象得出，既然她喝不到天界的玉液琼浆，那她甘愿去喝厕所的小便。”

“你说的那种事情只会出现在小说里。完全是无稽之谈。索菲滚入阴沟是因为她喜欢这样。别的女人也有失去丈夫和孩子的，谁也没有像她这样。那场车祸不是让她变得邪恶的原因。邪恶不是来源于善良。邪恶是本来就存在的。那起车祸打破了她的防备，给了她自由，让她露出本性。不要再怜香惜玉，浪费你的同情心了；实际上，她本来面目就是如此，现在是这样，过去也是这样。”

在这段时间里，拉里一直保持着沉默。他似乎在沉思，看得出他几乎没有听到我们正在说什么。伊莎贝尔的话说完之后，一时没有人开口。后来，拉里开始说话了，声音奇怪而又嘶哑，好像不是在和我们说话，而是在自言自语，眼睛似乎穿越时空，看到了那如烟似梦的过去。

“我记得她当时是十四岁，长长的头发从额头梳到脑后，在脑后打了一个黑色的蝴蝶结，她脸上有一些雀斑，表情严肃。那时，她是一个谦逊、高尚、有理想的孩子。只要能得到的书，她都会去阅读，我们常常在一起谈诗论赋。”

“什么时候呀？”伊莎贝尔眉头微微皱起，问道。

“噢，那时候你和你的母亲一起出去社交了。我过去常常去她的祖父家里，我们就坐在他们家的一棵大榆树下面读书，有时我读给她听，有时她读给我听，她爱诗，而且自己也写了很多诗。”

“很多那个年纪的女孩都会写诗，写的都是些难登大雅之堂的歪诗。”

“当然，那是很久以前的事了，那时候，我对诗也不太懂，很难分出优劣。”

“那时，你最多也不过十六岁吧。”

“当然了，她的诗都是模仿之作，大多是模仿罗伯特·弗罗斯特[1]的诗。但是我觉得对于那么小年纪的女孩儿来说，能把诗写成那样，也是不同凡响的。她耳聪目明，写的诗很有韵律感。她能听到乡野间的声音，嗅到乡野的气味，她能感受到春风里的那一抹温柔，闻到久旱逢甘霖的泥土气息。”

“我从不知道她还会写诗。”伊莎贝尔说。

“她保守着这个秘密，她怕你们都嘲笑她。她很羞涩。”

“她现在可是不知羞耻二字了。”

“当我从战场归来的时候，她几乎已经长大了。她读了许多关于工人阶级现状的书，而且她自己在芝加哥也目睹了当时的现状。她能够解读卡尔·桑德堡[2]的诗，能够用自由体恣意地书写贫民的苦难和工人阶级受到的盘剥。我想这个话题已经是老生常谈了，但是她的诗非常真挚，显示出她的同情和抱负。那时，她想成为一名社会工作者。她的奉献精神令人感动。我发现她很有能力，明事理，不无病呻吟，能让人感受到她美好纯净和崇高的灵魂。我们在那一年里经常见面。”

可以看出，伊莎贝尔听着他的话，越来越愤怒。拉里没有意识到他

1　罗伯特·弗罗斯特（1874—1963），二十世纪最受欢迎的美国诗人之一。他的诗歌从农村生活中汲取题材，与十九世纪的诗人有很多共同之处，相比之下，却较少具有现代派气息。他曾赢得四次普利策奖和许多其他的奖励及荣誉，被称为“美国文学中的桂冠诗人”。

2　卡尔·桑德堡（1878—1967），美国诗人、历史学家、小说家、民谣歌手、民俗学研究者，曾获三次普利策文学奖，其中两次为诗歌，被誉为“人民的诗人”。

说的每一个字都像匕首在她受伤的心脏上搅动。不过，轮到伊莎贝尔说话时，她依旧保持着微笑。

“她怎么会选择你作为她的知己呢？”

拉里充满信任地看着她。

“我也不知道。你们都是富有之人，她是一个穷家女，而我不属于你们富人之列。我到麻汶，只是因为纳尔逊叔叔在那儿行医。我猜她感觉那让我们有了一些共同点吧。”

拉里没有亲人。我们大多数人至少有堂兄妹、堂姐妹或者表兄弟、表姐妹，虽然可能几乎不了解，但是至少给了我们一种归属感，让我们感到自己是这个大家庭的一部分。拉里的父亲是独生子，母亲是独生女；他的祖父是一个贵格会教徒，年纪轻轻就在航海中遇难了，他的外祖父没有兄弟姐妹。在这个世界上，没有人比拉里更孤苦伶仃了。

“你就没想过索菲爱上你了吗？”伊莎贝尔问。

“好吧，她爱过。”拉里笑道。

“当拉里作为一个负伤的英雄，从战场回来的时候，芝加哥一半的女孩都疯狂地爱上了拉里。”格雷直率地说。

“索菲不只是爱慕你。她崇拜你，我可怜的拉里，她的感情你难道毫无察觉吗？”

“我确实不知道，而且我也不相信。”

“我认为你把她想得太高尚了。”

“我依然能看到那个瘦弱的女孩，扎着蝴蝶结，依然能看到她一脸严肃地朗读济慈的颂歌时，那颤抖的声音和夺眶而出的泪水，因为济慈的诗真是太美了。我想知道那个小女孩今在何处。”

伊莎贝尔有些惊诧，满腹狐疑地瞥了拉里一眼。

“时间太晚了，我累得都不知道如何是好了。咱们走吧。”

三

第二天傍晚，我乘坐蓝色的火车[1]去往里维埃拉，两三天之后去安提比斯看望艾略特，跟他说说巴黎的见闻。他看起来气色很不好。蒙特卡蒂尼的疗养并没有像他期望的那么好，而且之后的各种旅行使他精疲力竭。他在威尼斯发现了一个洗礼池，后来去佛罗伦萨购买了他和售家讨价还价才敲定的圣坛用的三幅一联的图画。他非常希望把这些东西及时地安置好，便去了蓬蒂内沼泽，住在一家破旧的小客栈，那里热得让人难以忍受。他购买的那些名贵艺术品要很长时间才能运到，但是他下定决心，不达目的决不离开，于是继续留在那里。最后，当他看到所有的一切都井然有序了，非常开心。见到我，他骄傲地向我展示自己拍的照片。这个教堂虽小，但很有气派，内部装饰华丽而不张扬，正是艾略特高雅情趣的证明。

“我在罗马见到了早期的基督教石棺，非常喜欢，斟酌了很久要不要买，但是最后想了想，还是不买为好。”

“艾略特，你怎么想起要买一口早期的基督教石棺了呢？”

“是买给我自己用的，我亲爱的朋友。这具石棺设计非常精巧，而且我想它正好与入口另一边的洗礼池相配，但是这些早期的基督教徒都是一些矮胖之人，应该不太适合我。我可不愿在最后审判日号角吹响时，两腿弯曲，下巴抵到膝盖，像个胎儿一样躺在那里，那种姿势太不

1　从加来到里维埃拉的区间车。

舒服了。”

我笑了，但是艾略特是认真的。

“我有一个更好的主意。我做了所有的安排，中间会有一些困难，但是这些困难都是意料之中的。我死后，把我埋葬在祭坛前方，就在圣坛台阶底下。这样，当那些蓬蒂内沼泽地的可怜的农民前来领受圣餐时，他们将会用他们沉重的皮靴踏过我的遗骨。很雅致，你觉得呢？那儿只放一块普通的铺路石板，上面刻上我的名字和两行生卒年月，还要刻有‘Si monumentum quaeris, circumspice’[1]，意思是：如果你想要寻找他的墓碑，环顾四周，你就会发现。”

“艾略特，我确实知道一些拉丁语，不用你翻译，能理解这些陈词滥调。”我尖刻地说。

“我祈求你的原谅，我亲爱的朋友。我太习惯于上流阶层的愚昧无知，我忘记了刚刚我是在和一个作家说话。”

他嘴上不饶人，占了我的便宜。

“但是我想跟你说的是，”他继续说道，“在我的遗嘱里，我所有的注意事项都写清楚了，但是我想让你当监督人。我可不愿意和那些退休的上校和法国的中产阶级一起葬在里维埃拉。”

“当然，我会照你的意旨去办。艾略特，但是我认为你不必为多年之后发生的事这么精细考虑。”

“上了年纪，你知道的。而且，说实话，我不会因为离世而伤感。兰多[2]的那些话是怎么说的来着？‘我双手烤着……’”

1　英国皇家学会会长、天文学家和著名建筑师克里斯托弗·雷恩爵士（Sir Christopher Wren，1632—1723），在他设计的圣保罗大教堂门口的墓碑上刻有拉丁文的结束语。

2　沃尔特·萨维奇·兰多，或译为沃尔特·萨维奇·兰德（1775—1864），英国诗人和散文家。

虽然我对文字的记忆很差，但是这首诗很短，我能够背下来。

我和谁都不争，和谁争我都不屑；
我爱大自然，其次就是艺术；
我双手烤着生命之火取暖；
火萎了，我也准备走了。

“就是这几句。”他说。

我不由得这样想，艾略特用这首诗来形容他自己，实在是太牵强，想象力过于丰富了。

“这首诗准确无误地表达了我的想法，”他说，“然而，我唯一需要补充的就是我只涉足欧洲的上流社会。”

“把你的人生阅历浓缩成四句诗不是易事。”

“社交界一片死气沉沉。我曾经憧憬美国能够取代欧洲的位置，创造一个众民推崇的贵族阶层，但是经济的衰退摧毁了所有实现的可能性。我可怜的国家正在变成无望平庸的国度。说出来，你可能不会相信，我亲爱的朋友，上次我在美国的时候，一个出租车司机竟然和我称兄道弟。”

虽然里维埃拉依然因一九二九年的大崩溃而惊魂未定，不复从前的模样，但是艾略特还是持续不断地举办宴会、参加宴会。他未曾与犹太人交往过，只有对罗斯柴尔德一家是个例外。但是话又说回来，最盛大的聚会常常是这些上帝的选民举办的，只要有宴会，艾略特就恋恋不舍，非去参加不可。他游走于这些聚会中，优雅地与他人握手、亲吻，但是表情却是愁苦、超然，就像是流亡的皇族混杂在平民中，略显尴尬。然而，这些真正的流亡皇族却玩得不亦乐乎，似乎他们最大的抱负就是结识电影明星。当时有一种风气，就是把演艺界的演员们纳入了社交圈，艾略特着实觉得不妥。但是，一个退休的女演员在他家附近建造了豪华的住宅，并且广延宾客。内阁部长、公爵、阔太太都到她府上，一住就是几周。艾略特也成了其中的常客。

“当然了，她的客人形形色色、鱼龙混杂。”他告诉我说，“但是如果你不喜欢和他们交流，可以不去理会他们。毕竟我们是美国同胞，我觉得我应该帮助她。如果住在她家的法国宾客发现有人和他们说同一种语言，一定会如释重负。”

有时候，很显然他的身体不太好，我就会劝他放松一下，少参加一些社交活动。

“我亲爱的朋友，我这个年纪是承受不了掉队的后果的。我跻身上流社会快五十年了，这个道理我还是明白的；如果你在重要的场合不露面，你就会被遗忘。”

真不明白他是否意识到自己的这一番自白有多么可悲。我再也没有心思去嘲笑艾略特了；他在我眼里，成了一个极其可怜的人物。他为交际而活，为宴会而呼吸，无人问津是一种侮辱，形单影只是一种伤害，而且，现在人已经老了，愈加害怕被冷落。

夏季飞逝而过。艾略特行色匆匆，从里维埃拉的一端赶到另一端，在戛纳吃午饭，又跑到蒙特卡洛吃晚饭，充分利用他的聪明才智来适应这里的一场茶会和那里的一场鸡尾酒会。无论他有多么疲惫，他都会尽力表现出一副友善、健谈、有趣的样子。他知道各种八卦，对于新近发生的丑闻的各种细节，除了当事人，得数他了解得最清楚。假如你说他这样的生活毫无意义，他会一脸惊愕地看着你，觉得你是一个令人忧虑的卑贱粗俗之人。

四

秋天来了，艾略特决定去巴黎住一段时间，一部分原因是去看看伊莎贝尔、格雷，还有他们的孩子过得怎么样，还有一部分原因是他所说的在首都的《青蛙乐团》[1]。然后，他想去伦敦定制几件新衣服，顺便去看望一下老朋友。我原计划是直接去伦敦，但是他邀请我和他一起开车去巴黎。这样的安排不会对我造成不便，我就欣然同意了。既然如此，我想我至少可以在巴黎小憩几天。我们整段旅途也比较从容，遇到有美食的地方就停下来享受醇香美味。艾略特的肾脏有些问题，除了维希矿泉水之外什么都不能喝，但是他经常坚持为我挑选半瓶葡萄酒让我喝。他太温厚了，自己不能享受品酒的快乐，但是丝毫不嫉妒我的快乐，而且从我对美酒的享受之中得到由衷的满足。他太慷慨了，我总是费尽心机才能为自己消费的那部分埋单。他会乐此不疲地跟我讲他过去认识的那些大人物，虽然我觉得他的故事有些无聊，但是这段旅途还是很愉快的。我们开车穿越乡村，初秋的美景妙不可言，使人流连忘返。我们在枫丹白露用了午餐，直到下午才抵达巴黎。艾略特把我送到我那简朴、老式的旅馆，绕过街角去了里兹饭店。

我们之前告知过伊莎贝尔，说我们要来巴黎，所以当我发现一张她在旅馆里留的便条，也就不足为奇了，但是我对便条上面写的内容却吃惊不已：

> 你一到就赶紧过来。大事不好。不要带着艾略特舅舅一起来。看在上帝的份上，快点来。

1　原文为法语。

我也和其他人一样，有着强烈的好奇心，但是我必须洗个澡，换身干净的衣服；整理完毕，我打了辆出租车就去了圣纪尧姆街的那幢公寓。抵达后，我被带到了客厅。伊莎贝尔一看到我就跳了起来。

“你怎么才来？我已经等了你好几个小时了。”

那是下午五点钟，我还未来得及回答，男管家端着茶具走了进来。伊莎贝尔的双手紧握着，不耐烦地看着管家摆茶具。我想象不到发生了什么。

“我刚刚才到。我们在枫丹白露吃的午餐，磨蹭了一会儿。”

“天啊，他摆得也太慢了。真让人抓狂！”伊莎贝尔说。

男管家先把托盘、连同茶壶和糖缸摆好，把茶杯放在桌子上，然后把面包和黄油、蛋糕和曲奇放在旁边，动作慢腾腾，的确令人恼怒。做完这一切，他走出去，随手关了门。

“拉里要和索菲·麦克唐纳结婚了。”

“索菲·麦克唐纳是谁？”

“别装傻了，”伊莎贝尔叫道，她的眼睛里燃烧着怒火，“就是我们在那个肮脏的咖啡馆里遇到的醉婆娘，那个咖啡馆还是你带我们去的。天知道你为什么要带我们去那种地方。那里让格雷恶心。”

“噢，你说的是你芝加哥的朋友？”我说，忽略了她无理的责备，“你怎么知道的？”

“我怎么知道？昨天下午拉里过来亲口告诉我的。之后我就快要疯了。”

“我想你还是坐下来，给我倒杯茶，然后把事情的来龙去脉告诉我。”

“你自己倒吧。”

她坐在茶桌对面，急躁地看着我为自己倒茶。倒完茶，我在壁炉旁的小沙发上舒服地坐了下来。

“最近我们不怎么见面。我的意思是自从我们从迪纳尔回来后，他去迪纳尔待过几天，但是没有和我们待在一起，而是住在一家宾馆里。他过去常常到沙滩上，陪孩子们玩耍。孩子们非常喜欢他。我们还曾去圣布里亚克打高尔夫。有一天，格雷问他是否又见到过索菲。

“‘见到了，见了好几次呢。’他说。

“‘为什么要见她呀？’我问。

“‘她是老朋友啊。’他说。

“‘如果我是你的话，我就不会在她的身上浪费时间。’我说。

“然后他笑了。你知道他是怎么笑的，就像是他认为你说的话非常好笑，虽然事实上一点都不好笑。

“‘但是你不是我。’他说。

“我耸了耸肩，改变了话题。我从未多想。你能想象他过来跟我说他要结婚的时候，我内心有多恐惧吗?

“‘你不能和她结婚，拉里，’我说，‘你不能。’

“‘我会和她结婚，’他说得非常冷静，就像点菜时，决定再要一份马铃薯一样冷静，‘而且我想要你对她友好一点，伊莎贝尔。’

“‘你要求得太过分了，’我说，‘你疯了。她是个坏人，坏女人，坏到极点。’”

“你怎么会这么想呢？”我打断道。

伊莎贝尔看着我，眼睛里闪着愤怒之光。

“她从早到晚一直是醉醺醺的。她和每一个邀请她的恶棍上床。”

“那并不能说明她是一个坏人。很多德高望重的人都会喝醉，喜欢做一些下流的事。这些是坏习惯，就像有人喜欢咬指甲一样。但是我认为还有比这更坏的行为。我觉得那些满嘴谎言、弄虚作假、狼心狗肺的人才能称得上坏人。”

“如果你再为她说话，我就杀了你。”

“拉里是怎么又见到她的？”

“他从电话簿上找到了她的地址。他去看了她。当时她正在生病，这也难怪，她那样折腾自己。他为她找来了医生而且安排了人专门照顾她。故事就这样开始了。拉里说她戒了酒，这个蠢蛋竟然认为他把她的病治好了。”

“你忘了拉里为格雷做了什么吗？难道不是他把格雷的病治好了吗？”

“这不一样。格雷是自己想要被治好。她可没有这种想法。”

“你怎么知道她没有？”

“因为我了解女人。当一个女人像她一样身心崩溃，就会自暴自弃，永远不可能回头。索菲堕落成现在的样子，完全是因为她骨子里就是这种人。你以为她会一直忠诚地爱着拉里吗？当然不会。总有一天她会和拉里分道扬镳。那是她的本性使然。她想要的是畜生、流氓，因为那会让她感到刺激，所以她追求的就是卑鄙无耻之人。她会把拉里置于人间地狱。”

“我认为这很有可能，但是我们也只能望洋兴叹，没有什么好办法。况且，他这是知难而进呀。”

“我是没有什么办法，但是你有。”

“我？”

“拉里喜欢你，而且他听你的。你是唯一一个能影响他的人。你见多识广。去劝劝他，让他不要做傻事，以免毁了前程。”

“他只会告诉我不要瞎操心，他这样说也是合情合理的。”

“但是，你喜欢他呀，至少你对他感兴趣，你不能袖手旁观，眼看着他的生活陷入无望的一团乱麻里。”

“格雷是和他相识最久而且是最亲近的朋友。虽然或许劝也没用，但是我想如果真劝，格雷应该是最佳人选。”

“噢，格雷。”她不耐烦地哼道。

“你知道，结果可能不会像你想象的那么糟。我认识三个朋友，一个在西班牙，两个在东方，他们都娶了妓女，而且她们变成了贤妻良母。她们对自己的丈夫感恩戴德，因为她们的丈夫给了她们安全感。她们知恩图报，为丈夫带来床笫之欢。”

“烦死我了。你觉得我牺牲自己，是要让拉里落入饥渴的女色情狂的手中吗？”

“你怎么牺牲自己了？”

“我放弃拉里唯一的原因，就是我不想成为他前进道路上的绊脚石。”

“得了吧，伊莎贝尔。你放弃拉里的原因是为了一枚正方形的钻石和一件紫色貂皮大衣。”

我的话刚一出口，一个盛着面包和黄油的盘子就朝着我的头飞了过来。我侥幸抓住了盘子，但是面包和黄油落得满地都是。我站起来，把盘子放回到桌子上。

“如果你艾略特舅舅发现你打碎了他的皇家皇冠德比瓷器[1]，他是不会放过你的。这盘子可是为第三代多赛特公爵烧制的，它们几乎是无价之宝。”

1　在英国诺丁汉以西约三十公里的Derby（德比）小镇，是Royal Crown Derby的诞生地。英国著名的瓷都。1890年，维多利亚女王特许这儿的瓷器以“Royal”（皇家）冠名，主要生产日用骨瓷餐具系列和收藏品系列，丰富的色彩和繁复的手工描金一直都是其最为独特之处。

“把面包和黄油捡起来。”她呵斥道。

“你自己捡。”我说着，重新坐回了沙发上。

她站起来，怒气冲冲地捡起落在地上的面包和黄油。

“你还说自己是英国的绅士呢！”她狠狠地叫道。

“你错了，我可从来没有这么称呼过自己。”

“滚出去。我再也不想看见你了。我讨厌见到你。”

“我很抱歉。我反而一直很高兴见到你。有没有人告诉过你，你的鼻子极像那不勒斯博物馆里普塞克[1]石像的鼻子，那是从古至今表现美少女的最佳作品。你精致的双腿修长匀称，我看见时总是不由自主地惊叹，因为当你还是个小姑娘时，你的腿很粗而且不匀称，现在竟然变成纤纤玉腿，太不可思议了。”

“靠坚定的意志和上帝的恩典。”她气鼓鼓地说。

“但是，当然了，你最迷人的地方是你的双手。它们是如此的纤长优雅。”

“我一直以为你觉得我的双手太大了。”

“就你的身高和体重而言，这双手不算大。我经常由衷地感叹你举手投足间无尽的优雅。无论是出于天然还是出于人为，你做的每一个手势，都是在传递美感。它们有时像绽放的鲜花，有时像挥动翅膀的鸟儿，比任何语言都更具有表现力。它们就像埃尔·格列柯[2]的肖像画里主人公的手；实际上，当我看着你的手时，我就想起了艾略特说过的那句话，他说你们家祖上有个人是西班牙的贵族。我之前不信，但是看到你的手，我宁愿相信是真的。”

1 据希腊神话，普塞克是爱神丘比特所钟爱的美人。

2 埃尔·格列柯（1541—1614），西班牙文艺复兴时期著名的幻想风格主义画家。

她生气地抬起头来。

“你在胡说些什么？我怎么没听说过西班牙贵族的事儿。”

我把德劳里亚伯爵和玛丽王后的未婚侍女的事给伊莎贝尔讲了一遍，告诉她那就是艾略特母系一族的先祖。伊莎贝尔一边听着，一边得意地端详着她修长的手指和涂过指甲油的指甲。

“一个人总会有先祖的。”她说。她轻声笑了，然后淘气地看了我一眼，可以看出刚刚的积怨已经烟消云散了，她又说：“你这个讨厌的浑蛋。”

一个女人，如果你只告诉她真情实感，很容易让她讲道理。

“有些时候，我不是真正讨厌你。”伊莎贝尔说。

她走过来坐在我旁边的沙发上，轻柔地挽住我的胳膊，俯下身来想要亲吻我。我赶紧把面颊移开。

“我不会让我的脸沾上口红的。”我说，“如果你想要吻我，就吻我的嘴唇吧，那是慈悲的上帝赋予嘴唇的用途。”

她咯咯地笑了，她把我的头扳向她，将她的丹唇印在我的嘴唇上，在我的嘴唇上留下了一道薄薄的口红痕迹。这种感觉太美妙了。

“你的心意我领了。说吧，想让我做什么？”

“想听听你的真知灼见。”

“我很愿意为你效劳，但是我认为暂时你不会听取我的建议。你唯一能做的事情就是竭尽全力把坏事做成好事，随遇而安，转祸为福。”

火药味又浓了起来，她突然抽回自己的胳膊，站起来，跌坐在壁炉另一边的椅子上。

“我可不会袖手旁观，眼睁睁地看着拉里毁了自己。就算不择手段，我也要阻止他和那个荡妇结婚。”

“你不会成功的。你看，现在吸引住他的是人类最炽热的情感，这种情感动人心魄。”

“你不会是在说他爱上她了吧？”

“不是。爱和这种情感比较起来，无足轻重。”

“嗯？”

“你看过《新约全书》吗？”

“看过。”

“你还记得耶稣是怎么被带到荒地里，被禁食了四十天的吗？就在他饥饿难耐的时候，魔鬼出现了，对他说：‘你若是上帝的儿子，可以下令将这些石头变成面包。’但是耶稣抵挡住了诱惑。接下来，魔鬼又把他放在教堂的尖顶，对他说：‘你若是上帝的儿子，就跳下去吧。因为天使会拖住你，不让你掉下来。’但是耶稣又一次拒绝了。然后魔鬼又把他带到了高山上，将世上的万国都指给他看，而且说如果耶稣愿意下跪膜拜他，他就将这万国的荣华都赐予耶稣。但是耶稣说：‘滚开吧，撒旦。’在心地纯良的马太的记载中，这就是故事的结尾。但是这还不是结局。魔鬼诡计多端，又一次来到耶稣面前说：‘如果你愿意接受羞耻、辱骂、鞭打，戴上荆棘编制的王冠并且被钉死在十字架上，你将会拯救全人类。’因为为了朋友而放弃自己的生命，这是人类最伟大的爱。这次，耶稣中计了，魔鬼捧腹大笑，因为他知道邪恶的人会假借救世主的名义来做坏事。”

伊莎贝尔愤怒地看着我。

“你这段故事到底从什么地方读来的？”

“不是读来的，都是我一时兴起编出来的。”

“我觉得这非常愚蠢，而且是对神灵的亵渎。”

“我只是想暗示你，自我牺牲是一种可以压倒一切的情感，和它相比，色欲和饱腹欲都显得微不足道。它最高程度地证实了人的品性，诱使人走向毁灭。对象是谁都无所谓，可能值得，也可能不值得。没有一种酒如此令人陶醉，没有一种爱如此令人痛苦，没有一种罪恶使人如此不可抗拒。当他牺牲自己的那一刻，变得比上帝更伟大，因为上帝是无限的、万能的，他怎么能牺牲自己呢？充其量他只能牺牲他自己唯一的儿子。”

“哦，天啊，你真令人厌烦。”伊莎贝尔说。

我没理会她，接着往下讲。

“现在拉里就是受制于如此强烈的情感，你认为和他讲道理或让他审慎行事还能影响他吗？这些年他一直在追寻什么，你毫不知晓。我也不知道，我只能猜出几分。这么多年的辛勤付出，长时间的经验积累，所有的这些在与他的愿望相比时，都变得不值一提了。噢，这不只是一种愿望，而是一种迫切的渴求，他要去拯救那个他认识的女人的灵魂，这个女人过去曾是纯真女孩，而现在是个荡妇。我想你是正确的，他正在做一项无望的工作；因为他过于注重情感，他的身心将受到邪祟的折磨；无论他毕生的追求可能是什么，都将停滞不前。卑鄙的帕里斯一箭射中了阿喀琉斯之踵[1]，将他杀死。拉里恰恰缺乏那种冷酷，而这种冷酷，即使是圣徒为了修成正果，也是必不可少的。”

“我爱他，”伊莎贝尔说道，“上帝知道，我对他无所求，无所图。没有人能像我一样这么无私地爱着他，而他就要过上暗无天日的生活。”

说完，她开始哭泣。我想哭出来可能对她有好处，索性就由她哭一会儿。我正漫不经心地出神，一个想法竟跃进我的脑海里，于是揣摩、

1 《荷马史诗》中的英雄阿喀琉斯，是凡人珀琉斯和美貌仙女忒提斯的儿子。寓言里说其能刀枪不入，但脚踵是最脆弱的地方，后来，阿喀琉斯被帕里斯一箭射在脚后跟而身亡。

玩味了起来。我只能猜测那个恶魔，看着基督教徒挑起的残酷的战争，教徒与教徒之间进行的那些迫害、摧残，看到人世间的冷酷无情、虚情假意、狭隘偏执，肯定是在自鸣得意，而且当他忆起基督教给人类加以原罪的痛苦负担，使美丽的星空黯然失色，给世人及时行乐的心里投下一道邪恶的阴影。魔鬼一定会一边窃笑，一边低语："承认吧，魔鬼也有优点。"

随后，伊莎贝尔从她的包里拿出一条手帕和一面小镜子，照着镜子小心翼翼地擦拭着眼角的泪水。

"难道你没有一丝同情之心吗？"她恶狠狠地说。

我若有所思地看着她，但是没有回答。她往脸上擦了擦粉，在嘴唇上涂了个口红。

"你刚才说你猜出几分他这些年的追求。你这是什么意思？"

"我只能猜测，你知道，这种猜测也有可能是完全错误的。我觉得他一直在找寻一种哲学思想，或者可能是一种宗教信仰，一种能让他身心都得以满足的生活准则。"

伊莎贝尔沉思片刻，然后叹了口气。

"你不觉得一个伊利诺伊州麻汶镇的乡下男孩有这样的一种想法很奇怪吗？"

"路德·伯班克[1]出生在马萨诸塞州的一个农场，却培育出了无核橘；亨利·福特[2]出生在密歇根州的一个农场，却发明了轻快小汽车。与他们相比，拉里有这样的想法，也就不足为奇了。"

"但是路德·伯班克和亨利·福特所做的都是很实际的事情，与美

1　路德·伯班克（1849—1926），美国园艺家。

2　亨利·福特（1863—1947），美国汽车工程师与企业家。

国的传统相吻合。”

我笑了。

“在这个世界上，还有比学会如何生活得最好更实际的事情吗？”

伊莎贝尔做了一个慵懒的姿势。

“你不想彻底失去拉里吧，对吗？”

她点头称是。

“你知道拉里是个重情之人：如果你和他的妻子之间没有任何联系，他和你之间也就不再有来往。如果你明智一点儿的话，就应该去和索菲交朋友。你要不计过往，尽可能地对她友善。她就要结婚了，想来得买几件衣服，你为什么不主动提出陪她一起去买呢？我想她一定会欣喜若狂的。”

伊莎贝尔眯着眼听我说话，似乎是在全神贯注地听。听完我说的话，她沉思了一会儿，但我猜不出她在想什么。接下来，她说的话让我很是震惊。

“你能不能出面邀请她吃午饭？我昨天对拉里说了那些话之后，再邀请她似乎有点尴尬。”

“如果我邀请了，你会好好表现吗？”

“我会表现得像光明天使一般。”她回答道，绽放出天使般的迷人微笑。

“我马上组织。”

房间里有一部电话。我很快找到了索菲的电话号码，用法国的电话必须要学会耐心地等待，在一段常有的延迟之后，我接通了她的电话，告知了自己的姓名。

“我刚到巴黎，”我说，“听说你要和拉里结婚了。我想对你表示庆贺，希望你们幸福。”伊莎贝尔就站在我身边，狠狠地掐了我一把，疼得我差点儿叫出声来。“我在这儿只做短暂停留，不知道你和拉里后天能不能来里兹饭店和我一起共进午餐。到时候我还会邀请格雷、伊莎贝尔还有艾略特·坦普尔顿一起去。”

“我问下拉里。他现在在这里。”暂停了一会儿，“好的，我们很高兴前往。”

我约定了时间，讲了几句客套话，放下了电话。这时，我从伊莎贝尔的眼睛里捕捉到一种神情，这种神情让我有些不安。

“你在想什么？”我问她，“我不是很喜欢你现在的神情。”

“我很抱歉，我原以为你非常喜欢我这种神情呢。”

“伊莎贝尔，你没有在密谋一些恶毒的计划吧？”

她一听，瞪大了眼睛。

“我保证我没有。事实上我特别好奇索菲现在的样子，毕竟拉里重塑了她。我只希望她来里兹饭店的时候不要涂成恐怖的面具脸。”

五

我组织的小宴会进行得还不算太糟。格雷和伊莎贝尔是最早到的；五分钟之后，拉里和索菲·麦克唐纳也到了。伊莎贝尔和索菲亲切地互吻了对方之后，伊莎贝尔和格雷对她的婚事表示了祝贺。寒暄间，我看到伊莎贝尔飞速地将索菲扫视了一遍。索菲的样子让我大为震惊。我那时在拉白路耶家下等咖啡馆见到她时，她化着骇人的妆容，头发染成了红色，穿着亮绿色的外套，虽然她看起来放荡不羁而且烂醉如泥，但是她的身上有一种撩人的特质，甚至可以说是一种骚劲；现在她看起来有些无精打采，虽然她比伊莎贝尔小一两岁，但是样子却比伊莎贝尔老很多，她依然傲然翘首，但是现在，不知为何，却看起来招人可怜。她的头发正在恢复本来的颜色，任由那已经烫染过的头发和没有烫染过的头发杂乱在一起，显得有些邋遢。除嘴唇上有一抹红色之外，她几乎完全是素颜。她的皮肤很粗糙，脸色是那种不健康的苍白。我记得她的眼眸曾经是灵动的绿色，但是现在却苍白、灰暗。她穿着一身红色的裙子，新崭崭的，还配了红色的帽子、鞋子和背包；对于女装，我不敢说完全了解，但是我有一种感觉，相对于这个场合，她穿得太花哨、太过讲究了。她的胸前戴着一件艳丽的人造宝石首饰，就像是在雷奥里路买的那种大路货。而伊莎贝尔却着黑色丝绸衣，颈部挂着一串人工培育的珍珠项链，头上戴着漂亮而别致的帽子。和伊莎贝尔相比，她显得廉价又俗气。

我点了鸡尾酒，但是拉里和索菲不想喝。后来，艾略特来了。穿过开阔的门厅时，他遇到了一个接一个的熟人，于是和他们打招呼，握手，亲吻。看起来他是把里兹饭店当成了自己的私人会所，正在向接受自己邀请的客人深表感谢。他只知道索菲在一场车祸中失去了丈夫和孩子，并且将要嫁给拉里，其他的我们都没有告诉他。当他终于来到我们身边时，他以自己最拿手的那一套礼仪对二位表示祝贺，不慌不忙，亲切高雅。随后，我们走进了餐厅。因为我们一共有四个男人，两个女人，所以我安排伊莎贝尔和索菲面对面坐在圆桌旁，我和格雷分别坐在索菲的两侧。桌子很小，大家都能听得清彼此的谈话。午餐已经提前预订好，管酒的侍者把酒单送了上来。

“你一点都不了解酒，我亲爱的朋友，”艾略特说，“把酒单给我，艾伯特。”他一面翻动着酒单，一面说，“我除了维希矿泉水之外什么都不能喝，但是我无法忍受别人喝不好的酒。”

他和管酒的侍者艾伯特是老朋友了，二人经过一番兴致勃勃的讨论之后，把我招待客人的酒决定了下来。然后他转向了索菲，问道：

“亲爱的，你们要去哪里度蜜月呢？”

他瞥了一眼索菲的裙子，然后几乎令人察觉不到地向上挑了一下眉，我看出他并不喜欢那件裙子。

“我们要去希腊。”

“这十年来我一直想去那里，”拉里说，“但是因为某些原因，一直没能实现。”

“每年的这个时间都是那儿景色最迷人的时候。”伊莎贝尔热情地说。

她记得，我也记得，那是拉里想要和她结婚时，答应带她去的地方。对拉里来说，去希腊度蜜月似乎是一种执念[1]。

交谈进行得并不顺畅，如果没有伊莎贝尔的话，这个场面真是难以应付。她表现得精彩绝伦。每当我们的谈话有可能持续不下去，我绞尽脑汁地想出新的话题时，她总能适时捧场，插入些轻松愉悦的话题。我很感激她。索菲几乎不怎么说话，除非有人主动与她交谈，她才勉为其难，说上几句。看上去她失魂落魄，心若死灰。我心想是不是拉里给她的压力太大了，大到她无法承受。我怀疑她之前不仅酗酒，而且还吸毒，现在酒和毒品突然同时戒掉一定会使她近于崩溃。有时我能捕捉到拉里和索菲之间的眼神交流。拉里的眼神充满了温柔和鼓励，而索菲的眼神里却是一种可怜的恳求。可能是格雷敦厚的天性使他能看我所看，想我所想，他开始和她聊起他之前曾经患有头痛病，几乎使他丧失了工作和生活的能力，是拉里为他治愈了头痛病。他还说那时候他非常依赖拉里，现在对拉里依旧心存感激。

1　原文为法语。

“现在我身体特别棒，”他继续说道，“我一有机会，就去找工作做。我广撒网，多捞鱼，希望在不久的将来能找到一份工作。天哪，能重新回到家乡工作，是一件多么美妙的事啊！”

格雷的话是出于好意，但是可能不太注意方法。拉里用暗示法给格雷治病，获得了成功。我猜想，现在他是否也用同样的方法来治疗索菲恶性酗酒吸毒，在我看来，也只有这一条路可走。

“格雷，你现在不再头痛了吗？”艾略特问。

“我已经有三个月没头痛过了，如果我察觉有头痛的征兆，我会握住我的护身符，就会逢凶化吉。”他从口袋里摸出一个古币，那是拉里给他的，“就算给我一百万，我也不会卖了它。”

我们用完午餐，咖啡端了上来。那个管酒的侍者过来，问我们要不要来点烈性甜酒。我们都拒绝了，只有格雷说要杯白兰地酒。当酒送上来时，艾略特坚持要看看。

“行，这酒不错，对你没有一点儿害处，只有好处。”

“先生，你也要来一杯吗？”侍者问。

“哎呀，我现在戒酒了。”

艾略特非常详尽地告诉侍者，他的肾脏有问题，而且他的医生不允许他喝酒。

“一点儿朱波罗卡酒对先生没有害处的。大家都知道这酒对肾脏有益。我们刚从波兰进了一批货。”

“真的吗？这酒现在可是很难搞到手。你拿一瓶来我看一下。”

管酒的侍者是一个身材魁梧而且仪态庄重的人，颈部戴着一条银链子，一听这话，就去拿酒了。艾略特解释说那酒是波兰酿造的伏特加，但是各个方面比伏特加酒更胜一筹。

“当我住在拉德齐维尔斯府上和他们一起狩猎时，常喝这个酒。你可能没看到过波兰的王子们喝这种酒的神态；我毫不夸张地说，他们可以一大杯一大杯地喝而且面不改色。皇亲国戚，这是当然，一举一动都是皇家贵族范儿。索菲，你必须尝一下，你也是，伊莎贝尔。这个机会不容错过。”

管酒的侍者把酒拿来。拉里、索菲和我都抵挡住了诱惑，但是伊莎贝尔说她想要尝一下，我很吃惊，因为她一向酒喝得少，而且她今晚已经喝了两杯鸡尾酒和两三杯葡萄酒。侍者倒出了一杯浅绿色的酒液，伊莎贝尔接过来闻了一下。

“噢，酒香味扑鼻而来啊！”

“是吧？”艾略特高声说道，“那是他们放进去的香草，是香草赋予了这酒如此的醇香。就当陪你喝一杯吧。偶尔一次不会伤害到我的身体。”

“这味道真是绝妙，”伊莎贝尔赞叹不已，“这果真是琼浆玉液。我从未喝过这么好的酒。”

艾略特把杯子举到嘴边。

“噢，它竟把我带回到了从前的日子里！你们没在拉德齐维尔斯家住过，不会了解这种生活的。那种富丽堂皇简直精彩绝伦。你知道，仿佛置身于中世纪的封建社会。一个马车夫驾着六匹马拉着的马车到驿站来接你。而且吃晚饭的时候，每个人身边都有穿着制服的男仆侍奉。”

他惟妙惟肖地描述着那家王府养尊处优的生活，还有肉山脯林的宴会；我有点怀疑艾略特和那个管酒的侍者密谋安排了这出戏，从而给艾略特一个机会，让他来谈论那个王族的气派，炫耀他在王府见识的波兰贵族们纸醉金迷的生活。他滔滔不绝，简直停不下来。

“再来一杯吗，伊莎贝尔？”

“噢，我不敢了。不过这酒真是人间神酒，喝了使人神清气爽。格雷，我们必须要几瓶。”

“我叫人给你们家送几瓶。”

“噢，艾略特舅舅，真的吗？”伊莎贝尔热情地叫道，“你对我们太好了。格雷，你必须尝一下，这酒闻起来就像新割的青草、含苞待放的花朵，像百里香和薰衣草香，味道轻柔。一口喝下去，就像伴着月光听音乐一般舒畅。”

伊莎贝尔喋喋不休地说了这么多，这与平时的她判若两人，我想她也许有些醉了。宴会结束时，我和索菲握手道别。

“你们什么时候结婚？”我问她。

“下下周。我希望到时候你能来参加我们的婚礼。”

“我恐怕那时就不在巴黎了。明天我就要去伦敦了。”

当我和其余的客人道别时，伊莎贝尔把索菲拉到一边，和她交谈了一会儿，然后转向了格雷说：

“噢，格雷，我现在暂时还不打算回家。在莫利纽克斯有一场时装秀，我要带索菲过去，她应该去看一下最新的衣服样式。”

“我很乐意去。”索菲说。

我们就此分手。那天晚上，我带苏珊娜·鲁维埃去吃了晚餐，第二天一早就起程去英国了。

六

两周后，艾略特到达了克拉里奇饭店，他到后不久，我就顺便来看望他。他给自己订了几套衣服，并向我大谈特谈他选衣服的细节和理由。最后，我终于能插上话了，问他拉里的婚礼举办得怎么样。

“婚礼没有举行。”他冷冷地回答。

“你这话是什么意思？”

“就在婚期的前三天，索菲失踪了。拉里到处找她。”

“这事儿真蹊跷！他们吵架了吗？”

“没有，根本不可能吵架。一切准备就绪，就等着举办婚礼了。我本打算在婚礼上把新娘交给新郎。婚礼一结束，他们就乘东方快车去度蜜月。你现在问起来，我认为这反而对拉里更好。”

我猜伊莎贝尔把一切都告诉他了。

“到底发生了什么？”我问。

“嗯，那天我们一起在里兹饭店吃过午饭，伊莎贝尔带索菲去了莫利纽克斯，你还记得索菲穿的那件衣服吗？实在寒酸。你注意到那件衣服的肩部了吗？判断一件衣服做工精良与否，就要看它肩部是否合适。当然了，可怜的索菲，她买不起莫利纽克斯店里的衣服，而伊莎贝尔，你知道她是多么慷慨，毕竟她们从小就认识，伊莎贝尔愿意出钱给她买一套服装，这样她结婚时至少有件像样的礼服。不用说，索菲高兴得手舞足蹈。嗯，长话短说，有一天，伊莎贝尔约她三点钟到她家来，然后两人一起去服装店最后试衣。索菲按时来了，但不巧的是，伊莎贝尔不得不带一个孩子去看牙医，直到四点以后才回来，那时索菲已经走了。伊莎贝尔以为她等腻了就先去了莫利纽克斯服装店了，所以马上赶去了那里，但是到了那儿却发现索菲根本就没去店里。最后，伊莎贝尔没有办法，又回到了家中。那天，他们本打算一起去吃晚饭的。拉里按时来了，伊莎贝尔一见到他，就问索菲在哪里。

“他一脸茫然，连忙给索菲的公寓打了电话，但没有人接，所以他说他要去那里找她。他们尽可能把晚饭延迟，但他们俩谁都没有出现，所以他们只好吃了。索菲在拉普街遇到你们之前，她过的什么日子，你应该很清楚。最为不幸的是，你竟然能突发奇想，把他们带到那种地方去。拉里找了一整夜，她常去的地方都找了一个遍，但怎么也找不到她。他一次又一次回到她的公寓，但看门人说她没回去过。他花了三天时间，一刻不停地寻找她，而她却无影无踪。第四天，他又去了公寓楼找寻，看门人告诉他，她回来了一趟，收拾了一个包，坐上一辆出租车走了。”

“拉里很难过吗？”

“我没见到他。伊莎贝尔告诉我，他相当难过。”

“她没有写信或者留下字条什么的？”

“什么都没有留。”

我沉思了一番，最后问道：

“这事你怎么看？”

“我亲爱的朋友，恐怕就像你所想的那样。她坚持不下去了，又重操旧业，去过那种花天酒地的生活了。”

这是显而易见的，但尽管如此，我还是觉得有些奇怪，她为什么选择那个时候逃走呢？

“伊莎贝尔怎么看这件事？”

“她当然很难过，但她是个理智的女孩，她告诉我，如果拉里娶了这样一个女人，那将是一场灾难。”

“拉里怎么样？”

“伊莎贝尔对他很好。她说，困难的是他不愿提及此事。他会没事的，你知道。伊莎贝尔说他从来没有爱上过索菲，他娶她只是行侠仗义。”

可以看出，在事情发生突变时，伊莎贝尔表现得非常勇敢，但她内心肯定乐开了花。我很清楚，下次见到她时，她一定会说她早就料到这桩婚姻会有这种结局了。

但差不多一年之后，我才再次见到伊莎贝尔。虽然那时我本可以告诉她一些关于索菲的事情，让她深思，但鉴于当时的情况，我根本没心思去做。我在伦敦待到将近圣诞节，然后，直接回到里维埃拉自己的家里，中途未在巴黎停留。我开始着手写一部小说，在接下来的几个月里一直过着闭门谢客的生活，只是时不时可以见到艾略特。显然，他的身体每况愈下。尽管如此，他还是坚持参加社交活动，这让我很心疼。他还是继续举办宴会，要我开车三十英里去参加，而我不想去，这让他很气恼。他觉得我只喜欢待在家里写作，真是太自负了。

“这是一个极其美好、热闹非凡的季节，我亲爱的朋友。”他告诉我，“把自己关在家里与世隔绝，错过外面发生的一切，这简直是一种犯罪。还有你为什么要选择在里维埃拉这种完全过时的地方居住呢？就算我活到一百岁，我也无法理解。”

可怜、可爱又愚蠢的艾略特，他显然活不到那个年纪。

六月份，我已经写好了小说的草稿，觉得自己应该休息一下。所以，我收拾好行李，登上了一艘单桅杆帆船（夏天我们常乘坐这艘船去福斯湾洗海水浴），并沿着海岸向马赛驶去。因为风时起时歇，我们大部分时间都伴随着马达辅助装置的突突声缓慢行驶着。我们在戛纳港度过了一晚，而后在圣马克西姆岛度过了一夜，在萨娜拉度过了第三晚。然后我们到了土伦。那是我一直向往的港口。法国舰队的船只同时赋予它一种既浪漫又亲近的气氛。在当地古旧的街道上闲逛，从来不会让人感到厌倦。我可以在码头上一待好几个小时，看着岸上休假的水手们两人一组地闲逛，或和自己的女友一起散步，看着那些平民百姓在来回漫步，仿佛他们除了享受和煦的阳光以外无事可做。由于在土伦港，所有的船只和渡船将熙熙攘攘的人群载往广阔港口的各个码头，你不由得产生土伦港就是终点站的印象。形形色色、包罗万象，大千世界的所有特征都在这里汇聚。当你在咖啡馆里小坐时，天空和大海的光芒会使你目眩，你的幻想将带你进行一场金色的旅行，飞往天涯海角；你幻想着坐上一条大船，在太平洋上的一个珊瑚海滩登陆，海滩上长满了椰子树；你从舷梯下来，登上仰光码头，坐上一辆黄包车；你幻想着你乘坐的船只正快速驶向太子港的码头时，你从上层甲板上望去，看见一群黑人站在码头上，又是高声问候，又是挥手致意。

我们在上午晚些时候上了船，到下午三点左右登陆。上岸后，我沿着码头走去，边走边看，看路边的商店，看擦肩而过的行人，看坐在咖啡馆遮阳棚下的人们。突然间，我看到了索菲，同时她也看到了我。她笑着和我打招呼。我停下来和她握手。她独自一人坐在一张小桌子前，桌子上放着一个空玻璃杯。

“坐下喝一杯吧。”她说。

“你也陪我喝一杯吧。”我边说边找一把椅子坐下。

她上身穿着法国水手的那种蓝白条纹的海魂衫，下身穿着一条鲜红色的大宽松长裤，脚蹬一双凉鞋，涂了指甲油的大脚趾从凉鞋里露出来。她没戴帽子，头发剪得很短，而且烫成了卷发，头发是近乎银色的淡金色。她化着和我们在拉普街相遇时一样的浓妆。从桌上的碟子来看，她已经喝了一两杯酒，但她很清醒，好像并不讨厌见到我。

“巴黎那边的朋友都好吗？”她问。

“我想他们都挺好的吧。从我们那天在里兹饭店吃过午饭后，我就没再见到过他们。”

她从鼻孔里喷出一团烟雾，开始大笑起来。

“我终究没有嫁给拉里。”

“我知道，这是为什么呢？”

“亲爱的，到了紧急关头，我觉得不能让拉里做耶稣基督，我来做抹大拉的玛利亚[1]。不可以的，先生。”

“是什么让你在最后一刻改变主意的？”

她嬉皮笑脸地看着我，头傲然地扬了一下，小小的胸部，细细的腰肢，加之穿着那身衣服，看上去像个顽童；但我必须承认，上次见面时，她穿着一身红衣服，显得有几分粗俗和忧郁，而现在却迷人多了。她的脸和脖子都被太阳晒成了棕色，而这种肤色使她脸颊上的胭脂和黑色的眉毛充满了挑衅，俗气中透着引诱的意味。

“你要我告诉你吗？”

我点了点头。侍者端来了我的啤酒和给她点的白兰地苏打水。她用手里刚抽完的粗丝卷烟点燃了另外一支。

“我那时有三个月没喝过酒了，也没有抽过烟。”她看到我惊讶的神色，笑了起来，忙解释道，“我不是指香烟，而是鸦片。我感觉糟透了。你知道，当我独自一人的时候，我会歇斯底里地叫，叫声震天动地。我会说：‘我撑不下去了，我撑不下去了。’我和拉里在一起的时候，并没那么糟糕，但他不在的时候，简直就是地狱。”

我看着她，当她提到鸦片的时候，我更仔细地观察着她。她的针状瞳孔表明她还在抽。她的眼睛绿得吓人。

“伊莎贝尔本想送我一套结婚礼服，也不知那件衣服现在怎么处置了。那件衣服真是美极了。当时我们约好了我去找她，然后一起去莫利纽克斯服装店，在选衣服这一点上，我佩服伊莎贝尔。她对衣服实在是

1　抹大拉的玛利亚：一直以一个被耶稣拯救的形象出现在基督教的传说里，后有说法认为她可能是耶稣在世间最亲密的信仰伴侣，或者说她是未被正史记载的受耶稣教诲最得其精髓的门徒。

行家。我到了她家，她的管家说她急急忙忙地带琼去看牙医了，并留下口信说她会很快回来。我走进客厅，咖啡用品还在桌上，于是便请那个管家为我煮了一杯咖啡。咖啡是唯一能让我等下去的东西。他说他会给我煮些咖啡来，出去时顺便带走了空咖啡杯和咖啡壶，但是托盘上留有一瓶酒没有带走。我看了看，原来是你们在里兹饭店里谈论过的那个波兰玩意儿。”

“朱波罗卡酒。我记得艾略特说过他会送伊莎贝尔几瓶的。”

“你们都说那酒闻起来有多美妙，我很好奇，拔掉软木塞，闻了闻。你们说得很对，酒香扑鼻。我抽了一支烟，几分钟后，管家就端着咖啡进来了。咖啡味道也不错。人们都大夸特夸法国咖啡好，让他们去喝吧，我还是更喜欢喝美国咖啡。这是我在法国唯一想念的东西。伊莎贝尔的咖啡还不错，我本来感觉糟透了，一杯咖啡喝下去，感觉好多了。我看着放在托盘里的那瓶酒，那是一种可怕的诱惑，但我说：‘见鬼去吧，我想也不会想的。’于是我又点了一支烟，心想伊莎贝尔很快就会回来的，但她没有。我极度紧张，坐立不安；我不喜欢等人，房间里也没有什么书可看。我开始在房间里踱来踱去，看墙上的画，但我的眼睛却一直离不开那个该死的酒瓶。后来，我想，我只是倒一杯出来，看一眼。倒出来一看，那颜色漂亮至极。”

“是浅绿色的。”

“一点没错。你说怪不怪，它的颜色就如同它的香味一样迷人。那颜色就像你有时会在一朵白玫瑰花心里看到的绿色一般。我禁不住想知道它是否有那种诱人的味道，觉得只是品尝一下不会害我怎么样。我原本只想喝一小口，这时听到了响声，以为是伊莎贝尔回来了，便一整杯下了肚，因为我不想让伊莎贝尔看到我在喝酒。但那不是伊莎贝尔。天哪，我自从戒酒以后，从来没有过这样的感觉。我真的觉得自己开始死而复生。如果那天伊莎贝尔很快就回来的话，我想我现在应该嫁给拉里了。我真不知道结果会怎样。”

“伊莎贝尔没进来吗？”

“没有，她没有。我很生她的气。她以为她是谁，让我那样等她。然后我看到酒杯又斟满了，我想我一定是鬼使神差地斟上的，但是，信不信由你，我不记得我斟过。把酒再倒回去似乎也太没有意思了，所以我就把那杯酒喝了。无可否认，那真是美妙绝伦。我喝完后感觉自己像变了一个人，简直乐不可支，我已经有三个月没有这样的感觉了。你还记得那个老家伙说波兰人大杯大杯地喝这种酒，面不改色吗？哼，我想我能和任何波兰杂种喝得一样多。一不做二不休，我把咖啡杯里的咖啡渣倒在壁炉里，往杯子里斟上酒，斟得满满的。什么琼浆玉液，管他妈的。后来的事我不太记得了，但我相信在我善罢甘休时，瓶子里几乎没有酒了。然后就想在伊莎贝尔进来之前，我得赶快离开。真是无巧不成书啊，差点儿与伊莎贝尔撞个正着。刚走出前门，我就听到琼的声音。我急忙跑上楼梯，等她们完全进了门，我便冲下楼梯，跳上了出租车，落荒而逃。我让司机拼命开车，当他问我去哪儿时，我却突然冲着他大笑起来，感觉自己真是帅呆了。”

“你回你的公寓了吗？”我问道，虽然我知道她没回。

“你把我当成什么样的大傻瓜呢？我知道拉里会来找我。我不敢去我以前常去的任何地方，所以我去了哈基姆那儿。我知道拉里永远也找不到我。另外，我想抽鸦片。”

“哈基姆是谁呢？”

“哈基姆嘛，哈基姆是阿尔及利亚人，如果你有钱买鸦片，他总能帮你搞到。他是我的一个相当好的朋友。他会给你任何你想要的，不管大人、小孩、女人，还是黑鬼。他手下总有五六个阿尔及利亚人恭候差遣。我在那里待了三天。我不记得我睡了多少男人。”她开始咯咯地笑，“高的矮的、胖的瘦的、黑的白的，一应俱全。这三天我把过去戒烟戒酒失去的时间补了回来。但你知道，我当时很害怕。我在巴黎没有安全感，我怕拉里会找到我，而且，我已经身无分文。那些浑蛋，你得付给他们钱，他们才会和你上床睡觉。没有办法，于是我从哈基姆那儿离开，回到了公寓，给了看门人[1]一百法郎，告诉他如果有人来找我，就说我已经走了。我随即收拾好东西，连夜坐火车去了土伦。到了土伦，我的心才算放了下来。”

“从那以后你就一直在这里吗？”

“一点没错，并且我要继续留在这里。在这里，你可以买到你想要的任何鸦片，都是水手们从东方运回来的上等货色，不是他们在巴黎卖给你的那些垃圾。我在旅馆包了个房间，商务海事宾馆。你晚上进去的时候，就会闻到走廊里散发出的鸦片味道。”说着，她放荡不羁地嗅了一下鼻子，“甜蜜而又刺激。他们在房间里抽烟，给人一种亲如一家的感觉。旅馆不干涉个人私事，带谁一起来睡觉都没事。他们早上五点来敲你的门，叫水手们回船上去，所以你就只管放心大胆地睡觉，不用担心延误行程。”然后，她突然话题一转，继续说道，“我在码头附近的商店里看到了你写的一本书；如果我知道会见到你的话，我一定会买下它，让你给我签名。”

路过书店的时候，我停下来看了看橱窗里的书，注意到在新书里面有一本我写的小说，是一本法译本，是最新出版的。

“我认为你看了也不会觉得有意思。”我说。

“为什么这么说呢？我能认字识书，这你是知道的。”

---

1 原文为法语。

“并且我相信你也会写。”

她迅速地瞥了我一眼，笑了起来。

“是啊，我小时候常常写诗。我想一定写得很糟糕，但自我感觉良好。想必这是拉里告诉你的。”她犹豫了一会儿，接着说，“人生险恶，要学会苦中作乐，如果不能追欢取乐，就是个大大的傻瓜。”她傲慢地把头往后一仰，“如果我买了那本书，你会给我签名吗？”

“我明天就要走了。如果你真想要的话，我买一本送你，把它留在你的酒店里。”

“那太好了。”

就在这时，一艘海军摩托艇到达了码头，一大群水手蜂拥着从船上跳了下来。索菲瞥了他们一眼。

“那个人是我的男朋友。”她朝着其中的一个人挥舞着手臂，“你可以和他喝一杯，喝完最好马上开溜。他是科西嘉人，一见到我跟其他男人在一起，就醋海翻涌。”

一个年轻人向我们走来，他看见我时犹豫了一下，但是，看见索菲向他打招呼，就走到我们桌前。他身材高大，皮肤黝黑，胡子刮得干干净净，黑眼睛熠熠发光，鹰钩鼻，一头乌黑的卷发，看上去不超过二十。索菲告诉他我是她童年时的美国朋友。

“他不会讲话，但长得很帅。”索菲用英语对我说。

“你喜欢他们的粗暴，是吗？”

“越粗暴越好。”

“总有一天，你会被割破喉咙的。”

“完全预料得到，”她咧嘴笑了，“早死早超生。”

“你们能不能讲法语啊？”水手厉声说。

索菲朝他笑了笑，带着一丝嘲弄。她说一口流利的法语俚语，带有浓重的美国口音，这使她平时常说的粗俗下流的语言极具一种滑稽的腔调，令人哑然失笑。

“我告诉他，你很帅气，但怕你不好意思，我是用英语说的。”随后，她对我说，“他很强壮，有一身拳击手的肌肉，用手摸摸感受一下。”

水手的愠怒被奉承消解，他得意地笑了，弯曲起手臂让二头肌显露出来。

“你摸摸看，”他说，“来啊，你摸摸看。”

我摸了摸，表示自己真是羡慕不已。我们又聊了几分钟。之后，我付了酒钱，起身要离开。

“我得告辞了。”

“见到你很开心。别忘了那本书。”

“我不会忘的。”

我和他们两人握过手，便漫步走开。途中经过书店，我停下来，买下了那本小说，并签上了我和索菲的名字。我绞尽脑汁也没想到合适的赠言，突然间想到了龙沙那广为引用的精美小诗，便将小诗的第一行用法文写在了书上：

美人儿，我们去看看那玫瑰花……

我把书留在了索菲的旅馆里，旅馆就在码头附近，我自己也经常住在那里。天刚亮，你就会被船上招呼上岸过夜的人的号声吵醒，梦幻缥缈的阳光照射在港湾平静的水面上，似是给那些幽灵般的船只披上了美丽的色彩。第二天，我们起航前往卡西斯，我想在那里买些红酒，然后去马赛换乘我们预订的一艘新船只。一周后，我回到了家。

七

我发现艾略特的男仆约瑟夫写来的一封信，告诉我艾略特卧病在床，非常想见见我，所以第二天我驱车前往安提比斯。约瑟夫在带我去见他的主人之前告诉我，艾略特得了尿毒症，医生认为他的病情不容乐观。好在他熬了过来，现在好多了，但他的肾出了毛病，完全康复是不可能的。约瑟夫陪伴艾略特四十年了，他对艾略特很忠诚，可是，尽管表面上他看起来很难过，却不难看出，和他这个阶层的很多人一样，当主人家遇难时，他们内心里却在幸灾乐祸。

“可怜的先生，[1]”约瑟夫叹了口气，说道，“当然，他有自己的怪癖，但说到底，他是个好人。人迟早都会死的。”

他说的好像艾略特已经奄奄一息了。

“我确信他早就为你留好了一笔赡养费，约瑟夫。”我不客气地说。

“但愿如此。”他伤心地说。

当他把我领进卧室，看到艾略特依然神气活现时，我很惊讶。虽然他脸色苍白，看上去很老，但精神还不错。他刮了胡子，头发梳得很整齐，身上穿着浅蓝色的丝质睡衣，口袋上绣着他名字的首字母，字母上方绣着伯爵的皇冠。铺开的床单上也绣着这些字母以及皇冠，但型号大得多。

我问他感觉如何。

“很好，”他兴高采烈地说，“这只是暂时的不适，用不了几天我就能起床活动了。我约了迪米特里大公爵在星期六共进午餐，我已经告诉我的医生，让他必须不惜一切代价在那之前把我的病治好。”

1　原文为法语。

我和他待了半个小时，走的时候叮嘱约瑟夫，说要是艾略特疾病复发，一定要告诉我。一周后，我和邻居一起去吃午饭，使我大吃一惊的是，艾略特也在那里。他身穿礼服，脸色像死人。

“你不应该出门，艾略特。”我告诉他。

“哦，胡说八道，我亲爱的朋友。弗里达请了玛法达公主。自从可怜的路易莎在罗马任职以来，我就和意大利王室熟识，算起来好多年了，我不能让可怜的弗里达失望。”

我不知道是该钦佩他不屈不挠的精神，还是该哀叹他这把年纪且在身患重病的情况下，竟还保留着对社交的极大热情。你绝不会认为他是个病人。就像一个垂死的演员，脸上涂着油彩，走上舞台时，就会暂时忘记疼痛。艾略特用他惯有的自信，扮演着他那优雅的捧场的角色。他和蔼可亲，八面玲珑，用他那最精通的手法吮痈舐痔，辩口利辞令人捧腹。我想我从来没有见到过他把自己的社交天赋发挥得如此淋漓尽致。在公主殿下离开时，艾略特鞠躬送行，既表现了对殿下身份的尊重，又表现了一位老人对一个年轻美丽女子的羡慕，风度翩翩，有目共赏。难怪设宴女主人在宴会过后称他为宴会的灵魂。

几天后，他又躺在了病床上，医生禁止他离开房间。艾略特对此很是恼火。

“病得太不是时候了，真是糟糕至极。社交季正热火朝天。”

他一口气说出一长串在里维埃拉避暑的知名人物。

我每隔三四天去看他一次。有时他躺在床上，有时穿着华丽的晨衣坐在一辆两轮推车上。他似乎拥有数件这样的晨衣，因为我未曾见他穿重样过。八月初，有一次我去探望艾略特，我发现他异常安静。约瑟夫迎我入门时，告诉我艾略特的病情有所好转，但他如此无精打采，真是让我有点诧异。我试着用我听到的那些海岸上的八卦新闻来逗他开心，但他显然不感兴趣，轻轻地皱了一下眉，表情中透露出一丝罕有的愠怒。

“你要去参加埃德娜·诺维马利的宴会吗？”他突然问我。

“不去，当然不去了。”

“她有没有邀请你？”

“里维埃拉的所有人她都邀请了。”

诺维马利王妃曾是一个富有的美国女人，嫁给了罗马的王子。这位罗马王子可不是意大利那种一钱不值的普通王子，而是一个伟大家族的首领，一个曾在十六世纪为自己建立了一个公国的雇佣兵的后裔。诺维马利王妃是一个六十岁的寡妇，由于法西斯政权索取她的美国进款太多了，她很是不乐意，因而离开了意大利，来到法国，在戛纳后面的一处良田里为自己建造了一幢佛罗伦萨式别墅。她从意大利运来了大理石，砌成她那间大接待室的墙壁，从国外请来画家给画天顶画。她的藏画、铜像都异常精美；甚至连艾略特这样不喜欢意大利式家具的人，也不得不承认她的家具十分华贵。她家的花园很漂亮，游泳池的造价能抵得上一个中产人家的财产。她待客大方，每顿饭总不会少于二十个人。她已经安排好在八月月圆之时举行一次化装舞会。虽然还有三周的时间，但里维埃拉已经到处都在谈论这次舞会了。那天晚上会放烟火，她还从巴黎请来一支黑人管弦乐队。那些被流放的王公贵族互相谈论时，又是羡慕，又是嫉妒，认为她这一晚上的开支足够抵得上他们一年的花费。

“富丽堂皇。”有人说。

“太疯狂了。”有人说。

“庸俗至极。”有人说。

“你准备穿什么去呢？”艾略特问我。

“但我告诉过你了，艾略特，我不会去的。你不会认为我这把年纪，还把自己打扮得花枝招展去参加化装舞会吧。”

“她没有邀请我。”他声音嘶哑地说。

说完，他用憔悴的眼神望着我。

“哦，她会请你的，”我冷静地说，“我敢说，还没发完全部请柬。”

“她不会邀请我的。”他讲话的声音都变了，“这是有意的侮辱。”

“哎，艾略特，对你所说的，我不是很相信。我敢肯定这是一个疏忽。”

“我可是个不容小觑的人。”

“不管怎么说，你的身体没有好，怎么也去不成。”

“去不成也得去。这是这个季节一次盛大的聚会。哪怕我只剩最后一口气了，也要去。我有我祖先德劳里亚伯爵的那套礼服可以穿。”

我不知道该说什么，所以一直保持沉默。

“保罗·巴顿在你来之前就来见我了。”艾略特突然说。

读者想必忘记这个人是谁了，因为当我写到这里时，我也得回过头翻翻前面看看我给他起了个什么名字。保罗·巴顿是艾略特介绍到伦敦社交界的年轻美国人，后来觉得艾略特不再有任何利用价值时，就将他抛弃。为此，艾略特恨得咬牙切齿。最近这个人相当吸人眼球，首先是因为他加入了英国国籍，后来是因为他娶了一位报业巨头的女儿，并且这位巨头已经被封为贵族了。有了这样的后台，再加上此人面面俱到，他显然会前途似锦。艾略特苦不堪言。

“每当我在夜里醒来，听到老鼠在壁板上窸窸窣窣的声音时，我就说：‘这是保罗·巴顿在向上攀爬。’相信我，老兄，他最终会进上议院的。谢天谢地，我不会活着见到那一幕。”

“他为何而来呢？”我问，因为我和艾略特一样清楚，这个年轻人绝对不会无缘无故地跑来。

“我告诉你他为何而来，”艾略特咆哮着说，“他想借我的德劳里亚伯爵服。”

“厚颜无耻。”

“难道你不明白这是什么意思吗？这说明他知道埃德娜没有邀请我，也不打算邀请我，那是埃德娜煽动他这样做的。那个老淫妇。没有我，她哪有今日？我为她举办过宴会。她认识的人哪一个不是我介绍的。她和她的司机上床，你当然知道。令人作呕！巴顿坐在那里，告诉我，她要使整个花园灯火通明，而且还会放烟花。谁都知道我喜欢放烟花。他告诉我，许多人纠缠不休向埃德娜要请柬，但她都一一拒绝了，因为她要把宴会办得面目一新。他说得好像我毫无疑问在被邀请之列。”

“你会把衣服借给他吗？”

“借给他？先叫他死了进地狱吧。我自己穿着它下葬也不借给他。”说到这里，艾略特从床上坐起，像个发狂的女人一样来回摇晃。“哦，真是太恶毒了，”他说，“我恨他们，我恨他们所有的人。当我能招待他们的时候，他们摇着尾巴围着我转，但现在我老了病了，派不上用场了，他们却将我视同草芥。自从我卧病在床以来，来探望我的还不到十个人。这周我只收到一束寒酸的花。我为他们不遗余力。他们吃我的饭，喝我的酒，我替他们跑腿，为他们安排宴会，我全身心地给他们帮忙。可是，我从中得到了什么呢？没有，没有，屁都没有。他们没有一个人关心我的生死。天哪，他们真是天理不容。”说到伤心处，他哭了起来，大滴的泪珠从他消瘦的脸颊淌落，“后悔莫及呀，如果当初没有离开美国该有多好啊！”

看到这样一位老人一只脚已经跨进棺材了，还因没有被邀请参加一个宴会而像个孩子一样哭泣，着实可悲。此情此景，令人诧异，同时又难免使人心生怜悯之情。

“算了，艾略特，”我说，“聚会的那天晚上可能会下雨，会搞砸聚会的。”

他听到我的话，就像我们所听说的快要淹死的人抓到救命稻草一样，哭着哭着笑了起来。

“我从来没那样想过。我会向上天祈祷下雨，比平时更加虔诚地祈求上天。你说得对极了，下雨会把聚会搞砸的。”

我总算把他孩子般无聊的想法转移到了另一个话题，当我离开时就算不能让他兴高采烈，至少让他平静了下来。但我还是担心不已，所以一回到家我就打电话给埃德娜·诺维马利，说我第二天要来戛纳，问能否和她一起共进午餐。她让人给我回话，说她很乐意请我吃饭，但仅仅是家常便饭。然而，到了那儿，我发现除了她自己，还有十个客人在。她不是一个坏人，慷慨好客，她唯一的严重缺点是她的长舌。她甚至情不自禁地说一些关于她密友的坏话，但她这样做是因为她是个愚蠢的女人，想不到别的办法吸引别人的注意。由于她讲的那些坏话又被人传了出去，因而那些被她中伤的人就不再和她来往了。但她举办的宴会总是热闹非凡，大多数人很快就原谅了她。我不想让艾略特因我提出要她邀请他去参加聚会而蒙羞，所以静观其变。她对聚会这件事很兴奋，午餐时的谈话也没有别的内容，全部集中在这次聚会上了。

“艾略特肯定会很高兴，这次总算有机会穿上他的德劳里亚伯爵服了。”我尽可能随意地说道。

“我没邀请他。”她说。

“为什么？”我装出一种惊讶的语气问道。

“我为什么要邀请他呢？他在社交圈已经没有名望了。他令人讨厌、势利、到处散布丑闻。”

这些指控同样适合于她，所以我觉得，她太过分了，傻里傻气的。

“此外，”她补充说，“我想让保罗穿艾略特的聚会礼服。保罗穿上一定会很神气。”

我没再说什么，但下定决心，无论如何都要让可怜的艾略特得到他渴望的请柬。午餐后，埃德娜带她的朋友们到花园里去散步了，这给了我可乘之机。曾经，我在这所房子里待过几天，了解它的布局。我猜还会有一些请柬保存在秘书的办公室。我急匆匆地溜过去，打算取一张请柬，放进口袋里，回去后在上面写上艾略特的名字，然后寄给他。我知道他病得太重了，根本参加不了，但如果能收到这份请柬的话，他一定非常开心。但是，当我推开门，发现埃德娜的秘书正坐在办公桌前时，我真是大吃了一惊。我原以为她还在吃午饭呢。她是一位名叫吉斯的中年苏格兰女士，黄色头发，脸上有雀斑，戴着一副夹鼻眼镜，全身都散发出一副老处女的派头。我稍微镇定了一下。

“王妃带着客人们在逛花园，所以我想进来，和你一起抽支烟。”

“不用客气。”

吉斯小姐说话时带着浓重的苏格兰小舌颤音。但与自己喜欢的人一起，她讲话冷静，而此时她的小舌音愈加颤得厉害，使人忍俊不禁。但是，当你笑不可抑时，她却会很惊诧且不快地看着你，认为你觉得她讲的话好笑，简直是发神经。

“吉斯小姐，我想这次聚会给你增加了很多麻烦。”我说道。

“简直是忙得我焦头烂额。”

我知道她可以信赖，便直奔主题。

“为什么王妃不邀请坦普尔顿先生呢？”

吉斯小姐刻板的脸上露出了笑容。

“你知道她是什么样的人。她和坦普尔顿先生有仇恨，是她亲自把他的名字从客人的名单上划去的。”

“你知道，他不久于人世了，余生只能在病榻上度过。这次如此不被待见，他很受伤。”

“如果他想和王妃搞好关系，当初就该放聪明些，不该逢人就讲王妃和自己的司机上床的事儿。她的司机有妻子，而且还有三个孩子呢。”

“那她上了没有呢？”

吉斯小姐透过夹鼻眼镜看着我。

“我当秘书已经二十一年了，亲爱的先生，我制定了一条法则，那就是相信我所有的雇主都像白雪一样纯洁。我得承认，当我家女主人发现自己怀孕三个月，而爵爷去非洲射杀狮子，去了半年有余。此时我对女主人坚信不疑的法则受到了严重考验，但女主人只要去巴黎一趟，进行一次价格不菲的短期旅行，就会万事大吉。我和女主人便长松了一口气。”

“吉斯小姐，我来这儿不是和你抽烟的，我来是偷请柬的，我想亲自把请柬寄给坦普尔顿先生。”

“这是一件非常无耻的事。”

“就算是这样吧，做个有风度的人，吉斯小姐。给我一张请柬，反正他也来不了，这会让一位可怜的老人兴高采烈的。你和他并无芥蒂，不是吗？”

“是的，他一直对我很客气。他是个正派之人。在这方面我会为他说话，他比大多数来王妃这儿骗吃骗喝的人要强百倍。”

所有大人物身边都有一些得宠的下属。你最不应该怠慢这些仰仗人势的人。当他们得不到应有的待遇时，他们就会生恨，且反复在主子面前放你的冷箭，挑拨离间。你一定要和他们搞好关系。我们的艾略特先生比任何人都清楚这一点，所以对那些穷的亲戚、老女佣或受主人信赖的秘书总是以良言笑脸相待。我敢肯定，他经常和吉斯小姐相互打趣，圣诞节的时候，也不会忘记送她一盒巧克力、一个化妆盒或者一个手提包。

“拜托，吉斯小姐，发发善心吧。”

吉斯小姐把她的夹鼻眼镜更牢固地固定在她高高的鼻梁上。

“毛姆先生，我相信你不会希望我对我的雇主不忠，而且如果那个老母牛发现我违背她，她会解雇我的。请帖在写字台上，都装在了信封里。我现在起身去望望窗外，一是为了伸展腿部，因为我在一个位置上坐得太久了，二是为了观赏窗外美丽的景色。当我转过身去的时候，背后所发生的事情，无论是上天还是凡人都没有理由让我负责任。”

吉斯小姐回到她的座位上时，请柬已经塞进了我的口袋里。

“见到了你，真好！吉斯小姐，”我伸出手说，“你准备在化装舞会上穿什么？”

“我是牧师的女儿，亲爱的先生，”她回答说，“把这种愚蠢的事情留给上流阶层的人去做吧。当我看到《先驱报》和《邮报》的代表们美餐一顿，喝一瓶我们二等品的香槟后，我的职责就尽到了。我将回到我的卧室里，关上门看一本侦探小说。”

八

两三天后，我去看望艾略特，发现他笑容满面。

“瞧，”他说，“我收到了请柬。今天早上送来的。”

说完，他从枕头底下拿出请柬给我看。

“我早就跟你说过的，”我说，“你看，你的名字是以T开头，排在后面。很显然，秘书写请柬，才轮到你。”

“我还没有回复呢，明天再回复。”

听到这话，我感到有点害怕。

“你要不要让我代你回复？我回去时可以寄出去。”

“不行，为什么要让你帮我？我自己完全能够回复别人的邀请。”

幸运的是，我想，这封信会由吉斯小姐打开，她会知道是怎么一回事，从而把信扣下。这时，艾略特按了按铃，唤约瑟夫过来。

“我想让你看我的礼服。”

“你不会是想去吧，艾略特？”

“我当然想去了。自从博蒙特家的舞会以后，我就再也没穿过这套礼服。”

约瑟夫听闻铃声进来，艾略特叫他把礼服取来。礼服装在一个大的平顶盒子里，用薄绢包着。里面有一条白绸缎长袜，带衬里的白锦缎镶边的织金布紧身裤，搭配一件紧身上衣、一件斗篷，一条可以戴在脖子上的绉领，一顶扁平的天鹅绒帽子，一条长长的金链上面挂着金羊毛勋章。我认出这是菲利普二世穿的那件豪华礼服，那张画就在普拉多。当艾略特告诉我，这正是德劳里亚伯爵在西班牙王子与英国女王的婚礼上穿的服装时，我认为他完全是想入非非。

第二天早上，我吃早饭的时候，有人叫我去接电话。电话是约瑟夫打来的，他告诉我，艾略特夜间又犯病了，他急忙请来了医生，医生也不敢说他是否能熬过这一天。我派人去取车，然后前往安提比斯。我发现艾略特已不省人事了。他之前坚决不让护士看护，但我在那里见到了一位护士，是医生从位于尼斯和博卢之间的英国医院找来的，见状我倍感欣慰。我出去给伊莎贝尔发了电报。她正和格雷一起和孩子们在拉波勒廉价的海滨胜地避暑，从拉波勒到安提比斯路途遥远，我担心他们赶不上为艾略特送终。除了艾略特已多年未见的伊莎贝尔的两个兄弟，她是艾略特唯一在世的亲人。

但艾略特求生的欲望很强，或者是医生用的药物起了作用，因为在一天之内他恢复了意识。虽然病得不成样子，他却强作精神，和护士打趣，问了一些关于护士性生活的下流问题来自娱自乐。我和他待了大半个下午。第二天又去看了他，发现他虽然身体很虚弱，但情绪还好。护士只让我和他待了一会儿。我给伊莎贝尔发出的电报还没有得到回音，甚是焦急。因为我不知道伊莎贝尔在拉波勒的地址，我便把电报发到了巴黎，就担心看门人不能及时转送电报。直到两天后，我才得到答复，说他们马上动身。不凑巧的是，接到我的电报时，格雷和伊莎贝尔乘汽车去布列塔尼短途旅行了。我查了查火车时刻表，发现他们至少三十六小时才能到达。

第二天一早，约瑟夫又打电话给我，说艾略特夜里睡得很不好，想见我。我匆忙赶去。当我到达时，约瑟夫把我拉到一边。

“先生，如果我和他谈论的事情不恰当，还请求先生原谅！”他对我说，“我理当不信教，我认为所有的宗教只不过是神父企图控制信徒的阴谋，但是先生也了解，女人们却不这么认为。我的老婆和女佣坚决要求我们的主人接受临终圣礼，显然他余下的时间不多了。”他非常不好意思地看着我，“现在的问题是谁也没法说。也许如果一个人不久于世的话，还是把自己跟教会的关系搞好为上计。”

我完全理解他。大多数法国人，不管日常他们多么随便地嘲弄宗教，大限将至时，他们是愿意向与他们骨肉相连的宗教妥协的。

“你想让我向他提出这个建议吗？”

“如果先生能有这样的善心的话，那就再好不过了。”

这是我不太喜欢做的事，但毕竟艾略特多年来一直是个虔诚的天主教徒，履行天主教徒的职责也是顺理成章的事。我去了他的房间，见他仰面躺着，身体干瘪，面容憔悴，但神志清醒。我打发护士出去，只留下我们两个人。

“恐怕你病得很重，艾略特。”我说道，“不知道……不知道你愿不愿意请个神父来呢？”

他看了我一会儿，没有回答。

“你的意思是说我就要死了？”

“哦，但愿不是这样，只是以防万一。”

“我懂了。”

他不说话了。这是一个痛彻心扉的时刻，明明知道告诉艾略特这些话，他会难过，却又不得不为之。我不忍心看他，咬紧牙关，害怕会哭出声来。我坐在床沿边，看着他，伸出一只胳膊撑着身体。

他拍拍我的手。

“别难过，我亲爱的朋友。位高任重，[1]你知道。”

我听了，笑得歇斯底里。

“你这个怪家伙，艾略特。”

“这样不就好多了。现在给主教打电话，说我想要忏悔并接受涂油礼[2]。如果他能派查尔斯神父来，我将会感激不尽的。他是我的一个朋友。”

1　原文为法语。

2　天主教神父往往给临终的人或病人施行涂油礼（有时称为终傅），油代表圣灵。在涂油之前，为临终的人或病人祷告，求主赦免其罪，接受临终的人的灵魂安进天堂，医治病人之疾病。

查尔斯神父是我以前提到的主教的代理人。我去楼下打电话，对主教本人亲自讲了这件事情。

“紧急吗？”他问。

“刻不容缓。”

“我马上处理此事。”

医生来了，我告诉了他刚才的事。他和护士一起上楼去看艾略特，我在一楼的餐厅等着。从尼斯到安提比斯只有二十分钟的车程，大约半小时后，一辆黑色轿车停在门口。约瑟夫朝我跑来。

“是主教本人，先生[1]，”他慌慌张张地说，“主教大人亲自来了。”

我急忙出门迎接。这次，与平时不同的是，他的身边缺少了那个代理人的陪同。但是，不知道为什么却带来了一个年轻神父，这个神父手里提着一个篮子，不知道里面装着什么东西，我猜测可能是涂油礼所用的物品。司机带着一个破旧的黑色提包跟随其后。主教和我握手问好，并介绍了他的同伴。

“我们可怜的朋友怎么样了？”

“恐怕他病得很厉害，主教大人。”

“能不能带我们去一个可以更衣的房间？”

“这一层有餐厅，主教大人，客厅在楼上。”

“在餐厅换就可以了。”

我带他去了餐厅。约瑟夫和我在大厅里等待。一会儿门开了，主教走了出来，后面跟着双手拿着圣杯的神父，圣杯上面放着一个小盘子，盘子上面放着圣饼。一块非常细的麻纱餐巾盖在上面，餐巾质地精良，近似透明。我仅在晚餐或午餐时见到主教，他是一个饭量很大的食客，

1　原文为法语。

喜欢美酒美食，喜欢说笑话，有时还会讲些下流粗俗的故事。他当时给我的印象是一个健壮、臃肿，只有中等身高的人。现在身着法衣，戴着长巾，他看上去不仅高大而且有威严。他的那张红红的脸，平时笑容可掬，现在却很严肃。他的外表不再有曾经的骑兵军官的影子，此刻，他看上去更符合他在教会的身份，一看便知是教会的显要人物。难怪约瑟夫在胸前画十字，一副毕恭毕敬的样子。主教微微鞠了一下躬，点了点头。

“带我去见病人吧。”他说。

我给他让开路，让他先上楼梯，但他却让我走在前面。我们都沉默不语，一脸严肃地上了楼。我先走进艾略特的房间，通报说：

“主教大人莅临，艾略特。”

艾略特努力使自己坐起来。

“主教大人亲自莅临，我感到不胜荣幸。”

“不要动，我的朋友。”主教转向我和护士，说，“请你们先回避一下。”然后转向神父，“你也回避一下，等我准备好了再叫你。”

神父环视四周，我猜他是要找一个能放下圣杯的地方。于是，我挪开了梳妆台上的玳瑁背刷子，为他腾出放圣杯的地方。护士下了楼，我带神父走进隔壁的房间，这是艾略特的书房。书房的窗户敞开着，能望见外面的蓝天。他走过去，站在其中一个窗口前观景，而我坐下来休息。海上正在进行单桅杆帆船比赛，船的白色三角帆在蓝天的映衬下，闪烁耀眼。一艘黑色的大帆船，扬着红色船帆，迎着微风驶向港湾。我认出这是一条龙虾捕捞船，载着在撒丁岛的捕捞成果，为赌场的晚宴提供一道海鲜。虽然艾略特的门紧紧关闭着，但是能听到他低沉的呢喃声。艾略特正在做忏悔。我很想抽支烟，但又怕被神父瞧见不好。神父一动不动地站着，向外望着。他是一个身材高挑的年轻人，浓密的黑色卷发，一双乌黑明亮的眼睛，黄色中带有些许青色的皮肤，表明他是意大利血统。他的脸上带有南方人的那种生命的活力，我禁不住想，他是有着多么强烈的信仰和浓厚的热情，才能使他放弃了生活的乐趣、青春的愉悦以及感官的满足，致力于为上帝服务啊！

突然隔壁房间里的声音停了下来，我看着门。门打开了，主教出现在门口。

“你来吧！[1]”他对神父说。

书房里只剩下我一个人了。接着，我听到隔壁房间里又传来主教的声音，我知道他在祈祷，这是教会命令为病危的人念的祈祷词。然后，又是一片寂静，我知道艾略特正在吃圣餐。恐怕是受到原祖的影响，我虽不是一个天主教徒，但是每次做弥撒时，听到主的仆人摇着铃铛通知我领取圣餐时，总免不了感到一阵战栗；现在，我就浑身发抖，仿佛寒风从我身上吹过，真是既害怕又惊恐。这时，书房的门被推开了。

“你可以进来了。”主教对我说道。

我进了艾略特的房间。神父正把杯子和放圣饼的镀金小盘子用纱布盖好。艾略特的眼睛闪闪发光。

“麻烦你送主教大人上车！”他说道。

我们走下楼梯。约瑟夫和女佣们在大厅里等着。女佣们热泪盈眶。三个人一个接一个地走向前跪下亲吻主教的戒指。主教伸出两只手为她们摸顶赐福。约瑟夫的妻子轻轻推了他一下，于是，他也上前跪了下来，吻了吻主教的戒指。主教微微一笑。

“孩子，你不是不信教吗？”

我可以看出约瑟夫在努力保持静定。

1　原文为法语。

“是的，主教大人。”

“不要放在心上。你一直是你主人的忠实仆人。上帝会饶恕你的错误。”

我一直把主教送到马路上，为他打开车门。上车时，他向我鞠了一躬，然后欣然地冲我笑了笑，说道：

“我们可怜的朋友身体已经极其虚弱。他的缺点都是表面上的；其实他心胸宽厚，对自己的同胞情深意重。”

九

我以为艾略特刚刚接受完圣礼，可能想一个人独处，于是我走进客厅，开始看书。但我刚坐下没多久，护士就进来告诉我，说他想见我。我爬上楼梯，到了他的房间。在接受涂油礼之前，医生为他注射了一针，让他打起精神。此时，不知是因这一针的作用，还是因举行仪式让他兴奋，他平静中露出喜色，眼睛也熠熠发光。

“非常荣幸，我亲爱的朋友，”他说，“这样，我可以带着教会重量级人物的介绍信进入天国。我想所有的大门都会向我敞开，欢迎我的到来。”

“恐怕你会发现那里的人鱼龙混杂。”我笑着说。

“也许你不相信，亲爱的朋友。我们从《圣经》中了解到，天堂和人间一样，也有阶层的划分。那里有六翼天使和四翼天使，有天使长和普通天使。在尘世，我一直在欧洲的上流社会里生活，在天堂，毫无疑问，我也将处于上流社会。我们的主曾说过：‘我的父亲有许多豪宅，分配时，应该让众民各取所需。’”

我猜艾略特把天堂想象成了巴德·罗斯柴尔德男爵的宫堡，城堡墙上挂着十八世纪的镶板，布哈尔桌，镶嵌的橱柜和路易十五风格的餐厅套件，套件上盖着路易十五时期的刺绣品。

“相信我，我亲爱的朋友，”他停顿了一会儿，继续说，“天堂里根本就没有什么该死的平等。”

说着说着，他突然睡着了。我便坐下来看书。他一直睡下去。一点钟的时候，护士进来告诉我，说约瑟夫为我准备了午餐。约瑟夫一副温顺谦卑的样子。

“真想不到主教大人竟然会亲自屈尊光临寒舍。这对我们可怜的主人来说真是莫大的荣幸。你看到我吻他的戒指了吗？”

“我看到了。”

“如果为我自己，我是不会去做这种事的！我这样做是为了让我那可怜的妻子满意。”

我在艾略特的房间里度过了一个下午。其间，伊莎贝尔发来一封电报，说她和格雷将于次日上午乘坐蓝色火车到达。我不奢望他们能及时赶到为艾略特送终。医生来了，见了艾略特的状况，摇了摇头。日落时分，艾略特醒了过来，能够进一点儿食。这似乎给了他一时的力量。他向我招手，我走到了床边。他的声音很虚弱。

“我还没回复埃德娜的邀请呢。”

“哦，别管它了，艾略特。”

“为什么？我一直都是一个通晓世故之人，我没有理由在即将离世之时，置礼节于不顾。请柬在哪里呢？”

请柬在壁炉板上，我把请柬取过来，放在他手上，但我很肯定他已经看不清楚请柬上的内容。

“你到我的书房里找几张便笺纸来。我口述，麻烦你来代写。”

我走进隔壁房间，把便笺纸取来，坐在他的床边。

“你准备好了吗？”

“是的。”

他闭着眼睛，但嘴上挂着调皮的微笑，我不知道他接下来会讲些什么。

“鉴于和万能的主有约在先，恕艾略特·坦普尔顿先生不能接受诺维马利王妃的友好邀请。”

他发出了一声微弱的幽灵般的笑声。他的脸是一种很古怪的白，看起来很可怕，呼出一种他的疾病特有的令人作呕的恶臭味。可怜的艾略特，平时可总爱在身上喷洒名牌香水的——香奈儿牌的或者莫利纽克斯牌的。他手里握着那张我偷来的请柬，我觉得他拿着不方便，便试着从他的手里取出来，但他死抓住不放。他忽然开口说话，声音大得震耳欲聋，吓了我一跳。

“老淫妇。”他说道。

这是他在人世间说的最后一句话，接着他陷入了昏迷。前一天晚上，护士一直守了他一夜，看上去脸色非常困乏，所以我让她去睡觉了，答应必要时会叫醒她，并说我来守夜。事实上，守夜也确实没有什么可做的。于是，我打开了一盏有灯罩的灯，读书读到眼睛疼。然后，我关掉了灯，坐在黑暗中。夜色温暖，窗户大开。灯塔探照灯的光每隔一段时间就掠过房间。羞涩的月亮隐去了身影。月圆之夜，就会俯瞰到埃德娜·诺维马利的化装舞会上那空洞而嘈杂的热闹场面。此时，深蓝深蓝的天空中，无数的星星闪耀着令人害怕的光芒。我想我可能已经睡着了，但我的意识还清醒着。突然我被一阵急促、愤怒，又令人敬畏的声音彻底惊醒了，这声音任何人都能听到，是死亡的颤音。我走到床边，透过灯塔的微光，感受艾略特的脉搏。我发现他已经死了。我打开了他床边的灯，看着他。他的下巴耷拉着，眼睛睁着，我静静盯着他的眼睛好一会儿，然后帮他合上了眼睛。我很悲痛，感觉有几滴眼泪顺着脸颊流下来。一位年迈、善良的朋友就这样离开了人世。想到他的一生是那么愚蠢、无用和无聊，我哀痛欲绝。他曾参加过那么多的宴会，与所有的王子、公爵和伯爵举杯畅饮，而如今这些都荡然无存。那些人已经彻底将他忘却。

我不忍心叫醒疲惫的护士，所以我回到了靠窗的椅子上。七点钟护士进来时我已经睡着了。醒来后，我留下护士，让她完成自己的职责，自己去吃早饭，然后我去车站接格雷和伊莎贝尔。我告诉他们艾略特已经去世了，因为艾略特家没有地方住，所以我邀请他们到我家住，但他们更愿意去住旅馆。我回到自己家，洗了个澡，刮了胡子，然后换了身衣服。

这天早上，格雷打电话给我，说艾略特委托约瑟夫给了他们一封信，信是写给我的，这封信是艾略特生前所托。因为信里的内容只能由我一个人看，于是我答应马上开车过去。不到一个小时，我又一次走进了艾略特的房间。信封上写着："我死后马上转交，里面写有关于葬礼的安排。"我知道他一心想埋在他自己建造的教堂里，我已经告诉伊莎贝尔了。他希望得到防腐处理，并提到经营这种业务的公司的名字。"我已经问过了，"他继续写道，"别人都说这家公司防腐术做得很好。我委托你监督此事，我相信你一定不会马虎行事。下葬时，我想穿上我祖先德劳里亚伯爵的那套礼服，腰配他的宝剑，胸前戴上他的金羊毛勋章。至于棺材的选择，你可以自行决定。不要太耀眼但也要符合我的身份。为了避免不必要的麻烦，我希望托马斯·库克父子代办所有的转运遗体事宜，请他们指派一个人送棺材到坟墓。"

我记得艾略特曾说过他想穿着他那套奢华的礼服下葬，但我以为那只是一时兴起，并没有想到他是认真的。约瑟夫坚持要实现他的遗愿，而且似乎没有理由不去实现。先是把他的遗体经过适当的防腐处理，然后我和约瑟夫一起为他穿上那套荒诞的衣服。这真是一件毛骨悚然的差事。我们把他的长腿塞进白色长筒袜里，穿上那织金布的紧身裤。然后，好不容易将他的手臂套进紧身上衣的袖子里。给他戴上洗好了的宽大环状绉领，把绸缎斗篷披在他肩上。最后，我们把平顶的天鹅绒帽戴在他的头上，把金羊毛的勋章套在他的胸前。给尸体做防腐的工作者把他的脸颊和嘴唇涂抹得通红。他瘦骨嶙峋，这套礼服穿在他身上显得太大了，就像威尔第[1]早期歌剧中的一名歌手，又像是为了半文不值的目标而孜孜以求的堂吉诃德。当装殓人把他放进棺材里时，我把那把宝剑放在他的双腿之间，使他的手放在剑柄上，就像我曾看过的一个十字军战士的墓碑雕塑，那个十字军战士就是这种持剑姿势。

格雷和伊莎贝尔去意大利参加了葬礼。

1　朱塞佩·威尔第（1813—1901），意大利伟大的歌剧作曲家。

第六章

一

我认为应该告诉读者，跳过本章也完全可以，并不会错过本书的重要脉络，因为本章主要记述了我和拉里的一次谈话。然而，不管怎么说，如果没有这次谈话，我可能觉得这本书也就不值得一写了。

二

在那个秋天，艾略特去世两个月后，我在去英国的途中在巴黎逗留了一周。伊莎贝尔和格雷结束那次辛苦的意大利奔丧之后，又回到布列塔尼，可现如今再一次住在了圣纪尧姆街公寓。伊莎贝尔告诉了我艾略特遗嘱的详细内容。他捐了一笔钱给他建造的教堂，作为给他的灵魂做弥撒的费用。另外，他还另捐给教堂一笔钱作为活动经费。他留给尼斯主教一笔数目可观的善款作为慈善捐赠。他留给我的则是一些真伪莫辨的十八世纪的淫秽书籍，和一张弗拉戈纳尔的美丽绘画，画的是一个森林之神和一个女仙子见不得光的苟且之事。这张画太下流了，我不能把它挂在墙上，我也不会私下窥探这些秽乱之物。他馈赠给仆人的钱相当多。他的两个外甥每人得到一万美元，其余的财产全归伊莎贝尔所有。她并没有说这笔钱的具体数目，我也没有深究，但看她如此满意，我想应该是笔巨款。

自从格雷恢复了健康，他就一直急着返回美国重新工作。尽管伊莎贝尔在巴黎过得相当滋润，格雷的心神不定也影响了她。格雷曾和朋友们保持过一段时间的书信来往。但是，最好的机会是格雷能拿出一大笔钱作为资本，原本格雷是拿不出这笔钱的，但是艾略特死后，伊莎贝尔所拥有的财产远多于格雷所需要的。所以，在征得伊莎贝尔的同意之后，格雷又开始和他们就这件事进行了商谈。如果一切畅行无碍，他准备离开巴黎，亲自去实地考察一下。但在这一切行动之前，还有诸多事情需要处理。首先，他们必须要与法国财政部门就遗产税问题达成合理的协议。再有，他们要把安提比斯的房子和圣纪尧姆街的公寓卖掉。他们得在德鲁伦旅馆举办一场拍卖会，来转手艾略特的那些家具、画作和素描画。这些东西都千金难买，看起来等到明年春天拍卖最合适，到时候，那些大收藏家将会蜂附云集巴黎。伊莎贝尔认为在巴黎再过一个冬天也没什么坏处，两个孩子讲法语就像讲英语一样自如，所以，伊莎贝尔很愿意让她们在法国学校里再上几个月。三年来，她们全都长高了，长长的腿，苗条的身体，成了活泼可爱的小姑娘。虽然现在还没有长得像她们的母亲那样花容月貌，但举止得体，好奇心旺盛。

那时的情况即是如此。

三

我偶然遇到了拉里。我曾经向伊莎贝尔问起他；她告诉我，从拉波勒回来之后，他们很少见到。她和格雷这时已经有了自己的朋友圈子，都是他们的同龄人，所以经常聚会，比我们四个人时常在一起时的那些快乐时光忙得多。有一天晚上，我去法兰西剧院看《贝蕾妮丝》。这个剧本我倒是读过，但从未看过剧场版。这部剧很少上映，所以我很不愿意错过这个机会。这不是拉辛最出色的剧，因为题材太单薄了，撑不住五幕，但它很感人，其中有几段算得上是耳熟能详。故事是基于塔西佗[1]一段短短的文字：提图斯[2]热烈地爱上巴勒斯坦的女王贝蕾妮丝，向她许诺了婚姻，这看起来是多么理所当然。但是，为了国家，他登基没几天就违背了自己的意愿和贝蕾妮丝的意愿，将她送去了罗马。但是元老院和罗马的人民都反对自己的皇帝和一个国外异族女王结合。剧本写的是提图斯在爱情与义务之间的心理挣扎；在他举棋不定时，贝蕾妮丝在确定他爱自己、理解他的处境、认同他的出发点后，永远地离开了他。

我想只有法国人才能充分消化吸收拉辛诗句的文笔之美与音韵之美，但是，即使是一个外国人，一旦习惯诗句的那种故作矫情风格之后，也没法不被他的温柔可人和高尚的情操所打动。拉辛比大多数人都懂得人类的声音里包含多少戏剧性。对我来说，他那流畅的亚历山大体[3]

1　塔西佗（55—120），古代罗马最伟大的历史学家，他继承并发展了李维的史学传统和成就，在罗马史学上的地位犹如修昔底德在希腊史学上的地位。

2　提图斯（39—81），教会中文作提多王，罗马帝国第十位皇帝。

3　法国诗歌当中的一种常用题材，起源于十二世纪中期由朗贝尔・勒道尔和亚历山大・德・贝尔内合写的一部名为《亚历山大的故事》的诗作。该故事诗中的诗句每行均是十二个音节（区别于韵律学当中的音步），故此得名“亚历山大诗体”。

诗句的作用足够可以代替情节，而且我发现剧中人的那些长篇言论运用了独具匠心的技巧，把剧情推向预期的高潮，丝毫不亚于电影里的激动人心的冒险镜头，摄人心魄。

第三幕演完后有幕间休息，我出去在门厅处吸了一根烟。那里摆放着出自乌东[1]的一尊伏尔泰雕像，咧着嘴正讽刺地笑着，嘴里一颗牙都没有了。有人拍了我肩膀一下，我回过头去，或许还有些气恼，因为我想一个人回味那圆润低沉的诗句给我带来的激荡感。没想到竟然是拉里。和平时一样，我见到他总是很高兴。我们一年多没见了，我提议剧场结束后一起喝上一杯。拉里说他饿了，还没吃晚饭，建议我们去蒙马特尔。剧终，我们又见了面，一起走出剧院。法兰西剧院有一种异样的腐霉味。这种味道又和那些数不清的一代代的女招待员的气味混合在一起。这些女招待员从不洗澡，永远板着脸，把观众带领到座位上，冷冰冰地等着观众付小费。这会让人有种走到外边来好好透口气的感觉；晚上天色很好，因而我们便一路走了过去。歌剧院大街的弧形灯亮得极其耀眼；天上的星星都不屑于同它们争艳，将自己的光芒隐藏在无尽的黑夜里。我们边走边议论着刚才的戏。拉里感到失望。他原本指望演得更自然一些，读诗句就像平时说话一样，姿势也无须那样做作。我却不认同他的观点。这出戏本来就是讲究辞藻，而且是华丽的辞藻。我认为就应该感情饱满地吟诵。我喜欢遇到韵脚时那样顿一下，并且喜欢那些程式化的姿势，是祖祖辈辈传下来的传统，好像刚好适合这种偏重形式的艺术格调。我敢说拉辛当年也希望他的戏以这样的形式演出呢。我曾很佩服演员们，在有限的条件下，以充满激情和富有人情味的方式来表演。艺术能借鉴传统的方式，来达到自身的目的，这本身就是

1　乌东（1741—1828），法国雕塑家。

一种胜利。

我们到了克利希大街，走进布拉西里·格拉夫饭店。刚过午夜，饭店里挤满了人。但是，我们还是找到了一张桌子，点了鸡蛋火腿。我告诉拉里，我见到过了伊莎贝尔。

“格雷回到美国应该很高兴，”他说，“他在这里就像离开了水的鱼。除非他重新工作，否则他是不会快乐的。我敢说他肯定会发财的。”

“他如果赚到很多钱，那都托你的福。你不但治好了他的头痛病，还医好了他的心病。你重建了他的信心。”

“这是雕虫小技。我只是教给了他如何自我救治的方法。”

“这‘雕虫小技’，你是怎样学会的呢？”

“纯属偶然。我在印度时，那时我正饱受失眠的折磨，刚好向一个我认识的老瑜伽士提及；他说立刻就给我治疗。他对我做的就是你看见我给格雷做的那样。结果，那天晚上，我睡得很好，几个月来都没有睡得这样好过。后来，肯定要一年以后了，当我和我的一个印度朋友爬喜马拉雅山时，他把脚踝扭伤了。当时根本找不到医生，而他又疼痛难忍。我想照着老瑜伽士的样子试试，竟然奏效了。信不信由你，总之他完全不痛了。”说到此处，拉里大笑起来，“我敢肯定，没有人比我更惊讶。这里面根本不存在什么神秘的东西，只不过就是把这种想法灌输到病人的意识里。”

“说起来容易，做起来难。”

“在你没有意识的情况下，你的胳臂不由自主地从桌子上抬起来，你会吃惊吗？”

“非常吃惊。”

“情况就是如此。但我返回文明世界时，我的印度朋友把我为他治好脚踝扭伤的事告诉了别人，还带了一些病人来。我讨厌这样做，因为我并不能完全理解这里面的来龙去脉，但他们却很坚持。不管如何，我为他们治好了病。我发现我不仅能治愈别人肉体的痛苦，还能帮助别人克服精神上的恐惧。很奇怪，很多人都受恐惧症折磨。我不是指那种恐惧被关起来或者怕站在高的地方，而是指对死亡的恐惧，更糟的是恐惧活着。通常这些人看上去健康状态良好，生活富足，也没什么烦心事，但他们就是被恐惧所折磨。有时候，我觉得，这是最令人困扰的一种心理，我怀疑这是一种植根于我们的动物本能，是人类从第一次感到生命战栗的原始生物那儿继承下来的。”

我满怀期待地听着拉里的讲述，因为他很少说这么多话，而且我观察到这一次他总算愿意跟我交流了，也许是我们刚看的那场戏减轻了某种内心的压抑，戏里的生动鲜明的抑扬顿挫的节奏，正如音乐所带来的影响一样，使他克服了他天性中的拘束。突然间，我觉得手里有点儿异样，对于拉里那个半开玩笑的问题我并没太在意，我现在觉得我的手不再搁在桌子上了，在我不自觉的情况下，抬高了一英寸。我吓了一跳，看着它，发现它在轻轻地颤抖。我感到手臂里的神经有一点儿发麻，微微颤动了一下，随后，我的手和胳膊就抬起来了。我顺其自然，既不参与也不抗拒，它们离开桌子有好几英寸，最后，我的整个胳膊举过了头。

“这太奇怪了。”我说道。

拉里笑了。我稍微运用一点儿意志进行控制，手就落回到桌子上。

“雕虫小技，”他说，“不用大惊小怪。”

“这雕虫小技是不是你第一次从印度回来时那个老瑜伽士教给你的？”

“哦，不是他教的。他对这类事情很不耐烦。我不知道他是否相信自己拥有某些瑜伽士所自称的神力，但是，他肯定会认为如此这般炫夸是很幼稚的。”

鸡蛋火腿上来了。我们胃口大开地享用着，还喝着啤酒，我们都没有说话。拉里在想什么，我无法知道，而我却在琢磨拉里的事。吃完之后，我点了一支雪茄，拉里点上了烟斗。

“你去印度的首要目的是什么？”我突然问道。

“机缘吧，至少我当时是这样想的。现在我认为去印度是我在欧洲待了这么多年的必然结果。所有对我有重大影响的人，似乎只是偶然遇到的，然而，回过头来看，遇到他们是命中注定。仿佛他们在那里一直等着我，等着在必要的情况下，我与他们相遇。我去印度是为了休息，多年来，我沉浸于学习，孜孜不倦，亟须整理一下自己的思绪。我登上了一艘环游世界的船只，找到一份甲板水手的工作，船驶向东方，并且要经巴拿马运河抵达纽约。我已经五年没回美国了，所以很想家，心情压抑。你知道多年前我们在芝加哥初次相遇时，我是多么无知。我在欧洲涉猎甚广，见识也增加了不少，但是，这与我孜孜以求的目标还是差之千里。”

我本想问问他所追求的是什么，可又觉得他会一笑置之，耸一耸肩，说这个问题无解。

“可是，你为什么要去当一名甲板水手呢？你又不缺钱。”我转而问道。

“我想体验一下。每当我精神上达到了饱和点，每当我读书不能全神贯注时，我就会去找份体力活来做，这样体力劳动和脑力劳动之间可以相互补益。那年冬天，我和伊莎贝尔解除婚约之后，我就在朗斯附近的煤矿工作了半年。”

就在这时，他讲述了我在前面章节讲到的他那些遭遇。

“伊莎贝尔抛弃你时，你悲伤吗？”

回答以前，他盯着我看了好一会儿，那双眼睛出奇地黑，仿佛不是在看我，而是在窥探他自己的灵魂深处。

“是的。那时我太年轻了，决心要和她结婚，与她共度一生，并且规划好了我们的将来，期待美好的生活。”说到这里，他微微一笑，“但是，就像吵架一样，两个巴掌才能拍得响，婚姻亦是如此，要两情相悦才行。我绝对没有想到，我给伊莎贝尔提供的生活竟然使她郁闷万分。但凡我懂点人情世故，就不应该那样做。她太年轻，对生活又太热忱。我不会责备她，但我也没法子妥协。”

读者可能还记得，自从他和农场主守寡的儿媳有了那次荒唐的关系，逃出农场之后，他是计划去波恩的。我急于想听他下面的故事，但是，我知道要审慎一些，不能直截了当地问太多问题。

“我从来没有到过波恩，”我说，“我小时候在海德尔堡上过一段时间的学。我想那是我一生最快乐的时光了。”

“我喜欢波恩，在那边待了一年。我在波恩大学一位教授的家里租了一间屋子；教授已经去世，他的孀妻招了两个房客，她的两个女儿都是人到中年，平时烹饪，做做家务。我发现另外一名租客是一个法国人，一开始我有点失望，因为我只想练德语，别国语言都不想讲；可是后来发现他是阿尔萨斯人[1]，操一口德语，虽然没有他的法语那么流利，至少语音语调比他讲法语准确。他一副牧师打扮；几天之后，我才惊讶地发现他是个本笃会[2]修士。他是经修道院批准到大学图书馆来做一些研

1　西欧法国阿尔萨斯和洛林地区的居民，法国阿尔萨斯和洛林地区占多数的民族。属欧罗巴人种，通用德语和法语，多为天主教徒。

2　天主教隐修院修会之一。公元529年由意大利人本尼狄克创立。他首定会规，规定会士不可婚娶，不可有私财，一切服从长上。

究的。他学富五车，但是看起来与我心中认为的修士又没有什么不同。他身材高大，浅茶色头发，炯炯有神的蓝眼睛，红红的圆脸。人很羞怯谨慎，看上去不大想跟我多费唇舌。可是，他礼数周全，在餐桌上谈话时始终彬彬有礼；我只在用餐时才能看见他。午饭一吃完，他就回图书馆工作；吃完晚饭，我待在客厅里跟寡妇的一个女儿练习德语（另外一个女儿去洗碗了），而他总是回自己的屋子。

“在我住过来一个月之后的一天下午，他问我愿不愿意同他一起散步，这令我很是诧异。他说他可以领我到一些我自己根本就不会发现的地方。我相当能走路，可是他比我更能走。第一次散步，我们足足走了有十五英里远。他问我为什么来波恩，我说来学德文，并且想了解一下德国文学。他谈吐自如，说他愿意竭尽所能帮助我。从那以后，我们每星期总要出去散步两三次。我得知多年来他都教哲学。在巴黎时，我读过一些哲学家的书，比如斯宾诺莎的、柏拉图的、笛卡儿的。但是，没有读过德国大哲学家的著作，听他讲讲这些哲学家正合我意。有一天，我们到莱茵河对面去散步，当我们坐在一家酒庄喝啤酒时，他问我是不是新教徒。

“‘也算是吧。’我回答道。

“他瞥了我一眼，我看出他的眼神里有一丝笑意。他开始谈论起埃斯库罗斯[1]来。你知道，我学过希腊语的；他对那些古希腊伟大的悲剧家的了解程度，让我望尘莫及。听他谈古论今，如醍醐灌顶。我不明白他为什么忽然问我这个问题。我的监护人纳尔逊叔叔是一个不可知论者，但是，他经常去做礼拜，因为他的病人期望他这样子；也同样因为

1　埃斯库罗斯（公元前525—前456年），古希腊最伟大的悲剧作家，有“悲剧之父”“有强烈倾向的诗人”的美誉。

这个，他送我上主日学校。我们家的女佣玛莎是一个彻头彻尾的浸礼会教徒；我小时候，她时常吓唬我，告诉我地狱有烈火，而有罪的人要永远在地狱受折磨。如果她和村里的一些人由于某种原因有了矛盾，她就会诅咒他们，并且惟妙惟肖地给我讲述他们在地狱里将会经受的各种苦难，从中获得满足。

“到了冬天，我和恩夏姆神父已经相当熟识。我觉得他是个相当了不起的人，我从来没有看见他烦恼过。他为人宽厚和善，豁达宽容远超我的想象。他学识渊博，我的那点本事他肯定了如指掌，但当他同我讲话时，就好像我和他同样学识渊博一样。他对我非常有耐心，仿佛他只想帮助我，不求回报。有一天，不知道为什么我莫名地患上了腰痛，我的房东太太葛拉伯夫人，坚持要我睡觉时用热水袋保暖。恩夏姆神父听说我病倒了，晚饭后，来我的房间看我。虽然腰痛，但我整个人还好。你知道喜欢读书的人对书总是充满着好奇。在他进来之前我一直在看书，见他进来，我便放下书本。他就拿起了书，看了看书名。那是一本讲威斯特·艾克赫特的书，我在城里一家书店里淘到的。他问我为什么看这种书，我告诉他，我曾读过很多关于神秘主义的书，并且和他谈起了考斯特以及他是如何引起我对神秘主义的兴趣的。他用那蓝幽幽的眼睛审视着我，他的眼神我只能理解为慈爱。他一定觉得我很荒唐可笑，但是对我的钟爱并不因此而有所减少，反正我从来就不介意别人把我当成傻瓜。

“‘你在这种书里面想寻些什么呢？’他问我。

“‘如果我知道的话，’我回答，‘就直接去寻它了。’

“‘你还记得我曾经问过你是不是新教徒吗？你说也算是吧。你是什么意思呢？’

“‘我从小就是被当作新教徒养育的。’我答道。

“‘你相信上帝吗？’他问。

“我不喜欢回答这样的私人问题，因而我的第一反应是，这不关他的事。可是，他面容非常和善，使我感到没法反驳他。我一筹莫展，不知道该说相信还是说不相信。后来，也许我正在经受的腰痛使然，也许因为他身上特有的某种东西感动了我。不管怎样，我开口向他讲了我的人生经历。”

讲到此处，拉里停顿了一下。当他继续讲时，我知道接下来的话他并不是对我说的，而是对那个本笃会修士讲的。他已经把我抛到了脑后。我不知道是时间或是地点原因让他一改自己的沉默性格，他在没有我催促的情况下就把他长时间以来都不愿提及的事情讲了出来。

“鲍勃·纳尔逊叔叔很民主，他送我进的是麻汶中学。只是因为路易莎·布拉德利伯母天天念叨，到了我十四岁时，他让我进了圣保罗中学。不管是文化课还是体育运动，我做得都不太好，只是马马虎虎而已。不过，我认为自己是个非常正常的男孩子。我痴迷于飞行。那时候，飞行还处于发展初期，鲍勃叔叔和我一样对飞行兴奋。他认识几个飞行员；当我说想要学飞行时，他就说他去想办法。在同龄人中，我年纪虽小，个子却长得高，十六岁就跟十八岁的男孩一样高了。鲍勃叔叔嘱咐我一定要守口如瓶，因为他明白如果邻里知道是他让我学飞行的，一定会以排山倒海之势谴责他。可是，事实上，是他帮助我偷偷跑到加拿大，并且给我写了一封介绍信去见他的一位熟人。结果，我十七岁时就已经在法国当飞行员了。

“当时我们驾驶的全是非常老旧的飞机；每次上天都是用生命做赌注。按照今天的标准，那时的飞行高度简直低得可怜，但是，我们完全不懂这些，还觉得扬扬得意。我真是酷爱飞行。飞行时心里的感受是无法形容的，只觉得自己又得意又快乐。高高地翱翔于天上，觉得自己是广袤无垠天空的一部分。我不知道为什么，只知道到了两千英尺以上，我不再是一个孤零零的人，而是有了一种所属感。这话听上去也许傻里傻气的，但是，这确实就是我那时的真实感受。翱翔于高空，朵朵白云就像成群的绵羊似的在我脚下，我感觉自己已经和辽阔苍穹融为一体。”

拉里停了一下，用他深邃的目光盯着我，可是，我不知道他是在看我，还是在看别处。

“我知道有成千上万的人遭遇灾难而丧命，但是，我没有亲眼看见他们丧生，所以这就对我没有什么影响。后来我亲眼看见了一个死人，那一瞬间我感到了羞耻。”

“羞耻？”我情不自禁地叫了出来。

“羞耻，是因为那个孩子年龄尚轻，只比我大三四岁。他非常精壮、勇敢，前一秒还活力四射、善良友好，下一秒就变成了血肉模糊的身躯，看起来好像他从未在世间存活过。”

我什么也没说。我读医科时曾见过死人，在战争中看见的死人更是成千上万。使我难过的是，人一旦死亡，就看上去非常渺小，毫无尊严，如同被弃之不用的木偶。

“那天晚上，我难以入眠。我哭了。我不是为自己担忧，而是觉得愤恨，战争的邪恶使我悲痛欲绝。战争结束后，我回到家乡。我一直喜欢机械。如果航空没有什么可做的话，我就去汽车厂工作。我曾经受过伤，只能休息一段时间。后来他们希望我工作。我无法做他们要我做的那种工作。这看起来很没劲。我曾经花了很多时间来思考。我不断地问我自己生活到底意义何在。说到底，我能够在硝烟战火中存活下来就很幸运了，我想让自己的一生有所建树。但是，不知道应当做什么。我从来没有想过上帝这类问题，而现在我却在苦思冥想，我不理解为什么世界上会存在邪恶。我知道自己很肤浅，又寻不到追随的人。我渴望探究出答案，因而就把自己埋头于书卷中。

“当我同恩夏姆神父讲这些时，他问我：‘你已经读了四年书了吧？你有没有找到答案呢？’

“‘没有。’我回答道。

“他望着我，慈眉善目、光彩照人，这让我很疑惑。我不知道自己说了些什么使他如此动容。他在桌上轻轻敲着指头，好像在思考一个什么计划。

“‘我们明智的教会认为，’他那时说道，‘倘若你像信教徒一样行事，你将会真的信教；倘若你心怀疑虑地去祷告，但怀有虔诚之心，你的疑虑将会消除；我们的礼拜仪式对人的精神影响甚远，人类长达数个世纪的经验已经证明了这一点。如果你愿意参加这种仪式，上帝一定会使你内心安宁。我不久后会回修道院，你为何不同我一道去待上几周？你可以和我们的修士们一起去田间劳作，你也可以在我们图书馆看书。这种体验和你在煤矿或在德国农场做工一样有意义。’

“‘你为什么提议我这样做？’我问道。

“‘我已经观察你三个月了，’他说，‘我或许比你更了解你自己。你和你的信仰之间仅仅隔一层窗户纸，一捅就破。’

“我对此没有做任何回应。这让我有一种奇怪的感觉，就像有人在扣着我的心弦，使劲拨了一下。最后，我对他说，我考虑考虑。他就不再讨论这个话题了。在接下来和神父恩夏姆待在波恩的日子里，我们不再说任何有关宗教的事情。但是他在离开时给了我修道院的地址，并告诉我，倘若我下定决心去那儿，只要给他写信，他就会为我安排住所。他离开后，我没想到我是如此想念他。光阴荏苒，又是仲夏了。在波恩度过夏天是很不错的。我读了很多著作，歌德的、席勒的、海涅的、荷尔德林[1]的和里尔克[2]的，但仍然找不到答案。在这期间，我时常思量着神父恩夏姆说的话。最终，我下定决心接受他的邀请。

“恩夏姆神父到车站来接我。修道院位于阿尔萨斯的乡间，景色优美。恩夏姆神父把我引荐给院长，然后带我到一个小房间，那个小房间是安排给我住的。房间里有一张狭窄的铁床，墙上则挂着一个耶稣殉难的十字架，摆设简陋，仅有一些生活必需品。午饭铃响时，我走向一间有着穹顶的大厅，那是食堂。院长带着两个修士等候在门口，一个修士端一盆水，另一个手里拿着一条毛巾，院长在客人手上沾上几滴水，算是洗手之意，接着用修士递给他的毛巾把客人的手擦干。除我之外，还有三个客人，另有两个路过的牧师，留下来吃午饭的；还有一个上了年纪、满腹牢骚的法国人，是来这里归隐的。

“院长和他的两个修士助手，就坐在餐厅的正座，各自占一张桌子；修士们在沿墙的两边坐，见习修士和勤杂人员以及客人们则坐在餐厅正中。完成了感恩祷告之后，大家开始吃起来。一个见习修士站在餐厅进口处，单调地读着道书。吃完饭，大家接着做感恩祷告。院长、恩夏姆、客人和招待客人的修士走进一个小房间，喝咖啡，谈了些杂七杂八的日常事务。后来，我就回到了自己的小房间。

“我在那里待了三个月，非常开心。那种生活很适合我。图书馆里的藏书很多，我读了许多书。没有一个修士会来影响我，但是他们都很高兴与我交谈。他们的博学、虔诚以及超尘脱俗的气质深深地影响了我。不要认为他们过着一种闲散的生活，他们时常一刻都不得闲。他们各自经营着自己的土地，亲自劳作。有了我的帮忙，他们感到很高兴。

1 荷尔德林（1770—1843），德国诗人，古典浪漫派诗歌的先驱。

2 里尔克（1875—1926），生于奥匈帝国布拉格，是二十世纪鼎鼎有名的德语诗人之一。

我喜欢礼拜仪式的壮丽场面，但我最喜欢的是晨祷。早上四点钟，坐在教堂里，周围一片漆黑，这令人非常心动。这时，修士们穿着晨祷服，头巾遮住头，用响亮的男声唱着调儿平平的礼拜圣歌。这种日常的活动很有规律，让人有一种安全感。尽管你活力十足，尽管你的思想从未停下，但你的内心深处却是心静如水。”

说到这里，拉里微微一笑，略带懊悔。

“我像罗拉一样，生不逢时，生得太晚了些，没有碰上属于自己的时代。我应该出生在中世纪，在那个年代信教是理所应当的事情。那时我将清楚自己的前途，在教会谋个一官半职。现在让我信教很是困难。我渴望信仰上帝，但是我无计可施。因为上帝连一个一般上流人士都不及。修士们告诉我，上帝是为了得到彰显自己的荣耀才创造了世界。在我看来，那似乎并不是一件多么崇高的事情。难道贝多芬是为了得到赞颂才创造了交响乐吗？对此我是不相信的。我认为他是因为音乐在他灵魂中需要表达，才创造了交响乐。他做的所有努力都是为了尽自己的能力把音乐做到极致。

“我过去常常听修士们反复念餐前祷文。我想不明白的是：为什么天父提供给他们日常食物，还要他们一直苦苦祷告呢。难道尘世间的父亲给孩子们提供食物，还要孩子不断恳求吗？孩子们指望父亲供养，不会因此而对他感恩戴德，也不需要去这样做。对于一个有了孩子却没有能力或不想去抚养的父亲，我们对他只有责备。在我看来，一位万能的造物者如果无意为他的子民提供他们赖以生存的物质与精神食粮，那他还不如不把他们创造出来。”

“亲爱的拉里，”我说，“我觉得你幸好没有生在中世纪，否则你肯定会被处以火刑。”

他听了后，笑了笑。

“你取得了巨大成功，”他继续说道，“你想让别人当面称赞你吗？”

“这只会使我尴尬。”

“我若是你，也会这么想。我认为上帝也不需要人恭维。当初在空军部队里服役时，一个家伙靠阿谀奉承来取得美差，我们都鄙视他。我相信上帝也会看不起那种靠着阿谀谄媚来获得拯救的人。我总认为，那些尽力而为积德行善之人才会获得上帝的恩典。

“但这并不是主要困扰我的，最令我困扰的是原罪问题，我无法苟同那种原罪的想法。据我所知，修士们头脑里多少都带有某种成见。在空军部队里我认识了许多人。当然他们一有机会就喝酒，有时间就去找女人，而且满嘴脏话。我们当中有一两个坏蛋：一个家伙因开空头支票被捕，判刑六个月；这不完全是他的错。之前他身无分文，而当他拿到的钱比他自己奢望得更多的时候，这让他冲昏了头脑。我在巴黎曾经碰到过坏人，回到芝加哥碰到的就更多了。但他们作恶很大程度上是由于遗传，他们对此也是不由自主；或是由于环境的影响而去作恶，他们对此也无法选择：对于这些罪恶，我坚信社会对罪犯所负的责任要比罪犯本身所负的责任要多得多。倘若我是上帝，对于这些恶人，哪怕是罪孽深重的人我也不会是非不分地加以惩罚，把他们打入十八层地狱，永受沉沦之苦。神父恩夏姆，心胸阔达，他认为地狱就是失去了上帝保佑的地方，但是倘若这是一种无法忍受的惩罚，并称之为地狱的话，你认为仁慈的上帝会施加这种惩罚吗？他毕竟创造了人类。如果上帝创造的人类让他们能够犯罪，那他自己有着不可推卸的责任。如果有陌生人进入我家后院，我训练狗猛扑过去，咬了他的咽喉，那么我在它咬人后再去打它，这是不公平的。

“如果一个至善又全能的上帝创造了人类，那么他为什么要创造罪恶呢？修士们说，这是为了让人类克服自身邪恶的本性，抵制诱惑，将痛苦和忧患视为净化自己的必经之路，最终使自己能够接受上帝的恩赐。在我看来，这就像是派人去某地送信，你在必经之路上造了一个迷宫，让他很难通过，再挖一条壕沟，让他必须游过去，最后建造一道城墙，让他爬过去。我不相信全能的上帝连这点儿常识都没有，竟然做出这种蠢事。在我看来，与其信仰这样一个所谓的万能上帝，还不如信仰一个普通的上帝，这个上帝不迷恋于创造世界，而是致力于改变现状；与人类相比，他更加善良、聪明、伟大。人类在和不是由他创造的罪恶不断搏斗中，说不定能战胜罪恶，取得最终胜利。但换句话来说，我不明白为什么人类信仰现在的这个万能上帝。

“对于这些令我困惑的问题，无论从理智还是情感而言，修士们也没能给出使我满意的答案。我与他们显然不是一路人。在我去与神父恩夏姆道别的时候，他和颜悦色地注视着我，他一定认为我在修道院收获颇多，因此也就没开口问及此事。

“‘恩夏姆神父，我恐怕要让你失望了。’我说。

“‘不会的。’他回答道，‘你是一个有着极深宗教观念的人，虽然目前不相信上帝，上帝也会选中你，你还会回来的。至于是回到这里还是去别的修道院，只能遵从上帝的意旨了。’”

四

“我在巴黎度过了余下的冬日。我对科学毫无了解，但我认为，要大体了解一下科学至少得掌握一点常识。我看了许多书。我不知道自己学会了多少，只知道自己极其无知，不过这一点我之前就知晓。春天到了，我到乡间去，住在河边的小客栈里，旁边是一座美丽又古老的法式小镇。那里的生活平静如水，好像二百年来就不曾改变过。”

我猜想拉里就是在那儿和苏珊娜·鲁维埃一起度过夏天的，但我没有打断他。

“再后来，我到了西班牙，我想看看委拉斯凯兹[1]和埃尔·格列柯。我想知道艺术能不能给我指一条宗教不能指出的道路。我闲逛了一段时间，然后去了塞维利亚。我喜欢这个地方，心想着要在这里过冬。”

我二十三岁时曾去过塞维利亚。我也喜欢这里，喜欢那些白色、弯弯曲曲的街道，喜欢大教堂以及瓜达尔基维尔河周边广阔无垠的平原；我也喜欢那些优雅又活泼的安达路西亚姑娘们，喜欢她们的风韵和欢快、乌黑的双眸，喜欢佩戴在她们头发上的麝香石竹，从而把头发衬托得格外乌黑，而石竹花在头发的衬托下更加艳丽。我喜欢她们美丽的肤色，性感诱人的嘴唇。的确，那时候年轻，以为自己到了天堂。拉里去那儿的时候，比我那时候大不了多少。我也禁不住心想，面对那些迷人的姑娘，他不会无动于衷吧。他下面的话回答了我没说出口的问题。

“我碰见了一位在巴黎认识的法国画家。这家伙叫奥古斯特·科特。他曾经和苏珊娜·鲁维埃在一起生活过。他来塞维利亚写生，在那里和一位偶然认识的女孩住在一起。一天晚上，他邀请我一起去埃里丹尼亚剧院听一位弗拉明戈[2]的歌手唱歌，他也带来了他情妇的朋友。她的朋友年仅十八岁，有闭月羞花之貌。她和一位男孩闯了祸，怀上了孩子，只好离开自己村子去生下他，男孩那时在服兵役。生完孩子后，她把孩子交给乳娘照看，自己去烟草厂上班。我把她带回到我的住处。她非常活泼可爱。几天后，我问她愿不愿意来和我一起住，她说她愿意。我们就在一家旅馆租

1 委拉斯凯兹（1599—1660），十七世纪巴洛克时期西班牙画家。

2 一种源于西班牙南部安达卢西亚地区的艺术形式，包括歌曲、音乐和舞蹈。弗拉明戈音乐有五十种，每种都有自己的节奏模式。

了两间房子，一间卧室，一间客厅。我让她辞职，但她不愿意。不过，这正合我意，因为这样，我白天可以有自由支配的时间。我们可以随意使用厨房，所以她通常给我做完早饭后去上班，中午回来做午饭。晚上，我们在饭店吃完饭后，去看电影，或去跳舞。她视我为疯子，因为我洗过一次蒸汽浴，而且每天早上坚持用海绵蘸冷水擦身。她把孩子寄养在离塞维利亚不远的小村庄。我们一般星期天去看孩子。她和我住在一起是为了攒钱，等她男朋友兵役期满后，来租个房子住。她对这件事情毫不隐瞒。她惹人疼爱。我确信她会成为她的爱人帕科的好妻子。她乐观、温柔、热情。她把难以启齿的性交看作身体与生俱来的本能，和身体其他本能一样。她从中获取快乐，也高兴给予快乐。在床上，她就像一只小动物，但是一只善良、迷人、温驯的小动物。

"后来，有一天晚上，她告诉我她收到了一封信，是正在西属摩洛哥服兵役的帕科寄来的。信里说他要复员了，两天后到达加的斯。第二天早上她收拾好行李，把钱悄悄塞到长袜里。然后，我送她去车站，把她送进车厢时，她热情地吻了我。她一想到要与爱人重逢了，就非常兴奋，谈不上和我惜别。我敢肯定火车还没出站，她就已经把我忘得一干二净了。

"我继续待在塞维利亚。秋天，我动身去了东方，也就是那一次成就了我的印度之旅。"

五

夜色已晚。客人也少了，只有几张桌子旁还坐着人。过来闲坐的人都回家了。那些看完戏或赏完画来喝酒或吃东西的人也都离开了。偶尔会有一些新来者零零散散地走进来。我看见一位高个子男人，很显然是个英国人，和一位长相粗犷的人走了进来，是个年轻人。高个子有一张长长的、精疲力竭的脸，留着稀疏的卷发。显然，他一定是有着这样一种错觉，认为身在异国，之前的熟人就认不出他了，这样的错觉相信大多数人都有过。那个年轻人狼吞虎咽地吃着大盘三明治。他的同伴觉得好笑，亲切地望着他。真是好胃口。在客人中，我看见了一位面熟的男子，因为他和我去过尼斯的同一家理发店理过发。他很胖，上了年纪，头发灰白，脸又红又肿，眼袋很重。他曾在美国中西部做银行家，破产后宁愿离开自己的故乡，也不愿意接受调查。我不知道他有没有犯罪，即使有罪，在法国当局看来也可能太微不足道了，当权者犯不着将其引渡。他派头很大，而且像一个蹩脚政客一样装出一副傲慢的样子，但他眼里透露着惊慌和不悦。他从来都是半醉半醒的样子，经常与一些风尘女子待在一起，很显然，这位风尘女子恨不得榨尽他的最后一滴血。现在他与两位涂脂抹粉的中年女子在一起。她们毫无掩饰地愚弄他，而她们对他说的话，他只能勉勉强强地听懂，还咯咯地傻笑。这就是风月场中的人情世故！在我看来，他最好还是在国内，喝下自酿的苦酒为好。终究有一天，那些女人会把他榨干的。到那时，恐怕他只能投河或者服用安眠药自杀了。

深夜两点到三点之间，客人稍微多了些，大概是因为夜总会快要关门了。一群年轻的美国人摇摇晃晃地走进来，个个酩酊大醉，十分吵闹，但他们没有待太久就走了。在我们不远处有两个胖女人，脸色阴沉，穿着男式的衣服，在她们身上显得非常紧。她们并排坐着，闷声喝着威士忌和苏打。又来了一群穿着晚礼服的人。在法文里他们叫作世界公民[1]，他们一定是一直在闲逛，想用吃夜宵来结束今晚的生活。他们

1　原文为法语。

来了，又走了。一位小个子男人激起了我的好奇心。他穿着朴素，面前放着一杯酒，坐在那里读报纸已经有至少一个小时了。他黑色的胡子干净整齐，戴着夹鼻眼镜。后来，一个女人走进来，坐到他的身旁。他很冷淡地向她点点头。我猜想他之所以生气，是因为这个女人让他等了太久。这个女人年纪轻轻，穿得乱七八糟，却涂了满脸脂粉，而且看上去很是疲倦。不一会儿，我看见女人从包里拿出钱递给他。他看着钱，脸色沉了下来，接着他跟她说了几句话，我听不到他说了什么，但从女人的举止来看，那些话大概是辱骂她的，而她似乎像是在找借口。男子突然向前一倾，给了她一记响亮的耳光。女人大叫一声，然后开始小声啜泣。老板听到吵闹声，走上前去看看发生了什么事情。仿佛是在告诉他们，如果他们举止不规矩，就让他们出去。女人转向老板，开始发飙，狂骂脏话，让他少管闲事，嗓门之高，每个字都能听得清清楚楚。

“他扇我耳光，那是我自找的。”她大声叫道。

女人啊，我总认为，一个人靠女人卖身所赚的钱过活，那么他一定身材魁梧，穿着奢华、性感，可以随时掏出刀子和手枪。而眼前这个又矮又小的家伙，看样子可能是律师所的职员，竟然能够在这人满为患的行业里立足，真是令人大感意外。

六

招待我们的服务生快下班了。他为了拿小费，向我们出示了账单。我们付完账，又要了咖啡。

“后来怎么样了？”我问道。

我感到拉里会兴致勃勃地讲下去，而我自己也很有兴致听下去。

“你还没听烦吗？”

“没有。”

“好吧，那我接着讲。后来，我们到了孟买。船会在那里停三天，为的是让旅客有机会去游览或者短暂旅行。第三天下午我不上班，就去了岸上。我四处溜达了一会儿，看看人群。人真多呀！有中国人、伊斯兰教徒、印度教徒以及和你帽子一样黑的泰米尔人；还有拉大车的，长着长犄角的驼背大公牛！我去了石像山看石窟。一位印度人在亚历山大上了船和我们一道去孟买。旅客们都十分看不起他。他又胖又矮，棕黄色皮肤，圆脸。他穿着厚厚的黑绿相间的粗花呢格子套装，围着一条牧师领。有天晚上，我正在甲板上透气，他走过来与我聊天。那时，我不愿意与任何人交谈，只想独处。他问了我许多问题，我当时恐怕对他傲慢无礼了些。不管怎样，我告诉他，我是一名学生，在船上打工，挣点钱回美国。

“‘你应该在印度停留一下，’他说，‘东方有许多值得西方学习的地方，多得西方人根本想象不到。’

“‘哦，是吗？’我说。

“‘你无论如何都要去象岛石窟看一看，你肯定会不枉此行。’”拉里没有继续说下去，而是问了我一个问题：“你去过印度吗？”

“从来没有去过。”

“是这样，我正看着石刻三相神巨型胸像，这是象岛石窟的代表性景观。当我心里琢磨它有什么代表意义时，我听见身后有人说：‘我想你已经接受了我的劝告了。’我转过身来，一眼就认出了与我说话的人。这正是那个穿着厚格子套装，围着牧师领的胖男人。但他现在穿着橘黄长袍，后来才知道那是罗摩克里希教会长老穿的衣服。他不再是我之前认识的那个滑稽、语无伦次的小矮子，他现在高贵华丽，甚有派头。我们都专注地看着这座巨型胸像。

“‘一个是梵天，创造之神；’他说，‘一个是毗湿奴，守护之神；另一个是湿婆，毁灭之神。这三大神代表的是终极境界。’

“‘我好像不是很明白。’我说。

“‘这并不奇怪。’他回答道，嘴角微微一笑，眼睛闪亮，仿佛是在嘲笑我。‘一个能被理解的上帝算不上是上帝，谁能够用言语解释清楚“无极”呢？’

“他双手合十，微微鞠了个躬，然后从容不迫地离去。我继续看着那三个神秘的石像。或许是因为我处于一种虚心接受的状态，所以内心异常激动。就好像有时努力回忆某人的名字，挂在嘴边却说不出来。我那时就是这种感觉。我出了石窟，坐在石阶上，望着大海，过了好长时间。我知道的有关婆罗门教的全部知识都只是在爱默生的那些诗句中。我努力地背出它们，但就是做不到，这使我很是恼怒。我回到孟买后，去了书店，想看看能不能找到收进那些诗句的诗集。我在《牛津英诗选》中找到了它们。你还能记起这些诗句吗？

“忘掉我的人只是他们失算。
他们逃避我时，我就是羽翼。
我是怀疑者，也是怀疑的意识。
我是所罗门昼夜不舍的颂歌。

“我在当地的餐馆吃完晚饭。因为只要十点之前上船即可，所以我就去广场上走走，看看海。天上繁星点点，数量如此之多，是我前所未见的。在炎热的白天过后，夜晚的凉风清新宜人。我找到一个公园，坐在长凳上。那里一片漆黑，时不时有身穿白衣的人安静地走来走去。白天阳光灿烂，形形色色的人熙熙攘攘，空气中弥漫着辛辣芳香的东方味道，这样美好的一天让我沉醉。大梵天、毗湿奴、湿婆，这三座巨石像为这里增添了神秘的色彩，他们就像画家用来使他的构图具有完整性的一个物体或者一种颜色似的。我的心开始怦怦乱跳，因为我突然觉得有一种强烈的感觉——印度会给我一些我必须拥有不可的东西。这似乎是上天赐给我的机会，我要么抓住它，要么与之失之交臂。我果断抉择，决定不回船上了。船上除了旅行袋里的几件东西，我什么也没留下。我信步走回居民区，寻找旅馆，幸运的是，很快就找到了一家旅馆，要了一个房间。我所有的财物只有身上穿着的衣服和一些零零散散的现金、护照和信用证。我感到非常自由闲适，便放声哈哈大笑。

“十一点钟船将要出发；为了安全起见，我一直待在房内，等到十一点钟，我才走出房间到了码头，看着船离开。然后我去罗摩克里希纳教会，拜访那位在石像山与我说话的大师。我不知道他的名字，但是我讲明要见刚从亚历山大回来的长老。和长老见面时，我告诉他，我决定留在印度，并问他我应该看些什么。我们谈了很久。最后，他说他晚上要去贝拿勒斯，还问我愿不愿同他一起去。我兴高采烈地跳起来。我们乘坐的是三等车厢，里面挤满了人，有吃东西的、喝酒的、交谈的。车内热得受不了。我一夜没合眼，第二天早上，我非常疲倦，但长老却精神抖擞。我问他怎么才能保持精力旺盛，他说：‘在杂乱的地方冥想，在绝对中休憩。’我不知道要冥想什么，但我却亲眼看到他思维敏捷、神采奕奕，就像是在一张舒适的床上舒舒服服地睡了一觉。

“我们终于到了贝拿勒斯，一位与我年纪相当的年轻男子来接长老。长老让他为我找一间房住。这个男子叫马亨德拉，是位大学教师，他善良聪明、为人忠厚。我们彼此都很喜欢对方。晚上他带我乘船游览恒河，这真是让我大开眼界。全城的人涌到河岸边，景色美丽极了，令人叹为观止。但第二天早上，他领我去参观了更棒的东西。天还没亮，他就到我住的旅馆来接我。我们再次乘船游览恒河。我看见的场景令人难以置信。我目睹了成千上万的人来这儿施洗、祷告。我看见一位男子，高高的个子，面容憔悴，头发结成乱糟糟的一团，胡子拉碴，只用一条兜带遮蔽下体，伸出长长的手臂，昂起头，朝着即将升起的太阳高声祷告。我无法向你形容这令人印象深刻的场面。我在贝拿勒斯度过了六个月，曾多次在黎明时到恒河去看那奇特的场景。每次去，都让我难以忘怀。那些人的信仰是一心一意，没有保留，没有疑虑，那种信仰已经融入他们的每一个细胞。

“所有人对我都很友善，他们知道了我不是来打老虎、做买卖的，而是来学习的，就竭尽全力地帮我。我愿意学习印度斯坦语，他们感到非常高兴，给我找老师，借给我书，不厌其烦地回答我提出的问题。你可懂得印度教？”

“知道一点点。”我回答道。

“我原以为你会对它感兴趣。印度教认为宇宙无始无终，总是处于不断的变化中，从生长到平衡，从平衡到衰落，从衰落到分解，从分解到重生，以至永恒。还有什么样的信仰比这更令人惊叹的呢？”

“印度教徒认为这种终而复始的循环，其目何在呢？”

“我觉得他们会说这是世界万物的‘绝对’本质。你也知道，他们认为生死是一个阶段，其目的是为了惩罚或奖励灵魂前世的行为。”

“这种信仰主张灵魂轮回说。”

“那是一种三分之二的人类都会有的信仰。”

“许多人相信的不一定是真理。”

“不错，但至少它是值得考虑的。基督教吸收了很多新柏拉图主义[1]的思想，当初它说不定也吸收了轮回说。事实上，有一个早期的基督教派就信仰灵魂轮回，但之后被宣布成异教。倘若不是这个缘故，基督教徒就会像信仰耶稣复活一样坚信轮回说。”

“灵魂从一个身体转移到另外一个身体，并且根据前世的善恶无限循环此经历，这就是轮回说。我说得对吗？”

“我也是这么认为的。”

“可是你知道的，我不但有灵魂，而且也有身体，谁能说得清我之所以为我，有多少是我的身体碰巧在起作用的。难道拜伦要是没有畸形的脚，就成不了拜伦了吗？或者，难道陀思妥耶夫斯基要是没有癫痫，就成不了陀思妥耶夫斯基了吗？”

“印度人不会说这是‘碰巧’，他们会认为是前世的行为决定了你的灵魂会栖息在不完美的身体里。”拉里漫不经心地敲打着桌子，思绪游离，盯着一处发呆。随后，嘴边露出微笑，眼中露出沉思的神情，他继续说道：“你曾想过吗，轮回既说明了恶有恶报的道理，又阐释了世间存在恶是一种必然？如果我们所遭的罪正是我们前世所犯的罪，那么我们就会服帖地忍受它，并努力在今世行善，使得来生会少受一些苦。人忍受自己的恶果是非常容易的，我们所需要的是少许的刚毅，但是使人无法容忍的是罪恶降临到不应该降临的人身上。如果你能劝说你自己，这是你前世所种的恶果，你会同情他人，尽自己所能去减少他人的痛苦，而且确实应当如此。但是你却没有任何理由怨恨或者愤愤不平。”

1　古希腊文化末期最重要的哲学流派，并对西方中世纪中的基督教神学产生了重大影响。该流派主要基于柏拉图的学说，但在许多地方进行了新的诠释。新柏拉图主义被认为是以古希腊思想来建构宗教哲学的典型。该学派的创始人是阿摩尼阿斯·萨卡斯，流行于公元3—5世纪。

“可是上帝为什么不从一开始就创造一个免受苦难和没有不幸的世界呢？让人决定自己的行动时没有所谓的功过之分？”

“印度教徒会说，世界无开始，个人的灵魂是与宇宙共存的，从古到今，它的善恶则要由它以前的生存来决定。”

“那么相信轮回说对人的生活有实实在在的影响吗？说来说去，这才是真正的考验。”

“我认为有影响。我可以告诉你，我认识一个人，相信灵魂轮回对他的生命产生了实际的影响。我在印度的头两三年，大多居住在当地的旅馆里，但是不时地有人会请我和他们一起住。有一两次，我在过着讲究排场日子的土邦主那里做客。通过我的一个贝拿勒斯的朋友，我被邀请到北部的一个更小的土邦去做客。那个邦的首府特别好看：‘是见证了历史一半时间的玫瑰红之城。’朋友把我推荐给该邦的财政部长，他曾经接受过欧洲教育，在牛津求过学。和他交谈时，你会感受到他的进步、聪慧和开明，而且作为政治家，他因其工作高效、聪颖智慧、足智多谋而享有声誉。他身穿西装，外表看起来非常整洁，长得帅气十足，像步入中年的印度人一样稍稍有点肥胖，短发、齐整的胡须。他经常请我去他家，他家有一个很大的花园，我们就坐在参天大树的树荫下聊天。他有一个妻子和两个孩子，他们都已成年。你会误认为他仅仅是一个平平常常、普普通通的英国化的印度人。一年后，在他五十岁时，他竟然辞去有利可图的职位，把自己的财产全部转交给妻子和孩子，去做云游四海的托钵僧，我知道以后很吃惊。最令人惊奇的是，他的朋友们以及那个土邦主，把这件事视为顺其自然，平常之举，没有因此大惊小怪。

“有一天，我对他说：‘你思想开明，见多识广，博览群书，科学、哲学、文学了然于胸——在你的内心深处，你真的相信灵魂转世吗？’

“他听后表情大变，变成了一副先知的表情。

“‘我亲爱的朋友，’他说，‘如果我不相信灵魂转世，生命对我来说将会毫无意义。’”

“你相信灵魂再生吗，拉里？”我插话道。

“这是个很难回答的问题。我认为我们西方人像含蓄的东方人那样去相信它是不可能的。这种信仰和他们的血肉相连。对于你我来说，它可能仅仅是一个见仁见智的观点，我既相信也不相信。”

他停顿了片刻，一只手托着脸，眼睛看着桌子，然后把身体向后仰。

“我想告诉你一次奇怪的经历。当时我在阿萨姆静修处修行，一天晚上，我在我的小房间里练习我的印度朋友们教给我的冥想。我点着一支蜡烛，全神贯注看着它的火焰。过了一会儿，在这个火焰里，我非常清晰地看到了首尾相连的一长排人。首位的是一个有资历的女人，她头上顶着花边帽，戴着一对灰色耳环，穿着黑色的紧身上衣和饰有荷叶边的黑丝绸裙子——这种服装，我想是上世纪七十年代流行的一种款式。她站在那儿，正面对着我，优雅、羞怯而又谦逊，手臂沿身体两侧垂下，手掌心朝向我。她满是皱纹的脸上呈现出和蔼恬美、温柔的表情。紧接着，她身后是一个高大枯瘦的犹太人，侧着身子，以至我只能看清他的轮廓。他长着大大的鹰钩鼻、厚厚的嘴唇，穿一件黄色宽松长袍，又浓又黑的头发上顶着黄色的圆边便帽。他有着一种学者般专注的表情和冷酷的神态，同时充满了激情。他的后面是一个年轻人，脸面对着我，我能看得非常清晰，就像我和他中间没有隔着任何人。他面容红润，让人感到愉悦，一看就知道他是一个十六世纪的英国人。他傲然屹立，两腿略微分开，一副踧踖自恣的样子。他身着一身的红色，雍容华贵、得体，就像是朝服，脚上穿着天鹅绒的宽头鞋，头戴天鹅绒扁帽。这三个人后面是不计其数的一连串的人，就像电影院外面排的长长的队伍，但是他们是昏暗模糊的，我看不清楚他们长得什么样。我只能察觉到他们模糊的样子和他们如同小麦在夏日的和风里招手的动态感。过了一会儿，我不知道是一分钟、五分钟还是十分钟之后，他们渐渐消失在夜晚的黑暗中，我眼前只有蜡烛持续燃烧的火焰。”

说到这里，拉里微微笑了笑。

“当然，也许是我陷入瞌睡中，我是在做梦，也许是我对那微弱的火焰太专注，结果进入到一种催眠状态。我见到的那三个人如同我现在看你一样如此清晰，他们只是保存在我潜意识中的往事的画面。但是他们也许是前世的我。也许没多久之前，我是新英格兰的一个老妇人，在那之前是地中海东部黎凡特一带的犹太人，再往前追溯若干年，在塞巴斯蒂安·卡伯特[1]从布里斯托尔航行不久的那段时间，我是威尔士亨利亲王宫廷中的一个侍从。”

“你玫瑰红之城的朋友最后怎么样了？”

“两年后，我南下到了一个名为马都拉的地方。一天晚上，在寺庙里，有人拍了我胳膊一下，我回头一看，只见是一位印度教圣人，留着胡须，头发又长又黑，光着身子，只围了一条遮腰带（热带男人遮羞用的），手里拿着一根手杖和化缘钵。直到他开口说话，我才认出他。他是我的那位朋友，我吃惊得无以言表。他问我现在做什么，我告诉了他；他问我要去何方，我告诉他去特拉凡科；他要求我去拜访锡吕·迦尼萨。‘他会解答你一直在探求的问题。’他说。我请他谈谈有关锡

1　塞巴斯蒂安·卡伯特（约1474—1557），意大利探险家。1518年，西班牙国王查理五世任命他为西班牙海军的领航长。他组织过三次探险活动，想寻找到一条经由欧洲以北驶往亚洲的航路，但前两次探险计划均以失败告终。第三次他率领一支西班牙探险队，通过向西的路线前往亚洲。

吕·迦尼萨的一些情况，但是他笑着说，当我见到他，我就能知晓一切。那时，我从惊讶中恢复过来，问他在马都拉做什么。他说他在进行朝圣之行，徒步到印度各地朝圣。我问他食宿问题怎样解决，他告诉我如果有人为他提供住所，他就睡在人家的阳台上，如果没有人为他提供住所，他就睡在大树下或者寺庙里；至于饮食，如果有人施舍，他就吃，没有人施舍就饿着。我看着他说：‘你瘦了。’他笑着回答说：‘是瘦了，但感觉更好了。’然后他向我告辞，一听到那些只穿着遮腰带的人用英语说‘嗯，再会，老朋友’，感觉非常有趣。后来，他进入了寺院的内室，那是我不能入内的。

“我在马都拉待了一段时间。这恐怕是印度唯一的白人可以随意出入的寺院，当然至圣所是不允许白人进入的。在傍晚降临时，这里挤满了人，男女老少都有。男人打赤膊，系着遮腰带，他们的前额，经常连同他们的胸部和胳膊，涂有厚厚的烧牛粪余下的白灰。你看到他们正在一个神龛接一个神龛地膜拜，有时你会看到他们平伏在地上，脸朝下，行五体投地大礼。他们祈祷，诵经。他们互相召唤，互相争吵，热烈地讨论争执。还有人骂出亵渎神明的脏话，但是令人莫名其妙的是，神明好似近在咫尺，却对此充耳不闻。

“你穿过很多门廊，门廊的顶部是由雕塑的柱子支撑，在每一个柱子的旁边，均有一位托钵僧坐在那里，他们每个人前面都有一个盛供奉物的化缘钵或者一个小垫子。虔诚的人时不时地投掷一个铜币。有些人穿着衣服，有些几乎是裸体的。有些人，当你经过时，神色茫然地看着你；有些人在诵经、默读或大声朗读，好像对川流不息的人群浑然不觉。我想在他们中间寻找我那位朋友；但是，我再也寻他不着。想来他又继续进行他的目标之旅了。”

“他的目标是什么呢？”

“从轮回的羁绊中解放出来。根据吠檀多[1]的哲学家所述，真我——他们称之为灵魂，我们称之为思想——它不同于我们的肉体和感觉，也不同于我们的理智和智力。它不是绝对的一部分，也不是为绝对服务的，而是无限的。它可以没有任何组成部分，真我实为‘绝对’本身。它不是创立的，它永恒存在。最后当他抛弃无知的七层面纱，就会回到它的发源‘无限’中。它就像从海洋中升起的一滴水，一阵雨之后，进入池塘，然后漂流溪涧，汇入江河，穿越高山峡谷、广阔草原，蜿蜒曲折，克服重重困难，直到最后又到了它升腾起的无边无际的大海。”

“但是那颗可怜的水滴，当它又成为大海的一分子，一定完全失去了它的个性。”

拉里咧嘴笑了。

“你想品尝糖，但你并不要变成糖。个性除了我们的自我中心之外，还会是什么呢？灵魂直到摆脱了自我中心的最后痕迹，它才可能和‘绝对’融为一体。”

“你谈起来好像对‘绝对’非常熟悉，拉里，这个词听起来堂而皇之。对你来说，它真正指的是什么？”

“它是一种存在。你不能说它是什么，你只能说它不是什么，它无以言表。印度人称之为婆罗门，它无处可寻但又无处不在。万事万物蕴含着它，依赖它。它不是一个人，不是一件事，不是一个理由。它没有属性，凌驾于永久和变化之上，超越了部分或整体、有限和无限。它是永恒的，因为它的完整与完美与时间无关。它是真理和自由。”

“天哪！”我自言自语道，但是却说出了声，“一个纯知性的概念

1　印度婆罗门教六派哲学之一，印度哲学史上占统治地位的唯心主义哲学派别，一直发展至今。

怎么可能对受苦受难的人类是一种慰藉呢？人们总是想拥有一个人性化的守护神，当他们沮丧时可以求助，获得安慰和鼓励。”

“也许是在更遥远的未来的一天，人类通过更加深刻的理解，将会明白，他们寻求的慰藉和鼓励存在于他们自己的灵魂中。我个人认为崇拜个性化的上帝仅仅是古代朝拜残酷暴虐之神的旧信仰的遗存。我相信上帝要么在我心中，要么不存在。但是如果是这样，我要去敬拜谁呢，敬拜我自己吗？人们的精神发展处于不同的水平，因此在印度的理解中，‘绝对’的表现形式就是三相神，创造之神梵天、守护之神毗湿奴和毁灭之神湿婆，还有上百个其他的名字。‘绝对’存在于世界的创造者和统治者大‘自在天’之中，也存在于卑微的神物中。那些农民在他们被太阳烤得炙热的田地里放一朵花，供奉着卑小神物。印度各种各样的神祇是一种形式，目的是使人们真正认识到‘真我’是‘我’与上天合为一体。”

我看着拉里，沉思着。

“我想知道是什么把你吸引到这个朴素的信仰上来的。”我说。

“我想我可以告诉你。我总是感觉有一种感伤的、可怜的东西存在于宗教的创造者中，他们要求你信仰它并把它作为救赎的一个条件。这如同他们倚仗你的信仰而获取自信。这会令人想起古代的异教神，如果没有了虔诚的教徒的祭祀，他们就会变得病态和虚弱。不二吠檀多并不是要求你信任任何东西，它仅仅要求你满怀热情地感知‘存在’；它声称你肯定能体验到神的存在，就如同你能感知欢乐和痛苦。现在，据我所知，印度成百上千的人确信他们已经认识到了这一点，那就是你通过认知了解‘存在’——我发现这种观点很值得称道。在后期，印度圣徒承认人类的软弱性，认为拯救可以通过爱和工作的方式实现，但是他们也不否认，最高级的方式是认知，当然这种方式也更艰难。因为认知作为人类理性的形式，是人类最高级的能力。”

七

首先，我必须明确说明一下，我并不想在此处用过多笔墨来试图阐释所谓吠檀多的哲学体系。我对这种哲学思想知之甚少，但是即使我对这种哲学体系甚是了解，也不适合在此处阐述。我们谈了很长时间，拉里告诉我的远比我写的内容要多很多。但是这本书终究是小说，把拉里说的话全都记录下来放在书中是不恰当的，我有的只是对拉里的关心。我本不应该涉及如此复杂的一个话题，但是我觉得我至少要提及他的哲学思考以及碰巧发生在他身上的奇特经历，我才能对他的行为给予准确合理的解释。我将很快让读者知晓他的行为。他的声音悦耳动听，即使是他漫不经心的话语也能扣人心弦。他的面部表情随着思想的变化而变化，从严肃到淡淡的喜悦，从深思到戏谑，宛如小提奏在演奏协奏曲的几个曲调时，钢琴也随之奏响，变化莫测。我感到恼火的是自己学浅才疏，所有这些我却无以言表。虽然是严肃的事情，他谈起来却非常自然，如同拉家常，也许有点儿矜持，但是却没有任何拘束，如同他谈论天气和庄稼。如果读者认为他是在说教，那完全是我笔拙所致。他的谦逊和他的真诚一样显而易见。

咖啡馆只有很少的人。喧闹的人早已离开。那两个做皮肉生意的可怜人也已经回到她们破旧的住所。不时地会有满脸倦容的人来这儿喝一杯啤酒或者要一份三明治，或者睡眼惺忪的人来叫一杯咖啡提神。他们是白领，一些人已经换了夜班，准备睡觉了；另一些人，被闹钟叫醒，不情愿地去上白班，开启辛劳又漫长的一天。拉里如同对周围环境和时间毫无察觉，我也不知不觉地意识到我的生命历程中经历了许多莫名其妙的事情。不止一次地，我曾处于生死之间，也不止一次，我用手触摸到浪漫，知晓了浪漫。我曾经骑在小马驹上穿越中亚西亚，沿着马可·波罗的路线到神话般的国度——中国；在彼得格勒整洁的客厅里一边喝俄国茶，一边听一个身穿黑色紧身上衣、条纹裤，说话轻柔的小个子讲述他暗杀一个大公的经历；曾经坐在英国议会大厦一间客厅，聆听海顿的钢琴三重奏，而与此同时，子弹在窗外呼啸而过，人声鼎沸。但是我认为我那些奇遇远比不上眼前的事离奇。坐在一家炫目酒店的红丝绒座椅上数个小时，听拉里讲述上帝和永恒，讲述“绝对”和无休无止的生命轮回。

八

拉里已经沉默了几分钟，我耐心等待，不想敦促他。过了一会儿，他对我友好地笑了笑，好像他突然又一次意识到我的存在。

“当我去特拉凡科时，我发现我没有必要寻求锡吕·迦尼萨的信息。每个人都知晓他。多年来他一直住在山里的洞穴里，但是最后他被说服迁徙入原。有个施主舍出一块地，为他修了一个小土坯房子。这里距离首府特里凡得琅比较远，我花费了足足一整天时间，首先是乘火车，然后是坐牛车，到了他的静修处阿萨姆。在院子的入口处，看到一个年轻人，我问他我是否能拜见静修者。此行，我带着一篮子水果，作为见面礼。几分钟后，年轻人回来，领我进入一个长厅，长厅四周都有窗。在长厅的一角，锡吕·迦尼萨坐在铺有虎皮的修行台上冥想。‘我一直期望见到你。’他说。我很吃惊，猜想我马都拉的朋友已经把我的情况告诉了他。但是当我提到那位朋友时，他摇了摇头，予以否定。我把我的水果呈上，他告诉年轻人把水果拿走。大厅里只剩下了我们两个人，我们相互对视，谁也没说话。我不知道这种沉默持续了多久，很可能是半个小时。我已经说了他的长相，但还没有告诉你他焕发出来的真诚、善良、祥和以及无私。我旅途劳顿、急躁，但是渐渐地我开始感觉非常轻松。没等他再开口，我就知道他就是我一直找寻的人。”

“他说英语吗？”我打断道。

“不。但是，你知道，我很善于学习语言。我已经掌握了足够的泰米尔语，在中南方，能听懂别人的话，也能让他们理解我。沉默了许久之后，他终于开口了。

“‘你为什么要来这儿？’他问道。

“我告诉了他，我是怎样来的印度，我这三年是怎么度过的：四处打听智者和圣贤，拜见了一个又一个圣人，但是没有找到我要探究的答案。听到这里，他打断了我的话，说道：‘我知晓这一切，没有必要告诉我了，我想知道你为什么来到这儿。’

“‘我想拜你为师。’我回答道。

“‘只有婆罗门才能为人宗师。’他说道。

“他用一种奇怪而又深邃的目光看着我，突然他的身体变得僵直，眼睛看起来转为内视。我看到他进入了入定状态，印度人称之为‘三昧’。这种状态下，一个人会物我合一，成为‘绝对’和‘认知’。我盘膝坐在他面前的地板上，心剧烈地跳动着。不知道过了多长时间，他叹了一口气，我意识到他恢复了正常的状态。他温和地瞥了我一眼，充满了慈爱。

“‘留下来吧。’他说，‘他们会告诉你就寝的地方。’

“我有了居住之地——也就是锡吕·迦尼萨最初来到平原时居住

的那间小土坯房子。他现在日日夜夜穿过的厅堂是后来他的门徒从四面八方聚集过来和越来越多的人慕名而来的时候修建的。那时，为了不引人注目，我改穿了舒服的印度服装，而且皮肤都被晒伤了，除非你特别留意我，否则你可能会认为我是印度当地人。我大量阅读、冥想。当锡吕·迦尼萨愿意讲话时，我便认真聆听；他话语不多，但是他总是愿意回答你提出的问题。他的谈话如同耳边的音乐，鼓舞人心。虽然年轻时，他自己践行一种极严的戒律，但他并不要求他自己的门徒照做。他试图使他们从自我、情欲和感官的奴役中解脱出来，教导他们：可以通过静穆、克利、谦虚、退让来获得解脱，可以通过坚定的心和对自由的孜孜以求来获得解脱。人们通常来自附近三四英里远的镇子里，镇上有一座非常著名的寺庙，每年庙会的时候，很多人蜂拥而至。他们从特里凡得琅和遥远的地方赶来，向他倾诉他们的烦恼，征求他的建议，聆听他的教诲；那些人来时愁眉不展，离开时人人都平静祥和、神安气定。他的教义非常简单，他说我们的伟大远远超出我们的想象，我们必须不断修行，获取智慧，这样便可通向自由。他教导说要获得拯救，遁世隐居并不是最重要的，最重要的是摒弃自我。他教导说做事不求私利可以净化心灵，责任是赋予人沉潜自己，与宇宙合一的机会。但是感人至深的并不是他的教义如何非凡脱俗，是他这个人本身、他的善行、他的伟大心灵和他的圣洁。他的存在是一种恩赐，和他在一起，我感觉很幸福，我觉得我终于实现了夙愿。几周、几个月飞逝而过。我打算要么一直待在那里，直到他圆寂，他告诉我们他并不想过长地占据他那易腐烂的肉体；要么我待在那里直到我大彻大悟，那就是彻底冲破无知的桎梏，坚信不疑自己和‘绝对’是同一的。”

“然后会怎样呢？”

“然后，如果他们说的是真的，就再也没有什么了。灵魂的尘世之旅实际上已经结束，再也不会回来。”

“锡吕·迦尼萨死了吗？”我问道。

“据我所知，没有。”

当他说这话的时候，他意识到我话中有话，对我淡然一笑。他犹豫了片刻，继续讲，但是语气与之前有所不同。我以为他不愿意回答我的第二个问题，他清楚地知道我的问题已经到了舌尖，当然这个问题就是他是否已经大彻大悟。

“我并没有继续待在阿萨姆静修处。我很幸运地认识了一个当地的森林管理员，他有一个永久性的住所，位于山脚下一个村庄的边缘。他是锡吕·迦尼萨的门徒，在工作之余，他会来和我们待两三天。他是一个非常好的小伙子，我们有时会促膝长谈。他喜欢和我一起练习英语。当我们认识一段时间之后，他告诉我森林管理所在丛山中有一座小房子，假如我想一个人去那儿，他可以把钥匙给我。我有时去那儿，要在路途上奔波两天。首先得坐巴士到森林管理员的村庄，然后剩下的路程得步行。不过，你到那儿，会发现那个地方美极了，庄严、孤寂。我把所有能带的东西都放入了背囊背上，雇用一个搬运工担着我的粮食。我一直待在那里，直到吃完所有食物。它仅仅是一座小木房子，有一个厨房，一张可以放张席子的支架床，还有一张桌子和几把椅子，没有任何其他的家具。那儿很凉爽，有时在晚上生一堆火，感觉特别惬意。得知我周围二十英里内没有人烟，我感到妙不可言。晚上，我会经常听到虎啸或者大象穿过丛林时的吼叫。我还经常在森林中远足。我特别喜欢坐在一个地方，因为从那个地方，我可以看到山脉在我面前延伸，俯瞰下面的湖水。黄昏时，野鹿、野猪、野牛、大象和豹子等动物会来湖边饮水。

“我仅仅在阿萨姆待了两年，就开始了我的森林隐居生活。我去的理由可能会让你觉得可笑，我想在那儿过我的生日。我在生日的前一天到达那里，第二天早上黎明前，我醒了，想到刚才我告诉过你的那个地方去看看日出。我对这条路太熟悉了，用布蒙住眼睛也能找到。到了那个地方后，我坐在一棵大树下等着，虽然还是黑夜，但是天空中的星星已经泛白，黎明马上就要来临。我有一种奇怪的不确定感，渐渐地在我浑然不觉的情况下，光开始部分透过黑暗，慢慢地，如同一个神秘的人物在两棵树之间行走，我感到我的心怦怦直跳，如同危险即将来临。太阳升起来了。”

拉里停顿了一下，嘴唇上露出悲伤的微笑。

“我没有叙述的天赋，不知道用什么词来描述一种景象；我不能让你身临其境，看到破晓时展现在我面前的壮丽景色：长有茂密森林的高山，还在树尖萦绕的薄雾，脚下深不可测的湖泊。阳光透过高处的罅隙在湖面上，湖面如同抛光的钢材闪闪发光。我被这世界的美景迷住了。我从来不知道世间竟有这种惊喜和如此超然的快乐。我有一种奇怪的感觉，一种从脚到头的震颤。我感觉自己好像突然从肉体中解放出来，像纯精神一样分享着未曾体验过的美好，一种超越人性的意识捕获了我，使得所有混乱的东西变得澄清，使得所有使我困惑的事情得以解释。我如此高兴，却又如此痛苦，挣扎着从这种状态中解脱出来，因为我感觉到如果时间再延长片刻，我就会死去。但是它是如此使人心醉神往，我宁愿死去也不愿意放弃。这种体验欣喜若狂，只可意会不可言传。我该怎样向你讲述？没有任何言语可以描述我入定的幸福。当恢复过来时，我全身无力、发抖，不知不觉睡着了。

“直到正午，我才醒来。在返回到小屋的路途中，我心情如此轻松，走起路来也飘飘然了。天哪，我饿极了，我自己做了点儿吃的，然后点着了烟斗。”

说到这里，拉里点着了手中的烟斗。

“我不敢想，其他人用苦行和禁欲的方式为此争取奋斗了数年，尚未能够大彻大悟，而我，伊利诺伊州麻汶镇的拉里·达雷尔，竟然做到了。”

“你为什么不认为它只是一种催眠状态，由你的心境、孤寂，黎明时的神秘和你脚下那片波光粼粼、平缓如镜的湖水共同作用而促成的呢？”

“仅仅是因为我无可抗拒地感觉到它的真实性。说实话，它如同千百年来世界各地的神秘主义者所获得的体验一样，印度的婆罗门，波斯的索菲派，西班牙的天主教徒，新英格兰的新教徒，只要他们能够描述那无法形容的境界，他们都会用类似的术语。否定它的存在是不可能的；唯一困难的就是怎样解释它。是否是我和‘绝对’合二为一，还是我们潜意识里都拥有的一种亲和力涌入了普遍精神所致，我不得而知。”

拉里停了一会儿，向我投来探询的目光。

“顺便说一句，你能用你的大拇指接触到你的小拇指吗？”他问道。

“当然能。”我笑着说，用正确的动作证明了这一事实。

“你可曾意识到这件事情只有人和灵长类动物能做到吗？它是因为大拇指和其他手指是相对的，手是令人羡慕的工具，它确实是。有没有可能对生拇指——毫无疑问是未进化的形式——是由人类远古的祖先和某些个体的大猩猩经过数代的演变，成为我们共同的一个特征呢？那些和真实合一的经历，众多不同的人所拥有的，是否会成为人类的潜意识中的第六感觉的进化方向，在遥远的未来也会成为我们人类共有的，以至人类可能拥有对‘绝对’的直接感知力呢？如同我们现在拥有的感知客体的能力一样。无论如何，这是有可能的。”

“如果那样，你期望那会对人类有什么影响呢？”我问道。

“我无法告诉你，如同第一个生物发现用它的大拇指能触摸到它的小拇指，可能无法告知你那个微不足道的动作蕴含着不可估量的价值。我只能告诉你在我感受到宁静、平和、高兴、镇定的那一刻，我现在依然能体验到当时的欣喜若狂，世界的美丽境界现在还很鲜活生动，就如同我最初见到它时的目眩神迷一样。”

“但是，拉里，当然是你的‘绝对’的观点迫使你相信世界和它的美景仅仅是一种幻觉——玛雅编织出来的幻觉。”

“那种认为印度人将世界视为幻觉的观点是错误的。印度人并非如此。他们只是说世界的真实和‘绝对’的真实是截然不同的。玛雅仅仅是一种猜测，是由那些热心的思想家们设想出来的，用来解释‘无限’怎样生出‘有限’。‘轮回’，是诸多学说中最有智慧的一种，断定这是难以解释的奥秘。婆罗门是真我、极乐和智慧，亘古不变，无所缺，无所需，不改变，不争斗，至善至美。既然如此，它为什么要创造世界呢？嗯，如果你问这个问题，一般来说，答案是‘绝对’任性地创造了世界，没有任何目的。但是当你想到洪水、饥荒、地震、飓风，想到人类饱受的疾病之苦，你的道德感就会被这个想法所激怒，认为那么多骇人听闻的灾难当初怎么会这样开玩笑般地创造了出来。锡吕·迦尼萨有太多的善念在心头，所以不相信那些。他把世界视为‘绝对’的体现，是完美的外溢。他教导人们，天神造物是情非得已，世界是神性的表现形式。当我问他，既然世界是一个完美无缺的神性的体现，为什么它竟如此可恶？非要设定目标，让众生从他的羁绊中解脱出来。锡吕·迦尼萨回答说，尘世的满足状态只是暂时的，唯有‘无限’会给予永恒的幸福。但是无止境的岁月不是把好变得更好，也不是把白变得更白。如果午间的玫瑰失去了它拂晓时的美丽，那证明它早晨的美丽是真实的。世界上万事万物都不是永恒的。只有愚蠢的人才会追求永恒。但是更加愚蠢的做法是不去享受我们现在所拥有的快乐。如果变化是事物存在的本质，人们可能会认为把它作为我们哲学的前提是最合情合理的。我们谁也不能两次踏入同一条河流，初次踏入时，河水流去，继之流来的河水也同样凉爽、清新。

“雅利安人最初来到印度时，把我们已知的世界看作只是我们不可知世界的表象；但是他们喜欢这样一个世界，觉得它山清水秀、五彩缤纷。仅仅几个世纪之后，当疲惫的征服和不断恶化的气候削弱了他们的活力时，他们就成为成群结队入侵者的猎物。他们看到的仅仅是生命的罪恶，并且渴望从轮回中解脱出来。但是为什么我们西方人，尤其是我们美国人竟然被腐朽、死亡、饥渴、疾病、衰老、痛苦和欺骗所震慑呢？我们有强大的生命力。当时，我坐在自己的小木屋里，抽着烟斗，我感觉比之前任何时候都充满活力，我觉得体内有种力量急于扩展开来。这不是因为我远离世界，遁世隐居，而是我生活在这个世界上，爱世界上的万事万物，不是爱它们的表象，而是爱它们之中蕴含着的‘无限’。假如在我经历的极乐时刻，我的确和‘绝对’合二为一，那么，如果他们说的是真的，任何事情都不能影响到我，而当我已经清算了我今生的业（印度教和佛教等宗教中认为今生的行为会影响到来世的信仰），我就再也不能回到尘世来。这种想法使我感到抑郁。我想一次又一次生存，有生命的轮回，我愿意去接受任何类型的生命的存在，不论它是痛苦还是悲伤，我感觉生生世世、生生不息才能满足我的渴望、我的活力和我的好奇心。

“第二天早上，我动身下山，第三天我到了阿萨姆静修处。锡吕·迦尼萨看到我穿着西服，大感意外。那些衣服是我上山时在森林管理员的那间小屋子里换上的，因为山上比较凉，下山时没有想到要换掉。

“‘师父，我来这儿是向你道别的，’我说，‘我打算回到我自己

的家乡。’

“他没有说话。他还和之前一样盘膝坐在铺有虎皮的修行台上。他前面的火盆中燃着一根香，它的清香让周围的空气芳香四溢。如同我第一次见到他那样，他独自一人修行。他看着我，目光深邃具有穿透力，我感觉他看到了我内心的最深处。我知道他明白已经发生的事情。

“‘这样好，我心灵得安宁，’他说，‘你已经离家太久了。’

“我跪倒在地，接受他为我的赐福，起身的时候，我眼里满含泪水。他是一个高尚圣洁之人，认识他是我的荣幸。我和院中那些静修者们一一道别。他们中有些人在那儿已经静修多年了，有些是在我之后来的。我把我仅有的一些物品和书籍都留在了那儿，可能会对他人有益。我背上背包，穿着我初来时的旧裤子和棕色的大衣，戴一顶破旧的遮阳帽，跋涉回到镇上。一周之后，我在孟买坐上轮船，在马赛港登了陆。”

我们两人都沉默了，各自都在深深思考；虽然我很累，但是还有一件事我非常想让他再解释一下，最后我首先开了口。

“拉里老弟，”我说，“你长时间的探索始于邪恶的难题，是邪恶的难题促使你去不断探索。可是，谈了这半天，你却只字未提，你是否已经找到解决的办法，哪怕是初步的解决方案。”

“也许是没有解决的办法或者是我不够聪明没有发现解决的办法。罗库克里希纳把创造世界看成天神的一种游戏。他说：‘它就像一场游戏，在这个游戏中，有快乐和痛苦，有美德和罪恶，有知识和无知，有善良与邪恶。如果从创造世界开始就把邪恶的痛苦一并淘汰掉，这场游戏就无法进行。’我坚决拒绝那种观点。我能给出的最好设想是‘绝对’在这个世界上的表现形式是：邪恶与善良有着必然的联系。如果没有地壳运动难以想象的恐怖，你不可能见到喜马拉雅山的惊人之美；中国烧瓷的匠人们能够把花瓶烧成薄胎瓷（一种原产于中国的轻薄半透明的瓷），使花瓶具有可爱的造型，用漂亮的图案装饰，用引人入胜的令人陶醉的颜色着色，涂上完美的釉料，但是就其本质而言，这并不能改变它的易碎性。如果你失手把它掉在地板上，它会碎成许多碎片。同样的道理，我们珍视的世界上的美德只能与邪恶共生共存，难道会不可能吗？”

“这是一个有独创性的想法，拉里。但我认为它并不十分令人满意。”

“我也不十分满意。”他笑了，“我是这样理解的，既然断定某件事情是必须做的，那么所能做的就是把这件事做到极致。”

“你现在有什么打算呢？”

“我这儿有一项重要的工作，完成之后我将回美国。”

“回去做什么呢？”

“生活。”

“怎么生活？”

他非常镇定地回答，眼睛闪烁着顽皮。因为他知道他的回答几乎完全出乎我的意料。

“镇定、宽容、慈悲、无私和禁欲。”

“很高的要求。”我说，“为什么禁欲？你是一个年轻人，性欲和吃饭一样是人这个动物最强的本能，你试图压抑它明智吗？”

“所幸的是，性放纵对于我只是一种寻欢作乐，不是一种需要。据我本人的经验，印度的哲人们坚持贞洁，可以极大地提升精神的力量，这话说得再正确不过了。”

“我本来以为最明智的生活方式在于肉体需求和精神需求之间保持一种平衡。”

“那正是印度人认为我们西方人没有做到的。他们认为，我们有着无数的发明，许许多多的工厂、机器，生产出丰富的商品，总是把幸福建立在物质上。其实，幸福并不取决于物质上的富有，而取决于精神上的富足。他们认为我们选择了一种走向毁灭的道路。”

“你感觉要践行你提到的某些美德，美国合适吗？”

“我不明白为什么不合适呢？你们欧洲人对我们美国人一无所知。我们积累了大量的财富，你们认为我们美国人只关注钱，除了钱我们什么都不在乎。当我们有钱的时候，我们就花掉，有时花得恰到好处，有时没有用到当处，但是我们只是消费。金钱对我们来说，只是成功的一种象征。我们是世界上最伟大的理想主义者。我恰恰认为我们把理想放在错误的目标上了；我恰恰认为摆在人类面前最伟大的理想是自我完善。”

“这是一个崇高的理想，拉里。”

“努力去践行这种理想，难道不值得吗？”

“但是你能不能想象一下，你凭借自己的绵薄之力，能对那些永不满足、忙忙碌碌、目无法纪、极端个人主义的美利坚民族产生什么影响呢？这无异于试图用赤手空拳去阻挡密西西比河的滚滚波涛。”

“我可以试试。发明轮子的是一个人，发现万有引力的是一个人，都是依靠自己的绵薄之力。没有一件事情发生了会没有效果。如果你把一粒石子扔进池塘，宇宙就不会和之前一样平静。如果认为印度的那些圣人们过着无价值的生活，那是错误的。他们是黑夜中的一束光。他们代表着一种理想，这种理想对众生来讲是一种提神剂，可以振奋他们的精神。普通人可能永远无法企及，但是他们对这种理想心怀敬畏，从而受益无穷。当一个人变得纯洁、完美之后，他的影响就会广泛传播开来，影响到更多的人。因此，那些追求真理的人们会自然被他所吸引。如果我按照自己的规划去生活，也可能会对他人产生影响。这种影响也许只如石子扔进池塘泛起的涟漪一样，没有太大的影响，但是一道涟漪引起第二道涟漪，第二道又影响到第三道涟漪，也有可能有些人从我的生活方式中学到幸福和安宁，他们转而将其所学的东西传给别人。”

“你是否想到你在和什么人作对吗，拉里？你知道那些不学无术的人过去施拉肢酷刑和火刑来镇压他们惧怕的思想家，现在那些酷刑早已经不用了，但他们发明了一种更致命的摧毁武器——说俏皮话。”

“我是一个硬汉子。”拉里笑着说。

“嗯，我只能说，对你来说，有私人收入，太幸运了。”

“这对我来说太有用了。如果不是靠这点钱，我就没有办法去做我想做的一切。但是我的学徒身份结束了。从现在起，它可能会成为我的负担，我要把它抛弃掉。”

“那太不明智了。只有经济独立，你的理想才有可能变为现实。”

“恰恰相反，经济独立会使我想过的生活毫无意义。”

我实在抑制不住，流露出不耐烦的表情。

“印度游历天下的托钵僧可心灵得安宁。他可以睡在树下，而那些足够虔诚的人都愿意把他的钵装满食物，以求得结缘。但是，美国的气候远不适合露宿，虽然我不敢说对美国了解很多，但是我确实知道。你们国家的人有一个共识：那就是自食其力。我可怜的拉里，恐怕在还未实施你的计划之前，你就会被作为流浪汉送入济贫院了。”

他听后笑了。

“我知道，一个人必须来适应环境，当然我会工作。当我到美国之后，我将要在汽车修配厂找一份工作，我是一个非常好的机修工，找到工作应该不会太困难。”

“你难道不是在浪费精力吗？你可以用其他方式找到更有利于发挥你才能的工作。”

“我喜欢体力劳动。每当我学习累了，我就从事一段时间的体力劳动。我发现这样可以使人的精神受到鼓舞。我记得在斯宾诺莎[1]传记里，斯宾诺莎为了谋生，他不得不去为别人磨镜片，而传记作者竟然认为，这对斯宾诺莎来说是可怕的回忆，实属愚蠢。我相信，体力劳动对他的智力活动是一种帮助，恰恰是因为体力劳动，转移了他的注意力，使他暂时停下煞费苦心的哲学思考。当我在冲洗车或者修理汽化器时，我的思想是自由的，当工作完成之后，我会有一种愉悦的成就感。当然，我不想无限期地待在汽配厂。离开美国多年，我必须重新学习她，熟悉她。我要找个卡车司机的工作，那样的话，时间久了，我应该能够跑遍整个美国。”

“也许你已经忘记了金钱的最重要的用途：金钱节省时间。生命短暂，事情繁多，要惜时如金。比如，步行从一个地方到另一个地方去，不知会浪费多少时间。从节省时间来讲，乘坐公共汽车要好于步行，而搭乘出租车要好于乘坐公共汽车。”

拉里笑了。

“这句话足够真实。我从来没考虑过这件事，但是我可以拥有我自己的出租车，这个问题就可以迎刃而解。”

“你这话是什么意思？”

“最终，我会定居在纽约，原因之一是纽约拥有最大的图书馆。我所需的生活费很少，不介意住在何处，一日一餐便可。等我把所有想看的地方都走遍了，我应该能省下足够的钱去买辆出租车，当一名出租车司机。”

“你应该闭嘴。拉里，你完全疯了。”

1　巴鲁赫·德·斯宾诺莎（1632—1677），犹太裔荷兰籍哲学家，近代西方哲学公认的三大理性主义者之一，与笛卡儿和莱布尼茨齐名。

“完全没有。我很理智，也很实际。拥有自己的出租车，我每天工作挣的钱只要够我的食宿费和车的折旧费即可，其余的时间我能够致力于其他工作。如果有急事赶路，我可以开我自己的车去。”

“但是，拉里，拥有一辆出租车和拥有政府债券一样，也是财产，”我故意戏弄他道，“有辆自己的出租车，你不就成了资本家？”

他笑了。

“不会。我的出租车仅仅是我的劳动工具，它等同于托钵僧的手杖和食钵。”

这样打趣一番后，我们的谈话结束了。我注意到有一段时间来咖啡厅的人多了起来。一个穿着晚礼服的男人坐在我们不远处，为自己点了一份很丰盛的早餐。他带着一种疲倦但满意的神态，想必是一个人自鸣得意地回忆着自己昨夜的风流事。几个年长的绅士，因为年纪大了，不需要太多睡眠，早早起了床，一边不慌不忙地喝着他们的拿铁咖啡[1]，一边戴着厚厚的眼镜读晨报。稍微年轻一些的人，有的衣冠楚楚，有的衣衫褴褛，急匆匆地赶来，吞食了一个面包卷，喝一杯咖啡，就赶往商店和公司。一位干瘪的丑老太拿着一摞报纸进来，到各个餐桌前兜售报纸，但是，据我看来，她一无所获。我从大玻璃板向外望去，发现天已大亮，一两分钟后，所有的灯都关闭了，除了这个大咖啡馆的后堂的灯还亮着。我看了看表，时间已经是七点多钟。

“来点早餐怎么样？”我问。

我们吃了羊角面包，面包是刚刚烤出来的，又酥又热。我们还要了拿铁咖啡[2]喝。我很疲倦，百无聊赖，我想我看起来一定像上帝的怒火，

1　原文为法语。

2　原文为法语。

但是拉里还是一如既往地朝气蓬勃，他的眼睛闪闪发光，他光滑的脸上没有一条皱纹。他看起来最多只有二十五岁。一杯咖啡喝下，我重新恢复了精神。

“你能允许我给你提个建议吗，拉里？我可是很少给别人提建议的。”

“我也很少听别人的建议。”他咧嘴一笑，回答道。

“在你处理掉巨额财产之前，希望你慎重考虑。如果它一旦脱手，你将永远失去。也许某一天你为了自己或者为了别人急需一笔钱，到时候你会痛悔你曾经是多么愚蠢。”

他回答时眼睛里闪着嘲弄的光，但是没有恶意。

“你比我更重视金钱。”

“这倒不难相信。”我直率地回答，“你明白，你总是很有钱，而我没有。钱给了我生命中最珍视的东西——独立。你无法想象，一想到如果我愿意，我就能够骂世界上的任何人‘去见鬼吧’，这是莫大的慰藉，你懂吗？”

“我不想骂世界上的任何人去见鬼，我若是想骂，也不会因为银行没多少存款就不去骂。你知道，金钱对你来说意味着自由。对我来说，它意味着羁绊。”

“你是一头倔强的驴子，拉里。”

“我知道，我没有法子。但是无论如何，如果我要改变主意，还来得及。明年春天之前，我不会回美国。我的油画家朋友奥古斯特·科特把萨娜拉的一座度假屋借给了我，我要在那里度过冬天。”

萨娜拉位于邦多勒和土伦之间，是一个朴实无华的海滨胜地，有些艺术家和作家，他们不喜欢圣特鲁佩斯花哨的表演，就经常去那儿。

“如果你不介意它极其单调乏味，你会喜欢上那里的。”

“我有工作要做。我收集了许多资料，要写本书。”

“是关于哪方面的？”

“书出版后，你就会知道了。”他笑了笑，说道。

“如果书写完后，你愿意把书稿给我，我可以为你找出版社出版。”

“不用麻烦你了。我有一些美国朋友在巴黎办了一个小型出版社，我已经和他们商议好出版事宜。”

“但是如果以这种方式出版，你不能期望书会很畅销，而且也不要指望有人为你写书评。”

“我不关心是否有人写书评，也不期望畅销。我仅仅印制足够的份数送给我印度的朋友们和在法国结识的少数对它感兴趣的人。此书也没有特别重要的价值。我写这本书，是想把我拥有的所有罕见的资料派上用场，我要出版是因为我要把心里的想法用白纸黑字表达出来，才能搞清楚它究竟是什么样子。”

“我明白这两个理由的重要性。”

那时，我们已经用完早餐。我向侍者要了账单，账单送来时，我把账单递给拉里。

“既然你打算把你的钱扔进下水道，你绝对能为我付早餐钱。”

他笑了，付了钱。坐的时间太长，我浑身僵硬。走出咖啡馆时，我的两肋开始疼痛。秋日早晨的空气新鲜、干净，使人神清气爽。天空碧蓝，德克利希大街在夜里是色彩暗淡的街道，现在却变得温和活泼，像一个浓妆艳抹的憔悴的妇人，迈着女孩特有的轻盈的步伐，倒也并不让人生厌。我向一部驶过的出租车打了一个手势。

“我能带你一段路程吗？”我问拉里。

“不，我要走到塞纳河，找个浴场游泳。然后我得去图书馆，我还有些研究要做。”

我们握手道别，我看着他自由地、大踏步地穿过马路。我可没有他那样坚定自若，于是就坐上出租车，回到旅馆。当我走进起居室时，时间已经是八点多钟。

“对一个资深绅士来说，这是回家的最佳时间。”我不以为然地对在玻璃盒子下方的裸体女郎说。这个女郎自从一八一三年起就躺在钟表的上部，姿势极不舒服，我本来应该想到的。

那女郎继续不停地盯着一面镀金青铜的镜子，望着自己镀金青铜的脸，而那座钟表只是昼夜不停地发出嘀嗒、嘀嗒声。我泡了个热水澡，一直泡到热水变温，才擦干身子，服了一片安眠药，然后顺手取了刚好在桌头柜的瓦雷里[1]写的《海滨墓园》，上床，一直读到入睡。

1 保尔·瓦雷里（1871—1945），法国诗人和作家。

第七章

一

半年后，在四月的一天早晨，我正在费拉角自家屋顶的书房里忙着写作，这时一个用人进来说隔壁圣让村的警察在楼下，希望见我。我对警察的到来颇感困惑，想象不出他们要做什么。我良心并无不安，而且早已经上交了慈善基金的认购。作为回报，我收到了一张卡片。我把它放在车里，以防超速被警察拦下或者违规停车被警察抓住，在出示我的驾驶执照时，把这张卡片也拿出来，警察就会反复叮嘱，以后要谨慎，并免于对我的处罚。当时，我想很可能是我的某一个用人被匿名告发（这在法国是司空见惯的事），因为她的身份证还未办妥。但是我和当地的警察一直保持着良好的关系，他们每次登门，我总要以酒招待，然后再打发他们走。因此，我想也不会有什么大麻烦。但是，这次一同来了两个警察，想必他们为不同的事务而来。

我们握手问候，询问彼此的健康状况。两人中年长的一位是警察队长[1]，留着威风的胡髭，从口袋里摸出一个笔记本，用很脏的大拇指翻着。

“索菲·麦克唐纳，你听说过这个名字吗？”他问道。

“我知道有个叫这个名字的人。”我小心翼翼地回答。

“我们刚刚与土伦的警察局进行了电话沟通，那儿的总督察请你马上亲自去一趟，不能耽搁。”

“为什么呢？”我问，“我和麦克唐纳夫人只是认识而已。”

我立即得出结论，索菲·麦克唐纳陷入麻烦了，可能与鸦片有关。但是我不明白为什么竟把我牵连进去。

“那不关我的事。你和这个女人有交往是毫无疑问的。她好像已经从她的住所失踪五天了。后来，一具尸体从海港打捞出来，警察认为可能是她的尸体，他们想让你去辨认一下。”

我打了一个寒战，但是并不特别吃惊。她过的那种及时行乐的生活，总会有想不开的时刻，突然结束自己的生命也是意料之中的。

“但是从她的衣服和她的信件也可以认出她来。”

“她被发现时，赤身裸体，喉咙被割开。”

“老天爷！”我毛骨悚然。我思考了片刻，觉得与其让警察强制我去，还不如优雅地顺从。于是，我说道：“好的，我立刻去乘坐火车。”

我抬头看了看火车时刻表，发现我可以坐五点到六点之间去土伦的那班车。警察队长说他会给总督察打个电话，把大体情况报告一下，让我到了土伦直接去警察局。那天早晨我没再做什么，把几件必需的衣物装进手提箱，午餐后驱车去了火车站。

1　原文为法语。

二

我一到土伦警察局总部，就被带到总督察的办公室。总督察坐在办公桌旁边，块头很大，黝黑的皮肤，阴郁的表情，看上去是科西嘉人[1]。也许是出于职业习惯，他向我投来怀疑的目光，但是当他注意到我佩戴的荣誉军团的勋章绶带时（那是我未雨绸缪，佩戴在我的领孔上的），他虚情假意地笑了笑，急忙请我坐下，反复向我道歉，说麻烦像我这样有名望的人是迫不得已。我对他也以礼相待，说话客客气气的，说能为他效劳是荣幸之至。然后，我们开始谈起正事来。这时，他又恢复了他的粗鲁、无礼、傲慢，看着他桌子上的一些文件，对我说了起来。

“这是一件极不光彩的事。看来这位麦克唐纳夫人臭名昭著，她是一个酒鬼，有毒瘾，还是个色情狂。她不是和下了船的船员睡觉，就是和镇上的流氓睡觉。像你这样年纪和体面的人怎么可能认识这样的一个人呢？”

我本想告诉他这不关他的事，但是根据我勤奋熟读的数百部侦探小说的经验，我知道有必要和警察保持礼貌。

“我对她知之甚少。她很小的时候，我们在芝加哥见过。后来她先是嫁给了一个有地位的男人，在后来大约一年前通过我们共同认识的几位朋友，我们才再次相见。”

我一直纳闷儿，究竟他怎么把我和索菲联系在一起的。但是现在，他把一本书往我面前推了推。

“这本书是在她房间发现的，如果你看一下赠言，你就会明白，你

1　西欧法国科西嘉岛上的本土居民。科西嘉岛的名称出自一个典故：特洛伊王子科尔与提洛王后的孙女西嘉相爱，用意大利语拼读双方的名字就是“科西嘉”。

们的关系绝不是如你所声称的只是认识而已。”

“这是我的那本小说的法译本，索菲在书店橱窗里看到的，她让我在上面签名，我在自己的名字下面写下了：‘宝贝儿，走，去看那玫瑰……’”因为那是我提起笔来首先想到的，当然看起来有点儿太亲密。

“如果你在暗示我是她情人，那你就错了。”

“这不关我的事儿。”他答道，眼里闪着光，“不想说任何冒犯你的话，但我必须补充，就我对她的癖性的了解，我敢说你不是她喜欢的类型。但是你不会称呼一个完全陌生的人‘宝贝儿’，这是显而易见的。”

“那一行，是著名诗人龙萨的脍炙人口的诗《局长先生[1]》的第一行。我确信像你这样接受过良好教育、有文化的人对他的作品肯定熟悉。我写这句是因为我确信她知道这首诗，能回想起下面的诗行。这样一来，说不定她会感到愧疚，至少能意识到自己过的生活是轻率的、不检点的。”

“当然，我在学校读过龙萨的诗，但是现在公务缠身，你谈到的诗行我早已忘记了。”

我重复着诗的第一节，清楚地知道，在我提到诗人龙萨的名字之前，他从不知晓曾有这样一位诗人。因此，无须担心他会想起这首诗的最后一节丝毫不带有任何劝诫的成分。

“她很明显是一个受过些教育的人。在她的房间里，我们发现了许多侦探小说和两三本诗集。有一本是波德莱尔[2]写的，还有一本是兰波[3]写

1　原文为法语。

2　夏尔·皮埃尔·波德莱尔（1821—1867），法国十九世纪最著名的现代派诗人，象征派诗歌先驱。

3　让·尼古拉·阿蒂尔·兰波（1854—1891），十九世纪法国著名诗人，早期象征主义诗歌的代表人物，超现实主义诗歌的鼻祖。

的，还有一本是艾略特[1]写的英文诗集，他有名吗？”

“非常有名。”

“我没有时间读诗，反正我不懂英语。遗憾的是，如果他是一个好的诗人，为什么他不用法语写诗呢？这样法国有文化的人都能读到他的诗。”

想到这位总督察读艾略特的《荒原》的情景，我就觉得好笑。突然他把一张照片放到我面前。

“你知道他是谁吗？”

我马上认出他是拉里。他穿着游泳裤，我猜到这张照片是最近拍摄的，是和伊莎贝尔和格雷一起在迪纳尔避暑时拍摄的。我脱口而出的第一句话是想说我不认识他，因为我完全不想让拉里卷起这个肮脏的事件中来，但是我转念一想，假如警察知道了他的身份，我语气坚定地否认会被视为我在有意隐藏什么。

“他是一个美国公民，名叫劳伦斯·达雷尔。”

“这是在这个女人的所有物中发现的唯一的一张照片，他们之间是什么关系？”

“他们都来自芝加哥附近的同一个村庄，是小时候的好友。”

“但是这张照片是不久前拍摄的，我猜想是在法国北部或者西部的海滨胜地拍摄的，查出究竟在什么地方很容易。他是做什么的？”

“作家。”我大胆地说。总督察扬了扬他那浓密的眉毛，我猜想他认为我们这一行的人并不属于品格高尚的人。“而且有独立的谋生手

1　托马斯·斯特尔那斯·艾略特（1888—1965），英国著名现代派诗人和文艺评论家。出生于美国密苏里州圣路易丝。1948年因革新现代诗，成为“功绩卓著的先驱”，获诺贝尔文学奖。《普鲁弗洛克的情歌》是其早期诗歌的代表作；《荒原》产生于创作中期，是二十世纪西方文学的划时代作品，现代主义诗歌的里程碑；《四个四重奏》是其晚期诗歌的代表作。

段，不靠稿酬。”我补充说，想让拉里的身份更尊贵些。

“他现在在哪儿？”

我又一次想说我不知道，但是又一次断定如果我那样做只会弄巧成拙。法国警察也许有很多缺点，但是他们有一个系统，能使他们即刻找到想找的任何人。

“他住在萨娜拉。”

总督察抬起头来，很显然他很感兴趣。

“哪儿？”

我记得拉里告诉过我奥古斯特·科特已经把他的一座度假屋借给他住。在圣诞节期间我回来时，曾经给他写信，邀请他过来和我一起待一段时间，但是正如我所料，他谢绝了。我把他的地址给了总督察。

“我会打电话到萨娜拉，让他来一趟，也许从他的口中可以找到案件的突破口。”

我虽然明白，总督察可能认为拉里会是嫌疑犯，但是我却想笑，我确信，拉里能够很容易地证明他与这件事无关。我急于听到关于索菲的悲惨结局的详情，但是总督察仅仅把我已经知晓的事的详情告诉了我。两个渔民把尸体打捞上来。当地警察说她赤身裸体，凶手没有剥掉她的紧身褡和胸罩，这纯属夸张。如果索菲的衣着和我曾经见到她时的一样，那么凶手只要脱去了她的长裤和运动衫就行了。由于搞不清死者是谁，警察就在当地的报纸上登了一则告示，描述了死者的特征。一个女人注意到了这个告示，她在后街经营了一座公寓，法国人称之为妓院，客人可以随意带男人或者女人到那儿鬼混。这个女人见报后赶到警察局，她曾经是警察局的耳目，警察常常要她汇报她公寓的常客和这些人来公寓做什么。索菲从她一直居住的码头旅馆被赶出来，因为她的行为荒淫无耻，即使是最宽容的旅馆老板也忍无可忍了。于是，她在酒店旁边订了一套带有小起居室的房间，房间就在刚才提到的那个女人的公寓里。短时间出租房间，一晚上出租两三次，更有利可图，但是索菲主动要求出高价，好让这个女人同意按月租给她。这个女人现在来到警察局，说她的房客已经好几天没来住宿了，开始她并没有感到不安，以为她去了法国马赛市或布朗维尔，因为英国舰队的船只最近刚到达那里，这件事对沿海岸的老少女人都具有吸引力。但是，后来，她在报纸上看到了死者的那段描述，认为死者可能是她的房客。她被带着去看过尸体，稍作迟疑之后，断定死者就是索菲·麦克唐纳。

“但是如果尸体已经辨认出来了，你要我来做什么呢？”

“贝莱夫人是一个很有名望的女人，性格绝佳。”总督察说道，“但是她认出这具死尸也许有我们不知道的原因。无论如何，我认为应该有一个与死者有密切关系的人来证实一下，这样才能得到最终确认。”

“你认为你有可能抓到凶手吗？”

总督察耸了耸他那宽宽的肩膀。

“当然，我们正在调查，已经到她经常去的酒吧询问了许多人。她也许是因为一个船员的嫉妒被杀，这位船员的船只可能已经离开了港口，也许是恶棍谋财害命。看起来她总是随身携带不少钱，被歹徒盯上了。也许在和她交往的社会人士中间，有人已经有一些线索，知道凶手是谁。但是，不可能有人会说出来凶手是谁，除非说出来对他有好处。她确实与很多坏人闲混，她有这样的结局一点也不意外。”

对此我无话可说。总督察要求我第二天早晨九点再过来一趟。到那时，他就会看到“照片上的绅士”，然后警察将会带我们到太平间去认尸。

“死者的葬礼怎么办呢？”

“如果验明死者身份，你们承认是死者的朋友并且愿意承担葬礼的费用，警察局将会给你们必要的授权。”

“我相信达雷尔先生和我将尽快处理这件事。”

“我非常理解。这是一个悲惨的事情，尽早地让这个可怜的女人入土为安为好。我想起我这儿还有一张殡仪员的名片，他会以合理的价格迅速地为你处理此事。我会在上面写一行文字，这样，他就全心全意地为你服务。”

我非常确信他会从丧葬费用中得到回扣，但是我衷心感谢他。他毕恭毕敬地送我出门后，我按照名片上的地址，即刻去找殡仪员。殡仪员干脆利落，有条不紊。我挑选了一口价格适中的棺材，他主动帮我从他熟悉的一家花店订购了两三个花圈。“这样可以免去先生的一些麻烦，而且也是出于对死者的尊重。”他解释道。我们约好把柩车次日两点钟开到太平间。他告诉我不用操心坟墓的事，他会把一切安排妥当，他又说道：“想来太太是个新教徒吧。”如果我同意，他会找一位牧师在公墓那边等候，在下葬时为死者祈祷。对于他的办事效率，我由衷敬佩。但是，鉴于我和他素昧平生，而且我又是个外国人，他要求我预先为他开一张支票，希望我不会因此而见怪。他要的金额比我预期的金额大，很明显已经准备好了与我讨价还价。可是，当我拿出支票簿，二话没说开了一张支票给他时，我隐约看见他脸上呈现出一副吃惊的表情，甚至是有点儿失望。

我在旅馆开了一间房，第二天早晨回到警察局。我先在候见室等了一段时间，然后才被吩咐进了总督察办公室。我看到了拉里，他看上去神情严肃，有些沮丧，就坐在我前一天坐的那把椅子上。总督察愉悦地向我招呼致意，好像我是他失散多年的兄弟。

“嗯，亲爱的先生，[1]你的朋友已经回答了我所有的问题，让他最

1 原文为法语。

坦率地说出他知晓的一切是我的职责。我没有理由不相信他的陈述，他已经十八个月没有见到这个可怜的女人了。他以非常令人满意的方式解释了最近一周他的行踪，和他的照片在死者房间发现的缘由。照片是在迪纳尔拍摄的，有一天他和这个女人一起用午餐时，碰巧口袋里装着照片，就送给了她。我们接到来自萨娜拉的报告，说这位年轻人非常优秀。我说这个没有任何的浮夸，我本来就慧眼识人。我相信他不会干这种勾当。我向这位死者童年时期的朋友深表同情，她在一个非常健康、拥有优质资源的家庭中长大，结局却如此糟糕。但是，人生就是这样。那么现在，我亲爱的先生们，我的一位下属将陪同你们一起到太平间。辨认完尸体后，你们就可以自行其是了，去吃一顿丰盛的午餐吧。我这里有一张土伦最好饭店的名片。我会在上面写个字，你们一定能得到饭店老板最好的关照。骇人听闻的经历过后，你们二位喝瓶葡萄酒压压惊吧。”

那时，他完全充满了善意。我们和一位警察走到太平间。这地方并不繁忙，仅有一具尸体放置在停尸台上。我们走过去，工作人员掀开死者头上的白布，那一幕真是惨不忍睹。海水已经把她烫染的银灰色卷发泡成直发，湿漉漉地沾在脑壳上；脸肿得厉害，看起来很吓人。但是确定无疑，它是索菲。工作人员把盖的单子又拉下一点儿，让我们看到了那道深深的、穿过喉咙一直割到两边耳朵下面的刀痕。对于我和拉里而言，宁愿不看到为好。

我们回到警察局。总督察很忙，我们只好把事情告诉了他的助理。他很快去取了必要的证件回来，我们把这些证件交给了殡仪员。

“现在让我们去喝点儿东西吧。”我说。

自从我们离开警察局去太平间，拉里除去声称他辨认出死者为索菲·麦克唐纳之外，一言不发。我领着他去了码头，我们坐在之前我和索菲一起喝咖啡的那家咖啡馆。西北风强劲地吹着，港湾和平时一样平静，布满点点白色浪花。渔船轻轻摇曳着，阳光灿烂，伴着西北风，眼前的每一个物体都异常清晰、耀眼，宛如用聚焦望远镜看到的物体一样，精确逼真，给人一种压迫神经、震撼的活力之感。我喝了一杯白兰地苏打水，但是我给拉里点的酒，他却一滴未沾。他沉默地坐着，郁郁寡欢。我没有打扰他。

过了一会儿，我看了看手表。

“我们最好去吃点儿东西吧，”我说，“两点钟我们得去太平间。”

“我没有吃早餐，已经饥肠辘辘了。”

从总督察的外表来看，他肯定知道哪儿的饭菜最好吃。我领着拉里去了他推荐给我们的那家饭店。拉里不怎么吃肉，我点了煎蛋卷和铁扒龙虾，然后要了酒单，又一次听从总督察的建议，点了优质的葡萄酒。当酒送上来时，我为拉里斟了一杯。

“你一定要喝下去，”我说，“不然我们没法聊天了。”

他顺从地按照我的吩咐做了。

“锡吕·迦尼萨过去说过，沉默也是一种谈话。”他咕噜着。

“无独有偶，这让我想起剑桥大学教师们一次别具一格的社交聚会。”

“恐怕你得独立承担葬礼的费用了，”他说，“我没有钱了。”

“我非常愿意独立承担。”我说。但是我突然意识到他话语的含义，我接着又问道：“你真的去做了吗？”

他一时没有回应。我注意到他眼睛里闪着古怪的、戏谑的光。

“你没有处理掉你的钱吧？”

“处理掉了所有的钱，只留有必要的生活费，助我维持到轮船到来。”

“什么轮船？”

“我在萨娜拉居住时，邻居是一家货轮公司在马赛的代理人，货轮往返于远东和纽约之间。他们已经从亚历山大港给他发来电报，说一艘开往马赛的船上有两个船员生病，不得不在亚历山大港上了岸，让他再找两个人顶替他们的职位。他是我的一个密友，已经允诺让我来顶替他们中的一个。我已经把我的旧雪铁龙作为离别礼物送给他。等我上船的，除了身上穿着的耐磨损的衣服和一个小手提箱里的几件物品外，将一无所有了。”

“嗯，那是你自己的钱。你是白种人，已满二十一岁，有权利自由支配自己的财产。”

“‘自由’这个词没有错，我一生中从没有这么幸福、这么独立过。当我到达纽约时，他们会付给我薪酬，而且这些薪酬能一直维持到我找到另一份工作。”

“你的书写得怎么样了？”

“哦，已经写完出版了。我列了一张赠书的名单，一两天后你就会收到。”

“谢谢你！”

没有过多的话要谈，在友善的沉默中我们用完了午餐。然后，我要了咖啡。拉里点燃了烟斗，我也点燃了一支雪茄。我关切地看着他，他感觉到了我的关注，也向我投来一瞥。他的眼中闪烁着顽皮的神情。

“你如果想骂我是一个十足的傻瓜，不要犹豫。我丝毫不会介意。”

“不，我不想骂你。我只是想，如果你和别人一样已经结婚生子，你的生活方式会不会更完美些。”

他听后，笑了。我一定已经多次提到他的笑很好看，他的笑充满了舒适、信赖和甜美，恰恰显现出他那魅力天性中正直和真诚的方面。但是现在，我必须再说一次，除去那些，他的微笑中还带有一丝遗憾和多愁善感的味道。

“太晚了，无法补救了。我遇到的唯一可能与之结婚的女子就是可怜的索菲。”

我吃惊地看着他。

“发生了这一切，你还能这样说吗？”

“她有一颗美好的心灵，坦诚、上进、宽容。她的人生理想是崇高的，没有私心杂念，即使在最后，她寻求自我毁灭的方式，也充满着悲惨和高尚。”

我沉默了。我不知道怎样去理解这些奇怪的断言。

“那你那时为什么不和她结婚呢？”我问。

“她那时是个孩子。说实话，当初我经常去她外公家，我们一起在榆树下读诗时，我从没有想到那个瘦小的顽童有一颗美丽心灵的种子。”

我禁不住感到吃惊。在这个关键时刻，他没有提及伊莎贝尔。他不可能已经忘记他曾经和她订了婚。我只能猜想他把这一插曲视为年幼无知的愚蠢行为，没有任何意义。我相信这件事在他脑子里没有留下任何痕迹，他也绝没有想到伊莎贝尔一直在苦苦地眷恋着他。

我们该离开了。我们走到拉里停车的广场。他的车已经很破旧，我们一直开到太平间。殡仪员言行一致，一切做得井然有序。天空中闪着耀眼的光，狂风吹弯了墓地的柏树，给葬礼增添了最后的一丝恐怖气氛。所有事情处理完毕后，殡仪员诚挚地和我们握手。

“嗯，先生，我希望你们满意。葬礼进展得很顺利。”

“很好。”我说。

“先生，不要忘记，如果需要我的服务，随时吩咐即可，距离不是问题。”

我向他致了谢。当我们到了公墓的门口时，拉里问我是否还有其他的事需要他做。

“没有了。”

“我想尽快回到萨娜拉。”

“顺便把我送到我住的旅馆，好吗？”

在驱车去旅馆的路上，我们一句话也没说。到达旅馆的时候，我下了车，和拉里握手道别。然后他就开车离开了。我在酒店付了账单，拿起手提箱，乘出租车到了车站。我和拉里一样，也想尽快逃离这个是非之地。

三

几天后，我出发去英国。我本来想径直去英国。但是经过这一切之后，我特别想去看伊莎贝尔。因此，我决定在巴黎停留二十四小时。我发电报给她，问她我是否可以在那天下午的晚些时候去，并在她家用晚餐。当我到达旅馆时，我发现她留了一张便条，说她和格雷晚上有饭局，但是欢迎我五点半之前去，因为过了五点半她要去试衣服。

天气非常寒冷。雨断断续续，但下得很大。因此，我推测格雷不会去孟特芳丹打高尔夫球了。这给我带来诸多不便，因为我想和伊莎贝尔单独会面。但是当我到达他们家的公寓时，伊莎贝尔告诉我的第一件事是格雷在旅行者俱乐部打桥牌了。

“我告诉他如果他想见你，就不要玩得太晚。但是我们的那个晚宴推迟到了晚上九点钟，也就意味着九点半之前我们不用去那儿。因此，我们有足够的时间畅聊，我会把所有事情都告诉你。”

他们已经把这座公寓转租了，艾略特的收藏品将于两周后拍卖。拍卖时他们想亲临现场，因此想搬到里兹去住。这件事一结束，他们就乘船回美国。伊莎贝尔即将拍卖除了艾略特在安提比斯（法国东南部海港）房子里的现代绘画外所有的东西。虽然她并不太在意这些绘画，但是她的想法很正确，这些绘画放置在他们未来的房子里会提升他们的身份。

“很遗憾，可怜的艾略特舅舅不怎么赶潮流，你知道毕加索、马蒂斯[1]和鲁奥[2]的画现在很流行。艾略特舅舅收藏的画自有其独特之处，但是恐怕它们看起来有些过时了。”

“如果我是你，我不会因为这个而烦忧。几年后，其他的绘画会出现。到那时，毕加索、马蒂斯的绘画与你的印象派绘画相比，也不再是流行了。”

格雷和别人的谈判马上结束了。由于伊莎贝尔的投资，格雷将要进入一家发展不错的企业，担任副总一职。这家企业与石油有关，他们将居住在达拉斯[3]。

“我们将要做的首要的事是找一座合适的房子。我想要一个带美丽花园的房子。这样，格雷下班后，可以在花园里随便走走，放松一下。而我必须要有一个很大的客厅，方便我招待客人。”

“我不明白你为什么不把艾略特的家具都带过去呢？”

“我觉得那些家具不合适。我要全套的现代家具，也许有点儿墨西

1　亨利·马蒂斯（1869—1954），法国著名画家、雕塑家、版画家，野兽派创始人和主要代表人物，代表作有《豪华、宁静、欢乐》《生活的欢乐》《开着的窗户》《戴帽的妇人》等。

2　乔治·鲁奥（1871—1958），法国野兽派画家，风格较接近表现主义，关心的并不是画面的处理，而是心灵寄托，宗教气氛极浓。

3　达拉斯是位于美国得克萨斯州的一个城市，该市与沃斯堡、阿灵顿组成达拉斯–沃斯堡（DFW）大都会，是美国南方第一大都会。

哥风格，这会使家具很有情调。我一到纽约，就去找最受欢迎的装饰公司。”

男用人安东尼端上一个托盘，托盘上有一排瓶子。伊莎贝尔总是机智圆滑，知道百分之九十的男人确信他们能比女人配制出更好的鸡尾酒（情况确实如此），所以让我去调制两瓶。我倒出杜松子酒和普拉味美思酒，加了少量的苦艾酒，在我的调制下，干马天尼酒从毫无特色变为了人间仙酿，即使奥林匹克诸神也会为它神魂颠倒。在我的想象中，神仙酿造的酒一定跟可口可乐差不多。我把酒杯递给伊莎贝尔，注意到桌子上有本书。

“哟！”我说，“这是拉里写的书啊！”

“是的，今天早晨收到的。但是我太忙了，中午之前我有上千件事情要做，我出去吃了午餐，今天下午我在莫利纽克斯时装店，真不知道何时有空闲好好读读这本书。”

我很感伤，想到作家花费了数月的时间写一本书，也许倾尽了他的心血，但是都被人随便束之高阁，直到读者在这个世界上无事可做时才会去看上几眼，想起来就让人心痛。拉里的这本书共三百页，印刷精美，装订整齐。

“我想你知道拉里整个冬天一直在萨娜拉，你有机会见到他吗？”

“有，就在两天前我们还一起在土伦。”

“你们吗？你们在那儿做什么呢？”

“为索菲办丧事。”

“她死了？”伊莎贝尔尖声叫道。

“如果她没有死，我们就不可能有理由去为她办丧事。”

“这一点都不好笑。”她停顿了一会儿，“不过，我不想假装难过。恐怕她的死是酒精和毒品共同作用的结果。”

“不，她是被别人割了脖子，裸体扔进大海里的。”

像土伦的总督察一样，我不由自主地将她的裸体强调了一下。

“多可怕呀！可怜的人儿。她那样放荡成性，注定会有不好的下场。”

“土伦的警务专员[1]也这样说。”

“他们知道凶手是谁吗？”

“不知道。但是我知道，我认为是你杀了她。”

她吃惊地瞪着我。

“你在胡说什么呢？”然后她非常可怕地轻声一笑，“随你胡说八道去吧，我不在犯罪现场，铁证如山。”

“去年夏天，我在土伦遇到她，我和她好好谈了谈。”

“她清醒吗？”

“足够清醒。她告诉了我，就在将与拉里结婚的前几天，她莫名其妙消失的缘由。”

我注意到伊莎贝尔的脸变得严肃起来。接下来，我把索菲告诉我的话如实地告诉了她，伊莎贝尔警觉地听着。

“从那之后，我对她告诉我的话思考了许多，思考越多，就越觉得这件事有蹊跷。我多次在你家吃午餐，你从未喝过利口酒，那天你一个人独自吃午餐。为什么放咖啡杯的托盘上竟然会有一瓶朱波罗卡酒呢？”

“那是艾略特舅舅刚刚送给我的，我想尝尝，看看它是否和在里兹饭店喝的一样合我的口味。”

“是的。我记得那时你极力称赞这种酒。我非常吃惊，不管怎样，你太在意你的身材了，从没喝过利口酒。我还有印象，你是在故意逗弄

1　原文为法语。

索菲。你简直是心怀叵测。”

“承蒙夸赞。”

“一般来说，你和别人约会时很守时。你约索菲来试穿她的婚礼礼服，这件事对她来说很重要，而且你也很感兴趣，那后来你为什么竟然爽约出去了呢？”

“她亲口告诉你的吧？我担心琼的牙齿。我们的牙医太忙了，我只得在他指定的时间去。”

“看牙医，一般是在前一次看病时就预约好了这一次看病的时间。”

“我知道。但是，他早晨打电话给我，说他不得不失约，建议改为当天下午三点钟，我当然欣然接受。”

“难道不能让保姆带着她去吗？”

“琼很胆小，可怜的宝贝儿。我感觉我和她一起去，她会更高兴些。”

“当你回来时，发现那瓶朱波罗卡酒已经喝完了四分之三，索菲也已经走了，你难道不感觉吃惊吗？”

“我想她是等烦了，自己先去莫利纽克斯了。可当我急忙赶去，一问，人家说她根本没去那儿，搞得我莫名其妙。”

“还有那瓶朱波罗卡酒呢？”

“哦，我确实看出酒少了很多，还以为是安东尼偷喝的，刚要说他。可是，他的工资是艾略特舅舅付的，又是约瑟夫的朋友，所以我就想我还是少管点儿闲事吧。他是一个非常好的用人，如果只是偶尔偷点嘴，我也没必要去斥责他吧？”

“好一个撒谎精，伊莎贝尔。”

“我就那么不值得相信吗？”

“鬼才信呢。”

伊莎贝尔站起来走向壁炉架，壁炉里烧着柴火，在这阴寒天让人十分惬意。她将胳臂肘放在壁炉架上，姿态非常优雅，这是她最有魅力的地方，与生俱来，没有一丁点儿做作。多数法国上流女子白天着黑色的服装，她也如此，加上她凝脂般的肌肤，简直是相得益彰。今天她穿了一条贵重但式样简约的裙子，凸显出她那绰约多姿的身材。她抽了好一会儿烟。

“我跟你还有什么好隐瞒的？不幸的是那天我碰巧有事。当然，安东尼也应该在我离开的时候把甜酒和咖啡什么的撤走，而不是把它们留在房间里。我回来时，看到酒瓶子快要空了，我当然知道是怎么一回事。索菲不见了，我猜她肯定是旧念复萌，去鬼混了。我没有声张，因为拉里为此事寝食难安，心乱如麻。我不想再徒增他的烦恼。”

“你敢说那瓶酒不是你故意让人放那儿的？”

“当然不是。”

“我才不信呢。”

“爱信不信。”她恶狠狠地将香烟扔进了火炉，目露凶光。“既然你那么想知道，我就告诉你。这事就是我干的，我这次干了，下次还会再干。我会不惜一切代价阻止她跟拉里结婚的。不管是你还是格雷，谁都阻挠不了我。你们除了无奈地说这事儿做得太荒唐，什么也干不了。你们不管，我他妈的管！”

“要是你不插手，她现在还活着呢。”

“如果她嫁给拉里，只会弄得拉里痛苦不堪。拉里异想天开，想让她脱胎换骨，真是愚蠢到顶！我知道她早晚会故态复萌，这是明摆着的事儿。我们一起在里兹饭店吃午饭的时候，你自己没看到她有多么坐立不安吗？我观察到她喝咖啡的时候，你在看她，她的手抖得厉害，怕一只手拿不稳，只得双手捧着杯子，才能将咖啡送到嘴边。我注意到侍者给我们倒酒的时候，她的眼睛紧紧地盯着酒杯；那双空洞无神的眼睛紧紧追随着那个酒瓶，就如同一条蛇赤裸裸地盯着一只羽翼未丰的小鸡一样。那时我就知道她嗜酒如命。”

伊莎贝尔将脸朝向我，她的眼里闪着光，厉声厉色。她已经迫不及待要把这些话说出来了。

“当艾略特舅舅把那该死的波兰甜酒夸上天的时候，我便急中生智，虽然觉得那酒难喝得要命，却又装作那是我喝过的最好喝的美酒。我敢保证如果有机会的话，她一定想要来上一杯。我当时就想，索菲一定难过戒酒一关，于是我就伺机行事，带她去时装展览，还要送她一套结婚礼服。那一天最后试样时，我告诉安东尼午饭后我要喝杯朱波罗卡酒，后来，又告诉他我约好一位太太，她来时让她稍等片刻，给她备好咖啡，也留有甜酒，万一她想喝一杯呢。那天，我确实带着琼去看牙医了，但是因为没有提前预约好，医生不给看。离开诊所，我又带琼看了场纪录片。我已经下定决心，如果索菲不碰那波兰酒，我就勉为其难，试着跟她做朋友。我发誓，这是实话。但当我回到家看到酒瓶的时候，便知道我没猜错。她走了，我敢打赌她又出去花天酒地了，而这一去她将不再回头。”

伊莎贝尔一口气将这些说完，累得气喘吁吁。

“跟我想象的差不多，”我说，“你看，我猜对了。你这样做，无异于亲手拿刀割了她的脖子。”

“坏女人，卑鄙，无耻的坏女人！她死了，我拍手称快。”她说着，一屁股坐在椅子上。“给我来杯鸡尾酒，死玩意儿。”

我走过去，又给她调了一杯。

“你这个卑鄙的浑蛋。”她从我手中接过鸡尾酒时说。然后，她强挤笑容，对我笑了一下。她的笑就像孩子一样，有些顽皮，仗着顽皮中的那一点天真，让你气不起来。“你不会告诉拉里吧？”

“我想都没想。”

“你敢对天发誓吗？男人都是靠不住的。”

“我向你保证我不会。就算我想，也没有机会，我想这辈子是不可能再见到他了。”

她一听，马上坐直了身子。

“你这话是什么意思？”

“这会儿，他已经搭上一艘货轮，当船员或者当司炉工，去往纽约了。”

“你不是开玩笑的吧？他真是个怪人！前几周，他还因为那本书来到公共图书馆查资料，但他只字未提要去美国的事。我很高兴，这意味着我们又要和他见面了。”

“对此我深表怀疑，我倒是觉得他的美国与你的美国相隔万里，就像中间隔了一个戈壁大沙漠。”

接着，我就告诉伊莎贝尔，拉里怎样处理掉自己的财产以及他今后的打算。她目瞪口呆地听着我讲，脸上浮现出错愕的表情；她时不时打断我，连声说：“他疯了，他疯了。”我说完后，只见她垂下头，两行泪滑过她的脸颊。

“现在我真正失去他了。”

她转过身背对着我，脸靠在椅背上哭了起来。她那张可爱的脸因痛苦变得扭曲，此时也顾不得遮掩了。我也束手无策。我不懂她内心深处有什么愚蠢而矛盾的希望，被我的消息砸得粉碎。我模糊地意识到，偶尔看到拉里，至少她还能感觉到他是她生活中的一部分，至少他们之间还有联系的纽带，尽管是那么的脆弱。可是就连这样的纽带，也最终让他给割断了。她终于明白自己已经永远失去了他。我不知道她在受着怎样的折磨。就由她哭吧，我想她哭出来会好受一些。我顺手拿起拉里的书，看着目录。送给我的那本在我离开里维埃拉的时候还没有寄来，我也不指望在这几天能拿到了。书写得完全出乎我的意料。这是一部论文集，篇幅和利顿·斯特雷奇[1]的《维多利亚名人传》差不多，记录了大量名人。他挑选的人物让我疑惑不解。一篇讲的是苏拉，一位罗马独裁者，在独揽大权之后，退位归隐；一篇讲的是阿克巴尔，一位蒙古征服者，拥有庞大的帝国；一篇讲鲁宾斯；一篇讲歌德，还有一篇讲的是切斯特菲尔德勋爵，他出过一本家书。显然每篇文章都需要靠大量的阅读去支撑，难怪拉里花这么长时间才能写成。可是，我还是想不明白为什么他会觉得值得在这上面花这么长时间，也不懂得他为什么选择这些人去研究。我突然意识到，他们中的每一个人都以自己的方式造就了辉煌，我猜这就是吸引拉里的地方，他想研究一下这些成就有多大影响力。

我随便读了一页，想看看他的文笔怎么样，发现他用的是那种学术性的风格，却也通顺流畅，浅显易懂，丝毫没有初学写作的人惯常有的卖弄与迂腐之气。看得出来，他经常读名家的作品，就像艾略特·坦普尔顿熟悉名门望族一样。突然，我的思绪被伊莎贝尔的一声叹息给打断了。她坐起身来，苦着脸把微温的鸡尾酒一饮而尽。

“如果我继续哭的话，眼睛就会肿得没法看了，我们今晚还要出去吃饭呢。”她从包里拿出小镜子，看着镜子中的自己，焦虑地说，“我是不是得给我的眼睛冰敷半个小时？对，对，对，要不然我没法见人了！”她在脸上扑了扑粉，并在唇上涂了口红。然后她若有所思地看着我，“你觉得我这样做有错吗？”

“你在乎我的看法吗？”

1　利顿·斯特雷奇（1880—1932），英国著名传记作家、文学评论家。

“也许你会觉得奇怪，我在乎。我希望你觉得我人不错。”

我抿嘴一笑。

“亲爱的，我是一个没有道德观念的人。当我真正喜欢一个人的时候，即使他做得再错，我也不会减少对他的喜欢，一点儿都不会。你不是一个坏女人，你天姿国色，光彩照人。你的行为丝毫不影响我对你的欣赏，因为我非常清楚你的美貌与你高雅的品位和铁石心肠息息相关。你只需要一样东西，就能成为完美之人。”

她微笑着等我继续说下去。

“那就是温柔。”

她嘴角的笑容不见了，很不高兴地瞥了我一眼，还没来得及定下神来回应我，却见格雷步履蹒跚地走进了房间。在巴黎的这三年，他胖了许多，脸色变得更红了，头发也稀疏了不少，但他身强体壮，精神饱满。看见我，他发自内心地高兴。他讲话充满了陈腔滥调。不管是多么过时的字眼，他讲起来好像深信自己是第一个想到这样说的。比如“不做亏心事，不怕鬼叫门”啦，“屋漏偏逢连夜雨，船迟又遇打头风”啦，“路遥知马力，日久见人心”，等等。但他是那么友好，那么无私，那么可靠，那么谦逊，让人没办法不喜欢他。我确实非常喜爱他。对于即将回国之事，他表现得异常兴奋。

“天哪，马上就要干活了，我是滚水泡米花——开心，”他说，“我都已经嗅到饲草香了。”

“万事俱备了吗？”

“只欠东风了，虽然我还没有在合同上签字，但基本是铁板钉钉了。将要和我共事的兄弟是我大学的室友，一个很好的人，我敢保证他是不会叫我上当的。但我们一到纽约就要飞往得克萨斯，去落实具体事宜。当然，在我投出伊莎贝尔的钱之前，我是不见鬼子不拉弦。”

“格雷是一位非常精明的商人，你知道的。”伊莎贝尔说。

“我可不是在牛棚里长大的。”格雷笑着说。

他又继续告诉我他生意上的事，讲了很长时间，我对这种事情一无所知，只知道他很有希望赚一大笔。他越讲情绪就越高涨，不久就转向伊莎贝尔说：

“一不做二不休，我们干脆把今晚那讨厌的饭局推掉，我们三个人去银塔清清静静地吃顿丰盛的晚餐。”

“亲爱的，我们可不能这样，这个饭局可是他们专门为我们而设的。”

“不管怎么说，我现在是去不了了。”我插嘴道，“我听说你们晚上有饭局之后便给苏珊娜·鲁维埃打电话，约她外出吃饭了。”

“谁是苏珊娜·鲁维埃？”伊莎贝尔问道。

“是拉里的一个女朋友。”我故意捉弄她。

“我早就怀疑拉里金屋藏娇，故意瞒着，不让我们知道。”格雷大笑道。

“胡扯！”伊莎贝尔骂道，“拉里的性生活我全知道，根本就没有这个人。”

“好吧，在我们分开之前再喝上一杯吧。”格雷说。

我们喝完后，我就向他们道别了。他们把我送到大厅，我穿大衣的时候看到伊莎贝尔挽着格雷的胳膊，小鸟依人般地靠着他，盯着他的眼睛看，脸上带着我指责她所缺乏的那种温柔。

“告诉我，格雷，坦白地告诉我，你有没有觉得我铁石心肠？”

“不，亲爱的，无厘头的话。你怎么会这么问？是有人说你铁石心肠了吗？”

“没有。”

她把头转到一边，使格雷看不到她，然后调皮地向我吐了吐舌头。而这样的举止在艾略特看来肯定是有失淑女风范的。

“这是两码事儿。”我一边嘟哝着，一边走出门口，随手把门带上。

四

我再次经过巴黎的时候，马图林一家已经离开，艾略特的公寓里已经住进别人了。我很想念伊莎贝尔。她很漂亮，平易近人，领会力强，对人没有恶意。从那以后，我再也没有见过她。我不擅长写信，总是拖拖拉拉的，而伊莎贝尔则从不写信。如果她不能用电话或电报联系你的话，那她是不会联系你了。那一年圣诞节，我收到一张她送的圣诞贺卡，附有图片，上面是一幢有殖民时期门廊的、被橡树环绕的房子。我想这大概是他们当时需要钱时卖不掉，但现在愿意留下来的农场那边的房子吧。后面的邮戳表明卡片是从达拉斯寄过来的，可以肯定，那桩生意进展得非常顺利，他们已经在达拉斯定居了。

我从来没去过达拉斯，但我猜应该和我所熟知的美国的其他城市一样，那里有居民区，坐汽车去商业中心和乡村俱乐部都不需要很长时间；住宅区的房子都很漂亮，有大花园，从起居室的窗子里就能看到清幽的溪谷和山林。伊莎贝尔自然是住在这样的地方，这样的房子里，从地窖到阁楼，都是由纽约最时尚的室内设计师用最时髦的样式装饰的。我只是希望她挂的那些画，勒努瓦、高更、马奈的花卉、莫奈的风景看起来不会太过时。至于餐厅，其空间不大不小，正适合招待午宴。当然，酒菜肯定是一流的。伊莎贝尔在巴黎学到了很多。如果客厅没有大到能够让妙龄少女们可以在此翩翩起舞的话，她是不会在这幢房子里安顿下来的，因为她要在这里给两个女儿举行成人舞会。这是做母亲的一项非常愉悦的责任。琼和普莉西亚也都到了谈婚论嫁的年龄。她们上的都是最好的学校，我确信她们都有很好的教养。伊莎贝尔一定让她们学习了琴棋书画，让那些门当户对的男士们一见钟情。现在想来，可能格雷的脸越来越红润，双下巴越来越明显，头越来越秃，体重也已剧增。但我相信伊莎贝尔肯定不会变到哪里去的。她仍然倾国倾城，丝毫不亚于她的两个千金。马图林一家无疑是社区的重要组成部分，他们的人缘一定很好。伊莎贝尔总是让人愉悦，她优雅大方，殷勤周到，又机智老练；而格雷，不用说，卓尔不群，是人中翘楚。

五

我仍然时不时地去看望苏珊娜·鲁维埃，直到一场突如其来的变故使她离开了巴黎，消失在我的生命中。那是一天下午，大约是在我叙述的那些事情发生两年之后，我在奥德昂大剧院的走廊里看书，惬意地消磨了一个小时，后来觉得无所事事，便想着去看望一下苏珊娜。我已经半年没有见到她了。她开门时，手里拿着调色板，嘴里衔着一支画笔，身上穿着满是颜料的罩衫。

“啊，是您，亲爱的朋友。请进来，请您进来。[1]”

她的客气让我有些吃惊，因为我们以往都以你我相称。我走进了那间画室兼客厅的小房间，画架上还放着一幅帆布油画。

“我忙得焦头烂额。你先坐着，我得继续工作，浪费不起时间。说来

1　原文为法语。

你可能不信，我要在迈尔海姆画廊举行个人画展，得准备三十幅画呢。”

“在迈尔海姆画廊吗？真棒！你是怎么得到这个机会的？”

因为迈尔海姆可不像塞纳路上那些因没钱房付租而濒临破产的无良画商。迈尔海姆在塞纳河富人区有一个极为高级的画廊，而他本人也享有国际声誉。凡是被他看中的画家都有希望赚大钱。

“亚希尔先生带迈尔海姆看了我的作品，迈尔海姆认为我很有才气。”

“别吹了，老伙计。[1]”我回应道。我觉得这句法文最好的译法是“你去跟海军讲这些吧，老太婆”。

她看了我一眼，咯咯地笑了。

“我要结婚了。”

“和迈尔海姆吗？”

“别装傻了。”她放下画笔和调色板，“我已经忙了一整天了，得休息一下了。我们先喝点波尔图红酒吧，然后我再告诉你是怎么一回事儿。”

在法国人的生活中，令人不大愉快的一个方面就是动不动就会被逼着喝那酸溜溜的波尔图红酒，不管在什么时候，你都无法拒绝。苏珊娜取出一瓶酒和两只杯子，斟满酒，坐了下来，如释重负地舒了一口气。

“今天画画，我已经站了好几个小时了，静脉曲张，血管都开始疼了。哦，情况是这样的。亚希尔先生的太太今年初过世了。她是一个好女人，也是一个虔诚的天主教徒。不过，他娶她并非出于爱慕之情，而是出于生意方面的考虑。他虽对她礼遇有加，但要说太太的过世让他悲痛万分则有些言过其实了。他儿子的婚姻门当户对，事业做得也很出

1　原文为法语。

色。现在他的女儿也与一位伯爵订了婚。那伯爵虽是个比利时人，倒也是个地地道道的贵族，在那尔慕附近有一座极为美丽的城堡呢。亚希尔先生觉得他可怜的太太在天之灵定不会希望这两个孩子的幸福被自己给耽搁了，所以尽管还在丧期，但打算财务一旦安排妥当，就立刻举行婚礼。显然，亚希尔先生住在里尔的那幢大房子里，会感到寂寞的，他需要有个女人来照料自己，也需要个贤内助来帮助自己管理好家业。长话短说，他要我来接替他那位可怜的太太的位置。他讲得合情合理：'我的第一次婚姻是为了消除两家公司之间的竞争，虽不后悔，但我的第二次婚姻一定是为了自己的幸福。'"

"那恭喜你了。"我说。

"显然我将失去我的自由。我享受自由，但总得考虑自己的未来。不瞒你说，我马上就要四十岁了。亚希尔先生呢，正处在危险的年纪，万一有一天他灵机一动，去追求一个二十岁的小姑娘，我又该何去何从呢？还有我的女儿，她已经十六岁了，我敢保证她将出落得和她爸爸一样漂亮。我让她受了良好的教育，但我无可否认，她既没有做演员的天赋，也没有她那可怜母亲的半分气质去当妓女。你说，她以后该怎么办呢？当个女秘书？还是邮局里的职员？亚希尔很是慷慨，同意她同我们一起生活，并许诺会给她相当丰厚的嫁妆，以便能够让她嫁个好人家。说实话，亲爱的，不管别人怎么说，婚姻仍然是女人最最理想的事业。这事关我女儿的幸福，我不能犹豫，自己牺牲一点又有什么关系呢？再说，一年年地过去，我发现要得到幸福越来越难了。跟你说吧，我结婚之后一定会恪守妇道[1]的，这么多年的经验使我深信，幸福婚姻的基础是彼此的相互忠诚。"

1　原文为法语。

“你很高尚，我的美人儿。”我说，“亚希尔先生还和之前一样会每两周去一次巴黎谈生意吗？”

“哦，哈哈，你太小看我了，小宝贝儿。亚希尔跟我求婚的时候我对他说的第一件事就是：‘听着，亲爱的，你去巴黎开董事会的时候，我也要跟着。你自己在那里，我可不放心。’他回答道：‘你觉得我到了这个年纪还能做那种傻事？’我则说：‘亚希尔先生，你正当壮年，没有人比我更清楚你是一个多情之人。而且你英俊潇洒，风度翩翩，你的一举一动都令女人为之着迷。总之，我觉得你还是避开诱惑的好。’最后他只好答应把董事的位置让给儿子，由儿子代他来巴黎开会。他表面上假装不快，认为我不可理喻，其实心里乐着呢。”苏珊娜满意地叹了一口气，说，“对我们可怜的女人来说，如果男人没有这种令人难以置信的虚荣心，生活就会更加艰难。”

“这一切都很好，可是，这跟你在迈尔海姆那边的个人画展有什么关系？”

“你今天有点迟钝呀，小笨蛋。这么多年，我没有告诉过你亚希尔先生是一个极其聪明的男人吗？他是一个有身份的人，而且里尔的那些人喜欢说三道四。亚希尔先生希望，我作为一位像他这样显耀人士的妻子，在社交界应有一席之地，这也是我作为妻子的权利。那些外地人什么样，你也是知道的，他们总喜欢探听别人的私事，他们第一件事就会问：‘苏珊娜·鲁维埃何许人也？’当然，他们会得到这样的回答：‘她是著名的画家，最近在迈尔海姆画廊举办个人画展，非常成功，真是当之无愧。’‘苏珊娜·鲁维埃是殖民步兵团一位军官的遗孀，多年来凭借自己的才艺维持生活，一个人含辛茹苦把幼年丧父的女儿养大成人，她身上体现了法国女人的坚毅品格。令人欣喜的是，她的作品将在独具慧眼的迈尔海姆的画廊展出，公众不久便可观赏到她那细腻的笔触和精湛的技艺了。’”

“你胡说些什么啊？”我竖起耳朵听完后，说道。

“亲爱的，这是亚希尔先生为我做的前期宣传，将会在法国的各大报刊刊出。他就是这么了不起。迈尔海姆开出的条件很苛刻，但亚希尔先生却认为是小事一桩，全都欣然接受了。预展时要开香槟庆祝，[1]美术部长（他欠亚希尔先生的人情）要在开幕式上致辞，他会赞扬我作为女人的美德和作为艺术家的才能。最后，他会宣布国家的义务和责任就是奖励美德，所以已经买下我的一幅画并交由国家收藏。巴黎的各界人士都会云集于此，而迈尔海姆也将会亲自招待那些评论家，保证他们的文章不仅对我的画大加赞许，篇幅还得长。可怜的评论家们呀，他们平时挣得太少了，给他们个机会多赚点钱也算是做善事了。”

“亲爱的，你当之无愧，你一直都很优秀。”我说道。

“别啰嗦，[2]”她回应道，这句话很难翻译，“这还不够。亚希尔先生又以我的名义在圣拉斐尔海岸买了一套别墅，所以我不仅能以一名杰出的艺术家身份，还能以一个有产业的女性身份在里尔的社交界立足。再过两三年他就退休了，那时，我们就会像那些名门望族[3]一样在里维埃拉住下去。他可以在海上划船、捞虾，而我画自己的画就行。对了，你看看我的画吧。”

苏珊娜作画已有些年头了，她也从她的情人们那里学到了许多，她兼收并蓄、博采众长，现在终于有了自己的风格。她还是不会画素描，但色彩感还是不错的。她给我看了几幅风景画，分别画的是：她与她母亲在安如省居住时的风景；凡尔赛花园的一角；枫丹白露的森林以及她

1　原文为法语。

2　原文为法语。

3　原文为法语。

所钟爱的巴黎郊区街景。她的画作华而不实，但却如花一般优雅，透着一丝俏皮。

有一幅画，我很喜欢，我想如果我买下的话，她会很高兴的。我记不得那幅画是叫《林间空地》，还是《白围巾》了，直到今天，我也没搞清楚名称。我问了价格，还算合理，于是决定把这幅画买下来。

“你真是个天使。”她叫道，“这是我做成的第一笔买卖。当然，画展过后你才能拿到，我要登报说你买了这幅画。毕竟，一点点曝光对你的名气没有损害。我很开心你选了这一幅，你知道吗，这是我的得意之作。”她拿起一面镜子，从镜子里欣赏这幅画。“确有意趣，”她眯起眼睛说，“不可否认，那绿色苍翠欲滴！中间那抹白色为点睛之笔，使整幅画浑然一体，自成一格。这简直出自天才之手，绝对是天才画家！”

我看得出，她在成为一名专业画家的路上已经走了很长一段路了。

“宝贝，我们已经聊了很长时间了，我该继续创作了。”

“我也得走了。”

“对了，[1]可怜的拉里还混在红皮肤的人中间吗？”

她对这个神的国度的居民这样称呼实为不敬，但她已经习惯，改不了了。

“据我所知，是这样的。”

“他这样温和善良的人在那里一定不好过。如果电影里的情节是真的，与那些强盗、牛仔和墨西哥人厮混在一起简直可怕极了。也不是说那些牛仔没有吸引力，就是随便跟你说说。哦啦啦！但不带枪就走在纽约的大街上，好像很危险。”

她送我出了门，并亲吻了我的双颊。

1　原文为法语。

“我们曾经在一起度过了非常美好的时光。记着我的美好吧。”

六

我的故事讲到这里就结束了。拉里那边音信皆无，我也没指望能够听到他的任何讯息。他自由自在，随心所欲。也许他回到美国后，先在修配厂里找个工作，然后当个卡车司机到处跑，直到他足够了解这个他阔别多年的国家。这个目标实现之后，他可能会实施他那开出租的奇想。当然，这只不过是当年我们在咖啡馆闲聊时的一句玩笑话罢了。但是如果他真的这么做了，我也不会感到惊讶。从那以后，每次我在纽约乘出租车时，都会瞥一眼司机，心想说不定哪天就能看到拉里那双深陷的庄重而微笑的眼睛。但我始终没能看到。后来，第二次世界大战爆发了。他老了，不适合当飞行员了。但他可能重新开卡车，在国内或是国外运输物资，或者在工厂上班。我想，他会在闲暇时刻，著书立说，讲述自己的人生故事，谈谈自己的真情实感或者为同胞发蒙解惑。如果写的话，他一定会花很长时间。不过，没关系，他有大把的时间。这些年，岁月没有在他身上留下痕迹，不管从哪方面讲，他依旧是个年轻人。

他没有野心，也不求名利，成为公众人物只会令他反感。所以他很可能悠然地过着自己选择的生活，并乐在其中。这就是他，真实的他。他很谦虚，不肯使自己成为别人的榜样；也许，他会觉得一些说不上来的人会像飞蛾扑火一样被吸引到身边，然后慢慢地和他有了一样的信仰，人生最大的满足是精神上的满足。他始终抱着无我和无求的态度，不断地完善自我，做着他不认为是贡献的贡献，像是著书立传或是传经布道。

但这都是我的设想。我是一介凡人，对于拉里这样光芒万丈的人之翘楚，我只能敬仰。我不能想他所想，走近他的内心深处。我时常认为我只能跟平庸之辈打交道。拉里已如他所愿，置身在喧嚣激荡的人海；而在这充满纷杂利益矛盾的人海里，人们迷失着心智，却又渴望着超越自我；外表上是那么笃定，内心里又是那么彷徨；那样善良，却又那样残忍；那样诚实，却又那样狡猾；那样慷慨，却又那样吝啬。而这就是美国人。关于拉里，我只能讲到这里，我知道这非常不尽如人意，但我也只好作罢。在我写完这部书的时候，我隐约感觉读者可能会有点儿摸不着头脑，于是又在脑子里重温了一遍，企图设计出一个更加令人满意的结尾。令我非常惊奇的是，我好像在不经意间写了一本“成功”的小说。因为我所牵挂的那些人都如愿以偿：艾略特在社交界光彩夺目；伊莎贝尔凭借财产在活跃而有文化的社区站稳了脚跟；格雷拥有一份稳定且赚钱的工作，每天在办公室过着朝九晚六的生活；苏珊娜·鲁维埃的生活有了保障；索菲以死亡为解脱；拉里过着自己想要的生活。不管那些自命风雅的人多么挑剔，一般人应该都会从心底里喜欢圆满的故事吧。就这一点而言，故事的结尾还算得上令人称心如意吧。

《刀锋》背后的故事

毛姆1938年印度游记

[英] 毛姆　著
武书敬　译

印度。C少校。他高高的个子，膀阔腰圆，留着一头浓密的棕色短发。很难猜出他的年龄，他既有年过半百的成熟，又有着不到三十五的活力。他胡子刮得很干净，脸盘很大，但五官较小，鼻子短而扁。他表情恬淡宁静，笑容满面，有时会笑出声来，说起话来声音洪亮，语速虽慢但很流畅。他举止得体，彬彬有礼，言谈举止中透着欢愉。很难判断他是聪明还是有几分愚蠢。但可以判断他绝非饱读诗书之人，他身上有些许的童子军的意味，这使人感到有点尴尬；当那位瑜伽士走进他的房间入座时，他高兴得像个孩子，不止一次地告诉我，他享有阿室罗摩[1]的人所没有的特权。他的派头如同因为校长的宠爱而喜欢到处吹嘘的学生。

他已经在阿室罗摩住了两年，由于待遇特殊，他建有自己的小木屋，小木屋的后面配有厨房。他有专门的厨师。他既不吃鱼、肉，也不吃蛋，倒是储备了很多来自马德拉斯[2]的罐头，他的厨师会用这些罐头配以咖喱和豆腐为他备餐。除了茶，其他饮料他都不喝。

在他的房间里有一张平板床、一张桌子、一把扶手椅和一把普通座椅，还有一个小书柜，里面大概有五十本书。它们是吠檀多哲学著作《奥义书》等的译本，也有那位瑜伽士著的书以及别人评价那位瑜伽士的书。墙上挂有几幅不大的画，其中有一幅是列奥纳多所画的“基督”中的一幅，有几幅是丑陋的毗湿奴画像，还有廉价的彩色版画和一张那位瑜伽士的照片。墙壁漆成了绿色，地板上有一块藤垫。

1　印度教精神生活的四个阶段之一；亦指瑜伽修行者聚集居住之地。

2　南印度东岸的一座城市。它坐落于孟加拉湾的岸边，是泰米尔纳德邦的首府，印度第四大都市，世界一百大都市地区之一。

他穿着一套白色棉质的上衣和长裤，有点像中国的服饰风格。他赤脚走路。

他对这位瑜伽士极其崇拜，声称将其视为自基督以来世界上最伟大的精神领袖。

他有点儿不愿提及自己的过去，说在英国他没有一个亲近的人。在之前的岁月里，他漂泊无依。但现在，到了这儿，他情有归处，心之所向，不再漂泊。他说他找到了内心的平静，而且反复提及是瑜伽士的存在和相遇给了他内心的宁静，而这种宁静对他来说是无价之宝。我问他每天的生活怎样，他说，他多是在阅读、锻炼（他有一辆自行车，固定每天骑八英里）和冥想中度过的。他每天和瑜伽士一起在大厅里打坐很久，不过瑜伽士每周对他也说不了几句话。但是他正处于活力四射的年龄，我便问他，他的旺盛精力是否可以得到宣泄。他回答道：他是幸运的，因为他是真正渴望和酷爱冥想的少数人之一；而且他一直都在练习冥想。他补充说，冥想很消耗体力，几个小时下来，身体就会疲惫不堪，不得不躺下休息。但是我根本搞不清楚他所指的冥想究竟是什么。我不明白他是否在积极思考某个问题。当我向他提出耶稣会修士会对“耶稣受难”等特定主题进行沉思时，他说那和冥想根本不是一回事。他说他的努力是在与实现宇宙的大我和个人“自我”的交融，把只从自我出发思考问题的那个“我”隔离开来，因为他说那就是无限。如果他做到了这些，他就会真真切切地看到或感觉到他自己的神性是无限神性的一部分，从此大彻大悟。他想待在那里见证这件事的发生，或者直到瑜伽士去世。

很难判断他是怎样的一个人。他当然很幸福。我本想从他的长相和他的谈吐中能找出点儿蛛丝马迹，但直至我离开时也还是一头雾水。

海得拉巴。从比达开车去海得拉巴的路上，我看到了一大群人，是一群司空见惯的印度人，有穿着鲜艳纱丽的女人、缠着腰布的男人，还有牛车和奶牛。我原以为这是一个小集市，但帮我扛行李的人告诉我，这是一个治疗师居住的地方，所有那些人都是从附近的村庄赶过来求医问药的，还有些不育的女人来求子的。我问我能否见见他。司机告诉我说，那人本来是海得拉巴的一名富甲一方的承包商，后受神意感召要过苦行僧的生活，于是把财产转交给家人，来此定居。他住在一棵菩提树下，供奉路边的一处湿婆的小神庙。我们挤过人群，我们周围总共有三四百人。病人中有躺在地上的男人，也有在母亲臂弯里的孩子。当我们走近神庙时，治疗师迎上前，谦卑地和我们打招呼，向我们鞠躬施礼。他头戴一条脏兮兮的白色头巾，身穿一件没有领子的衬衫，两头垂在他脏兮兮的腰布上，耳朵上戴着银色的耳环。他的胡子刮得很干净，只是留了一小缕花白的短髭。他身材矮小，神采奕奕，动作灵敏，笑逐颜开，忙忙碌碌，豁达开朗，看起来一点也不像圣徒，更像是集市上警觉、活跃的店主。要不是他放弃了自己的宅邸和财物来免费为大家治病，你可能会认为他是个名副其实的坑蒙拐骗的江湖郎中了。来看病的人为他带来各种各样的东西，他只留下赖以生存的大米和水果，其余一切他都捐赠给了别人。当时他执意要送给我们一些椰子。他是这样治病的，他先向神庙里的湿婆祷告，然后再行按手礼。当我离开的时候，他请我为他祝福，我真是诚惶诚恐。我告诉他我做这个不合适，但他很执着，非要坚持。于是，在众目睽睽下，我只好按他的想法做了，但感觉自己故作姿态，愚蠢至极。

苏菲派信徒[1]。他住在海得拉巴贫困街区的一座小房子里，那儿简直就是贫民窟。那里有一条走廊，我们到了之后就在走廊等着，派我们的先导去咨询下这位圣人是否愿意见我们。在进入房间之前，我们先脱掉鞋子，有人领我们进入一个小房间里，我看到蚊帐把这个小房间分为两部分。我猜想我们看不见的那部分是他的休憩之地。我们坐的地方大部分都被讲台占用了，这个讲台高出地面大约18英寸，上面铺着廉价的毯子，毯子上面有一块藤席，圣人坐在藤席上。他年老，瘦削，留着层次不齐的白胡子；他戴着一顶土耳其毡帽，身穿一件白色的棉布大衣和一条白色的裤子，打着赤脚。他的脸非常瘦小，颧骨突出，脸颊凹陷，这使得他的大眼睛更加凸显。他有一双修长而漂亮的手，但是骨瘦如柴，他的姿势丰富、优雅，富有表现力。他虽然年老体衰，但似乎精力充沛，谈笑风生。和他相处非常愉悦。他脸上的表情甜美而和蔼。我领会不出他话语的独到之处。我对苏菲派一无所知，所以听到他像印度教徒一样谈论“自我”和“超我”时，我异常惊讶。在我的心目中，他是一位非常可亲可敬、温柔和蔼、仁慈和宽容的老人。

1　“苏菲”（Sufi）一词系阿拉伯语音译，苏菲派是伊斯兰神秘主义派别的总称。

一位神职人员。阿卡巴·海德里爵士派车去接他，他按照约定的时刻准时走进了房间。他衣着华丽，穿着一件上等的大红斗篷。他是个中年男子，身材高挑，仪表堂堂，举止优雅。他不会说英语，阿卡巴爵士担任翻译。他吐字清晰，语言流畅，声如洪钟。他说话的内容都是些陈词滥调，我已经听别人讲过不下二十次了。印度思想家中最糟糕的事情莫过于此。他们对同一件事的表述完全雷同，虽然你觉得这不应该让你感到不耐烦，因为如果他们拥有真理，就像他们确信的那样，如果真理是一个统一体，不可分割，那么他们就应该保持真理的模样，这是很自然的。不可否认的是，没完没了地听千篇一律的话会令人生厌。你希望他们至少能想出比《奥义书》中更多的隐喻、明喻以及例证。当你再次听到蛇和绳子的寓言故事时，你的心情会不觉一沉。这些话人们听得耳朵都生了茧。

我问他我怎样才能获得冥想的力量时，他告诉我找一间昏暗的房间，盘腿坐在地板上，眼睛盯着蜡烛的火焰，清空大脑中所有的杂念，使大脑变得一片空白。他说，如果我能坚持每天冥想一刻钟，我就会有一些超乎寻常的体验。“坚持做九个月，”他说道，“然后您再回来，我再教您做另一种修炼。”

那天晚上，我按照他所说的做了。在正式开始之前，我记下了时间。我感觉处于冥想状态很长时间了，应该已经远远超过了他所规定的一刻钟。我停下来，看了看表，仅仅过了三分钟，但这三分钟却好像漫长得永无休止。

一两周前，有人向我讲述了一件事，建议我写一篇关于这件事的文章，从那时起，我就一直在琢磨这件事，但不知从何写起。事情的经过是这样的：两个年轻人同在山上的一个茶园工作，他们要到很远的地方去取信，所以他们要间隔很长时间才能收到回信。其中一个年轻人，我们姑且称之为A吧，每次他都能收到很多信，十封、十二封，有时甚至更多。另一位年轻人，我们称其为B吧，他从来没有收到过信。每当A拿起一沓信开始阅读时，他总是投去羡慕的目光。他渴望自己也能收到信，哪怕只有一封也好。有一天，当他们在等信的时候，B对A说："看看你，总是有一包信，而我一封信也没收到过。如果你愿意，我想用我的五英镑买你的一封信。""好吧。"A说。当信到时，A把他收到的一包信递给了B，对B说："你随意挑选一封吧。"B给了A一张五英镑的钞票，然后仔细审视了下那些信，选了其中一封，其余的都还给了A。晚上，当他们用完晚餐，喝威士忌和苏打水时，A漫不经心地问道："喂，那封信里都写了些什么？""我不打算告诉你。"B回答道。A有点吃惊，接着问道："那是谁写来的信呢？"B答道："那是我的事，与你无关。"他们为此争执了一番，但B坚持自己的观点，对于他买的那封信，他只字不提。A陷入了烦恼之中，一连几周，他竭尽全力说服B让他看看这封信。但B还是没有答应。最后，A变得更加焦虑和好奇，终于忍无可忍，于是他走到B面前说："看，这是还给你的五英镑，把我的信还给我。""这个你说了不算，"B回答道，"这是我花钱买的，这就是我的信，我不会给你的。"

整件事就是这样。我想如果我是现代派的短篇小说家，我就据实来写，不管故事本身怎样，但这违背了我写故事的初衷。我想故事要有形式，故事只有具备了形式，才能够得出毋庸置疑的结局。但是即使你可以让读者悬在空中，不知你所云，至少你自己要搞清楚故事的来龙去脉吧。

我和太子与太子妃，也就是贝拉尔亲王夫妇共进午餐。席间，太子问及我的旅行。“我想你去过孟买吧？”他问道。“是的，”我回答道，“我在那儿登陆的。”“你是住在游艇俱乐部了吗？”“是的。”我答道。“下一步你要去加尔各答吗？”他又问道。“是的。”我回答道。“我想你会被安排在孟加拉俱乐部下榻吧？”他问道。“希望如此。”我回答。“你知道他们之间的区别吗？”太子问道。“不晓得。”我一脸茫然地说。“在加尔各答的孟加拉俱乐部，他们不允许狗和印度人入内；在孟买的游艇俱乐部，他们不介意带狗，但是印度人不能入内。”那时我绞尽脑汁也想不出该如何回答，至今依然。

宗教大师。他穿着橘色的僧袍，但袍子的颜色与其说是黄色，不如说是粉红色，头戴同样颜色的头巾，披着斗篷。这身打扮看起来真够热的。他穿着白色的袜子和非常整洁的棕色鞋子，那鞋子很像轻便的舞鞋。他个子很高，略胖，肉嘟嘟的大脸，透过金丝边眼镜可以看到他那双漂亮的闪闪发光的眼睛，嘴大而性感。他说话声如洪钟。当他讲道时，声音却往往有些粗哑。他经常面带微笑，但举止中有一种虚情假意的仁慈，给人以一种扬扬自得的感觉。他喜欢阿谀奉承，喜欢谈论自己。有一次，我问他是否因为不能享受俗世的快乐而感到遗憾。“我怎么会感到遗憾呢？”他回答道，“我前世都享受过了。”

托钵僧。仪式在一处穆斯林墓地举行，几个世纪前，在那里埋葬了教派的一位圣徒。教派领袖身材高大，长着鹰钩鼻，眉宇间流露出一副聪明而威严的表情。他身穿一件棕色的阿拉伯斗篷，头戴一条整洁的白色头巾。他座位的前方是一个小火盆，火盆里是燃烧着的木炭，他不停地把熏香放在火盆里，他的前面还有托钵僧们用来表演的各种乐器。

托钵僧们在领袖对面坐成一排，距他有四五英尺远。他们年龄各异，有一个可能还不过十四岁，有些是青年人；从印度人看来，德高望重的是那些上了年纪、留着大胡子、头发已经花白的老人。他们留着长发，衣衫色彩斑斓但已破烂不堪，戴着耳环和项链，一副放荡不羁的样子。

仪式开始了，教派领袖带头吟诵祷文，其他众人也间或加入进来应和。接着他们中的一个人走上前去，拿起一根大约两英尺长的扦子，在香上熏一熏，让领袖触摸一下，然后他用扦子穿过自己的脸颊，从脸颊的一侧推进去，从脸颊的另一侧露出来，至少露出两英寸长。他绕场一周，好让别人都能看到，然后非常谨慎地把扦子取了出来。他轻轻地揉了揉那根扦子扎入和穿出的部位，不仅没有流血，而且没有伤口。又一个人走上前来，拿起另一根扦子，从自己脖子的气管后面穿过去，然后把扦子抽取出来。然后，另一个人拿起一把短而钝的匕首，首先做了一些夸张的手势，大喊一声，然后剜出了自己的眼睛。他绕场一周，眼珠垂挂在他的脸颊上，这景象真是令人作呕，然后他把眼睛复位，按揉了一下，一副完好无损的样子。另一个人把扦子插入自己的腹部，还有人用一根扦子穿透自己的舌头。他们看似并不痛苦。演出大概持续了半个小时，结束时他们又吟诵了一篇长长的祷文。有一两个人流了一点儿血，也只是一滴两滴的，但血很快就止住了。

神秘学者。他身材矮小，圆圆的脸，戴着眼镜，说起话来口若悬河。他参加过战争，并曾获少校军衔。他游历过很多地方。他是一个基督徒，也研究帕拉切尔苏斯[1]和埃利法斯・德维[2]。他能把法术和妖术分得清清楚楚。他对所谓的“神迹”嗤之以鼻，但他自己声称会“飘浮术”，可借助法术飘浮在空中。他认为任何仅仅为了满足观众的猎奇心理而进行的表演都会削弱表演者的力量。他的力量纯粹是精神上的。他声称能治愈疾病，但说他的妻子（她和他一起到我家来做客）比他更有力量。她是印度人，穿着纱丽，老成持重，沉默寡言，谨小慎微。当他们离开时，她告诉我我有时会看到她，当她出现在众人面前时，她总是身着一件深蓝色的纱丽。

1　帕拉切尔苏斯（Paracelsus，1493—1541），瑞士的医学家，提出硫、汞、盐三元质的说法。他强调自然的治疗能力，反对有害的治疗方法，著有《外科大全》和关于梅毒的论文，他别致的医学思想在当时和后世有一定的影响。

2　埃利法斯・德维（Eliphas Devi），原名阿尔方斯・路易・康斯坦（1810—1875），法国隐秘学者及仪式魔法师。

也许我们所有的邪恶均源于“自我”，但是音乐、绘画、诗歌也皆归因于“自我”。因此，即使“自我”是邪恶之源，那又怎么样呢？

阿克巴尔爵士的秘书艾哈迈德·阿里给我讲述了下面的故事。他说，有人将一个被蝎子咬伤的女人带到他面前，人家告诉他，如果他在地上写下数字“16”，然后再用一只鞋子把这个数字擦掉，她就会痊愈。虽然他不相信，但还是这样做了，根本没起作用。那个女人离开之后，有人指出他写的不是数字“16”，而是数字“13”。从那以后，他就写数字“16”，治愈了好几个人。

一位瑜伽士想过河，却身无分文，付不起渡船的费用，于是他就用双脚从河面上走着过了河。另一位瑜伽士听说了这件事，感叹道：这个“神迹”只值一文渡船钱罢了。

一位瑜伽士想坐火车去某处，但是身上没有钱，就问站长是否可以允许他免费乘车。站长拒绝了，于是瑜伽士就坐在了站台上。到发车的时间了，火车就是行驶不了。人们推测是发动机出了问题，把机修工召来，机修工绞尽脑汁，想尽办法，但火车还是纹丝不动。最后，站长把瑜伽士的事告诉了官员们，瑜伽士被请上了火车，火车立即就开动了。

神秘学者和艾哈迈德·阿里都认为这个线路上有位站长可以医治蛇伤。他们说，如果有人被蛇咬伤了，他有权利免费给那位站长拍电报，站长拍回电报，蛇伤也就痊愈了。

我举办了一场小型的晚宴，总共六个人，均是哲学家、梵学家和学者。在谈话中，他们谈到了瑜伽士可以通过自律和禁欲获得力量。他们告诉我说，有一位瑜伽士曾经让人们把他埋在一口枯井的底部，并告诉那些人在六个月后挖开这口井。到时候如果发现他的头顶是温暖的，就证明他还活着，应该让他苏醒过来；如果发现他的头部已经冰冷，就证明他已经死了，可以把他烧掉。他们按照他说的做了，六个月后，发现他还活着。他很快就苏醒了过来，如今十六年过去了，他还是那么身强力壮、容光焕发。这六个人要么见过那位瑜伽士，要么认识亲身经历这件事的人，因此他们也都相信了这件事。

孔雀。我们驱车穿过丛林。这片丛林并不茂密，忽然我们在树丛中发现了一只正在开屏的孔雀。它踱着步，傲视群雄，威风凛凛，脚步踏在地面上，精美绝伦，严肃虔敬。它的步态是如此优雅、如此高贵、如此温婉，使我不由得记起了尼金斯基[1]步入科文特加登舞台的情景，他走起来就是这般柔美、雍容华贵、温文尔雅。我几乎没有见过比那只孔雀在丛林中形单影只更动人心魄的景象了。我的同伴叫司机把车停下来，拿起他的枪。

“我试试我的枪法。”

我的心跳骤停。他开枪了，我希望他失手，但他不偏不倚，正好射中了那只孔雀。司机从车里跳出来，把那只被射死的孔雀捡了回来，之前它还是生机勃勃，瞬间便命归黄泉，真是惨不忍睹。

那天晚餐我们吃了孔雀脯肉。那肉是白色的、嫩嫩的和滑滑的；在印度每天晚上吃的都是瘦骨嶙峋的鸡肉，至少可以换换口味，也真的是满心欢喜了。

1　尼金斯基（Nijinsky，1890—1950），俄罗斯芭蕾舞者和编舞家，被西方人称为“舞蹈之神”。

贝拿勒斯。没有什么比在黄昏时分乘船徜徉恒河更令人惬意的了。乘兴而来，兴尽而返。令人神往的城市，清真寺的两个尖塔在浅色天际的映衬下，傲然屹立。一种恬淡无争之感油然而生，周围一片静谧。

拂晓时分，日出之前，你驱车穿过这座城市，商店还没开张，人行道上毡下之人还在熟睡；三三两两的人走向河边，他们手里拿着铜钵，因为他们要在这圣水中进行约定俗成的洗浴。你上了一艘由三个船工操纵的游艇，船沿着河边的石阶慢慢向前划去。清晨很冷，台阶上各处的人数分布不均。其中，有一处挤满了人，我不知道为什么，这是一个异乎寻常的景象。人们摩肩接踵，站在台阶上，站在水边。洗浴者礼仪不同，洗浴的方式也各异。对一些男孩子来说，这是一种玩乐之事，他们扎入水中，浮出水面，再次扎入水中；对一些人来说，这是一个必须迅速履行的仪式，你会看到他们一边机械地做着虔诚的动作，一边含含糊糊地念着祷文。其他人则视其为郑重之事。他们向冉冉升起的太阳鞠躬，双臂举过头顶，满怀敬意地咏唱祷文。然后，洗浴完毕，有的在和朋友们聊天，你可以猜测得到这每天的习惯就是为人们提供了一个交换消息和八卦的机会。另一些人在盘膝冥想。他们中的一些人坐着一动不动，给人留下怪异的印象：虽然人声鼎沸，他们却如入无人之境。我看见一位老者，他的脸上饰有白灰，在眼睛周围形成一个大大的圆环，额头上绘有一块宽阔的长方形，脸颊上涂着几块方形，看上去就像戴着面具一样。许多洗浴者洗浴完毕后，仔细地擦洗和擦亮铜钵，他们要将圣水带一钵回家。

这是一幅动人心弦、鼓舞人心的景象：熙熙攘攘，人声鼎沸，来来去去，给人一种热血沸腾之感；相比之下，那些沉思的人还在沉思，似乎更加沉吟不语、寂然不动，仿佛远离了尘世的喧嚣。

太阳升得更高了，照耀着这景色的灰蒙蒙的光线变成了金色，给它披上了斑驳的光彩。

他身体健壮，个头不高，走起路来活力四射。他圆圆的光头，一双明亮的蓝眼睛，眼角布满鱼尾纹，面带愉悦。他是政府的工程师，负责修筑道路、建造水坝和维修桥梁。他傍河而居。客厅里摆着几把舒适的扶手椅，中间有一张印度雕花桌子，墙壁上挂着神话场景的精美木雕，还钉着他亲自猎获的兽头和装在相框里的照片。在阳台和河之间有一个小花园，花园里生长着一棵树，这棵树简直美极了。它的叶子并不浓密，你可以很清楚地看到它的枝丫，它们在天空的衬托下形成了精美的图案。我谈到了它的美丽之处，但工程师显然从来没有注意到它；我想他认为我谈论这件事真是太滑稽了。

我们谈起射击，他提到他曾经射死过一只猴子。“我再也不射杀猴子了。”他说道，“我当时在修路，所有的苦力都罢工了，总共有六百人；工头病了，他们担心他会死去；他们已经下定决心离开工地，不再做这份工作了。我竭尽全力将他们留了下来，最后他们说如果我杀死一只猴子，他们就会留下来，因为这样他们就能获得猴子心脏里的血，来治愈工头的疾病。然后，我不能让工程停下来呀，于是我拿起枪，沿着那条路走下去。通常有很多黑脸猴子在路边玩耍，过了一段时间，我就发现了一只，瞄准，开火，但是我没有把那只猴子射死，只是将它射伤了。这条猴子跑向我，寻求我的保护，哭喊着，像个孩子一样哭喊着。”

“工头身体康复了吗？”我问道。

“嗯嗯，事实上他真的好了。不管怎样，我把这条路修好了。”

范·H. 他大约六十岁，膀阔腰圆，大腹便便，满脸横肉，大大的鼻子，蓝眼睛，花白的胡须和头发。他很愿意说话，而且妙语连珠，只是略带点儿地方口音。他声音洪亮，天性快活。他年轻时可能就不怎么好看，何况现在还穿着破旧不堪的衣服，不修边幅，浑身赘肉。虽然他的块头出众，但他并不端庄持重，既不引人注目，也不会给人留下深刻印象。他在东方已有三十余年。他先去了爪哇。他是一位杰出的语言学家，一位梵语学者；他广泛涉猎了东方的宗教和希腊的哲学。这样，很自然地，他对赫拉克利特情有独钟，他的书架上，摆放着所有与赫拉克利特有关的现存文献。公寓里满是书。墙上挂着藏文横幅，到处都是藏铜制品。他在西藏住了很长一段时间，他嗜美食，爱啤酒。在利德贝特的影响下，他成了一名神智学家，去了印度，在阿迪亚尔当了几年图书管理员，但后来与贝赞特太太吵了一架。当我问他对"圣贤"之说的看法时，他说他认为确证和否证相差无几。虽然他早已不再信奉神智论，但他仍然对利德贝特非常钦佩，相信他有超自然的力量。我想他现在已经是一个虔诚的佛教徒了。

年轻时，他在爪哇雇用了一个仆人。他和他的仆人一起旅行了九个月，然后他的仆人向他讲述了自己的身世，说他是爪哇一位苏丹人的后裔，他曾结婚生子；后来，他的妻子和孩子都死了，他悲痛欲绝，于是，隐退到丛林里去过苦行僧的生活。他后来加入了一群烧炭工的行列，和他们一起生活了几个月。最后，他们对他说，这不是君主的后裔应该过的生活，并劝他去见一个奇怪的陌生人。那是一个约四十岁的爪哇茶农，人们普遍认为他不是一个在失败后消失得无影无踪的著名叛乱者的转世（就像娜娜·萨希布所做的那样），而是那个叛乱者本人，一百多年过去了，他仍然活着。这个人告诉他去巴达维亚[1]，说在那里他会遇到一个白人，并侍从那个白人九个月。他告诉那个白人将在哪一天到达。事实上，这一切都和茶农预言的完全一样，范·H. 对此很感兴趣，于是就去见那个奇怪的陌生人了。范·H. 发现那人相貌平平却深受人们的爱戴，但那人对自己只字不提；他既不承认也不否认他是人们心目中的那位古老的英雄。当范·H. 问他是什么令他确切地说出那个仆人来巴达维亚并与自己同处一地的事情时，他的回答是："有的知识来自头脑，有的知识来自内心。我看了看内心，然后把看到的和盘托出。"

1　巴达维亚（Batavia）：印尼首都雅加达（Jakarta）的古称。

一位年轻的军官乘半岛暨东方轮船公司的轮船回家，人们看到他在甲板上忙着读泰姬陵方面的书，就问他为什么要这么急着看这些书，他回答道：“嗯，我在阿格拉驻扎了四年，我从来没有见过泰姬陵，但我知道当我回到家时，所有人都会问我泰姬陵的有关情况，所以我想最好在到家之前先突击学习一下。”

泰姬陵。尽管我有期许，也曾经看到过泰姬陵的照片，但当我第一次从泰姬陵正面拾级而上，我就彻彻底底被它的美丽所折服了。我意识到这是一种真正令人震撼的艺术，想在它还活灵活现的时候，亲自去审视它。根据我的理解，当人们说某些东西可以让他们感到无法呼吸时，那不是无稽之谈。身处泰姬陵，我真的觉得呼吸急促，心里涌起一种奇特的、令人愉快的感觉。这种感觉似弥漫开来，我感到惊喜交集，那是一种心旷神怡之感。但那之前我一直在读数论派[1]哲学，该派哲学认为：艺术可视为是一种暂时的解脱，就像印度宗教之依归的绝对解脱一样，所以，“解脱”可能只是我把一种回忆中的东西移植过来指自己的真实感受而已。

再美丽的景色，我也不可能在重复见到时，再现初见时的欣喜若狂。第二天同一时间，当我再次去泰姬陵，我的内心和这美景已经浑然一体。另一方面，我又有了新的发现。日落之时，我独自漫步走进清真寺。当我从一端看着寺内区域被分割成一个个房间时，我对它的虚无和孤寂有了一种奇怪的、神秘的感觉。那一刻，我有点胆怯。我只能用那句根本讲不通的话来表达我的感受：我似乎听到了那无限无声的脚步声。

1　数论派（Samkhya）是婆罗门六个正统哲学派系之一，印度六派哲学中，最早成立之一派。数论派认为，事物（或世间现象）是由某些根本因转变出来的。

辛达拉姆。要描述一个印度人真是太难了。也许是因为你对他的前辈和环境知之甚少，抑或是因为你认识的印度人相对较少，因此你不能对他们的印象相互比较；或许是因为他们的性格变化多端，没有明显的特质；或者，当然，他们只会展示他们想展示的一面，或者他们认为可以让你高兴和感兴趣的一面。辛达拉姆是马德拉斯[1]人，身材粗壮，肥头大耳，有着欧洲人的中等身材，肤色不是很深；他缠着腰布，身穿一件白衬衫，头戴一顶甘地帽。他鼻子短而厚，一张气吞山河的大嘴配以充满性感的嘴唇，和颜悦色，魅力十足。我想他会很乐意去谈论他所认识的所有大人物，但那似乎是他仅有的虚荣心。他人很和蔼，是个清教徒，他告诉我他这一生还从未去过剧院或电影院。他很有诗意，山水、江河、鲜花、白天的天空和夜晚的天空都能给他带来快乐。他根本不懂得逻辑，对讨论也不感兴趣。他的信仰来自印度的传统文化以及古鲁[2]的亲授，他乐于详细讲述这些信仰，但并不关心这些信仰的合理性，也不介意这些想法之间是否有相悖之处。他一切都以感情和直觉为立足点，他对这些信仰深信不疑。他严格地践行了正统印度教对饮食、洗浴、冥想等方面的戒律，他主要以牛奶、水果和坚果为生。他告诉我，有一次他全神贯注钻研一篇严肃而又费脑筋的著作，六个月他缄口不言，以牛

1 马德拉斯（Madras）：南印度东岸的一座城市。

2 古鲁（Guru）：印度教或锡克教的宗教导师或领袖。

奶为生。他用极大的诚意谈论克己、绝对和我们所有人心中的上帝——上帝就是万事万物，我们都是上帝。他说了好几个隐喻，信手拈来，这些隐喻在印度已经流行了好几个世纪；对他来说，这些隐喻显然是一种充分的推理手段。关于恒河的优美意象对他来说和三段论一样有力。不难发现，他对他的妻子和孩子忠心耿耿，并以他们为豪。他的孩子们都举止优雅，彬彬有礼。他每天早上五点钟起床冥想，他认为那是最佳时刻。我看见他和这所大学的一些学生在一起，他对他们非常友好，但并不像你有时看到的传教士对待信徒那样令人腻烦；他真心实意且富有人情味。

帝国缔造者。他是个将军，一头白发，留着白色的牙刷状胡子，个子高高的，健壮但不臃肿，红脸，蓝色的眼睛，蛋形的头。每天早上他六点钟出去兜风。他房间里有一台划船机，在沐浴前，他可以进来做一些运动；只要暑气稍微有点儿减退，他就去网球场打网球，他打得很努力，而且球技也很好（他吹嘘说他能打败只有他年龄一半的后生猛将，并且他更喜欢单打，因为那样可以得到更多的锻炼）。他每天打到天黑得看不见球，才回到自己的房间，沐浴之前在划船机上划上一刻钟。“在这个国家，你必须保持健康，”他不断地说，并抱怨道，“我得不到足够的锻炼。”他在印度已经三十年了，“能在印度待下去的唯一理由就是印度有猎可打。我有很多猎手，他们个个都是高手，我的意思是说，你可以像信任英国人一样信任他们，他们是一流的射手，并且饱含热情。我的意思是，除了他们的肤色之外，他们是彻头彻尾的白种人，我没夸大其词，你知道的，这是事实。”

阿什沃思。他告诉我当他在大学学习哲学时，他不能理解老师所讲的“万事万物合一”的意思。一个人怎么能说他是那张桌子而桌子就是他呢？这听起来毫无意义。后来有一天他终于领悟了。那时他去迈索尔看大瀑布，乘坐公共汽车穿过丛林，行驶了很长一段路。他以前从来没有见过大树，当他沿着一条绿色的隧道疾驰而过，高耸入云的树木就在头顶上，他感觉激动万分；接着他来到瀑布前，他站在一个大圆潭的边缘，面前是滚滚大水（因为当时季风雨刚过）从天上直泻下来，这给了他一种非同寻常的体验，他觉得自己就是那水，他像水一样飞泻下来，水就是他自己，他意识到他和水已经合二为一。他三十八岁，对于一个德干高原的印度人来说，他个头算是高的，比我高了一两英寸，自然卷曲的黑发已经花白。但是从面容上来看，他还很年轻，额头上几乎没有皱纹，眼睛下面也没有褶皱；他的眼睛很大，水汪汪的；他的鼻子很短，但是鼻型很好，肉嘟嘟的；他的嘴很大，嘴唇很丰满；耳朵很小，紧贴在头上；耳垂又长又厚，就像佛祖[1]头像上的耳朵一样，当然也没那么夸张。他的脸刮得很干净，但他胡须浓密，即使是刚刚刮过胡子，他那深蜜色的皮肤上还能显示出一抹黑色。他长得不好看，但他那诚恳坦率的表情显得格外引人注目。他的牙齿极好，洁白整齐。他的手比大多数印度人的手都要大一些。

1　原文为Gautama，为佛教创始人，姓乔达摩（Gautama），名悉达多。

他裹着一条最便宜的棉质腰布，身穿一件棉质衬衫，戴着一顶甘地帽，围着每一个有身份的印度人都围的围巾，赤脚穿着皮凉鞋。他英语说得很流利，虽然他从未去过英国。他的声音洪亮悦耳。他的真诚和善良是显而易见的，但我并不敢肯定他是否聪明。他认为所有的一切都是自己思考而来的，可他不知道他在费尽心思冥想出的许多概念实为老生常谈。当他带着深深的感情侃侃而谈那些陈词滥调时，令人感到不安。另一方面，他偶尔也有一种迷人的甚至是独到的想法。

他因在自己所创办的报纸上发表了一系列煽动性文章而被捕，并被判处一年监禁。他被关押在一个单独的牢房里，这样他的谈话就不会影响到其他囚犯。但是，尽管没有强迫他去做工，他却主动要求去做，和其他犯人一起在工作间编织地毯。他对自己的牢狱之灾很不服气。他告诉我，他过去常常一哭就是几个小时，有时会有一种不可抗拒的想要逃出去的欲望，然后就不停地打牢房门的铁条，试图把它们打断，大声吼叫，直到筋疲力尽，最后瘫软在垫子上，倒头睡着。四个月后，监狱里的伙食让他病倒了，病得很重，被送进了医院，刑期剩下的几个月，他是在医院度过的。就在那段时间，他决定放弃他自己的财产。但是打官司花费了他很多钱，在他被监禁期间，他的报刊经营得很糟糕，所以当他被释放时，他发现自己已经负债累累。他花了几年时间才还清了债。然后他把他的员工召集到一起，把自己的报纸、机器、所有的东西都给了他们，条件是他们每个月要付给他母亲三十卢比的生活费，以养活他们全家：他的母亲、他的妻子、他的妹妹和他的两个孩子。

我想了解他的家人是如何看待他这一决定的，他不太关注他们的感受。“他们不愿意，”他说，“但我情非得已。你总不能因为会给别人带来痛苦或不便而不去做你认为正确的事情吧。”在他出生的时候，占星师为他占卜过，占星师说他要么会成为一个非常富有、非常成功的人，会超群绝伦；要么会成为一个瑜伽行者。多年来，他的雄心壮志就是为自己获取功名利禄；但当他决定放弃所有财产时，他的母亲想起了那个占星家所说的话，尽管感到酸楚但并不意外。我问他，当他的儿子长大后，责怪他把自己带到世界上来，却不给自己原本可能给予的良好的社会地位和教育，而是只让自己学习一些基本的知识，长大之后只能成为一名工匠时，他会给出怎样的回答呢？他默默地笑了。“我想他可能会责怪我，”他说道，“但是他有房子住，有饭吃，这些都是我提供给他的。我不明白为什么你有了儿子，就必须为了他的更美好的前程而去浪费自己的生命。你和他一样，拥有追求美好生活的权利。”

他的讲述，我感同身受。他把自己所有的财产处理掉的第一天，就去看望一个住在班加罗尔[1]几英里外的朋友。他步行去的，在回来的路上感到非常疲倦，就上了一辆经过的公共汽车，但突然想起自己口袋里没有钱，只好叫司机停车，下了车。我问他住在哪里。

“如果有人给我提供住宿，我就睡在阳台上；如果没有，就睡在树下。”

“吃什么呢？”

“如果有人给我吃的，我就吃，否则我就饿着。”他简单地回答。

我以非常奇特的方式逐渐了解了他。我第二次住在孟买，他从班加罗尔给我写信，说他想来见我，因为他确信我有妙言要道要对他讲，这对他来说很重要。我回答说，我只是一个平庸之辈，一个写小说的，没有特别之处，我认为他花两天的时间来看我是不值得的。尽管如此，他还是来了。我问他是怎么搞到买火车票的钱，他告诉我他去了车站，在那儿等着。过了一段时间，他和一个等车的人攀谈起来，告诉那个人他

1　班加罗尔（Bangalore）：印度南部城市，卡纳塔克邦首府。

要来看我，但没有钱买票。那个人就给他买了一张火车票。我主动为他提供返程的费用，但他就是不肯要我的钱。

“我会设法回去的。”他笑着说。

我们进行了长达两天的交谈。意识到他希望能从我这儿获得某种高深的教旨或者至少是一个得隽之句，我就一直忧心忡忡的。我没什么可以给予他。他不由得感到失望，也许我应该和他说一些冠冕堂皇、哗众取宠的大空话，但我着实做不到。

果阿[1]。你驱车穿过椰子林，在那里你可以看到到处都是房屋的废墟。乘着渔船在潟湖上航行，船的大三角帆在灿烂的阳光下闪烁着白光。一座座教堂宏伟洁白，教堂的正面装饰着蜂蜜色的石柱。教堂里面很大，四壁萧然，非常宽敞，有葡萄牙巴洛克式的讲道坛，精雕细琢，还有同样风格的祭坛。在一座侧面的祭坛上，一位当地的牧师正在做弥撒，一位脸色黝黑的辅祭员在帮忙。没有人做礼拜。在圣方济各教堂里，你会看到一尊木雕的耶稣受难像，向导告诉你，在城市毁灭前的六个月，这尊木雕的耶稣受难像曾经哭泣过。在主教堂里，他们正在举行仪式，风琴在演奏，在风琴楼厢里有一小队由当地人组成的唱诗班，唱得很刺耳，不知怎么的，这反而使天主教徒颂歌拥有了神秘的异教徒印度人的特征。奇怪的是，在这荒凉僻静的地方看到这些巨大空旷的教堂，牧师日复一日在里面做弥撒，却没有一个人来听。这不免使人心生诧异，铭刻于心。

1　果阿（Goa）：印度西海岸一邦，首府帕纳吉，以前为葡萄牙领土，1961年被印度夺取；在1987年成为邦之前，该地区和达曼与第乌成立了一个直辖市。

牧师。他来旅馆看我。他是个高大的印度人，不胖不瘦，有着姣好、柔和的面容，黑色的大眼睛闪闪发光，身穿一件长袍。起初，他非常紧张，双手不安地搓动着，但我竭尽全力使他放松了下来，不久他的手就能静下来了。他英语说得很好。他告诉我他出身于婆罗门家族，他的祖先是一位婆罗门，受圣方济各·沙勿略[1]一个门徒感化，皈依了天主教圣方济各派。他三十多岁，体格强健，风度翩翩。他的声音洪亮，悦耳动听。他曾在罗马待了六年，在欧洲逗留期间经常到各处游历。他想回到欧洲，但他的母亲年老体衰，希望他留在果阿，直到她离开尘世。他在一所学校教书、传道，花了很多时间使首陀罗[2]皈依。他说，现在使高等种姓的印度人皈依，根本是无济于事。我试着让他谈谈宗教。他告诉我，他认为基督教博大精深，可以涵盖所有其他信仰，但他感到遗憾的是，罗马不允许印度教会的本土化发展。我的印象是，他接受基督教并把基督教教义作为一种纪律，但他对基督教本身没有激情。我不确定，如果一个人能够把自己的宗教信仰搞得水落石出，他是否会发现自己会对它仍持一丝怀疑。我有一种感觉，即使他背后有四百年的天主

1　圣方济各·沙勿略（St. Francis Xavier，1506—1552），西班牙人，是最早来东方传教的耶稣会士。他是耶稣会创始人之一，首先将天主教传播到亚洲的马六甲和日本。天主教会称之为“历史上最伟大的传教士”。

2　首陀罗又译为旃荼罗和一生族，是指印度种姓之一，地位最低。这个种姓的人是由伺候用餐、做饭的高级用人和工匠组成，是人口最多的种姓。

教，他仍然是一个吠檀多信徒。我想知道，对他来说，如果不存在于他的头脑中，至少在意识深处他能朦朦胧胧地觉察到基督教中的上帝和《奥义书》的婆罗门是否融为了一体。他告诉我即使在基督徒之间，种姓制度在某种程度上仍然存在，没有一个人会与自己种姓外的人结婚。一个出身婆罗门的基督徒会嫁给一个首陀罗的基督徒，这是闻所未闻的事情。他很得意地告诉我，他的血管里没有一滴白色种族的血，他的家人一直坚定地保持着血统的纯正。“我们是基督徒，”他对我说，“但首先我们是印度人。”他对印度教的态度充满着宽容和同情。

特拉凡科[1]的回水河汊。它们是狭窄的运河，可以称之为人工河。也就是说，天然的河段已经被有筑堤的水道连接起来，形成了从特里凡得琅[2]到科钦[3]的水道。水道两边长着椰子树，泥屋顶的茅草房傍依着水域边缘，每个茅草屋周围都有一个小小的院子，院子里种着香蕉、番木瓜，有的还有一棵菠萝蜜。孩子们在玩耍；女人们有的闲坐着，有的在舂米；不太结实的小船里，有时载着成堆的椰子、树叶或牛饲料，男人和男孩慢慢地来回划着水；人们在岸上钓鱼。我看见一个人拿着弓箭和他用弓箭射中的一小串鱼。大家都在河中洗浴。河水是绿色的，凉爽而又宁静。你会有种很奇特的印象，这就是田园，平静而原始，不是特别艰辛。不时有一艘大驳船经过，两个人用篙撑着，从一个城镇驶向另一个城镇。这里小小的寺庙或小教堂处处可见，因为这里生活的大多数人是基督教徒。

1　印度旧时南部一土邦。

2　印度南部港口城市，喀拉拉邦首府。

3　印度西南部港口城市。

这条河长满了水葫芦。这种植物盛开着娇嫩的紫红色的花朵，不是扎根在土壤中，而是在水中，随风漂浮。当你的小船划过，形成一条清澈的水道时，这些植物就被推向一边；但当小船刚刚驶过，它们就随着水流和微风漂回到原处，没有留下任何你曾经过的痕迹。活在这个世界上的你我亦是如此，在引起小小的轰动后，好像不曾存在。

邦政府的首席部长。有人告诉我，他是个精明而无良的政客。大家一致认为他既聪明又狡猾。他长得很结实，矮矮的，胖胖的，和我差不多高，有一双机敏但不是很大的眼睛，宽阔的前额，鹰钩鼻，丰厚的嘴唇和圆圆的小下巴，一头浓密卷曲的短发。他缠着白色的腰布，身穿一件白色束身上衣，围着一条白色围巾。赤着脚穿着拖鞋，时而穿上，时而脱下。他有着政客的和蔼可亲，这是他多年来一直不遗余力地热情对待他遇到的每一个人练就出来的。他的英语说得很好，很流利，用词考究，他能把自己要说的话表述得清清楚楚，富有逻辑。他声音洪亮，举止随和。他不同意我说的很多话，就非常果断而又彬彬有礼地纠正了我，想当然地认为，我这么聪明，不会因有人提出异议而受到冒犯。他掌管着邦中的一切事务，自然很忙，但似乎有大半个钟头的时间来谈论印度的玄学和宗教，好像他对此尤其感兴趣。他看起来不仅在印度文学方面，而且在英国文学方面涉猎很广，但没有迹象表明他对其他欧洲国家的文学或思想有任何了解。

当我说起在印度宗教作为其他全部哲学的基础时，他纠正了我。“不，”他说道，“不是这样的，印度没有你所说的宗教。印度有各种各样的哲学体系，而神学，印度教神学只是其中之一。”

我问他，受过教育、有教养的印度教徒是否仍然愿意相信因果报应和轮回。他强调说：“我本人绝对相信，用我自己生命的所有力量相信。我深信，我在此之前经历了无数次生命轮回，我将不得不经历的生命轮回——我不知道在我获得解脱之前还有多少次生命轮回。我认为，因果报应和轮回是唯一能对人类不平等和世界邪恶做出解释的东西。我只有相信他们，我才会感觉得到这个世界是有意义的。”

我问他，相信了这一点，是否印度人就不会和欧洲人那样惧怕死亡了？他思索了一会儿，而在他思索的瞬间，我已经发现他有自己特色的认知方式，他顾左右而言他，以至我认为他不会回答这个问题。这时他说：“印度人不像日本人那样，日本人从小就被灌输他们的生命是没有价值的，他们有许多理由可以毫不犹豫地牺牲自己的生命。”印度人不是因为死亡会带走他的生命而惧怕死亡，他害怕死亡是因为他对来世的不确定性。他不能保证自己将诞生为婆罗门、天使，抑或是神灵，他也可能会是一位首陀罗、一只狗或一条虫子。当他想到死亡时，他害怕的是来世。”

印度七弦琴演奏者。他四十多岁，略胖，胡须刮得干干净净，头的前半部也剃得光光的；他的头发很长，打成一个结，垂在后背；系着一件遮腰布，身穿一件无领衬衫。他坐在地上演奏。他的乐器装饰得很豪华，刻有浅浮雕，末端是一个龙头。他演奏了几个小时，不时地插入几小节歌曲，有的歌曲已有几百年的历史，但还有极少数是十九世纪的，当时正处于特拉凡科大君的统治下，大君本人是一位很有成就的音乐家，人们对这门艺术也有着极大的热情。这是些精心制作的音乐，需要全神贯注地来听，我想如果我不了解现代音乐，我根本听不懂。它缓慢而有节奏，听习惯了，你就会领悟到它的多姿多彩和优美和谐。近几年来，作曲家们受现代音乐、欧洲音乐的影响极大。在这东方的旋律中，能隐约听出风笛的悠扬或军乐队的声威是很奇特的事情。

印度人的房子。房子的主人是一位法官，房子是他父亲遗留给他的。他已经去世了，我见到了他的遗孀，她是一位身材魁梧的女人，穿着白色衣服，一头卷曲的白发垂在背上，赤着脚。土坯的墙上有一扇门，由此门进入，你会发现自己处于一个长廊中，上面是木雕的天花板，饰有荷叶，中间是湿婆舞的浮雕。接下来是一个尘土飞扬的小庭院，里面长满了巴豆树和桂树。然后就是正房了。房子前面是一个回廊，廊上飞檐顶部显示出屋顶精致美妙的木榫卯结构，廊内的天花板上和凉亭一样有深褐色的雕饰。回廊的每一端都有一个拱起的部分，下面是贮藏柜，主人通常把衣服放在里面，还可以充当座位。这是主人的会客厅。后面有两扇门，门上配有昂贵精美的黄铜锁和铰链；这两扇门通向两间昏暗的小房间，每个房间都有一张床，其中一间是主人之前的卧室。一边是一个封闭的门洞，和储粮室相连。从旁边的一扇小门进去，就到了另一个院落，这个院落后面是女眷居住的地方，旁边是厨房和其他的小房间。我被带到一个满是破旧的欧洲家具的房间。

在夜晚，第一个院落不再满是灰尘，备受冷落。在月光和星辰的照耀下，这里微风清凉，万籁俱寂，宛若仙境。我本来应该愿意到那儿去听那位七弦琴演奏者的歌声，他那专注而严肃的脸被一盏黄铜油灯的烟焰照亮，灯芯漂浮在椰子油里。

瑜伽士。他是印度人，中等身材，深蜜色的皮肤，短短的头发和胡须，均已变白。他并不粗壮，但稍胖。虽然只裹了一条白色腰布，但看上去非常整洁、干净，甚至堪称“衣冠楚楚”。他慢慢地走着，拄着拐杖，一瘸一拐的。他的嘴有点大，嘴唇很厚，眼睛既不像大多数印度人的眼睛那么大，也不那么光亮，眼白部分布满血丝。他既简单朴素又不失尊严。他积极乐观，面带微笑，彬彬有礼；在我的印象中，他不是一位学者，更像是一位性情善良的老农。我躺在房间的一张简易床上时，他走了进来，后面跟着两三名门徒，经过几句亲切的问候之后，他入了座。当时我身体不太舒服，在他们到来之前昏倒了一段时间，他坐在我旁边。正是因为他被告知我身体不太好，不能去他通常打坐的大厅，所以，当别人把我抬进那个小房间后，他也过来了。

初始，他还看我几眼，过了一会儿，他不再看我了，只用一种特殊的坚定目光斜视着我的肩膀上方。他的身体一动不动，只有一只脚不时地在地面上轻轻地敲着，就这样大概持续了一刻钟，后来有人告诉我，他正在冥想，全神贯注在我身上，为我治病。然后他停了下来，问我是否有话对他讲或者有问题要问他。我感到虚弱痛苦，就如实告诉了他。而他笑着说：“沉默也是交谈。”接着他把头稍稍侧向一方，专心致志地开始冥想，再一次凝视着我的肩膀上部。他又保持这个动作大约一刻钟，一个字也没说，房间里的其他人都用目光注视着他。然后他起身，微笑着鞠躬告别，慢慢地拄着拐杖一瘸一拐地走出了房间，他的门徒也跟随他走出了房间。

不知道是休息的结果还是瑜伽士冥想的结果，我感觉好多了，过了一会儿，我走进大厅，他白天在那里打坐，晚上在那儿就寝。这是一个很长的房间，我想有五十英尺长，大概有二十五英尺宽，房间内孑然无物。房间四面都有窗户，但伸出的屋檐使房间的光线变得很暗。瑜伽士坐在铺有虎皮的低矮讲台上，面前是一个燃烧着香的小火盆，香的气味沁人心脾。不时有位弟子走上前，点燃另一炷香。信徒们坐在地板上，或读书，或冥想。不一会儿，两个陌生人提着一篮子水果走了进来，跪在瑜伽士面前，呈上他们的贡品——那篮水果。瑜伽士稍稍点了下头，表示收下了，示意一个弟子将贡品拿走；他和蔼地对陌生人说了几句话，然后又微微点下头，示意他们退下。他们再施大礼，接着坐到其他信众中间去了。然后，瑜伽士进入了冥想中，所有在场的人似乎都感到一阵寒战，我轻手轻脚地走出了大厅。

后来我听说我的晕倒引起了一些非常离奇的流言蜚语。这一消息不仅传到了印度各地，甚至也传到了美国。有些人把这归咎于敬畏，一想到要到圣者面前，我就心存敬畏，直到晕厥。也有人说是因为瑜伽士的功力，在我见到他之前，他对我施加的影响，使我全神贯注了几分钟，从而进入了无限的世界。当有人问我这件事时，我只是笑笑，耸耸肩。事实上，那不是我第一次也不是最后一次晕倒。医生告诉我，那是由于腹腔神经丛的应激性，导致横膈膜压迫心脏，那天发作是横膈膜压迫心脏的时间太久使然。如果一个人出现这种情况，开始几分钟感觉不舒服，然后就会昏迷，不省人事，最后就会恢复意识——如果还能恢复意识的话。

马都拉岛[1]。马都拉岛指夜间的庙宇。在印度总是吵吵嚷嚷。人们总是扯着嗓子说话，但在寺庙里，他们说话的音量比平时更高。人声鼎沸，人们祈祷、背诵祷文，相互招呼，大声争吵辩论或者彼此寒暄，对神灵毫无敬畏之心。然而，仍有一种强烈的、不能抗拒的神圣感会让你的脊背发冷颤抖。奇怪的是，那里的神灵似乎近在咫尺，而且还活生生的。

人潮涌动，男人、女人和孩子拥挤不堪。男人们赤膊，前额、手臂和胸部通常都涂有烧牛粪留下的厚厚灰烬。他们中的许多人白天工作时穿着西装，但在这里，他们摒弃了西方的服饰、西方的文明和西方的思维方式。这里的寺庙是印度本土的，庙宇之中只有对西方一无所知的印度本地人。你看到他们在拜谒一个又一个的神龛，有时完全趴在地上，面朝下，顶礼膜拜。

你穿过长长的大厅，雕花的柱子撑起屋顶，每根柱子的脚下都坐着一个虔诚的托钵僧。有些人年事已高，须发皆白，有些人骨瘦如柴，有些人很年轻，身体强健，全身满是体毛。他们每个人面前都有一个受施的钵或一小块垫子，信徒们不时地把铜币扔在上面。他们中有的穿着红色衣服，有的几乎赤身裸体。当你走过的时候，有些人茫然地看着你，有些人在默默地或大声地读书，丝毫不理会川流不息的人群。内殿外

1　印度尼西亚爪哇东北部岛屿。

面，坐在地板上的是一群僧侣，他们的头颅前部剃得净光，脑后的头发打成一个结，虎背熊腰，他们无毛的褐色胸部和粗壮的手臂上涂着一道道的白灰。走进来一个人，他既是学者也是誉满天下的圣徒，头戴红色的头巾，胳膊上戴着手镯，腰间围着色彩斑斓的腰布，留着花白的胡须，威风八面，后面跟着两三个弟子。他在一个神龛前诵念了一段祷文，然后，由学生为他开道，他从容不迫、大步流星地步入圣殿的至圣所。

这座寺庙是由无罩的电灯照明，电灯悬挂在天花板上，在雕塑上投射下刺眼的光，但在灯光照射不到的地方，黑暗变得愈加神秘。这个寺庙虽然人声鼎沸，而铭刻在心的或许是它本身的神秘莫测吧。

当我要离开印度时，人们经常问我，在我所看到的所有景象中，我印象最深刻的是什么。我如他们所愿，做了如下回答。令我印象深刻的不是最令我感动的泰姬陵，不是贝勒斯河边的石阶，不是马都拉岛的神庙，也不是特拉凡科的山脉，而是那里的老农：骨瘦如柴，衣不蔽体，只有围在腰间的一块布，腰布的颜色和他所耕种的太阳炙烤过的大地的颜色一样。农民在黎明的寒冷中瑟瑟发抖，在中午的酷热中挥汗如雨，在太阳落山时仍在不辍劳作。在这干涸的田野上，饥寒交迫的农民仍无休无止地耕种在北方、南方、东方、西部，辛勤劳作在印度的广袤土地上，祖祖辈辈辛苦如初，就如同三千年前，从雅利安人在这个国家繁衍生息起，他们就为勉强维持生计而辛勤劳作着，希冀以此聊生。这是印度最令我情凄意切的一幕。

据说惠灵顿曾经说过，我们是在伊顿公学的操场上赢得了滑铁卢战役。也许未来的历史学家会说，我们在英国的公学里输掉了印度。

欢迎您从《刀锋》走进
读客三个圈经典文库

亲爱的读者，感谢您选择读客三个圈经典文库。

我们的封面统一使用“三个圈”的设计，读者可以凭借封面上形式各异的“三个圈”找到我们，走进经典的世界。

你想成为什么样的人？

对你来说什么是重要的？

这个世界应该是什么样子？

我们在生命中遇到的这些问题，或许可以在浩如烟海的文学经典中找到答案。

跟随读客三个圈经典文库，认识世界、塑造自我，成为更好的人！

《漫长的告别》

《西西弗神话》

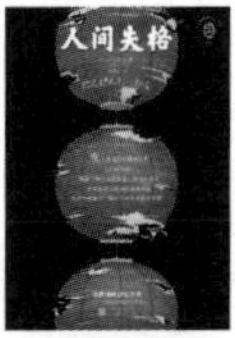

《人间失格》

《人类群星闪耀时》

《鼠疫》

《小王子三部曲》

《局外人》

《月亮与六便士》

《基督山伯爵》

《罗生门》

读客三个圈经典文库

精神成长树

你想成为什么样的人？
对你来说什么是重要的？
这个世界应该是什么样子？

我们在生命中遇到的问题，每个时空的人都经历过，一些伟大的人留下一些伟大作品，流传下来，就成了经典。正是这些经典，共同塑造并丰富着人类的精神世界。

我们重新梳理了浩若烟海的文学经典，为您制作了精神成长树。跟随读客三个圈经典文库，汲取大师与巨匠淬炼的精神力量，完成你自己的精神成长！

树干：

不同的精神成长主题，您可以挑选任意感兴趣的主题进行深入阅读

例如：
寻找人生意义
探索自己的内心
拥有强大意志力
理解复杂的人性
…………

枝丫上的果实：

我们为您精选的经典文学作品

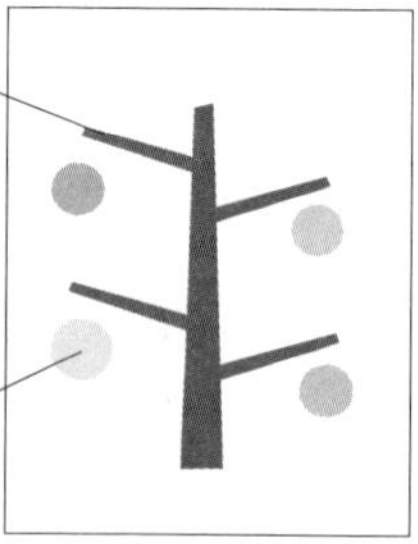

精神成长树示意图

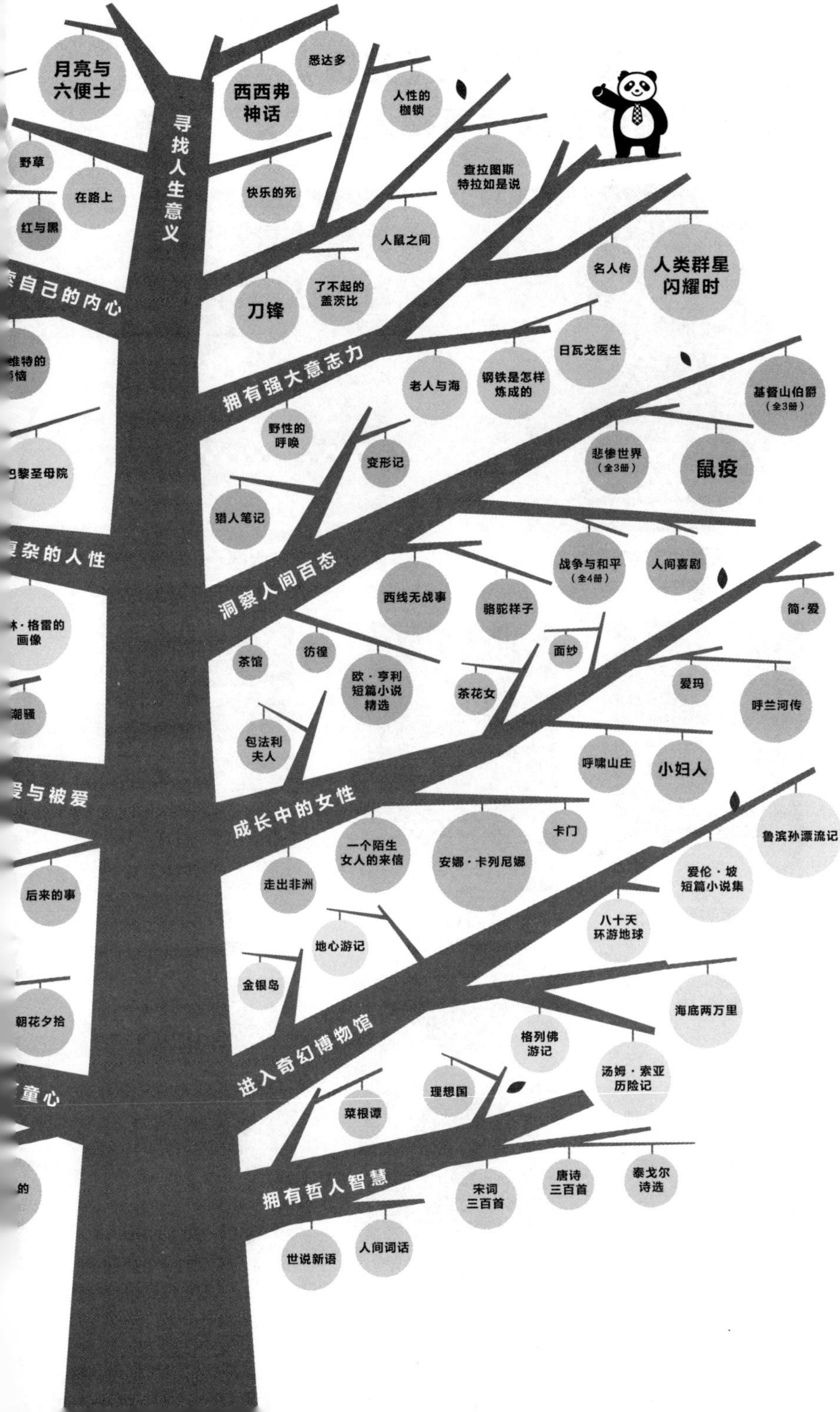

寻找人生意义
月亮与六便士
西西弗神话
悉达多
人性的枷锁
野草
在路上
快乐的死
查拉图斯特拉如是说
红与黑
人鼠之间
名人传
人类群星闪耀时
自己的内心
刀锋
了不起的盖茨比
拥有强大意志力
老人与海
钢铁是怎样炼成的
日瓦戈医生
维特的烦恼
基督山伯爵（全3册）
野性的呼唤
变形记
悲惨世界（全3册）
鼠疫
巴黎圣母院
猎人笔记
复杂的人性
洞察人间百态
西线无战事
骆驼祥子
战争与和平（全4册）
人间喜剧
简·爱
林·格雷的画像
茶馆
彷徨
欧·亨利短篇小说精选
茶花女
面纱
爱玛
呼兰河传
潮骚
包法利夫人
呼啸山庄
小妇人
爱与被爱
成长中的女性
一个陌生女人的来信
安娜·卡列尼娜
卡门
鲁滨孙漂流记
走出非洲
爱伦·坡短篇小说集
后来的事
八十天环游地球
地心游记
金银岛
海底两万里
朝花夕拾
进入奇幻博物馆
格列佛游记
汤姆·索亚历险记
童心
理想国
菜根谭
拥有哲人智慧
宋词三百首
唐诗三百首
泰戈尔诗选
世说新语
人间词话

如果你喜欢《刀锋》
你可能也会喜欢“寻找人生意义”书单

《西西弗神话》
文库编号：160

《月亮与六便士》
文库编号：065

《了不起的盖茨比》
文库编号：007

《刀锋》
文库编号：049

《在路上》
文库编号：110

《悉达多》
文库编号：038

《人性的枷锁》
文库编号：043

《人鼠之间》
文库编号：094

读客

激发个人成长

多年以来，千千万万有经验的读者，都会定期查看熊猫君家的最新书目，挑选满足自己成长需求的新书。

读客图书以“激发个人成长”为使命，在以下三个方面为您精选优质图书：

1. 精神成长

熊猫君家精彩绝伦的小说文库和人文类图书，帮助你成为永远充满梦想、勇气和爱的人！

2. 知识结构成长

熊猫君家的历史类、社科类图书，帮助你了解从宇宙诞生、文明演变直至今日世界之形成的方方面面。

3. 工作技能成长

熊猫君家的经管类、家教类图书，指引你更好地工作、更有效率地生活，减少人生中的烦恼。

每一本读客图书都轻松好读，精彩绝伦，充满无穷阅读乐趣！

认准读客熊猫

读客所有图书，在书脊、腰封、封底和前后勒口都有“读客熊猫”标志。

两步帮你快速找到读客图书

1. 找读客熊猫

2. 找黑白格子

图书在版编目（CIP）数据

刀锋 /（英）毛姆著；武书敬，宋宗伟译．— 南京：
江苏凤凰文艺出版社，2019.6（2025.12 重印）
（读客经典文库）
ISBN 978-7-5594-3540-8

Ⅰ．①刀… Ⅱ．①毛… ②武… ③宋… Ⅲ．①长篇小说－英国－现代 Ⅳ．① I561.45

中国版本图书馆 CIP 数据核字 (2019) 第 064161 号

刀锋

[英] 毛姆 著　　武书敬　　宋宗伟 译

责任编辑　丁小卉
特约编辑　周 娇　　车 童
封面设计　刘小梅
责任印制　刘 巍
出版发行　江苏凤凰文艺出版社
　　　　　南京市中央路 165 号，邮编：210009
网　　址　http://www.jswenyi.com
印　　刷　三河市中晟雅豪印务有限公司
开　　本　880 毫米 ×1230 毫米 1/32
印　　张　13.5
字　　数　335 千字
版　　次　2019 年 9 月第 1 版
印　　次　2025 年 12 月第 12 次印刷
标准书号　ISBN 978-7-5594-3540-8
定　　价　59.90 元